V.K. Forrest, vit avec sa famille à Seaford dans le Delaware. Elle écrit sous divers noms de plume de nombreux romans historiques, mais aussi des romances paranormales. *Éternelle* est le premier tome de la série *Le Clan Kahill*.

Du même auteur, chez Milady :

Le Clan Kahill :
1. *Éternelle*
2. *Impitoyable*
3. *Immortel*

www.milady.fr

V.K. Forrest

Éternelle

Le Clan Kahill – 1

Traduit de l'anglais (États-Unis) par Virginie Paitrault

Milady

Milady est un label des éditions Bragelonne

ISBN : 978-2-8112-0542-3

Bragelonne – Milady
60-62, rue d'Hauteville – 75010 Paris

E-mail : info@milady.fr
Site Internet : www.milady.fr

Chapitre premier

Dans le silence velouté des ténèbres, ils cheminaient en file indienne, tête baissée. Douze silhouettes encapuchonnées, un seul but. Ils remontèrent le long couloir étroit et pénétrèrent dans la salle de réunion, la responsabilité aussi lourde sur les épaules revêtues de capes de chaque homme et de chaque femme que les dagues antiques qu'ils portaient.

Il lui arrivait de souffrir en ressentant un fossé qui ne pouvait être comblé entre elle et les autres, mais en cette nuit particulière elle était l'un d'entre eux. Ce soir, tous l'acceptaient comme un membre à part entière de ce clan… cette lignée qui existait depuis l'origine. Quinze cents ans qu'ils arpentaient la terre côte à côte, plus puissants que les mortels auxquels ils ne se mêlaient jamais. Un savoir et une immortalité dont le prix était terrible, elle le savait.

Alors que les douze juges entraient dans la pièce, des bougies crépitèrent sur un lustre de chêne noir et s'allumèrent brusquement, éclairant la table profondément marquée apportée des siècles plus tôt de cette terre verdoyante que les mortels nommaient Eire. Les ombres macabres des hautes silhouettes furent projetées jusque sur les murs lambrissés. Elle éprouva une excitation intérieure en se remémorant comment, des années auparavant, les illusions avaient paru si fantastiques, si magiques, lorsque près de la porte le tintement assourdi de la cloche de bateau se fit entendre sans que personne n'y touche.

En se dirigeant vers la place qui était la sienne à la table du jugement, elle sentit une légère brise en provenance de la baie. Peu importait que la pièce close n'ait pas de fenêtres, ses sens étaient si aiguisés que, même à un kilomètre de la mer, elle pouvait humer l'odeur piquante de l'air salé. Elle entendait le creusement incessant des puces de sable et le bruit de pas d'un bernard-l'hermite qui effectuait sa promenade au clair de lune. Et il y avait le fumet du sang porté par le vent. Toujours, toujours le fumet du sang.

Les membres du Conseil se rassemblèrent autour de la table, et elle contempla sa surface couturée de cicatrices, chaque entaille aussi familière que celles qui marquaient sa propre chair immortelle. Instinctivement, elle resserra la main sur la poignée de la dague en argent glissée dans la manche de sa cape.

— *Caraidean*[1], nous sommes réunis solennellement cette nuit conformément aux lois établies par ce clan…

Le chef de clan prononçait les mots du rituel sacré. Comme toujours, il parlait dans la langue ancestrale, leur gaélique natif, sa voix gutturale vibrant dans l'air nocturne. Avec chaque mot ancien, le cercle semblait se rétrécir, les vies de ceux qui étaient rassemblés devenaient plus étroitement liées, jusqu'à ce que l'énergie concentrée dans la pièce crépite et qu'une faible lumière bleue forme un arc entre eux.

Il récita, de mémoire, l'histoire de la fondation du clan au ve siècle de cette ère. C'était le temps du déclin

1. En gaélique, signifie : « mes amis ». (*NdT*)

de Rome, et les grandes tribus d'Irlande et d'Écosse se débattaient entre us anciens et nouveaux, luttant pour leur foi. Le christianisme était en plein essor, mais non sans violence. C'était à cette époque que le clan avait développé un goût pour le pouvoir et pour le sang.

Puis était venue la *mallachd*[1].

Ils furent tous damnés par Dieu pour avoir refusé de rejeter leurs dieux païens, pour avoir refusé le message de saint Patrick prêchant la nouvelle foi. Ils furent maudits pour le sang humain qu'ils avaient fait couler.

Avec tout le talent d'un acteur shakespearien, le chef de clan poursuivit le discours consacré. Il rappela aux membres du conseil le serment qu'ils venaient à peine de prêter. Trois siècles plus tôt seulement, le temps d'un battement de cils. Il insista sur les conséquences presque insoutenables de la décision que le Haut Conseil prendrait ce soir.

Elle écouta attentivement alors qu'un nom humain était soumis officiellement à la table du jugement, l'unique raison de leur rassemblement. Une autre voix s'éleva avec douceur. Les détails des charges contre l'accusé furent révélés.

Crus. Sauvages. Effroyables.

Aucune hésitation dans son esprit : cet humain était un fléau irrécupérable, une abomination que la génération actuelle connaissait sous le nom de « tueur en série ». Malgré tout, elle écouta chaque mot et analysa les informations fournies avec circonspection, refusant de se laisser dominer par ses émotions. Puis ce fut le temps des questions, mais ceux qui se tenaient autour de la table en avaient peu. Ils connaissaient déjà les crimes odieux de

1. En gaélique, signifie : « malédiction ». (*NdT*)

cet homme. Ils avaient lu les journaux humains. Regardé CNN. L'accusé était intelligent, particulièrement intelligent, et il était parvenu à échapper aux autorités pendant des années, mais ses pensées l'avaient trahi auprès du clan.

En dépit des pièces à conviction, on ne pouvait encore savoir de quel côté la balance allait pencher. Ici, en ce lieu, le doute n'était pas permis. Ceux qui avaient été jugés avec le plus de sévérité par Dieu Lui-même portaient en leurs cœurs une compassion que les humains n'auraient même pas été capables de se représenter. Ils avaient appris, de la manière la plus sinistre qui soit, que la souffrance ne se termine pas avec la mort, aussi décidèrent-ils de son sort lentement, posément, presque tristement.

Le chef de clan réclama l'*aonta*[1].

Un à un, les membres votèrent. Une dague posée à plat contre la table était un non : pas assez de preuves pour une condamnation. Le fil de la lame dirigé vers le bas, la pointe plantée dans le bois, était un oui. Coupable. Mort à l'accusé.

Elle regarda alors qu'un calme surnaturel envahissait la salle emplie d'ombres et que, l'une après l'autre, les silhouettes votaient. À sa surprise, il n'y avait pas unanimité. L'un des membres du conseil n'était pas persuadé de la culpabilité de l'humain.

Elle fut la dernière à voter, la plus jeune du conseil et celle qui l'avait rejoint le plus récemment, mais elle n'hésita pas. Elle empoigna le manche de la dague sacrée qui lui avait été confiée pour ce cycle de vie et l'enfonça, pointe vers le bas.

1. En gaélique, signifie : « accord ». (*NdT*)

La décision était irrévocable. L'humain mourrait.

Elle fut la première à rejeter en arrière le capuchon de sa cape noire, l'or blanc de sa chevalière milésienne étincelant à la lueur des bougies. Un riche cri guttural jaillit du tréfonds de sa gorge tandis qu'elle découvrait ses canines…

Le téléphone portable posé près du lit de Fia sonna et la fit sursauter. Elle cligna des yeux en soulevant la tête de son oreiller et contempla le réveil dont les chiffres rouges luisaient dans les ténèbres abyssales.

Les dernières heures étaient vagues dans son esprit. Elle avait dû s'endormir.

Elle s'assit, faisant basculer ses pieds par-dessus le bord du lit ; un talon aiguille resta coincé dans le drap.

Elle n'avait même pas enlevé ses bottes ?

Par habitude, elle s'essuya la bouche du dos de la main avant d'ouvrir le clapet de son téléphone et de porter celui-ci à son oreille.

— Agent spécial Kahill.

— Seigneur Dieu tout-puissant, Kahill, tu ne dors donc jamais ? Juste une fois, j'aimerais entendre cette voix rauque un peu désorientée, endormie peut-être. Suave. Sexy.

Elle pressa la paume de sa main contre son front, prise d'une sensation de gueule de bois, même si elle n'avait pas bu une goutte d'alcool.

— Qu'est-ce que tu veux, Sedowski ?

— Que veulent les hommes ? Le grand amour, bien sûr. C'est tout ce que je recherche.

— Et tes dents ? Tu vas les rechercher aussi quand je les aurai fait gicler à travers toute la salle de conférence ?

C'était un avertissement, mêlé de juste assez d'humour pour que leur échange reste léger.

Le responsable du quart de nuit gloussa.

— Toujours des mots doux pour moi, Kahill.

Puis sa voix changea et il redevint l'agent du FBI à l'ancienne qu'elle avait admiré depuis son arrivée au bureau des affaires opérationnelles de Philadelphie neuf ans plus tôt.

— Écoute, j'adorerais rester là à dire des cochonneries avec toi, mais j'ai un homicide qui requiert ton attention. À Lansdowne.

— Lansdowne ?

Elle se rendit dans la salle de bains et ouvrit le robinet d'eau froide. Elle n'avait pas besoin de la lumière pour savoir qu'elle avait une mine affreuse.

— Quel genre ? Un gars qui a surpris sa femme en train de le tromper et qui l'a étranglée avec ses collants ?

— J'en sais pas plus, Kahill. Seulement que la victime s'est fait trancher la gorge, et l'adresse. Tu as de quoi noter ?

— Un instant. (Elle attrapa un bloc-notes et un stylo.) Vas-y, c'est bon.

Sedowski était trop intelligent pour saisir cette perche. Contrairement à d'autres hommes du bureau, il connaissait la différence entre plaisanteries innocentes et harcèlement sexuel et savait s'arrêter à temps. De plus, il était marié à une femme plantureuse nommée Ann, qui lui préparait des quenelles de pommes de terre tous les dimanches après-midi et l'adorait toujours en dépit de son ventre proéminent et de son crâne dégarni. Fia admirait l'intimité qui unissait Sedowski et son épouse ; elle en était peut-être même un peu jalouse.

Elle nota l'adresse, puis lança le téléphone sur son lit et s'aspergea le visage d'eau avant de quitter la salle de bains.

Elle consulta de nouveau le réveil. Elle n'était pas restée longtemps chez elle. N'avait pas dû dormir plus d'une demi-heure.

Elle se percha au bord d'une chaise dans le coin de la chambre, attrapa le talon de sa botte noire et tira violemment dessus. Avec un gémissement, le cuir souple céda et glissa de son pied. Elle retira l'autre tout aussi brutalement et la laissa tomber au sol. Puis ce fut le tour de ses bas noirs. Ils n'étaient pas résille ; elle avait plus de classe que cela. Elle portait des bas extra-fins à losanges.

Elle les ôta et les jeta dans le panier à linge, puis elle se tortilla pour s'extraire de sa jupe en cuir noire et de son bustier et retourna nue dans la salle de bains, toujours dans l'obscurité. Elle attendit que de la vapeur s'échappe par-dessus la porte en verre de la douche avant d'y entrer.

Quelques minutes plus tard, enroulée dans une serviette, Fia pliait la jupe et le bustier et les fourrait tout au fond de son armoire, derrière ses tailleurs. Elle invitait rarement des gens dans son appartement, et jamais dans sa chambre, mais ces atours n'avaient rien à gagner à être exposés en plein jour.

Tout en essayant de ne pas penser au lieu où elle s'était rendue cette nuit-là, à ce qu'elle avait fait, Fia sortit un tailleur bleu marine foncé du sac du pressing. Elle attrapa ensuite un débardeur bleu et enfila rapidement le tout par-dessus ses sous-vêtements noirs.

Elle sortit de son appartement à 4 h 45. Dommage qu'elle ne boive pas de café. Cela lui aurait sans doute fait du bien.

Moins d'une heure plus tard, elle arriva sur la scène de crime, signalée par des gyrophares clignotants rouge et bleu, dans la banlieue de Philadelphie. Elle montra sa plaque dans le plus pur style *X-Files*, exactement comme ses frères et elle le faisaient quand ils jouaient aux gendarmes et aux voleurs dans les recoins de leur grenier.

— Agent spécial Kahill, se présenta-t-elle à un policier en uniforme.

Il était séduisant. Jeune. Un peu effrayé. Elle se demanda si c'était son premier homicide sanglant.

Il leva la tête vers elle et, même dans la clarté blafarde des projecteurs alimentés par des groupes électrogènes bruyants, elle remarqua qu'il la trouvait attirante. Elle avait l'habitude. Elle voyait cette lueur de désir dans les yeux de la plupart des hommes… toujours accompagnée d'un zeste d'intimidation. Les gens avaient tendance à devenir mal à l'aise assez vite face à une rousse d'un mètre quatre-vingts au regard intransigeant. Par le passé, cela l'avait ennuyée, mais au fil des années elle l'avait accepté. Par ailleurs, c'était plutôt un avantage avec les malfrats. Ou avec les hommes d'une manière générale.

— Qui est votre enquêteur ? s'enquit-elle tout en regardant au loin, commençant déjà à analyser la scène.

Les murs de deux bâtiments de brique encadraient une allée étroite et dépourvue de lampadaires, semblable à toutes celles de Philadelphie ou de n'importe quelle autre ville américaine : une benne à ordures, des détritus, quelques préservatifs usagés et des bouteilles cassées. Fia sentait des odeurs de pisse de chat et de vieilles épluchures de patates. Typique et atypique à la fois.

Dans cette allée, une jeune femme blonde était étendue morte à moins de cinq mètres de la rue principale.

Instantanément, Fia eut le sentiment qu'elle s'était déjà tenue ici. Comme si elle avait déjà vu ces mêmes murs, ces mêmes ombres, et ce corps tordu de manière non naturelle sur le trottoir humide.

Prise au dépourvu, elle essaya d'inspirer par la bouche, expirant par le nez, bloquant les odeurs, regagnant le contrôle de ses pensées. Son boulot n'avait rien à voir avec des flash-backs bizarres ou des sensations inexplicables. Elle s'occupait de faits et de preuves, et elle devait se concentrer et se mettre au travail. Le fourgon du légiste était là et la police tenait certainement à embarquer le corps avant que les citoyens ne sortent dans les rues pour se rendre à leur travail. Les joggeurs matinaux étaient déjà dehors, observant la scène depuis l'autre côté de la rue.

—Le lieutenant Sutton, m'dame.

Nerveux, le bleu recula et désigna du doigt un imperméable penché au-dessus du corps.

Fia avança dans la direction indiquée. Elle affichait son expression « FBI, agent spécial ! », pratiquée depuis des années dans le miroir. Cela assurait sa sécurité. Assurait la sécurité de son entourage. La plupart du temps…

—Lieutenant Sutton ? Agent spécial Kahill, FBI.

De nouveau, la plaque dans son étui de cuir. Fia s'accroupit dans l'ombre près de l'imperméable, au-dessus du corps sans vie.

La victime était à moitié nue, sa minijupe noire remontée jusqu'à la taille, son débardeur métallisé couleur argent déchiré au milieu révélant des petits seins ronds. Pas de soutien-gorge. Les talons hauts n'étaient plus à ses pieds nus, mais à quelques mètres. Un halo de sang l'entourait. Énormément de sang.

Ce n'était pas simplement un meurtre ; il y avait aussi eu agression sexuelle. Le devant de son string avait été repoussé sur le côté et Fia pouvait encore déceler des relents âcres de sperme. Elle pouvait *sentir* dans le souffle absent de la victime la terreur qui avait empli les derniers instants de sa vie.

— Je suis du bureau opérationnel de Philadelphie. Je vais avoir besoin de mes propres photos, si ça ne vous ennuie pas, dit Fia à l'enquêteur sans le regarder.

— Agent spécial Kahill, merci de vous être déplacée.

Le regard du lieutenant croisa celui de Fia, toujours accroupie.

L'enquêteur était une *enquêtrice*. Quarante ans, peut-être, des cheveux couleur miel, un carré mi-long.

— Heure du décès ?

Fia baissa de nouveau les yeux sur la victime.

Elle paraissait avoir entre vingt-cinq et trente ans. De beaux vêtements, une coiffure soignée, ses cheveux blond platine fraîchement décolorés. De la lingerie coûteuse. Elle était instruite, cadre supérieure probablement ; comptable, ou avocate, peut-être.

— Le légiste vient de prendre la température du foie, mais il ne peut donner qu'une fourchette tant qu'il ne l'a pas ramenée à la morgue. (Le lieutenant poursuivit son examen du corps.) Ça s'est passé entre 1 et 2 heures ce matin. Un barman nous a prévenus à 3 h 15. Il sortait les poubelles avant la fermeture. On a des bars haut de gamme des deux côtés, ici. Elle était dans l'un d'eux, j'en suis sûre. Nous allons devoir attendre jusqu'à ce soir pour poser des questions, voir si les habitués l'ont aperçue.

Fia changea de position, se déplaçant légèrement vers la gauche tout en veillant à ne pas marcher dans la mare de sang déjà sombre et figé. Elle essaya de continuer à respirer par la bouche, tenta de passer outre à l'odeur fraîche et entêtante.

— La gorge a visiblement été tranchée à l'aide d'une arme. J'imagine qu'il ne l'a pas laissée ?

— Mes gars font le tour du quartier et vérifient les poubelles, mais on sait bien qu'il l'a emportée. Ça lui fait un chouette souvenir, à ce *salopard*.

Le lieutenant Sutton se releva et Fia l'imita. Les deux femmes poussèrent un soupir.

Le crime était sans aucun doute odieux. Choquant. Mais ce type d'homicide arrivait dans des villes à travers tous les États-Unis chaque soir de la semaine. Le FBI n'était pas appelé sur les lieux par les forces de police locales pour n'importe quel meurtre. Sutton les avait fait venir pour une raison bien précise, et Fia sentait dans ses tripes qu'elle savait déjà pourquoi. Elle s'éclaircit la voix.

— Alors, qu'est-ce que ce cas a de particulier, lieutenant ? Que peut faire le FBI pour la police de Lansdowne ?

L'enquêtrice dut lever la tête pour pouvoir croiser le regard de Fia.

— Cet homicide paraît plus brutal que la normale. Une mare de sang au sol, des éclaboussures plein les murs. Les ecchymoses sur ses bras suggèrent qu'elle a été battue avant d'être violée. Soit ce type la détestait, soit il a un problème avec les femmes d'une manière générale.

Fia hocha la tête, concentrée sur les paroles de Sutton, essayant de ne pas prêter attention à l'étrange picotement dans le bout de ses doigts. Elle s'était *déjà* trouvée ici. Le crime avait quelque chose d'obsédant, comme s'il lui était très familier. Ou était-ce l'homme qui l'avait commis ?

— Mais vous voyez, le truc, c'est que…

Le lieutenant baissa les yeux sur le trottoir avant de la regarder de nouveau. Un tic nerveux agitait son pied sagement chaussé d'un mocassin brun.

— … je pense qu'il n'en est pas à son coup d'essai.

De nouveau, les vibrations malsaines s'abattirent sur Fia, lui nouant l'estomac. Elle n'en tint pas plus compte qu'avant.

— Où ? Quand ?

Son ton était parfaitement professionnel.

— À quelques pâtés de maisons d'ici, si je me rappelle bien. Je débutais dans la police et je faisais encore des patrouilles en voiture. Je n'avais pas été appelée sur la scène, mais j'ai souvenir des discussions de mes collègues ensuite. Ça devait être il y a quinze ou seize ans. On n'a jamais arrêté personne.

Des flashs de cette année-là défilèrent dans la tête de Fia. Elle étudiait à l'université Temple. Faisait la tournée des bars presque tous les soirs de la semaine. Traînait dans cette même rue. C'était peut-être la raison pour laquelle tout lui paraissait si familier.

— Laissez-moi jeter un rapide coup d'œil ici avant que votre légiste emmène le corps. Vous pouvez me constituer un dossier ? demanda Fia. Je le lirai, j'expliquerai l'affaire à mon chef et je vous recontacterai quand je saurai si nous pouvons vous aider.

— C'est tout ce que je souhaite, agent Kahill.

À cet instant, un auxiliaire médical passa devant elles.

— Excusez-moi, le héla Fia. Pourrais-je avoir une paire de gants ?

— Bien sûr. (Il en sortit une paire en plastique bleu de sa poche arrière.) Pas de problème.

Alors que Fia étendait la main pour les prendre, la lumière d'un des projecteurs tomba sur l'or blanc de sa chevalière et le jeune homme reçut le reflet du métal précieux en plein dans les yeux.

Il cilla, surpris, puis recula d'un pas et s'éloigna.

Bon réflexe, pensa Fia tandis qu'elle glissait sa main dans un gant.

— On est où, là ? À la permanence d'assistance « Agent spécial Kahill à votre service » ?

— Monsieur ?

Fia était à peine dans le bureau d'Ed Jarrell qu'il tempêtait déjà.

Jarrell était l'un des deux ASRA – agent spécial responsable adjoint – du bureau des affaires opérationnelles de Philadelphie. Il occupait ce poste depuis que Fia avait rejoint le bureau local du FBI sur Arch Street, et cette chaise depuis au moins cinq ans supplémentaires, peut-être même plus longtemps. Pour autant que Fia puisse en juger, le département avait été construit autour de lui.

Jarrell était un type correct. La plupart des agents pensaient qu'il n'avait pas beaucoup d'humour, mais Fia le trouvait assez drôle. Généralement quand il n'essayait pas de l'être, comme en ce moment. Il n'était pas un mauvais chef. Elle avait connu de nombreux hommes et femmes mieux taillés pour occuper des fonctions d'encadrement, mais elle avait aussi vu bien pire. Ce qui l'agaçait le plus chez lui était l'irritation qu'il manifestait face à chaque nouvelle affaire, comme si les assassins et les dealers se mettaient en travers de sa paperasse.

— La porte, commanda-t-il. (Fia leva sa botte vernie noire et poussa la porte derrière elle avec son talon pour la fermer.) Je viens de recevoir un appel du bureau du sénateur Malley à Washington. Vous connaissez Malley, du Delaware ? Qui est sorti de son petit potager pour devenir Monsieur Sénateur Grosse Légume. Il siège à la commission des ressources.

Fia enfonça les mains dans les poches de son pantalon. Elle n'avait pas la moindre idée d'où il voulait en venir, mais c'était souvent le cas jusqu'à la dernière seconde quand on parlait avec Jarrell.

— Oui, monsieur. J'ai grandi dans le Delaware, répondit-elle avec prudence. Je crois qu'il est élu depuis le début des années 1970.

Elle ne jugea pas utile de mentionner qu'ils étaient parents.

Jarrell la regarda par-dessus ses grosses lunettes noires à monture d'écaille.

— Le sénateur a demandé que vous vous chargiez d'une enquête : un homicide dans le comté de Kent.

Fia eut envie de s'exclamer « Moi ? » en se frappant la poitrine façon ado débile, mais elle réussit à garder ses mains sagement dans ses poches.

— Le Delaware fait partie de la juridiction de Baltimore. Quelquefois ils n'apprécient pas trop qu'on empiète sur leurs plates-bandes.

— Non, sans blague, ironisa-t-il. J'étais pas au courant.

Fia dut se faire violence pour ne pas sourire tandis qu'elle songeait à la blague connue de tous au bureau, qui voulait que « ASRA » soit en fait l'acronyme de « Agent Spécial Râleur Adjoint ».

Jarrell attrapa un dossier bleu caché sous deux chemises rouges. Il avait une sorte de système de tri par couleurs que seuls pouvaient comprendre lui-même, sa secrétaire et Dieu.

— Je vais devoir appeler Baltimore, mais quand le bureau du sénateur nous donne un ordre, on ne discute pas.

— Oui, monsieur.

— Restez quelques nuits s'il le faut. Vous ferez une note de frais.

— Oui, monsieur. (Fia pinça les lèvres.) J'ai quelques premiers éléments concernant cette affaire sur laquelle j'ai été envoyée ce matin à Lansdowne…

— Laissez ça en attente ou confiez-la à quelqu'un d'autre.

Il ouvrit le dossier bleu puis balaya son bureau du regard à la recherche de quelque chose. Il repéra un petit bloc-notes, en déchira la première page qu'il lui tendit, puis se pencha de nouveau sur le dossier.

Fia prit la feuille et lut l'adresse. Un frisson la parcourut tandis qu'elle la lisait une nouvelle fois, pensant que ses yeux lui jouaient des tours. Après tout, elle était restée éveillée toute la nuit.

— Ça… ça dit que l'homicide a eu lieu au bureau de poste de Clare Point.

— Ouais.

Indifférent à sa remarque, il griffonna quelque chose sur le dossier.

— Je… j'ai grandi à Clare Point, monsieur.

— Ouais. (Elle essaya de commencer une nouvelle phrase, mais s'arrêta quand elle le vit froncer les sourcils.) Écoutez, Kahill. Ça ne me plaît pas plus qu'à vous, mais quand le bureau du sénateur Malley appelle…

— Je sais, l'interrompit-elle. On ne discute pas.

Elle ouvrit la porte et sortit du bureau. Bobby McCathal mort ?

C'était impossible. *Littéralement.*

Chapitre 2

Le téléphone portable sonna sur le siège du passager, mais Fia ne décrocha pas. Le petit écran indiquait que l'appel provenait de « *máthair*[1] ». C'était le cinquième appel de sa mère en moins de deux heures. L'un de ses frères avait aussi essayé de la joindre, tout comme son oncle. Elle ne savait même pas qu'oncle Sean *connaissait* son numéro ; ce n'était sans doute pas le cas, jusqu'à ce que sa mère le lui *donne*.

Le téléphone se tut et resta silencieux un moment, puis il pépia de manière accusatrice et l'écran s'éclaira brièvement pour signaler qu'elle avait reçu *encore* un message. Sept au total.

— Bien, marmonna-t-elle. Parfait.

Fia ralentit brutalement, utilisant le frein moteur de la BMW pour décélérer le long de la bretelle de sortie avant d'écraser l'accélérateur en sortant du virage. Elle avait décidé que c'était mieux qu'elle ne parle pas à sa mère, ou à son oncle, ou à qui que ce soit de Clare Point jusqu'à ce qu'elle ait vu la scène de crime. Elle devait des comptes au FBI avant tout. Elle savait que certains membres de sa famille ne comprendraient pas, mais si elle voulait découvrir ce qui était arrivé à Bobby McCathal, elle devait être un agent du FBI d'abord,

1. En gaélique, signifie : « mère ». (*NdT*)

et un membre du clan Kahill ensuite. Elle devait respecter le protocole ; cela signifiait ne pas permettre à sa mère d'obscurcir son jugement avec des déclarations catastrophistes et ne pas tenir compte de son oncle et des techniques d'enquête qu'il avait apprises en regardant le câble.

Comme Fia quittait l'autoroute, la végétation changea rapidement, les champs de soja, de maïs et de sorgho disparaissant au profit d'une forêt de pins et de grands feuillus. Le revêtement pâle de la route fut remplacé par un goudron brillant dont l'état se détériorait à mesure que les bois se rapprochaient jusqu'à encercler la voiture. Fia passa en trombe devant un panneau symbolisant la frontière ouest de la réserve naturelle de Clare Point. L'aiguille du compteur de vitesse franchit la barre des cent quarante. Laisser des détritus dans la réserve vous exposait à une amende de trois cents dollars. Conduire à toute allure était pratiquement un droit fondamental des Kahill.

Fia alluma la climatisation dans la voiture et remonta ses lunettes de soleil sur son nez. Les ombres des arbres tombaient sur son pare-brise ; des dessins de lumière dansaient sur le verre. C'était la dernière semaine d'août. Le centre du Delaware était toujours une fournaise, mais au moins l'humidité était-elle supportable. La saison touristique était *presque* terminée. La plupart des jeunes étaient retournés à l'école ou à l'université, ou avaient commencé l'entraînement, aussi y aurait-il peu d'étrangers en ce mercredi. Moins il y en aurait, mieux ce serait.

Elle suivit la route sinueuse, réfléchissant à ce qui avait pu arriver à Bobby McCathal. Elle devait résoudre rapidement cette affaire, mais pour l'heure elle n'avait pas la moindre idée. Des possibilités lui traversaient l'esprit, mais elle éprouvait les plus grandes difficultés à se concentrer alors qu'elle tentait en même temps de refouler le sentiment familier de ne pas être à la hauteur qui accompagnait chacun de ses retours à la maison.

Qu'est-ce qui n'allait pas chez elle ? Elle avait trente-cinq ans, était très respectée dans son domaine, et pourtant elle permettait à ces gens de la faire se sentir à nouveau comme une enfant. Comme si elle n'était pas assez bien, comme si son comportement ne pourrait jamais les satisfaire.

— Sainte Marie, mère de Dieu, soupira-t-elle doucement.

La forêt s'éclaircit, la route s'élargit, et Fia passa devant le panneau de bois sculpté à la main et orné d'un trèfle et d'une quenouille qui accueillait les visiteurs à Clare Point. La route nationale arrivait directement sur Main Street, qui courait d'ouest en est jusqu'à la baie. Les deux côtés de la rue étaient bordés de maisons victoriennes, rose – *désolée, tante Leah, « saumon »* –, bleu layette, jaune pâle, leurs riches moulures peintes dans des tons pastel contrastés de pêche, turquoise et lavande. Les couleurs étaient absurdes, comme si la rue était un hommage aux Smarties. Mais les touristes, et en particulier les vieilles dames aux cheveux bleus, s'émerveillaient devant ces demeures du début du XXe siècle. L'atmosphère authentique que celles-ci contribuaient à créer rapportait quatre-vingt-quinze pour cent du revenu annuel de la ville en l'espace de trois petits mois.

Il n'y avait pas de parcmètre devant la poste de Clare Point ; c'était une ville chaleureuse qui accueillait les visiteurs à bras ouverts… bon, au moins pendant la période estivale. La poste était le seul bâtiment de pierre de la rue. Construit dans les années 1930 avec des plaques de grès gris apportées en pick-up depuis la Pennsylvanie, il avait à l'origine abrité une banque. C'était un édifice impressionnant, qui dégageait une impression de solidité, de sécurité. De sa première pierre classée Monument historique au drapeau américain qui flottait en permanence à son fronton, le lieu avait toujours paru rassurant à Fia. Dans ses vieux jours, elle avait même passé une nuit ici pendant l'ouragan Hazel.

Où était passée cette protection hier soir, quand Bobby en avait eu besoin ?

La voiture de police bleue d'oncle Sean était le seul véhicule garé devant le bâtiment. Fia serra le frein à main, fourra son téléphone et son appareil photo numérique dans les poches de sa veste et claqua sa portière. En travers des marches de pierre qui menaient à la porte à battants, un ruban jaune, de ceux que les forces de l'ordre utilisaient pour protéger les scènes de crime, dansait dans la brise qui soufflait de la baie. Fia se demanda d'où il sortait. Ils n'en avaient jamais eu besoin à Clare Point depuis que cela avait été inventé.

Levant les yeux, Fia vit Anna Ross et sa sœur, Peigi, qui conversaient tranquillement à l'autre bout du trottoir. Elle se tourna rapidement, espérant qu'elle n'accrocherait pas leur regard. Quand les sexagénaires la repérèrent, elles la hélèrent et se hâtèrent dans sa direction, mais Fia se faufila sous le ruban et grimpa les marches avec un temps d'avance sur elles. Rendue à l'intérieur du bureau de poste, elle pivota, ferma la porte à clé et baissa le store démodé.

— T'as mis combien d'temps à faire la route ?

Sean Kahill avait toujours un léger accent du terroir irlandais, même après tous ces siècles.

Fia se retourna. La question l'avait surprise. Elle semblait, eh bien… étrange, étant donné les circonstances. Mais son oncle Sean avait toujours été comme cela. Il avait toujours eu tendance à se disperser.

— Désolée que ça ait été si long. (Moins de cinq minutes en ville et elle était déjà en train de s'excuser.) J'ai dû m'arrêter chez moi. Récupérer quelques vêtements et m'arranger pour que quelqu'un nourrisse mon chat.

Elle enleva ses sombres lunettes de soleil et les rangea dans la poche de son chemisier. Alors qu'elle s'approchait de son oncle, les talons de ses bottes cliquetèrent sur le sol de pierre polie. Le son se répercuta sur les murs de l'entrée.

Elle pouvait sentir le sang dans le bâtiment. Dans ses narines *et* sur sa langue. Et elle respirait aussi de la fumée, avec une autre odeur putride qu'il était impossible d'ignorer. Elle déglutit péniblement. Bien sûr, elle avait su. Mais même ainsi… elle ne s'y était pas préparée. *Comment* pouvait-on se préparer à la pestilence de la chair brûlée ?

Elle croisa le regard de son oncle. Comme tous les hommes du clan, Sean Kahill était grand, probablement deux mètres à son heure de gloire. La petite soixantaine, il avait à présent une légère bedaine et des cheveux poivre et sel coupés ras, à la militaire. Son uniforme bleu foncé à manches courtes, sur lequel il portait une plaque en or brillant, était un peu froissé.

— Explique-moi ce qui s'est passé ici, oncle Sean. (Fia estimait qu'ils avaient déjà assez bavardé.) Et restons sur un plan purement professionnel. Le protocole d'enquête avant tout.

Aucune trace d'un incendie dans l'entrée. Rien qui signale le moindre incident. L'îlot central, avec les différents formulaires et autocollants d'expédition du courrier, était bien rangé. Tous les stylos en plastique noirs bon marché attachés à des chaînettes métalliques étaient plantés dans leurs supports, et des enveloppes prioritaires de diverses tailles étaient empilées en des tas bien nets sur le comptoir.

— Comment cela a-t-il pu arriver ? murmura-t-elle. Comment Bobby a-t-il pu…

— *Fi, faut pas…*

Elle mit une seconde à comprendre qu'elle l'avait entendu par télépathie, et non de vive voix. Malgré cela, son ton lui donna la chair de poule.

Elle entendit des bruits de pas masculins. Quelqu'un d'autre se trouvait dans le bâtiment. L'un des agents de son oncle ?

Celui-ci tourna les yeux vers la droite. Fia prit une profonde inspiration. Elle pouvait sentir son odeur. Un *humain* ! Un étranger. Elle le vit franchir la porte au fond du hall. Elle échangea un regard furtif avec son oncle. *Qui ?*

Sa transmission de pensée était rouillée. Elle l'utilisait rarement, même quand elle était en ville. Cela ne lui paraissait pas très… *approprié* en ce XXIe siècle.

— Agent spécial Duncan, annonça Sean Kahill d'un ton tendu. Voici la nièce dont j'vous ai parlé, oui.

Plus que son nom, ce fut son visage qui fit l'effet d'un coup de poing à Fia. Pendant un moment, elle eut l'impression de tomber en chute libre.

Il avait un physique classique, mais avenant : de hautes pommettes, un nez patricien, des lèvres sensuelles. Ses cheveux blond roux ne lui arrivaient plus aux épaules, mais elle n'en avait pas oublié la couleur. Elle en était incapable. Mais plus que tout le reste, ce furent ses yeux verts qui lui transpercèrent le cœur. L'esprit. Et chaque goutte de haine qui coulait dans ses veines.

Même dans ce costume gris anthracite sur mesure, il aurait pu débarquer tout droit des Highlands du XVIe siècle.

Fia parvint à s'arracher à la spirale infernale dans laquelle elle était en train de descendre en pensée. Elle lutta pour se faire entendre dans la tête de son oncle. Des siècles d'instinct de survie se réveillèrent. Dans une situation comme celle-ci, rester stoïque était crucial.

— *Agent spécial Duncan ? Oncle Sean, de quoi tu parles ? Qui est-ce ? Pourquoi ressemble-t-il tellement à Ian Duncan ?*

— Il y a eu une… confusion, je crois. Une histoire de juridiction, dit Sean sur un ton étrange qui se voulait officiel. *Ah, je suis désolé, ma fille. Sais pas pourquoi il lui ressemble à ce point. Mais j'ai tenté de te prévenir qu'il était là. J'ai appelé le numéro que ta mère m'avait donné.*

— Agent spécial Kahill, du bureau des affaires opérationnelles de Philadelphie.

Tout en essayant de traiter rapidement plusieurs niveaux d'information, Fia présenta sa main à l'étranger. Elle ne pouvait détacher les yeux de son visage. N'arrivait plus à respirer.

Ian, pensa-t-elle, un sanglot dans la gorge.

Non, bien sûr que non. Elle refoula ses émotions. C'était absurde. Ian était mort depuis des siècles.

Elle chassa ces pensées, se concentra de nouveau.

— *Oncle Sean, ce n'est pas sûr. Cet homme ne peut pas être ici. Il nous met tous en danger.*

— Agent spécial Kahill. (Celui qui se faisait aussi appeler Duncan lui offrit une ferme poignée de main.) Le chef Kahill était justement en train de m'informer de votre venue.

Il lâcha sa main, l'air irrité. Son ton était sec, avec une note de provocation.

— Je suis désolé que vous ayez dû vous déplacer aussi loin pour rien. Je comprends votre préoccupation en raison de votre relation avec la victime et avec le chef ici présent, mais nous sommes dans la juridiction de Baltimore et…

Elle l'interrompit.

— J'ai été envoyée par le bureau de Philadelphie pour enquêter sur cette scène de crime, agent spécial Duncan.

Sa voix était encore plus cassante que celle de l'intrus. Elle devait se débarrasser de lui au plus vite.

— Nous sommes dans la juridiction de *Baltimore*, répéta-t-il, comme s'il pensait qu'elle était trop stupide pour avoir compris la première fois.

C'était la voix de Ian, et pourtant elle était différente. Le grasseyement des Highlands avait disparu au profit d'un accent américain autoritaire.

— Je sais parfaitement ce qu'est une juridiction, rétorqua-t-elle.

Elle était de nouveau à son affaire. Elle allait trouver une solution.

— *Tu as composé le mauvais numéro, oncle Sean ? Est-ce qu'oncle Bill est au courant que ce naze est ici ? Le bureau d'oncle Bill a appelé le mien et parlé directement avec mon chef.* L'erreur doit venir de votre département.

Fia continuait à regarder l'agent droit dans les yeux. Elle le gratifia de son sourire le plus condescendant.

— Tout a été arrangé avant que je ne quitte Philadelphie. Je crois que l'ordre venait directement du bureau du sénateur Malley. J'imagine que vous feriez mieux de téléphoner pour voir où ça a merdé dans *votre* service.

— *Ben, je savais pas quoi faire. Qui appeler.*

Les pensées de son oncle étaient hésitantes. Remplies d'émotion.

— *Gair a expliqué qu'on pouvait pas s'en occuper nous-mêmes. Pas avec Bobby mort à l'intérieur de la poste. Un bâtiment fédéral et tout. Gair a dit qu'on devrait courir le risque.* (Sean pressa la paume de sa main contre son large torse.) *Punaise, j'ai des crampes d'estomac.*

L'agent spécial Duncan n'avait pas bougé. Il était immobile, une expression renfrognée sur le visage. Elle comprenait qu'il soit en pétard. Si elle s'était retrouvée dans sa situation, elle aurait été folle de rage de le voir s'inviter sur *sa* scène de crime. Mais elle n'avait pas pour habitude de faire des cadeaux à qui que ce soit, ni aujourd'hui ni jamais.

Elle reporta son attention sur son oncle et sortit ostensiblement un petit carnet et un stylo de sa poche. L'autre agent ouvrit le clapet de son téléphone et s'éloigna.

— Commençons par le début, chef Kahill, enchaîna Fia. *Réponds simplement aux questions que je pose à voix haute, de la même façon, oncle Sean.* Qui a découvert le corps ?

— *Je… je vais essayer.* L'un de mes hommes. Sa… la femme de Bobby nous a prévenus vers 6 heures ce matin. A déclaré que Bobby l'avait appelée vers 19 heures hier soir pour dire qu'il allait travailler tard. Mais il n'est jamais rentré chez lui. *Tu connais Bobby. Il aime fricoter avec Mary Dill, les mardis soirs. Ils se voient toutes les semaines. Seulement, il s'est jamais présenté chez elle non plus. J'ai appelé pour vérifier.* Alors j'ai envoyé l'agent Mahon Kahill.

— Après avoir reçu cet appel à 6 heures, tu as envoyé l'agent Kahill directement au bureau de poste ?

— Pour voir ce que Bobby était devenu, oui. *Étais loin de me douter. Me suis dit que peut-être l'imbécile s'était soûlé, s'était simplement endormi ou une bêtise du genre. Avait raté son rendez-vous avec Mary.* (De nouveau, Fia perçut l'émotion qui transpirait des pensées de son oncle.) *Si… si j'avais su, j'aurais jamais envoyé le gamin. Je savais pas quoi faire, non. Rien que, où commencer à chercher la tête.*

— *Chercher la tête ?*

Elle serra son stylo. Elle pouvait entendre l'agent de Baltimore parler d'un ton cassant au téléphone. Mais il était toujours suffisamment proche pour pouvoir surveiller leur conversation s'il le souhaitait, et elle devait se montrer prudente.

Chercher la tête ? Ses pensées restaient comme bloquées sur ces mots.

Elle avait oublié à quel point cela pouvait être difficile de mener une conversation avec un humain ou à son intention, tout en communiquant mentalement avec un autre vampire en parallèle.

— Et… et que t'a dit l'agent Kahill lorsqu'il a effectué la découverte macabre ? J'imagine qu'il t'a appelé par radio, reprit-elle.

Bien sûr, Bobby avait dû être décapité. C'était le seul moyen de tuer un vampire. Mais sa tête était *manquante* ? Pourquoi son bureau ne l'en avait-il pas informée ? Et où était la tête de Bobby ?

— Tu veux voir où ça s'est passé, oui ? (Sean pointa le doigt vers l'arrière du bâtiment.) *Je savais pas quoi faire d'autre, Fi. Je savais même pas par où commencer. Sa femme était tellement bouleversée. Et Mary aussi. Les visites les plus pénibles que j'ai dû effectuer en quatre cents ans.*

— Nous pouvons aller voir, accepta Fia. Il me faudra également une déposition complète, mais cela peut attendre que nous soyons de retour au poste de police. (Elle regarda en direction de la porte ouverte.) Dans la pièce du fond ?

— Juste là. La porte de derrière, qui donne sur l'allée, n'était pas fermée à clé, non, alors n'importe qui aurait pu entrer. Enfin, ce n'est pas que les serrures…

— *Fais attention à ce que tu racontes, oncle Sean. L'humain nous écoute*, l'avertit Fia.

— … ce n'est pas que les serrures soient impossibles à crocheter. Pas de nos jours, non, marmonna Sean.

— Vous n'êtes pas sérieux ! aboya l'agent de Baltimore dans son téléphone.

Tandis qu'elle suivait son oncle dans la vaste salle de tri, Fia regarda par-dessus son épaule en direction du faux Ian. Elle s'arrêta net quand l'odeur de la chair humaine brûlée envahit brusquement ses narines et la ramena à la dure réalité. Bobby était *vraiment* mort. Elle eut un haut-le-cœur. *Oh, Bobby…*

Une grande tache de brûlé s'étalait en travers du sol. Une substance gluante et noirâtre formait toujours des mares désordonnées, mélange de sang, tendons, muscles et ligaments brûlés, fondus, poisseux. Une gélatine de ce qui avait sans doute été de la graisse abdominale avait bouillonné avant de se figer en une flaque translucide.

— On savait pas si on devait nettoyer ou pas, non, s'excusa son oncle.

Fia lui tapota le bras, tout en songeant que quelqu'un de cet âge ne devrait pas avoir à s'occuper d'une chose pareille. Son regard erra sur les cendres éparpillées de ce qui avait manifestement été du papier. Des enveloppes. Des journaux. Du courrier… Elle pouvait sentir le combustible, probablement de l'essence.

— *Tu es sûr que sa tête n'est pas là, quelque part ?*

Du bout de sa botte, elle déplaça un morceau de papier calciné.

— *Certain. Ni la tête ni les pieds.*

Elle le dévisagea.

— Ses pieds ont disparu aussi ? Grand Dieu…

Les mots sortirent de sa bouche avant qu'elle n'ait pu se rendre compte qu'elle répondait à voix haute à quelque chose que Sean avait dit en pensée. Elle jeta un coup d'œil en direction de la voix de l'agent Duncan et espéra que celui-ci ne prêtait pas trop attention à eux. Elle prit son appareil photo dans sa poche et l'alluma.

— *Je peux comprendre pour la tête, oncle Sean, mais pourquoi les pieds ?*

— *Je sais pas, Fi.*

— Donc le corps a été découvert par l'agent Kahill avec la tête et les pieds manquants, et les recherches immédiates n'ont rien donné, déclara-t-elle à voix haute, de nouveau concentrée et professionnelle.

— Tous les agents disponibles recherchent les parties manquantes du corps ou des traces de sang. J'ai des photos au poste. Pensais bien qu'tu voudrais voir à quoi les choses ressemblaient avant que Bobby… avant qu'on enlève le corps, résuma Sean. *Mahon a un de ces appareils photo numériques sophistiqués, oui. Permet de voir les photos directement sur l'ordinateur. Me suis dit qu'ils devaient pas aller à la supérette. J'ai jamais aimé les photos qui sortaient de cette machine, de toute façon. Nos visages ont toujours l'air à moitié flous. Qu'est-ce qui fait ça, d'après toi, Fi ? L'empreinte d'une âme humaine ?*

— *J'en sais rien, oncle Sean !* (Elle n'avait pas voulu lui répondre sur un ton aussi sec, et l'expression peinée qu'elle lut sur son visage la fit se sentir coupable.) *Excuse-moi*, pensa-t-elle. *Je suis aussi retournée que toi. Essayons juste de finir ça, d'accord, oncle Sean ?* Je voudrais prendre mes propres photos quand même, si ça ne t'ennuie pas, ajouta-t-elle à voix haute.

Elle tourna lentement, passant en revue l'intégralité de la pièce. Celle-ci mesurait huit mètres sur dix, avec un plafond recouvert de dalles et des murs de deux mètres et demi de haut qui semblaient avoir été fraîchement repeints de ce vert pâle typique des bâtiments fédéraux. Comme dans l'entrée, tout était parfaitement en ordre… à l'exception du chantier, en plein milieu.

À l'extérieur, Duncan referma violemment le clapet de son téléphone avant de venir les rejoindre. Le bruit de ses pas retentit dans la tête de Fia. Celle-ci appuyait sur le déclencheur en regardant à peine l'écran de prévisualisation de l'appareil.

Clic, clic, clic. Elle prit des photos du sol calciné et sanglant. Des cendres du courrier. Mis à part un chariot renversé et un tabouret sur lequel Bobby s'était peut-être assis, la pièce semblait avoir été à peine dérangée.

Elle regarda vers le haut et, repérant quelques gouttes de sang projetées au plafond, elle braqua l'appareil et prit une nouvelle photo. Elle s'attendait à davantage de sang. Dans ses souvenirs, il y en avait plus…

— On dirait qu'on est coincés ensemble, agent spécial Kahill. (Duncan entra dans la pièce, les mâchoires crispées. Fia comprenait à peine ce qu'il racontait.) Mon supérieur a parlé au vôtre et décidé que ce serait une enquête *conjointe*.

Génial, pensa Fia. C'était ce qu'elle avait craint. Le bureau d'oncle Bill pouvait sans doute demander qu'elle s'occupe de l'affaire sans éveiller trop de soupçons, mais il ne tenait probablement pas à se battre contre le bureau de Baltimore alors que ce dernier criait à l'injustice. Le sénateur avait ses propres combats à mener. Elle continua à prendre des photos sans regarder vers Duncan.

— Le combustible utilisé était certainement de l'essence. Simple à obtenir sans se faire remarquer. Facile à transporter. Le tueur s'est servi du courrier pour allumer le feu.

L'humain vint se placer à son côté, les mains dans les poches de son pantalon. On aurait cru entendre l'un des personnages des séries policières préférées de son oncle.

— Un amateur. Le feu n'était pas assez chaud pour brûler plus que la peau et une partie de la graisse. Si vous voulez brûler un corps en entier, il faut que la température soit nettement plus élevée que ça. (Il regarda vers le haut, puis vers Sean.) Est-ce que l'alarme incendie s'est déclenchée, chef?

Sean secoua la tête.

— La batterie est sans doute morte, oui. Cette grande perche de Bobby ne grimpait pas sur une échelle à moins d'y être absolument obligé.

Duncan grimaça.

— Nous vérifierons si la batterie du détecteur de fumée a été enlevée et nous prendrons les empreintes.

— Euh, va falloir commander plus de poudre à empreintes avant de pouvoir effectuer des relevés. On n'en a plus.

— C'est une plaisanterie !

Duncan regarda Fia, mais elle ne réagit pas.

— On ne relève pas d'empreintes très souvent par ici, agent Duncan.

Il poussa un soupir.

— Et j'imagine qu'il n'y avait pas de système anti-intrusion ?

— On n'en a jamais eu besoin, répondit Sean.

Fia pinça les lèvres. Tout ce que Duncan avait dit, un bleu à peine sorti de l'école de police aurait pu le deviner aussi. Jusque-là, il ne l'impressionnait guère.

— Aucun bidon n'a été retrouvé ? demanda-t-elle à son oncle. Ni à l'intérieur ni dans l'allée ?

Il secoua la tête et attrapa un mouchoir dans sa poche arrière.

— *Non, mais une fois j'ai vu cette affaire dans Cold Case où le type…*

Elle prit une autre photo.

— *S'il te plaît, oncle Sean…* L'auteur du crime a apporté l'essence ; il avait l'intention d'allumer un feu, commenta-t-elle en éteignant son appareil photo. (Elle essayait de saisir la scène dans son ensemble, tâchant de se concentrer sur le crime et non sur les divagations de son oncle ou sur l'homme debout à son côté, qui semblait revenu d'entre les morts.) Peut-être qu'il y avait quelque chose ici que le tueur désirait, ou qu'il ne voulait pas laisser dans le bureau de poste, poursuivit-elle, désignant du menton le chariot de courrier en toile couché sur le côté. Il ne s'attendait pas à ce que le receveur travaille aussi tard. Il est arrivé, l'a surpris. Peut-être que Bobby était assis sur ce tabouret et tournait le dos à la porte de derrière. Le voleur s'est dit qu'il devait le tuer pour ne pas laisser de témoin.

— Peut-être. Bien sûr, il manque l'argent, aussi, ainsi que le sac de billets, renchérit Duncan.

Fia jeta un coup d'œil à son oncle. Elle n'en était pas encore arrivée là dans son interrogatoire, mais elle n'aimait pas les surprises. Surtout venant de ce type.

— Ça pourrait être le mobile, convint-elle. Mais une *décapitation* ? Mettre le feu au corps ? Ça me paraît un peu disproportionné, juste pour voler un sac qui ne devait pas contenir plus de deux cents dollars. Et pourquoi emporter la tête et les pieds ? Et, bon sang, comment a-t-il bien pu les couper ?

Cette dernière question s'adressait autant à elle-même qu'à lui.

— Il était sûrement défoncé à la PCP. J'ai bossé sur des meurtres épouvantables où…

— Moi aussi, agent spécial Duncan. (Elle le regarda droit dans les yeux.) Mais c'est la première fois que je vois un tueur *repartir avec des parties du corps*. Pas vous ?

Pendant une seconde, il parut incapable de détacher son regard de celui de Fia, puis il se détourna.

— Si.

Elle l'avait eu, cette fois.

Il sortit les mains de ses poches et contourna le cercle de suie noir et ensanglanté au centre duquel Bobby avait été étendu.

— Inutile d'échafauder des scénarios expliquant le vol de la tête et des pieds. Attendons d'avoir rassemblé toutes les preuves.

C'était facile à dire pour lui. Il ne comprenait pas ce que la décapitation représentait pour l'un d'entre eux.

— Tu as mentionné que vous aviez des photos au poste, chef ? (Fia leva la tête vers son oncle, qui s'était mis à marcher de long en large.) J'imagine que l'agent spécial Duncan aimerait y jeter un coup d'œil.

— En fait, je suis arrivé ici à temps pour voir le corps avant qu'il ne soit enlevé.

Fia lança un regard noir à Sean, qui s'essuyait le front avec son mouchoir. Ce fut à son tour de serrer les dents.

— *Tu dois me dire ce genre de choses, oncle Sean. J'ai l'impression d'être super à la traîne.* Je vois. (Elle avait l'air d'une idiote. Elle s'éclaircit la voix.) Eh bien, pourquoi n'allons-nous pas au poste pour que *je* puisse examiner ces photos ? (Elle se tourna vers Duncan.) Ça va nous prendre une journée entière d'analyser la scène dans le détail, et nous allons avoir besoin de cette poudre à empreintes. Le chef pourra en passer commande dès que nous arriverons. La porte de derrière est fermée à clé, maintenant, n'est-ce pas ? demanda-t-elle à son oncle.

— Bien sûr, Fi, quel genre d'imbécile tu penses que…

Sean ne termina pas sa phrase et glissa le mouchoir dans sa poche.

Tandis qu'elle rangeait son appareil photo, le regard de Fia repassa sur Duncan. Quelle pagaille. Comment allait-elle enquêter sur le meurtre de Bobby tout en empêchant l'agent spécial Duncan de fourrer son nez partout ? Elle n'arrivait pas à croire qu'oncle Bill avait laissé le bureau de Baltimore envoyer un agent. Mais peut-être que Gair avait raison. Peut-être que, comme il s'agissait d'un bâtiment fédéral, le clan ne pouvait pas éviter que l'affaire soit ébruitée.

Fia se tourna vers son soi-disant nouveau partenaire.

— Vous m'accompagnez jusqu'au poste, agent spécial Duncan ?

— Nous sommes venus avec ma voiture, indiqua Sean avec un geste en direction de la porte de devant.

Il a pris sa voiture pour parcourir deux pâtés de maisons et demi ? Fia dut se retenir de rire, même si ce n'était pas vraiment drôle. Mis à part pour soulever sa pinte de bière, Sean n'aimait pas dépenser plus d'énergie qu'il n'était absolument nécessaire.

— Il a laissé la sienne sur le parking, poursuivit Sean. *Il conduit une Crown Vic banalisée. Chouette bagnole. Moteur V8. Comment ça se fait que t'as pas droit à une voiture de fonction, Fi ? T'es venue avec la tienne, hein ? J'ai entendu le moteur Beemer. Elle peine un peu, oui ?*

Fia se détourna de son oncle avec un clignement d'yeux, bloquant ses pensées. Si elle ne se méfiait pas, elle allait se retrouver embarquée dans une conversation mentale sur l'entretien des BMW construites avant 1998. Quelque chose qu'il aurait appris dans l'une de ses émissions sur les voitures.

— Je crois que je vais marcher, dit Duncan. Vous m'accompagnez, agent spécial Kahill ?

Il attendait.

Apparemment, il n'allait pas lui laisser la possibilité de parler seule à son oncle. Pas pour l'instant, en tout cas. Elle soupira et se mit en route.

— On vous retrouve là-bas, chef.

Sean les suivit dehors et referma les portes derrière eux. Au bas des marches, Fia se glissa sous le ruban jaune et tourna à droite sur le trottoir. Une voiture la dépassa. Un cousin la salua de la main. Elle ne répondit pas.

— Plutôt bizarre. Autant de personnes d'une même famille dans une si petite ville. (Duncan la rattrapa tout en suivant la voiture des yeux.) Ça fait beaucoup de Kahill.

Elle descendit du trottoir et traversa la rue sans regarder ni à gauche ni à droite. Elle n'en avait pas besoin. Elle pouvait entendre facilement les voitures à deux rues de distance.

— Les miens sont installés ici depuis longtemps, agent spécial Duncan. C'est une grande famille. (Elle haussa les épaules.) Donc nous sommes nombreux à porter le même nom.

Glen Duncan sentait que les choses étaient plus compliquées que la rouquine ne voulait bien le dire. Pas qu'il ait eu la chance d'être l'un de ces agents doués d'un sixième sens, mais il y avait quelque chose d'un peu étrange ici ; cependant, il n'arrivait pas à mettre le doigt dessus.

Peut-être que c'était simplement son imagination. Son irritation. Quand il avait appelé son supérieur à Baltimore, Krackhow n'avait pas caché que l'agent spécial Kahill ne serait pas écartée de l'enquête. Il n'avait aucun contrôle sur la situation, avait-il expliqué sans détour à Glen. L'ordre résultait d'une demande du bureau du sénateur Malley. Affaire classée. Si Glen souhaitait être remplacé, Krackhow enverrait un autre agent.

Évidemment que Glen ne voulait pas être remplacé. Une décapitation dans un bâtiment fédéral ? La tête et les pieds volés ? C'était le genre d'enquête dont la plupart des agents rêvaient toute leur carrière. Bien plus palpitante que les dossiers dont il s'était occupé jusqu'à présent à la brigade de répression des usurpations d'identité. Mais il était malgré tout en pétard que la rouquine ait été affectée à l'affaire, en dehors de sa juridiction, juste parce que quelqu'un connaissait quelqu'un qui connaissait quelqu'un au bureau du sénateur De-quoi-j'me-mêle. Le FBI de son père avait fonctionné comme cela, à la J. Edgar Hoover, mais le FBI actuel aurait dû être différent. Les choses étaient censées avoir changé. Comme si l'administration pouvait jamais changer…

Il devait se hâter pour éviter de se faire distancer par sa nouvelle partenaire. Avec ses longues jambes, celle-ci couvrait beaucoup de terrain à chaque pas. Il ne pouvait nier qu'elle était l'une des beautés les plus frappantes qu'il lui ait été donné d'observer. Elle était loin de ressembler à la plupart des agents du Bureau. En plus d'un corps à tomber, elle avait une chevelure roux foncé plus flamboyante que la meilleure des colorations. Comme de nombreuses rousses, sa peau était pâle, mais si pure qu'on aurait cru de la porcelaine, avec juste une pincée de taches de rousseur sur l'arête de son nez parfaitement retroussé. Ses lèvres pleines paraissaient naturellement rouges, mais c'étaient ses yeux qui le fascinaient le plus. Ils étaient d'une couleur extraordinaire, bleu pâle piqueté de taches indigo. Des yeux dans lesquels un homme pouvait se perdre… *si la femme n'était pas une telle peau de vache*, se dit-il.

L'agent spécial Kahill représentait tout ce que Glen méprisait chez une femme agent du FBI, chez n'importe quelle femme qui essayait trop dur d'exercer un métier que la société considérait encore comme masculin. Glen n'avait rien contre le recrutement de femmes au FBI, ou dans la police, ou même dans les commandos de la Navy, d'ailleurs. Il connaissait des femmes qui obtenaient de meilleurs résultats que lui au stand de tir. Des femmes à l'esprit plus vif. Ce qui lui posait problème, en revanche, était l'attitude belliqueuse qu'elles semblaient toujours avoir. Pour quelqu'un comme Fia Kahill, cela ne suffisait pas de faire simplement son travail. Elle voulait le faire mieux que lui, et elle voulait que tous les hommes le sachent. Elle n'avait aucune envie de faire partie de la bande ; elle voulait être au-dessus d'eux.

Il lui jeta un coup d'œil ; la détermination se lisait sur son visage tandis qu'elle parcourait le trottoir à grandes enjambées. S'ils étaient coincés ensemble sur cette affaire, il devait essayer d'en tirer le meilleur parti.

Il glissa les mains dans ses poches.

— Ils étaient en train d'enlever le corps quand je suis arrivé. Le chef Kahill a dit que vous aviez une morgue ici.

— Mmm.

— Il a mentionné que l'autopsie serait réalisée à Clare Point, plutôt qu'au bureau du médecin légiste de l'État, à Wilmington.

— Si c'est ce que le chef Kahill a dit…

Elle ne le regarda pas.

Cela ne changeait pas grand-chose. Dès l'instant où ils étaient sortis dans le soleil éclatant du mois d'août, elle avait couvert ses incroyables yeux bleus d'une paire de lunettes de soleil enveloppante aux verres sombres.

— Ça paraît un peu étrange, non ? J'aurais pensé qu'une autopsie de cette nature serait effectuée par le médecin légiste de l'État.

— Je peux vous assurer que le docteur Caldwell est parfaitement qualifié et accrédité pour réaliser cette autopsie, agent spécial Duncan.

Elle utilisait de nouveau ce ton cassant pour s'adresser à lui. Il commençait vraiment à être agacé qu'elle ne le regarde pas quand elle lui parlait.

— Je ne remets pas en cause les compétences de votre médecin, *agent spécial Kahill*. Je m'interroge sur la procédure suivie dans cette enquête fédérale.

Ils avaient quitté la grand-rue et approchaient à présent du poste de police. Deux voitures seulement étaient garées à l'extérieur : celle de Glen, et la vieille patrouilleuse du chef. Tous les autres agents étaient certainement en train de passer les rues au peigne fin à la recherche d'une tête et de deux pieds.

L'agent Kahill gravit d'un pas décidé les marches menant à la porte d'entrée du poste de police de sa ville natale, sur laquelle un panneau de bienvenue accueillait les « Visiteurs ». *Combien de visiteurs un poste de police reçoit-il?* se demanda Glen.

— Eh bien, appelez le bureau du médecin légiste de l'État et vérifiez vous-même.

Elle ouvrit la lourde porte comme si elle était aussi légère qu'une plume.

Glen dut retenir le battant quand il lui retomba violemment dessus. Tandis qu'il se dépêchait de rejoindre Fia Kahill, il ne put s'empêcher de penser combien il serait reconnaissant s'il pouvait attraper ce tueur et partir le plus loin possible d'elle et de sa petite ville bizarroïde.

Chapitre 3

— Fia ?

Elle était assise au fond du poste de police, dans un fauteuil réglementaire gris élimé. Tous les commissariats du pays possédaient un grand bureau comme celui-ci : quelques tables, des classeurs métalliques, une vieille photocopieuse sur une desserte et un portemanteau qui avait connu des jours meilleurs. Au mur, on trouvait des photos des criminels les plus recherchés, un schéma de la manœuvre de Heimlich ainsi qu'un cliché accroché de travers, qui représentait les policiers au concours de lancer de citrouille de l'année précédente, hilares et légèrement imbibés.

Fia se pencha en avant, le menton posé sur ses poings fermés, et étudia les images de vingt centimètres sur vingt-cinq étalées sur l'antique table couleur anthracite.

Il s'était écoulé des heures depuis son arrivée à Clare Point ; elle avait l'impression que cela remontait à des années. Les agents de police faisaient des allées et venues au poste, livrant leurs rapports à Sean d'une voix étouffée. Avant la relève, trois officiers, parmi lesquels l'unique femme de l'équipe, étaient entrés la saluer. Tous rentraient avec la même information : aucune trace d'une tête ou de pieds tranchés, pas plus que d'activités ou d'individus suspects en ville.

Son regard passait d'une photo à l'autre. Même pour un agent aguerri, elles étaient horribles, mais Fia ne pouvait cesser de les examiner. Ses yeux voletaient de scène en scène à la recherche d'une certitude, de quelque chose qui pourrait l'aider, d'un signe. Elle avait dit à Duncan qu'elle cherchait des indices. Elle s'était répété le même mensonge, mais en vérité elle avait besoin de les contempler encore pour se persuader que tout cela était bien réel.

Avec la chaleur du feu, les tendons de Bobby s'étaient contractés et ses membres s'étaient repliés sur son corps. Tordu, couché sur le côté, l'homme autrefois imposant avait l'air d'un enfant sans défense. Elle frissonna lorsqu'elle vit en pensée un enfant innocent, endormi au milieu des flammes.

Le clan Kahill avait rejoint le Nouveau Monde à la recherche d'un sanctuaire, pour échapper à ceux qui avaient perpétré ces atrocités contre les siens. Les humains ignoraient tout de leur présence à Clare Point. Tous les habitants de la ville avaient conscience que leurs vies dépendaient de leur capacité à garder le secret sur leur identité, ainsi qu'il en avait été pendant des siècles. Personne n'était au courant à part la famille. Mais… et si quelqu'un *savait* ?

— *Fi…*

La voix de Sean à l'intérieur de sa tête la fit sursauter. Elle se redressa dans la chaise grinçante et laissa retomber ses bras. Elle regarda devant elle. Sean et Duncan se tenaient tous deux face au bureau, en train de la contempler.

— Désolée, j'essayais de me concentrer. Qu'est-ce que vous disiez ?

— J'ai renvoyé les équipes de nuit et de jour chez elles ; ça suffit pour aujourd'hui. La plupart des agents travaillent depuis douze heures ou plus, et l'équipe de nuit doit reprendre dans quatre heures.

— Bonne idée, acquiesça-t-elle. Un flic fatigué ne vaut pas mieux qu'un flic soûl, et on ne veut rien laisser passer.

Dans le fond de la salle, on entendit un grésillement, et l'officier radio du soir, dans son petit bureau, répondit à une communication. Derrière la grande baie vitrée, on ne pouvait distinguer les paroles d'aucun des deux agents. Juste un bruit de friture et des voix indistinctes et désincarnées.

Sean s'essuya le front avec son mouchoir.

— J'ai demandé à mes gars de continuer à chercher, pour sûr, mais toutes les fichues poubelles ont été fouillées. Toutes les allées inspectées. Mahon s'est même rendu jusqu'à la vieille décharge municipale. Il a rapporté que personne pouvait y être allé récemment, non. Les herbes étaient trop hautes.

— Aucune trace de la tête, murmura-t-elle, baissant de nouveau le regard sur la photo juste en face d'elle.

De côté, quand on ne pouvait voir ses mains qui revenaient vers ses avant-bras de manière grotesque, Bobby avait l'air d'être en train de prier. Ses jambes étaient monstrueuses : après les cuisses potelées, elles s'affinaient au niveau des genoux et s'arrêtaient abruptement aux chevilles calcinées. *Bon sang, pourquoi est-ce qu'ils avaient bien pu prendre ses pieds ?*

— Pas de sang dans l'allée derrière le bâtiment, je suppose ? questionna-t-elle.

— Non. Pas de sang nulle part. Pas de traces de pneus non plus. (Il regarda l'autre agent, qui se tenait là en silence.) On se disait, Glen et moi. Il est 20 heures passées. On pourrait peut-être aller manger un petit morceau au pub ?

Alors comme ça, l'agent spécial Duncan et oncle Sean étaient copains maintenant, hein, ils s'appelaient par leurs prénoms ? Et l'intrus se prénommait Glen.

— Et les empreintes que vous avez relevées jusqu'ici ?

— Pas donné grand-chose. Y a beaucoup de gens qui entrent et sortent de cette poste, oui, Fi.

— Mais pas par la porte de derrière.

Sean secoua la tête et plia son mouchoir.

— Rien trouvé d'autre que celles de Bobby. (Il hésita.) Alors, t'en penses quoi, hein ? Laisser tomber jusqu'à demain matin. Recommencer à la première heure. Aller se manger un morceau maintenant.

Elle se leva et commença à rassembler les photos. Elle ne se voyait pas manger, mais elle savait que ce n'était pas un repas que son oncle avait à l'esprit. C'était sa pinte du soir.

— J'ignorais si vous souhaitiez simplement prendre quelque chose à emporter, agent spécial Duncan, expliqua-t-elle sans le regarder. Aller au motel. Peut-être passer certains éléments en revue. Peggy, la gestionnaire du poste de police, nous a fait des réservations au *Phare* avant de partir ce soir.

— Je ne sais pas. (Glen haussa les épaules.) Je mangerais bien un morceau. Avec une bière, peut-être. Ça a été une sacrée journée.

Il saisit la veste qu'il avait posée sur le dos d'une chaise et l'enfila. Même avec la climatisation à fond, la température dans le poste de police était agréable, et Fia avait ôté son blazer un moment plus tôt ; mais elle se sentit soudain gênée. Elle l'attrapa et le remit par-dessus son fin tee-shirt en soie. Glen l'observait. Elle n'aurait pu dire ce qu'il contemplait ; peut-être sa poitrine, mais elle en doutait.

Leurs regards se croisèrent au-dessus du bureau.

— Peut-être parler à quelques personnes, poursuivit-il. Découvrir si quelqu'un a vu quelque chose. Entendu quelque chose.

Ses yeux étaient verts. Évidemment.

Ça n'allait pas être simple d'essayer de résoudre le meurtre de Bobby avec un humain dans les parages pour regarder par-dessus son épaule… Surtout un spécimen aussi vif que celui-là.

Elle contempla les photos qu'elle tenait à la main, et s'empara de l'enveloppe brune où elle les avait prises. C'était *malin* de se rendre au pub ce soir pour voir ce que les locaux avaient à raconter. Dans des circonstances ordinaires, cela aurait constitué une méthode d'investigation efficace. Bien sûr, l'agent Duncan ne pouvait pas deviner que les Kahill ne parlaient pas aux étrangers. Oh, naturellement, en apparence, ils se montreraient ouverts et coopératifs, tout comme Sean et ses agents. Mais le passé avait enseigné à Fia que la ville saurait se dérober aux questions de l'intrus avec la vivacité du torero face au taureau, afin de ne lui révéler aucune information importante. Le gouvernement fédéral avait peut-être envoyé un émissaire pour enquêter sur l'affaire, mais les citoyens de Clare Point résoudraient l'énigme du meurtre eux-mêmes.

— Très bien, dit-elle lentement tout en fourrant les photos dans une chemise de classement en compagnie d'un tas de notes qui s'épaississait. Le plus simple est que nous laissions les voitures au motel et que nous allions au pub à pied. Il n'y a pas beaucoup de places de stationnement. De toute façon, tout est plus rapide à pied par ici. (Les pièces à conviction sous le bras, elle gagna à grands pas la porte de devant.) Nous te verrons au *Tertre*, oncle Sean ?

Sean se dirigeait vers l'arrière du bâtiment, où se trouvait son petit bureau à côté de celui de l'officier radio. Il leur adressa un geste de la main en s'éloignant.

— Il est plutôt secoué, observa Glen tout en tenant la porte à Fia.

Comme elle était aussi grande que lui, il dut étendre le bras et la manche de sa veste frôla l'épaule de Fia. Celle-ci dut se faire violence pour ne pas tressaillir. Comme la plupart des Kahill, elle était plus sensible que les humains. Son odorat, son ouïe, sa vue, même son sens du toucher étaient plus fins. Certains affirmaient que les vampires étaient plus réceptifs. Au plaisir. À la douleur.

Fia s'admonesta intérieurement de n'être pas arrivée à la porte avant Glen. Elle n'aimait pas être traitée différemment par les hommes, surtout par ceux avec qui elle travaillait. Surtout par ceux qui ressemblaient à son Ian. *Ce salopard menteur et meurtrier.*

— Clare Point n'a jamais connu d'assassinat depuis sa fondation, dit-elle sur un ton détaché, pragmatique. Cette ville n'est pas Baltimore, et encore moins Philadelphie.

Il s'arrêta au bas des marches et leva les deux mains comme pour se rendre.

— Hé, vous ne m'apprenez rien.

Il faisait presque noir et la lampe extérieure, montée en hauteur sur le coin du bâtiment, commençait tout juste à s'allumer, projetant une lueur jaune et vaporeuse sur le trottoir et le gazon, gris à cette heure. Dans la lumière déclinante, les formes familières devant le poste de police – les massifs de lilas, le mât du drapeau, les lys tigrés en fleur dans le parterre à côté des marches – paraissaient transformées, presque irréelles, d'une certaine manière. Peut-être que c'était juste la vue de Ian se tenant ici dans un costume hors de prix, dans l'Amérique du XXIe siècle, ou peut-être que Clare Point avait vraiment été changée à jamais avec le meurtre de Bobby.

Fia continua à marcher sur le trottoir en direction de Main Street.

— Vous voulez que je vous dépose à votre voiture ?

— Non, rétorqua-t-elle.

— Agent spécial Kahill ?

Elle ne pouvait l'ignorer, même si elle envisagea de faire semblant de ne pas l'avoir entendu.

— Agent Kahill, répéta-t-il.

Elle s'arrêta et se tourna à demi pour le regarder.

— Vous ne comptiez pas retourner au bureau de poste ce soir, n'est-ce pas ? (Il n'attendit pas sa réponse.) Parce que je pense que nous ne *devrions* pas. Nous devons y aller demain *ensemble*. Examiner la scène avec des yeux neufs. Ensemble.

— Je vous retrouve au motel dans dix minutes, lança-t-elle en traversant la rue.

Nom d'un chien, pensa-t-elle en faisant tinter dans sa poche la clé du bureau de poste, qu'elle avait subtilisée. *Il est doué.*

Elle espérait juste qu'il ne l'était pas trop.

Le temps qu'ils arrivent tous les deux au pub, oncle Sean était déjà accoudé au bar en train de boire sa deuxième pinte. Minimum. Un petit tableau écrit à la craie sur la porte informait les clients que la tenancière servait ce soir sa Houndstooth Stout. C'était une bière brune, forte, excellente. Fia la connaissait bien. Oncle Sean encore mieux.

Dans le coin le plus éloigné de la salle commune, un vieux juke-box jouait un air exubérant des années 1970. Une image de Tom Cruise effectuant un dérapage sur le parquet dans son slip kangourou traversa l'esprit de Fia.

Le *Tertre*, comme on l'appelait en ville, était le deuxième plus ancien bar toujours en activité du pays, juste après la *Taverne du Cheval Blanc*, plus haut sur la côte, à Newport. Sans les ouragans du XVIIIe siècle, il aurait été le premier. Il avait à l'origine été construit près de l'eau, au sommet d'une dune de sable, par l'une des tantes de Fia, mais au fil du temps les membres du clan avaient dû reconnaître la supériorité des éléments et l'avaient déplacé dans les terres et plus en hauteur. La ville avait poussé de manière désordonnée autour du pub et, en toute saison, la salle commune était le cœur du clan Kahill. Personne ne se disputait, ne faisait l'amour, n'achetait un camion neuf ou d'occasion sans que cela ne soit commenté au *Tertre*.

À l'extérieur, aucun panneau ne signalait la présence du pub, et l'intérieur était parfaitement banal. Tavia espérait décourager ainsi les visiteurs. De l'autre côté de la ville, ceux-ci pouvaient trouver le *O'Cahall's* : un pub attrape-touriste construit exprès pour eux. Malgré cela, quelques humains étaient présents ce soir : deux couples et un veuf d'une cinquantaine d'années qui venait, chaque année, passer le mois d'août en ville avec ses enfants adultes en se berçant de l'illusion qu'ils étaient des locaux.

Les murs du pub étaient recouverts d'un lambris de bois foncé, taché par des années de bière renversée et de fumée. Le sol constitué de lattes de parquet, autrefois lavé régulièrement à grands seaux d'eau de mer et de sable, l'était désormais avec un produit au pin qui rappelait toujours légèrement à Fia un désinfectant pour toilettes. Des box en bois massif s'alignaient le long de deux côtés de la salle, et quelques tables et chaises étaient éparpillées au milieu. Le bar, qui s'étirait sur toute la longueur d'un des murs, était fait du bois du navire qui avait amené les Kahill à Clare Point. Marqué par l'eau salée, martyrisé par des années de mauvais traitements et criblé de trous d'asticots, le bar était un membre du clan au même titre que chacun d'entre eux. Le long miroir gravé orné de dorures reflétait les visages de ceux que Fia connaissait depuis des siècles. Elle en aimait certains, en détestait d'autres, mais elle était absolument loyale envers chacun d'entre eux.

— Pourquoi ne prenons-nous pas une table, agent spécial Duncan ? suggéra-t-elle, l'entraînant loin du bar où oncle Sean était assis avec son frère Mungo.

Elle sentait que son oncle essayait de lui parler, mais elle n'y prêta pas attention, le réduisant au silence dans sa tête.

Duncan la suivit jusqu'à la table.

— C'est idiot. Appelez-moi Ian.

Comme les mots se frayaient un chemin dans son cerveau, elle pila et se retourna.

— Qu'est-ce que vous avez dit ?

Il eut l'air perdu.

— J'ai dit, c'est idiot. Appelez-moi Glen.

— Oh.

D'où est-ce qu'elle avait sorti ça ? Seigneur, elle était fatiguée.

Heureusement, Shannon fit irruption à cet instant, tous seins et faux cils dehors avec ses cheveux à la Pamela Anderson. Âgée d'une vingtaine d'années, la jeune fille travaillait pour Tavia le soir après la fin de la saison touristique. Pendant l'été, elle était cuisinière et serveuse dans un grand *bed and breakfast*, plus loin dans la rue. Elle était plus petite que la plupart des femmes de la ville, mais était tout aussi belle, presque d'une manière exotique. Elle portait toujours des tee-shirts près du corps et décolletés et des jeans moulants. Comme toutes les femmes vampires, elle exsudait une sensualité que même les humains pouvaient sentir dans l'air.

Shannon fit mine de ne pas voir Fia et haussa un sourcil duveteux pour exprimer son intérêt envers Duncan. Elle savait déjà parfaitement qui il était. Elle manifestait simplement le plaisir qu'elle éprouvait de pouvoir contempler son séduisant visage.

Shannon n'avait pas connu Ian. Elle n'avait pas idée de la ressemblance entre les deux hommes. Mais c'était tout à fait son style de faire enrager Fia sans attendre. Cela durait depuis des années.

— *Apporte-nous deux pintes et arrête de mater*, lança Fia en direction de la serveuse.

Puis elle se rendit compte qu'elle n'avait rien dit à voix haute et elle leva deux doigts.

Cette fois, Shannon arqua les deux sourcils.

— *Voyez-vous ça. On parle comme une vraie Kahill ce soir*, railla-t-elle en glissant un plateau vide sous son bras.

Fia lui jeta un regard noir. La fille était plus jeune que la plupart des membres du clan, mais c'était une bonne télépathe, meilleure que Fia. Ses transmissions étaient toujours claires. Fia songea que Shannon avait largement le temps de s'entraîner, vu que tout ce qu'elle avait fait au cours des dernières deux cent soixante années et des poussières était préparer du pain, cuisiner du ragoût d'agneau, laver des plats et forniquer. La serveuse se pavana jusqu'au bar.

Glen devança Fia à la table et tira la chaise pour elle. Elle s'assit à contrecœur et croisa les bras sur sa poitrine tandis qu'elle passait la salle en revue.

— Fia.

— Je sais. Joli nom. Peu commun.

Il avait laissé sa veste au motel et remonté les manches de sa chemise blanche fraîchement repassée.

Elle portait toujours le haut de son tailleur. Il avait l'air détendu, abordable. Elle avait l'air coincée.

— Je vous ai commandé une pinte de stout. Ici, nous buvons ce que Tavia a à la pression. Elle brasse sur place, expliqua Fia à Glen. J'espère que vous aimez la bière brune forte, parce que c'est tout ce qu'on a. Si vous voulez une blonde légère, vous allez devoir vous rendre au *O'Cahall's*.

— J'aime la stout. (Il regarda autour de lui.) Un menu ?

Elle désigna un autre tableau noir, plus grand que celui des boissons, suspendu sur une chaîne par une pince à linge en bois tout au bout du bar. La mention « Ragoût d'agneau » avait été écrite à la main, puis barrée. En dessous, on lisait « *Fish & chips* » au-dessus d'un petit dessin : un poisson dont l'œil formait une croix. Shannon se disait que c'était mignon, sans le moindre doute.

— J'imagine que je vais manger du poisson et des frites, commenta-t-il avec un demi-sourire.

Elle se recula dans sa chaise sans lui renvoyer son sourire.

— J'imagine.

Quand elle était entrée, elle avait délibérément élevé un mur mental pour empêcher les pensées désordonnées des clients du pub de s'insinuer dans sa tête. En réalité, il s'agissait davantage d'un rideau que d'un mur. Même sans écouter, elle avait perçu le grondement changeant des voix dès l'instant où elle avait passé la porte. Ne voyant aucune raison de faire la conversation à l'homme attablé face à elle, elle repoussa le rideau. Elle eut immédiatement l'impression d'être bombardée par un feu d'artillerie nourri. Mis à part Shannon et Victor, le vieil Anglais revêche, toutes les personnes présentes dans la pièce s'exprimaient en gaélique, mais comme c'était sa langue maternelle, elle n'avait pas besoin de traduire les mots. Le problème était que les pensées la frappaient comme les vagues d'une tempête, l'attaquant de toutes parts.

— *Pauvre Bobby.*

— *Pauvre Mary.*

— *Pauvre, chère Mary.*

L'épouse de Bobby et sa maîtresse du moment s'appelaient toutes deux Mary, aussi Fia ne savait-elle pas qui pensait à quelle femme.

— *Comment ça a pu se produire, hein ?*

— *Je savais qu'une chose pareille devait arriver.*

— *Qu'allons-nous faire ?*

— *Qu'allons-nous faire ?*

— *Qu'allons-nous faire ?*

Et un courant de pensées parallèle tourbillonnait autour de l'agent spécial Duncan. Tous dans la pièce mis à part Shannon, Victor et les touristes avaient connu Ian Duncan. Pour beaucoup, il incarnait toujours le Mal.

— *Comment est-ce possible, il lui ressemble tellement ?*

— *Ça ne peut pas être bon signe.*

— *Pourquoi l'a-t-elle amené ici ?*

— *Qu'allons-nous faire ?*

— *Qu'allons-nous faire ?*

— *Qu'allons-nous faire ?*

Submergée par le déferlement de voix, Fia dut combattre l'envie de se couvrir les oreilles des mains. La télépathie ne véhiculait pas seulement les mots, mais aussi l'intensité de l'émotion. Elle n'entendait pas tant les personnes autour d'elle qu'elle les ressentait, et la violence de cette sensation était bouleversante. Elle était déjà fatiguée, et la colère, la confusion et la peur très palpable l'épuisaient. Ils étaient tous si effrayés…

Et des Kahill effrayés étaient des Kahill deux fois plus dangereux.

— Voilà, mon chou.

Shannon ramena Fia à la réalité, et les voix s'éteignirent dans sa tête jusqu'à ce qu'elles ne soient à nouveau plus qu'un grondement sourd.

La serveuse posa le verre de Fia sur la table, juste un peu trop loin.

Celui de Glen, en revanche, lui fut remis personnellement dans la main avec un balancement de hanches galbées et une moue séductrice.

— Vous dînez avec nous, *agent spécial* Duncan ?

Si Glen était surpris que la pétasse connaisse son nom, il n'en laissa rien paraître. Il referma la main sur sa pinte et lui adressa un sourire.

— Je pensais prendre le *fish and chips.*

Le ton de sa voix était taquin, un peu charmeur.

Glen Duncan pouvait se montrer séduisant quand il le souhaitait, Fia voulait bien lui accorder cela. Mais Ian avait été pareil.

Quelle imbécile... La pire des idiotes.

Fia se pencha en avant et attrapa son verre. On ne pouvait qu'admirer la mousse couleur crème qui recouvrait le breuvage.

— Homme marié, Shannon. Circule. *Et humain. Tu es plus maligne que ça.*

Shannon sourit, pas découragée pour un sou.

— *Fish and chips*, ça vient.

Elle sourit de nouveau à l'homme et s'éclipsa.

— Je ne le suis pas, vous savez. (Glen leva son verre, presque comme pour trinquer, puis but.) Sacrément bon.

Fia savoura la bière sombre, inhalant son arôme capiteux.

Les boissons de Tavia ne sentaient pas tant la bière traditionnelle que le chêne sucré. Fia n'en commanderait qu'une. Elle ne buvait que de la bière et, sauf exception, seulement ici.

— Vous n'êtes pas quoi ? demanda-t-elle.

— Marié.

— Non ? Vous ?

Elle posa sa pinte et la repoussa sur la table balafrée. Plutôt que de regarder Duncan, elle contempla la mousse qui clapotait contre les parois du verre.

— J'ai juste supposé...

Elle haussa une épaule.

— Elle est mignonne. Comment s'appelle-t-elle ?

— Shannon. Shannon Embrouilles. Ce serait une très mauvaise idée.

Il rit.

— Je ne suis pas intéressé. Pas mon type. (Il prit une autre gorgée.) Et… je suis fiancé.

Elle hocha la tête, mais ne répondit pas. Elle ne voulait vraiment pas qu'il lui fasse des confidences sur sa vie. Elle ne comptait certainement pas lui révéler quoi que ce soit de personnel sur elle.

— *Je suis content que tu sois venue, oui, Fi.* (Les pensées d'oncle Sean flottèrent à travers la pièce.) *On a besoin de toi. La famille a besoin de toi.*

— *Bien sûr que je suis venue*, lança-t-elle.

— *Désolé, pour lui. Doublement désolé, oui. Quelles étaient les chances que le FBI envoie un homme qui ressemble à ce point à…*

— *Oncle Sean, ne t'inquiète pas. On parlera demain. Essaie d'apprécier ta pinte.*

— *Apprécier sa pinte ? Comment pourrait-on apprécier une pinte après une chose pareille ?*

C'était le frère de Sean, Mungo, assis sur un tabouret de bar à côté de lui.

Habituellement, on considérait qu'il était impoli d'écouter les pensées qui ne vous étaient pas destinées, mais dans les circonstances présentes c'était compréhensible. Dans le flux de pensées de Mungo, elle perçut un fragment de souvenir de la scène sanglante, cette nuit-là, en Irlande. Les hennissements des chevaux, la terreur des femmes qui s'étaient enfuies dans les champs plongés dans la nuit, à l'extérieur du village. Le sang et les flammes qui avaient teint l'herbe en noir.

— Elle s'appelle Stacy. Elle est hygiéniste dentaire.

Sa phrase ramena brutalement Fia à la réalité.

— Pardon ?

Elle jeta un bref coup d'œil à Glen, puis empoigna sa pinte.

— Ma fiancée. (Il buvait sa bière à petites gorgées, un regard attentif posé sur Fia.) Vous ?

Elle secoua la tête, esquissant un demi-sourire tout en sachant que c'était une erreur.

— Non. Jamais été mariée.

Quinze cents ans. Une vieille fille à tous points de vue.

— Deux *fish and chips*, annonça Shannon avec entrain en se déhanchant vers leur table, deux petits plateaux de plastique en équilibre sur ses mains levées haut dans le ciel. Pour toi. (Elle lâcha l'un d'eux avec fracas devant Fia.) Et pour vous, mon chou.

Chaque plateau contenait un cône de papier d'emballage à damiers à l'ancienne mode, rempli à ras bord de poisson frit et de morceaux de pomme de terre d'un brun doré. Glen sourit à la serveuse tandis qu'elle glissait son plateau bien en face de lui, faisant se toucher leurs avant-bras nus au passage.

— Vinaigre de malt, chanta Shannon en sortant une bouteille de son petit tablier. Une autre Houndstooth ?

— S'il vous plaît.

Elle lança un regard de dédain à Fia et tourna sur la pointe des pieds. Elle savait que ce n'était pas la peine de lui poser la question. Fia ne buvait jamais plus d'un verre.

— Je reviens, gazouilla la serveuse.

— Inutile de réclamer du ketchup, de la sauce cocktail ou de la sauce tartare. Vous pouvez manger votre plat « à l'ancienne » : nature, ou « à la mode » : avec du vinaigre, indiqua Fia.

Glen haussa les épaules et répandit du vinaigre sur le tout. Il glissa la bouteille vers elle, mais elle secoua la tête.

— Vous voulez discuter de l'affaire ? demanda-t-il.

À cet instant, le téléphone attaché à sa ceinture vibra. Il le détacha, consulta l'écran, puis le posa à l'envers sur la table.

Fia avala une frite. C'étaient les meilleures qu'elle ait jamais goûtées. Tavia les préparait toujours elle-même avec de vraies pommes de terre, elle ne servait jamais de frites surgelées qui sortaient d'un sac en plastique.

— Peut-être que nous devrions la laisser reposer. Ne pas évoquer le sujet avant demain.

Il hocha la tête, mâchant d'un air pensif, et un silence s'installa entre eux. Fia n'avait pas particulièrement faim, mais elle mangea malgré tout, car elle savait que cela lui ferait du bien. Shannon apporta une autre bière à Glen, resta à flirter une minute, puis les quitta pour rejoindre la cuisine, d'où l'on pouvait entendre la voix impatiente de Tavia qui l'appelait.

Ils mangèrent sans échanger un mot. Glen en était à la moitié de sa seconde pinte quand il releva la tête pour regarder Fia.

— Écoutez, ça ne me plaît pas plus qu'à vous. Vous pensez que c'est votre enquête. Je sais que c'est la mienne…

Il ne s'arrêta pas assez longtemps pour qu'elle puisse répondre.

— … mais mon supérieur a décrété que nous allions travailler ensemble. Nous ferions aussi bien d'en tirer le meilleur parti possible.

Il avait raison. Elle savait qu'il avait raison. Sa bouderie silencieuse était tout sauf professionnelle. Ce n'était pas la faute de Glen s'il ressemblait à Ian. Pas sa faute si le FBI avait découpé les juridictions de cette façon. Elle devait se montrer courtoise, au moins jusqu'à ce qu'elle ait pu trouver un moyen de lui faire quitter

Clare Point et abandonner l'enquête. Elle prévoyait déjà d'appeler le bureau de Malley le lendemain matin.

Il attendait toujours.

Elle soupira et s'appuya contre le dossier de sa chaise. Il proposait une trêve, et c'était à elle de l'accepter.

— Je ne cherche pas à être pénible. Je suis simplement préoccupée. Bobby McCathal…

— Ne vous excusez pas. Je n'ai jamais enquêté sur le meurtre de quelqu'un que je connaissais, mais je n'ai aucune peine à imaginer à quel point cela doit être difficile.

Son téléphone vibra de nouveau. De nouveau, il le regarda et le reposa à l'envers. Elle devina qu'il s'agissait encore de la fiancée. Deux fois en une demi-heure… La femme était persévérante.

— Franchement, dit-il en repoussant son plateau vide, je crois que c'est pour cela que j'ai été surpris quand le chef m'a annoncé que vous aviez été appelée. Je suppose que vous connaissez quelqu'un au bureau du sénateur Malley, ou que quelqu'un vous y connaît.

Elle ne répondit pas. À la place, elle lui demanda depuis combien de temps il travaillait à l'antenne de Baltimore, pourquoi il avait rejoint le FBI, où il avait effectué ses études. Heureusement, il joua le jeu et commença à lui raconter comment il en était venu à être assis dans ce pub en sa compagnie, à enquêter sur un meurtre, un mercredi soir comme les autres.

Intérieurement, elle sourit. Il n'avait pas conscience de la forte teneur en alcool de la stout, et elle n'allait certainement pas l'en informer. L'alcool déliait toujours la langue aux humains. Fia hésita à dire quelque chose, mais décida de s'abstenir. Ce n'était pas son problème s'il avait mal aux cheveux demain matin.

Le pub commençait à se remplir de ceux qui avaient dîné chez eux et venaient simplement pour une pinte et pour voir si on en savait plus à propos de la mort de Bobby. Shannon apporta une troisième bière à Glen. Tout autour de Fia, le niveau sonore des voix semblait augmenter, plus bruyant encore dans sa tête, puis plus calme, enflant à nouveau, puis plus calme, encore et encore, presque comme s'il suivait un rythme propre. Certaines personnes étaient en colère qu'elle ait amené l'agent du FBI dans le pub familial. Tous voulaient savoir comment il avait atterri à Clare Point, et l'explication, apparemment offerte par le chef de la police, devait être répétée encore et encore, jusqu'à ce que tous soient au courant.

Quand Glen eut terminé sa stout, il se leva et partit aux toilettes. Fia en profita pour se renseigner sur la présence du docteur Caldwell, mais personne ne l'avait vu ce soir. Elle se demandait s'il avait commencé l'autopsie. Elle regretta presque d'avoir posé la question, car elle leur fournit à tous un nouveau sujet de préoccupation. Malheureusement, elle ne pouvait pas communiquer directement avec le médecin légiste. Même si le clan comptait quelques membres capables de « parler » à distance, elle ne possédait pas ce don. Les murs d'une pièce suffisaient à bloquer sa transmission télépathique.

À présent, on avait peine à s'entendre dans le petit pub bondé. Il était temps de rentrer au motel. Fia cherchait Shannon pour régler l'addition quand son père entra.

— Fia, ta mère se demandait où tu étais, oui, lui reprocha-t-il.

Il s'approcha de la table avec raideur, les mains dans les poches de son pantalon. Il puait la fumée de cigarette.

— Tu aurais dû passer.

Elle hocha la tête en le regardant. Il n'était jamais dur avec elle, pas même lorsqu'il avait trop bu, mais, depuis Ian, il semblait émotionnellement distant. Même durant ses cycles adolescents, quand elle redevenait son enfant. Elle savait qu'elle l'avait profondément déçu, bien qu'il ne l'ait jamais dit franchement.

— Je comptais venir demain dans la journée. Je dois me montrer prudente. (Elle jeta un coup d'œil autour d'elle pour s'assurer que Glen n'était pas de retour.) J'imagine que tu as su que je me retrouve coincée à baby-sitter l'autre agent.

— Ta mère a des chambres libres, maintenant qu'ils sont rentrés chez eux. (Dans le monde de son père, les touristes étaient simplement « eux » ou « ils ».) Tu aurais dû venir à la maison.

Tom Kahill était un grand homme robuste, avec des cheveux d'un noir d'encre et des yeux aux paupières tombantes. Il la faisait se sentir petite. Elle hocha la tête.

Il se tut un instant, puis donna un léger coup sur la table avant de se détourner.

— Tu devrais venir demain.

Tandis qu'il traversait la foule en replongeant la main dans sa poche, elle le contempla, incapable de se souvenir de la dernière fois qu'ils avaient eu une conversation sans qu'il lui dise ce qu'elle devait et ne devait pas faire. Elle poussa un soupir et regarda de nouveau autour d'elle à la recherche de Glen, se demandant où il était passé.

Pendant le repas, il avait mentionné sa surprise que personne n'ait approché leur table. Ils ne commenceraient pas leurs interrogatoires officiellement avant le lendemain matin, mais il avait espéré que les gens lui parleraient librement. Le cher ange n'avait pas la moindre idée…

La pièce était de plus en plus agitée. Ne voyant toujours pas Glen, Fia se leva et parvint à attirer l'attention de Tavia.

— *L'addition ; je dois l'évacuer avant que ça dégénère*, lança-t-elle à la patronne.

— *Je ne sais pas où cette bonne à rien a disparu. Contente-toi de payer avant de quitter la ville. Encore mieux, trouve l'assassin de Bobby et vos* fish and chips *sont pour moi.*

Tavia lui fit signe avec le torchon qu'elle semblait toujours avoir à la main et poussa la porte de la cuisine.

Le téléphone portable de Glen vibra, vrombissant et tressautant sur le bois de la table. Incapable de résister, Fia l'attrapa. L'écran indiquait « Stacy ». Elle ne décrocha pas, mais emporta l'objet en s'éloignant.

Tandis qu'elle se dirigeait vers les toilettes, plusieurs personnes l'arrêtèrent. Tous avaient les mêmes questions sur la mort de Bobby. Comment était-ce possible ? Qui pouvait avoir fait une chose pareille ? Bien sûr, elle n'avait pas encore de réponses, et son travail l'empêchait de formuler des hypothèses à haute voix.

Quand elle tourna dans le couloir mal éclairé, elle repéra Glen. Shannon l'avait coincé contre le mur près du téléphone public, toute poitrine en avant ; il avait pratiquement le nez dessus.

— Vous voilà, le héla Fia. Votre fiancée a encore appelé.

Elle agita le téléphone.

Il eut immédiatement l'air coupable, ce qui était bien le but, même si elle ne savait plus trop pour quelle raison.

Pourquoi se souciait-elle qu'il soit infidèle à sa fiancée ? Bien sûr, s'il comptait tromper Stacy l'hygiéniste, Shannon n'était pas la bonne personne.

— Shannon, Tavia te cherche, dit-elle avec légèreté en passant devant eux. *Arrête tes bêtises. Laisse l'humain tranquille.*

Shannon ne bougea pas.

— Elle te réclame *maintenant*, Shannon. (Fia poussa la porte des toilettes pour femmes.) *Les membres du Conseil regardent*, l'avertit-elle. Nous ferions mieux d'y aller, Glen, reprit-elle à voix haute. Je me suis déjà occupée de l'addition.

Quand elle ressortit, Glen était toujours debout près du téléphone. Comme elle s'approchait de lui dans le long couloir étroit, elle fut frappée par sa beauté. Pas étonnant que Shannon le trouve à son goût.

— Vous l'avez rappelée ?

Elle le dépassa et il lui emboîta le pas.

— Euh… non.

Glen considéra le téléphone qu'il tenait toujours à la main. Il ignorait pourquoi, mais, en cet instant, Stacy lui paraissait à des années-lumière.

— Je la rappellerai… euh… plus tard.

Comme ils se frayaient un chemin entre les tables dans la cacophonie du pub, Glen eut l'impression qu'on les observait. Mais il savait qu'il fallait s'y attendre : une petite bourgade, des agents du FBI venus de la grande ville… la curiosité était inévitable. Il suivit Fia à l'extérieur, dans l'air chaud et étouffant du mois d'août, et prit une profonde inspiration.

— Houlà, s'exclama-t-il, portant une main à son front.

À présent qu'il se tenait sur le trottoir de brique inégal, il se rendait compte à quel point son équilibre était précaire, même s'il n'était pas entièrement sûr que ce soit dû à l'alcool.

— Voilà une bière redoutable.

Il ne se sentait en aucun cas ivre, mais il n'avait pas l'air non plus parfaitement sobre.

Il fut surpris d'entendre Fia rire. Un rire profond. Sensuel.

— Tavia connaît son affaire.

Il jeta un coup d'œil à Fia Kahill tandis qu'ils tournaient au coin de la rue, marchant côte à côte sur le trottoir. La lune s'était levée, mais trônait toujours bas sur l'horizon, baignant la cime des arbres d'une étrange lumière jaune. Il savait très bien qu'il n'avait pas bu *tant* que cela, mais il se sentait bizarre. Pas tout à fait dans son état normal.

Fia figurait parmi les plus belles femmes qu'il ait jamais admirées. Il avait toujours aimé les rousses, mais elle avait quelque chose de différent. Quelque chose d'excitant, qui suggérait qu'elle était peut-être légèrement dangereuse. Il ne s'était intéressé à la serveuse effrontée que le temps d'apprendre si elle avait quelque chose à dire au sujet de la mort de Bobby McCathal, mais cette Fia, elle jouait dans une tout autre catégorie. Même s'il aurait voulu le nier, il *était* attiré par elle, et cette attirance grandissait de seconde en seconde. C'était incroyable. Il n'avait jamais eu cette réaction face à une femme, et encore moins face à une femme qui l'irritait autant que celle-ci. Il évitait habituellement les divas et autres enquiquineuses. Mais il ne pouvait ignorer la tension qui nouait sa poitrine et son bas-ventre.

Dans l'obscurité, Glen paraissait encore plus familier à Fia. Sa manière de marcher. Le rythme de sa respiration. Quand ils passèrent près d'un érable rouge qui poussait le long du trottoir, la main de Glen effleura la manche de sa veste.

Elle essaya de respirer lentement, profondément, tandis qu'elle avançait à son côté. Elle n'avait bu qu'un verre, mais à présent qu'elle se tenait debout, dehors, elle sentait combien sa démarche était peu assurée. Elle avait excessivement chaud. Était légèrement désorientée. Cela n'avait aucun sens de le désirer, mais elle aurait reconnu la sensation à des kilomètres, une sensation dangereuse. Dangereuse pour elle. Encore plus dangereuse pour lui.

Il sentait comme son Ian…

La main de Glen frôla de nouveau son bras, et cette fois, elle sut qu'il l'avait fait exprès. Il ressentait la même chose.

Malgré elle, le tourment familier s'installa au creux de son bas-ventre. Les griffes du désir s'enfoncèrent dans sa chair. Son sang s'accéléra.

Du sang…

Chapitre 4

Ils marchèrent jusqu'au motel de style années 1950, et Fia marmonna une phrase presque incohérente à propos d'un réveil matinal le lendemain. Elle s'arrêta devant la chambre 104 et tâtonna dans sa poche à la recherche de la clé. Elle savait qu'elle devait rentrer le plus vite possible. Elle se méfiait de ses réactions en la présence de Ian.

Glen.

Elle ficha la clé dans le bouton de porte. Rata. Essaya encore.

Elle sentit la chaleur d'une main masculine au-dessus de la sienne.

—Je vais le faire.

Son ton était léger, presque moqueur.

Ian se moquait d'elle depuis la tombe. *Pas Ian.*

Malgré les trois pintes qu'il avait bues, l'agent spécial Glen Duncan, contrairement à Fia, n'eut aucune difficulté à insérer la clé dans la serrure avant de tourner la poignée.

Le cœur de Fia battait la chamade. Elle avait le souffle coupé. Il y avait bien longtemps qu'un homme ne l'avait fait se sentir ainsi.

Elle tendit la main pour attraper la clé, se déplaçant vers la porte ouverte et, involontairement, vers lui.

Il était de la même taille que Fia. Il n'eut qu'à tourner légèrement la tête, et leurs lèvres se touchèrent. Elle n'aurait pu dire s'il l'avait fait exprès ou s'il avait été attiré par le charme millénaire du vampire.

Sa bouche avait le goût de la stout, de l'excitation de l'inconnu et, en même temps, de la fumée des torches du passé. Elle se sentit prise au piège, dépassée par l'odeur de sa peau et la chaleur de ses lèvres.

Elle dut rassembler tout ce qu'elle possédait de volonté pour ne pas l'attraper par les épaules, le pousser dans la chambre et le faire tomber sur le lit.

— Agent Duncan, s'entendit-elle prononcer contre ses lèvres.

Cela parut le tirer de sa torpeur.

— Agent Kahill.

Il semblait aussi surpris qu'elle de son comportement. Il se racla la gorge, recula d'un pas, puis se dirigea droit vers la chambre d'à côté.

Alors qu'elle fermait sa porte et la verrouillait derrière elle, elle entendit le cliquetis de la clé de Glen. Elle s'adossa au chambranle. Le sang lui monta aux oreilles tandis qu'elle respirait bruyamment, ses pensées partant dans toutes les directions, l'une après l'autre.

Elle aurait juste à frapper à sa porte. Elle savait qu'il la laisserait entrer.

Elle ne pouvait pas. Ne voulait pas. Trop en jeu. Elle essaya de réfléchir rapidement.

Sortant son téléphone de sa poche, elle composa un numéro qu'elle n'avait pas fait depuis longtemps. Il répondit à la seconde sonnerie. Un moment plus tard, elle était de retour dehors, à arpenter la rue mal éclairée. Elle posait un pied devant l'autre, augmentant la distance entre elle et l'agent du FBI à chaque enjambée.

Couverte de sueur, elle enleva sa veste et la porta sur son bras.

Elle n'arrivait pas à croire qu'elle l'avait laissé l'embrasser. *Presque* l'embrasser… leurs bouches s'étaient à peine touchées.

Avait-elle perdu la tête ?

La lueur de la lune jaune la guida à quatre rues de là, directement à la porte d'Arlan. Il l'attendait sur le perron de derrière, une créature d'un mètre vingt avec une queue recourbée et des yeux dorés en amande un instant, un homme d'un mètre quatre-vingts efflanqué celui d'après.

— J'ai entendu dire que t'étais en ville, lâcha-t-il nonchalamment, appuyé contre la balustrade incurvée qui aurait eu grand besoin d'un coup de peinture.

— Je ne suis pas venue ici pour parler.

Elle monta les marches d'un pas pressé.

Arlan tendit le bras pour l'attraper.

Elle poussa un léger grognement de surprise. Sa veste tomba au sol tandis qu'il la faisait tourner sur elle-même et l'acculait dans un angle. L'arrière de sa tête heurta le poteau, lui envoyant une petite décharge de douleur. Elle commença à embrasser l'homme avec voracité.

— Juste ce soir, l'avertit-elle entre leurs baisers.

Il lui mordit doucement la lèvre inférieure, puis raffermit sa prise.

— Juste ce soir.

— Je ne veux pas parler.

Elle fit courir ses mains sur le torse nu et musclé d'Arlan. Il était pieds nus et ne portait qu'un jean. Il avait dû sauter dans la douche juste après son appel. Il avait un parfum frais. Confortable. Sûr.

— On ne parlera pas, répéta-t-il, enfonçant son genou entre ses jambes.

Elle gémit et saisit une poignée de ses cheveux bruns hirsutes avant de lui mordiller le lobe de l'oreille, puis le cou… très légèrement. Pas de sang.

Il glissa la main sur le sein de Fia et le serra délicatement. Elle gémit de nouveau. Il tira sur le haut col de son chemisier. Comme le tissu soyeux résistait, il donna un coup sec, et l'étoffe se déchira en plein milieu, révélant la poitrine de Fia dans un soutien-gorge en dentelle.

— Enfoiré, marmonna-t-elle. C'était un Ralph Lauren.

Il attrapa l'une de ses jambes au-dessus du genou et la leva pour l'enrouler autour de sa taille. Elle appuya son bas-ventre contre le sien, se pressant contre le dur renflement dans le jean. Tous les mâles Kahill étaient bien membrés.

Il saisit le bord dentelé de son soutien-gorge et repoussa le bonnet pour découvrir son sein dans l'air nocturne chargé d'humidité. Son mamelon pâle durcit aussitôt et elle guida la tête d'Arlan vers le bas, l'encourageant à le prendre dans la bouche.

Arlan était son amant depuis des centaines d'années, avec des hauts et des bas. Il la connaissait aussi bien qu'elle se connaissait elle-même, et connaissait peut-être mieux son corps qu'elle. Il avait toujours eu un faible pour elle, même avant Ian ; elle n'avait jamais pu éprouver les mêmes sentiments. Pour cette raison, de temps à autre, la culpabilité l'emportait et elle se tenait éloignée de lui pendant un moment. Parfois pendant un cycle de vie entier. Mais elle revenait toujours vers Arlan, et il l'attendait toujours.

Il baissa la bretelle de son soutien-gorge, recouvrit son sein d'une main chaude et lui massa le mamelon du pouce.

—À l'intérieur ou ici ? haleta-t-il à son oreille.

Elle mordit son cou, un peu plus fort, cette fois ; elle sentait son pouls contre ses lèvres. Il lui offrirait son sang. Il ne le faisait pas toujours, mais ce soir ce serait le cas.

—À l'intérieur, chuchota-t-elle.

Le lendemain matin, Fia retrouva Glen au buffet du petit déjeuner dans le hall du *Motel du Phare*. Quand elle entra, il était déjà attablé avec un café et une assiette d'œufs brouillés et de saucisses. Elle se prépara une tasse de tisane brûlante, attrapa un bagel nature et s'assit en face de lui.

Devant le buffet, un couple de personnes âgées était en train de se disputer sur la teneur en matière grasse d'un muffin aux myrtilles ; les autres tables étaient vides.

—Bonjour, le salua-t-elle.

Il ne leva pas les yeux du journal qu'il était en train de lire.

—Bonjour, répondit-il avec entrain.

Suffisamment pour qu'elle se demande pourquoi elle se sentait si mal à l'aise et lui non. Avait-il réellement tenté de l'embrasser la nuit d'avant, ou était-ce le produit de l'imagination hyperactive de Fia, précipité par le fait qu'elle ne pouvait oublier combien il ressemblait à Ian ?

Ou bien était-ce arrivé et il ne s'en souvenait pas ? Peut-être qu'il ne tenait pas bien l'alcool et qu'il était réellement ivre la veille. Ou peut-être qu'il était simplement gêné, et doué pour le cacher.

Quelle qu'en soit la raison, il semblait qu'ils allaient pouvoir échapper à l'une de ces conversations maladroites qui surviennent après un quiproquo, ce dont elle serait éternellement reconnaissante. Elle plongea le sachet de tisane dans l'eau chaude du gobelet en polystyrène devant elle et grignota le bagel, qu'elle n'avait ni ouvert ni grillé.

Glen termina de lire l'article qui avait retenu toute son attention, plia le journal et le mit de côté.

— Bien dormi, agent Kahill ?

À présent, quelque chose dans le ton de sa voix lui faisait penser qu'il avait *bien* essayé de l'embrasser hier soir, et qu'il s'en souvenait parfaitement.

— Très bien. Et vous, agent Duncan ?

— Comme un bébé.

Il enfourna une dernière fourchetée d'œufs brouillés dans sa bouche. Il n'évitait pas tout à fait ses yeux, mais il ne cherchait pas non plus à croiser son regard.

— Vous avez un plan pour ce matin ?

— Bien sûr, mais à vous l'honneur.

Elle retira le sachet de l'eau en l'enroulant autour d'une cuillère.

— Non, non. Votre ville, agent Kahill. Vos relations avec le bureau du sénateur. Je vous en prie.

Elle lâcha le bagel sur sa serviette, aussitôt agacée. Parfait. Ils feraient les choses à sa manière. Sa manière de procéder était généralement la meilleure, de toute façon.

— Pendant que nous attendons le rapport d'autopsie…

— … qui devrait être intéressant, l'interrompit-il.

— … nous retournons examiner la scène de crime, prendre d'autres photos, nettoyer les lieux pour que le bâtiment fédéral puisse être rouvert au public, et ensuite on commence à interroger tous ceux qui ont vu la victime le soir de sa mort, et on remonte à partir de là.

Il but une gorgée de café dans son mug blanc.

— On vérifie le casier judiciaire et les antécédents de la victime. On regarde ses comptes bancaires, ses cartes de crédit, on fouille dans sa vie privée.

Elle serra les mâchoires et porta son verre à ses lèvres. L'agent Duncan allait savoir pour Mary… la maîtresse de Bobby, pas sa femme. Bien sûr, sa femme avait une liaison suivie avec Joey Hill. Les mardis soirs. Cela durait depuis vingt-cinq ans, au moins.

Les hommes et femmes du clan restaient avec leurs époux ou partenaires cycle de vie après cycle de vie, mais ils étaient libres de coucher avec qui bon leur semblait… tant que ce n'était pas un humain. Ils respectaient ces règles depuis des siècles, et cela simplifiait l'existence à tout le monde.

Cette enquête à Clare Point allait devenir compliquée, et il allait falloir innover, car le manuel du parfait agent du FBI ne serait d'aucun secours. Fia devait vraiment se débarrasser de Glen Duncan avant qu'il ne soit blessé.

Elle prit une autre gorgée de thé, le goût du sang d'Arlan toujours froid et métallique dans sa bouche.

Elle dut résister à l'envie de tamponner ses lèvres avec la serviette.

Arlan avait été là quand elle avait eu besoin de lui. Il ne lui avait posé aucune question et lui avait offert plusieurs orgasmes. Elle avait apprécié le contact de ses bras d'autour d'elle. Il était bon pour elle. C'était ce qu'il pensait. C'était ce que tout le monde en ville pensait. Alors pourquoi avait-ce été le visage de Ian qu'elle avait vu la nuit dernière en fermant les yeux ?

Ou avait-ce été celui de Glen ?

Elle ravala un grognement.

— Mon plan vous convient, agent Duncan ?

Elle se leva et emballa le bagel à peine entamé dans sa serviette. Elle emporterait le thé.

Ils s'arrêtèrent jeter leurs déchets à la poubelle au bout du buffet. Il la contemplait. Non… il la dévisageait.

— Vous allez bien ? (Du bout du doigt, il toucha son cou délicieux.) On dirait que vous avez une tache de sang, là.

Elle se détourna et se dirigea vers la porte, résistant à la tentation de frotter la marque. Elle avait pourtant demandé à Arlan de faire attention.

— Je me suis coupée en me rasant.

À 15 heures, Fia savait que cela n'allait pas être une de ces affaires qu'on résout en deux temps, trois mouvements. À 15 heures le lendemain, les chances qu'ils fassent la lumière sur le meurtre de Bobby McCathal dans la semaine paraissaient désespérément minces. Personne n'avait rien vu ni entendu au bureau de poste cette nuit-là, et il n'y avait toujours pas trace de la tête décapitée ou des pieds tranchés.

Fia et Duncan finirent de prendre leurs photos, et on appela le service de nettoyage de Paddy pour enlever les taches de sang du sol sur la scène de crime. Catherine Kahill, soixante et un ans, l'une des deux factrices de la ville, avait accepté de tenir le bureau de poste dès qu'il serait libéré par le FBI et rouvert par l'administration postale. Les deux agents commencèrent ensuite leurs interrogatoires.

D'une manière générale, Glen et Fia évitaient d'être dans les pattes l'un de l'autre, ce qui convenait tout à fait à Fia. Elle se débrouilla tout de même pour le convaincre de mener les interrogatoires dans l'entrée du bureau de poste, plutôt que de se rendre d'une maison à l'autre. Elle suggéra que le poste de police était trop petit, trop encombré, et qu'ils préféraient conduire leur enquête le plus à l'écart possible des autorités locales. Fia ne précisa pas à Glen qu'une partie de son raisonnement consistait à mettre son oncle Sean sur le banc de touche. L'agent de Baltimore ne savait pas que le chef de la police était trop imprévisible pour qu'elle puisse avoir entièrement confiance en lui. Un avantage supplémentaire de ne pas travailler depuis le poste de police était qu'elle n'avait pas à subir les remarques d'oncle Sean lui expliquant comment ils faisaient à la télé, dans *Starsky et Hutch*.

Le problème était qu'elle ne voulait pas non plus que Glen se rende dans les maisons des membres de la famille Kahill. Tous étaient habitués à se comporter d'une certaine manière dans les lieux publics ; cela leur avait permis de coexister avec les humains depuis leur arrivée dans les colonies. Mais chez eux… Fia n'était pas si sûre qu'ils seraient suffisamment sur leurs gardes. De plus, pendant qu'elle et Glen menaient leurs interrogatoires dans l'entrée du bureau de poste, elle pouvait garder un œil sur lui.

Le regard de Fia erra d'Anna Ross, qu'elle était en train d'interroger, à son bloc-notes sur lequel elle n'avait rien écrit depuis vingt minutes. Anna discourait sur la manière dont le chien de Bobby avait aboyé dans le jardin. Elle n'avait pas vu Bobby le jour du meurtre et ne savait rien, mais Fia ne parvenait pas à la faire bouger de sa chaise, et ce même si elle avait essayé plusieurs fois de la remercier d'avoir pris quelques minutes dans sa journée trépidante consacrée au visionnage de jeux télévisés et de feuilletons sur son nouvel écran plasma géant.

— Un genre de bâtard, poursuivit Anna. Un corniaud stupide, pas assez malin pour...

Fia jeta un coup d'œil à sa montre, puis son regard flotta jusqu'à l'autre bout de la pièce où Glen interrogeait la sœur d'Anna, Peigi. Fia voyait à son expression qu'il rencontrait les mêmes difficultés pour se débarrasser de son interlocutrice.

Comme elle baissait de nouveau les yeux sur son bloc-notes, elle aperçut à la limite de son champ de vision Glen qui se levait brusquement. Fia en fit autant et regarda dans la même direction que lui. La pièce du fond.

Les deux sœurs, indifférentes au fait que leurs agents respectifs ne soient plus dans leurs chaises, continuaient à babiller.

— Agent Duncan ?

Fia l'interpella à travers l'entrée. Il était plus proche de la porte de derrière qu'elle.

Il leva un doigt. Il observait toujours quelqu'un ou quelque chose à l'arrière du bâtiment.

Soudain, il se mit à courir.

— Arrêtez, FBI !

Fia piqua un sprint derrière lui.

On entendit un grand fracas dans la salle du courrier. Quelque chose tomba. Un objet non identifié glissa sur le sol de marbre fraîchement lavé et désinfecté. Le temps que Fia passe sous l'arcade, Glen débouchait de la porte de derrière dans l'allée.

— Vous ! Arrêtez ! FBI ! brailla-t-il.

Fia sauta par-dessus un carton d'enveloppes renversé.

— Agent Duncan, attendez !

Elle se précipita à l'extérieur, descendit les marches et fendit les bandes de ruban jaune nouvellement acquis que la police locale avait utilisées pour sceller le bâtiment et qui flottaient au vent. Glen courait devant elle, le long de l'allée, vers la rue qui passait derrière la poste. Il pourchassait une adolescente avec des nattes.

Fia reconnut immédiatement la fille à sa coiffure. *De mieux en mieux.* Cette jeune personne n'était *pas* quelqu'un que l'humain devait rencontrer à Clare Point. C'était une femme importante dans le clan, mais qui était actuellement en position vulnérable, ce qui les rendait tous vulnérables.

— Kaleigh, cria-t-elle. C'est Fia. Arrête.

L'adolescente passa l'angle en trombe et commença à descendre la rue.

Fia força l'allure pour rattraper Glen, mais il avait presque un demi-pâté de maisons d'avance sur elle.

— Duncan, l'appela-t-elle. Ralentissez. Je la connais.

Il continua à fond de train.

Ils traversèrent la rue et Kaleigh zigzagua, coupant par une autre allée jusqu'à la rue suivante. Des chiens aboyèrent. Pat Hill arrêta son pick-up au milieu de la chaussée pour contempler les deux agents du FBI en costume lancés à la poursuite d'une adolescente en short et débardeur. En chemin, ils avaient été rejoints par un labrador doré, qui galopait derrière eux en jappant avec excitation.

— Duncan, nom de Dieu, beugla Fia.

Elle était en forme et savait courir, mais elle n'avait pas emporté ses chaussures de sport, et ça allait la mettre rudement en pétard si elle cassait le talon de ses nouveaux escarpins.

— Je connais son adresse !

Il ralentit et Fia le rattrapa. Il avait du mal à respirer. Athlétique, mais pas autant que Fia. La plupart des humains ne l'étaient pas.

— Elle était dans le bureau de poste. À l'arrière, haleta Glen en trottinant à côté d'elle. Je ne sais pas ce qu'elle faisait, mais elle a déguerpi à l'instant où elle s'est aperçue que je l'avais vue.

Fia regarda devant elle et envoya des pensées en direction de la fille.

— *Qu'est-ce que tu fichais dans le bureau de poste ? Qu'est-ce que tu fabriques, à fuir un agent fédéral ?*

Si Kaleigh entendit Fia, elle ne réagit pas. Elle sauta par-dessus une haie de massifs d'azalées qui lui arrivait à la taille et coupa à travers la pelouse embroussaillée de Victor Simpson.

— Bon sang, Kaleigh ! s'écria Fia en contournant deux poubelles renversées sur le trottoir. (Le labrador les avait rejoints et bondissait devant elle avec des aboiements déchaînés.) Ne me fais pas courir deux pâtés de maisons de plus jusqu'à chez toi. Ton père aura ta peau, menaça-t-elle.

La fille, qui filait toujours comme le vent, jeta un regard par-dessus son épaule.

— Fi ? C'est toi ?

— Combien d'agents du FBI tu crois qu'il y a en ville ? Oui, c'est moi, répondit Fia à voix haute.

Kaleigh s'immobilisa à l'autre bout de la pelouse de Simpson, un œil soupçonneux sur Glen.

— Viens ici ! (Fia s'arrêta juste avant la haie, lui fit un geste de la main, puis chassa le chien.) *Taille la route, Médor, ou je mangerai un hamburger de chien-chien au dîner ce soir*, l'avertit-elle.

Le labrador repartit la queue entre les pattes par où il était arrivé.

Glen cessa de courir et marcha sur place, essayant de reprendre sa respiration.

— Est-ce qu'elle a touché à quelque chose ? l'interrogea Fia.

— Non, je ne crois pas. Je ne sais pas, mais elle a détalé dès qu'elle m'a vu.

— Vous l'avez sans doute simplement effrayée. Laissez-moi m'en occuper, demanda-t-elle.

Puis, à Kaleigh :

— Viens ici, j'ai dit.

Elle désigna l'herbe à côté d'elle. Kaleigh se glissa entre deux buissons ; elle observait toujours l'homme avec méfiance.

— Il est avec moi, lui assura Fia.

— Vous avez trouvé quelque chose d'intéressant dans le bureau de poste, jeune fille ? la questionna Glen.

— Agent spécial Duncan, s'il vous plaît, l'interrompit Fia. Je vous présente Kaleigh Kahill.

— Une autre parente ?

— Éloignée.

Glen examina l'adolescente aux cheveux roux. Celle-ci lui renvoya un regard furieux.

— *S'il te plaît, sois prudente*, l'avertit Fia en pensée. Kaleigh, est-ce que tu veux bien nous expliquer pourquoi tu te trouvais à l'arrière du bureau de poste ? N'as-tu pas vu que la porte était scellée ? Tu devais savoir que tu n'avais rien à faire là.

— J'ai rien fait de mal, lui rétorqua la jeune fille. Je regardais juste.

— Tu as des informations sur la mort de M. McCathal ? l'interrogea Glen.

— Pas plus que n'importe qui en ville.

Fia frôla le bras de l'adolescente de la main.

— Tu n'as touché à rien ?

— Non. Je voulais juste voir si le sang était encore là. Meg a dit que son oncle Mahon avait dit qu'il y avait des dizaines de litres. J'ai dit que c'était une menteuse, parce que personne n'a des *dizaines* de litres de sang. Tout le monde sait ça !

Fia jeta un coup d'œil à Glen. Il avait l'air de se détendre un peu. De toute évidence, il était furieux, mais elle voyait qu'il commençait à appréhender la situation telle qu'elle était et comprenait qu'il n'y avait rien de plus à se mettre sous la dent qu'une ado fouineuse qui s'était trouvée au mauvais endroit au mauvais moment.

— Où sont tes parents ? demanda Fia.

— J'en sais rien. À la maison, j'imagine.

Fia se tourna vers Glen.

— Pourquoi ne la ramènerais-je pas chez elle, histoire de discuter un peu avec ses parents. Vous feriez mieux de retourner voir les sœurs. L'agent Hill était la seule autre personne dans le bâtiment et ces dames sont capables de l'attaquer avec leurs sacs à main blindés.

Malgré le profond sarcasme, elle prononça ces mots avec un visage sérieux. À sa surprise, Glen sourit.

Elle aimait être surprise par les humains. Cela n'arrivait pas souvent.

— Estimez-vous heureuse cette fois-ci, mademoiselle Kahill, mit-il Kaleigh en garde avec un doigt accusateur. Si je vous attrape encore en train de fouiner sur ma scène de crime, peu importe votre famille, vous serez arrêtée.

Kaleigh ouvrit la bouche pour répondre, puis, dans un éclair de sagesse, elle la boucla.

Fia empoigna l'adolescente et la guida sur le trottoir, puis en direction de sa maison.

— Donnez-moi quelques minutes, agent spécial Duncan. Je vais escorter Kaleigh chez elle et parler avec ses parents. Vous pouvez informer Mlle Ross – ma Mlle Ross – qu'elle est libre de s'en aller. Je n'ai plus de questions à lui poser.

Il hésita, puis leur adressa un signe de la main et partit dans la direction opposée. Fia poussa Kaleigh dans la rue ; elle attendit que Glen se soit éloigné pour reprendre la parole.

— Qu'est-ce que tu crois que tu es en train de faire ? demanda-t-elle en serrant les dents. Tu n'as pas entendu ce que je te disais en pensée ?

La fille leva vers elle ses yeux bleu vif.

— Non, répondit-elle du même ton indigné que Fia connaissait chez les adolescents humains. Je n'ai que dix mois, tu te souviens ?

Chapitre 5

Fia s'arrêta pour regarder Kaleigh. C'était toujours délicat lorsque des membres importants du clan entamaient une nouvelle vie et répétaient les premières étapes de leur existence. Quand ils devaient de nouveau grandir pour devenir les hommes et les femmes qu'ils avaient été par le passé.

— Le *don* est pas encore apparu, dit-elle une main sur la hanche, s'adressant à Fia comme si elle était demeurée. Je peux pas t'entendre. Je peux rien entendre de ton bavardage ou de celui des autres.

Fia empoigna l'épaule de l'adolescente sans ménagement et recommença à marcher.

— Tu ne devrais pas être grossière avec tes aînés.

— Je suis *ton* aînée, si tu te *souviens* bien.

— Eh bien, je siège au Haut Conseil et pas toi, petite maligne.

Kaleigh se dégagea de la prise de Fia.

— Je vois pas où est le problème. Je regardais juste. Je voulais savoir ce qui est arrivé à Bobby.

— Comme nous tous. (Fia jeta un coup d'œil à l'adolescente.) Et tu n'as pas la moindre idée ? Pas de visions ?

— Derek dit que quelqu'un a maté un film d'horreur de trop et pété un câble. C'est ce garçon humain que j'ai rencontré quand je bossais au restaurant. Il va à mon école. Il est plutôt cool.

— Tu ne devrais pas parler aux garçons humains.

— Je vais en cours avec eux, comment je pourrais ne pas leur parler ?

De nouveau, *ce ton*.

Pendant de longues années, les jeunes avaient été instruits à la maison, à Clare Point, mais finalement, avec l'arrivée du XXe siècle et de la mainmise de l'État sur l'éducation, le Conseil avait décidé d'autoriser les adolescents à aller à l'école publique de la ville voisine. Même si c'était parfois compliqué, c'était un bon moyen pour que les membres qui venaient de renaître s'adaptent de nouveau à la société humaine.

— On est censés essayer de s'intégrer, fit remarquer Kaleigh. Tu te rappelles ?

— Donc tu n'as rien sur Bobby ? Même pas une *impression* ? demanda Fia.

Kaleigh était la Conseillère du clan. Elle possédait des dons de télépathe puissants et une sagesse inattendue, qui semblaient s'accroître à chaque cycle de vie. Malheureusement, comme elle venait à peine d'en commencer un, ses pouvoirs ne s'étaient pas encore manifestés. Après la renaissance, la plupart des vampires avaient besoin de huit à dix ans pour redevenir adultes. Le clan était toujours vulnérable lorsque Kaleigh entamait un nouveau cycle de vie, car ils comptaient beaucoup sur elle pour les guider et les tenir à l'écart du danger.

— Derek est vraiment mignon, aussi, poursuivit Kaleigh. Il surfe. Il arrête pas de répéter qu'il va m'apprendre. (Elle haussa les épaules.) Je sais pas quand. Il a ce copain, Kyle, qui travaille dans un magasin de surf à Rehoboth Beach. Il dit qu'il peut m'obtenir un bon prix pour une planche d'occase. Il va à mon école aussi. Tu as déjà surfé, Fia ? Derek dit que si je sors avec lui, il me laissera utiliser sa planche. Il a essayé tout l'été de me convaincre de sortir avec lui.

Fia la regarda, perplexe.

— Sortir où ?

Kaleigh leva les yeux au ciel.

— Pas *sortir* quelque part. Sortir *avec* lui. Tu sais, sortir *ensemble*.

— Tu as quatorze ans. Quel âge a-t-il ?

— Quinze, répondit-elle, sur la défensive.

— Alors comment pouvez-vous *sortir* ? Aucun de vous deux n'a le permis.

Kaleigh leva de nouveau les yeux au ciel et poussa un grognement.

— C'est plus comme quand t'étais jeune, Fia. On sortirait juste… tu sais, traîner ensemble.

— Tu veux dire coucher ensemble ?

Elles arrivèrent au jardin devant la maison de Kaleigh, et Fia souleva le loquet du portail qui fermait la clôture de piquets blancs.

— Parce que tu sais très bien que c'est défendu. Rien n'a changé. Tu dois attendre d'avoir de nouveau vingt et un ans, et ensuite, uniquement avec un membre du clan consentant.

Kaleigh rabattit le portail derrière elles.

— Je sais, je sais, parce que je risque de perdre le contrôle, de mordre quelqu'un, de boire son sang et après il sera l'un d'entre nous. (Elle récitait la mise en garde qu'elle avait certainement entendue des dizaines de fois.) Mais est-ce que ça arrive *vraiment* ? railla-t-elle.

Ou bien est-ce que c'est encore une autre histoire que vous nous racontez pour nous faire peur ?

— Kaleigh, il y a un an, *tu* étais l'une d'entre nous et tu avertissais les adolescents des dangers du sexe avec les humains.

— Mais je m'en souviens pas. (Elle leva les mains en signe d'exaspération.) Tout ce que je sais, c'est ce que vous me racontez. Mandy dit que vous mentez tous. Que tout ça, c'est une vaste conspiration.

— Quoi ?

— Toute cette histoire comme quoi on peut transformer un humain en vampire.

— Et Victor ? Shannon ?

— Peut-être que ça aussi c'est des bobards. Pour nous garder ici. Nous garder *en laisse*. (L'adolescente se laissa tomber sur les marches blanchies à la chaux de son perron.) Les gars nous aiment vraiment bien, tu sais. Les filles de Clare Point. On a la réputation de pas écarter les jambes comme les filles humaines, alors j'imagine que ça fait de nous des célébrités ou un truc de ce genre.

Fia regarda au loin. Elle ne souhaitait vraiment pas se retrouver embarquée dans une conversation sur le sexe avec Kaleigh. Ni maintenant, ni jamais, si elle pouvait l'éviter. Ce sujet la mettait mal à l'aise, car elle-même éprouvait encore des difficultés à se conformer aux règles du clan.

Mais il était clair que Kaleigh voulait parler, et c'était la responsabilité de Fia, en tant que membre de la communauté, d'aider l'un des siens à traverser ce passage délicat. À contrecœur, elle s'assit à côté de l'adolescente en haut de l'escalier. Elle saisit ses lunettes de soleil dans la poche de sa veste et les glissa sur son nez. Toute cette histoire de vampires qui ne supportaient pas la lumière du jour sortait tout droit de l'imagination de Bram Stoker, mais l'éclat du soleil lui donnait parfois des maux de tête.

— Kaleigh…

Fia tâcha de choisir ses mots avec soin afin de ne pas prolonger la conversation plus longtemps que le strict nécessaire.

— Personne ne te raconte de bobards. Pourquoi ferait-on ça ? Nous sommes tous passés par là encore et encore. Nous savons combien il est difficile de renaître et de perdre tous ses souvenirs et toutes ses aptitudes, et à quel point c'est dangereux.

— Mais ils sont tellement mignons.

Fia dévisagea Kaleigh, interloquée.

— Les garçons humains. (La fille haussa ses menues épaules.) Différents des garçons du clan. Plus mignons. (Elle regarda Fia avec sérieux.) Toi, tu trouves pas les hommes humains super sexy ? Genre… quasi irrésistibles ?

Tu parles d'une question piège.

Fia joignit les mains, croisa les doigts et baissa la tête. Kaleigh ne se souvenait pas encore de Ian. Elle ne se rappelait pas la nuit où lui et ses tueurs de vampires avaient assassiné tant de Kahill. Ne comprenait pas que c'était Fia qui les avait conduits jusqu'au clan. Fia qui avait trahi les siens en aimant un humain.

Pour Fia, l'un des aspects les plus pénibles de la condition de vampire était que le passé ne restait jamais dans le passé ; on devait le raconter encore et encore…

— Peu importe que nous les trouvions attirants, Kaleigh. C'est dangereux. Pour nous. Pour eux. Nous existons maintenant pour protéger les humains ; une grande responsabilité a été placée entre nos mains.

Les coudes sur la marche, Kaleigh s'inclina en arrière et contempla le ciel bleu.

— À ton avis, elle est où, la tête de Bobby ? Et pourquoi ils ont pris ses pieds ? (Elle lança un regard empli de questions à Fia.) Derek a parlé de ce type dans le Midwest dans les années 1950, qui tuait des femmes et leur coupait la tête et, genre, les collait au bout de son lit. Tu crois que les têtes sentaient ? Je veux dire, tu crois qu'il les pulvérisait avec du désinfectant ou un truc du genre ?

Fia soupira et se leva en se demandant comment elle avait pu imaginer qu'elle pourrait jamais avoir une conversation sérieuse avec Kaleigh. À l'heure actuelle, la fille était comme n'importe quelle humaine de quatorze ans : incapable de se concentrer et sans le moindre sens des priorités.

— Tiens-toi à distance du bureau de poste et de l'agent spécial Duncan, et ne t'approche pas des humains. Je te préviens.

— Et si je t'écoute pas ?

— Crois-en l'expérience de quelqu'un qui n'a pas écouté ses aînés. Si tu ne fais pas ce que je te dis, tu passeras les deux cents prochaines années à essayer de te faire pardonner tes erreurs.

Cette nuit-là, Fia attendit, étendue tout habillée dans la chambre du motel. Puis, à 1 heure du matin, elle se glissa dehors. Tandis qu'elle avançait au centre de la rue déserte, d'autres adultes du clan la rejoignirent dans sa marche silencieuse. Tête baissée, ils cheminèrent en file indienne, contournèrent la vieille église de brique massive et entrèrent dans le cimetière à l'arrière. Drapés dans un rideau d'ombres, les tombeaux et les mausolées évoquaient des piles de dominos. Toutes les tombes, creusées au cours des siècles pour étayer le mensonge qu'ils vivaient tous, étaient vides.

Bobby McCathal serait le premier Kahill à être enterré dans ce cimetière qui ne reviendrait pas d'entre les morts au troisième jour après son décès. Il était difficile de tuer un vampire, presque impossible. Le seul moyen d'empêcher l'âme de rentrer dans le corps après une blessure mortelle était de trancher la tête et de détruire la chair par le feu. Certains parlaient de la « malédiction de Dieu ». D'autres pensaient que c'était son dernier cadeau à ses enfants bannis, car tant qu'ils seraient en mesure de conserver leurs corps terrestres, l'espoir subsisterait d'un salut pour leurs âmes.

Après avoir passé le portail, le groupe se rassembla sous un saule pleureur planté par le grand-père de Fia, le chef du clan, plus de deux cents ans auparavant. Des grillons stridulaient. Derrière la clôture métallique noire, des rongeurs couraient dans les herbes hautes. La demi-lune décroissante, basse dans le ciel, projetait une lumière jaune à travers les arbres de la réserve naturelle, au-delà du cimetière.

Au début, chacun garda ses pensées pour lui-même. L'ombre de la lune jouait sur leurs visages. Certains priaient, d'autres se tenaient par le bras. Enlacées, les deux Mary de Bobby pleuraient doucement, unies ce soir dans leur tristesse. Fia regrettait d'être venue, mais elle s'y était sentie obligée, comme tous les Kahill à l'exception des plus jeunes et des plus âgés. Un à un, ils arrivèrent jusqu'à ce que près de deux cents membres soient présents. Puis les pensées commencèrent à circuler, et Fia fut emportée par le flot de leur peur et de leur chagrin.

—Mon Bobby, mon cher, tendre Bobby.

—Comment une chose pareille a pu s'produire ? Comment, j'vous l'demande ?

—C'est impossible. C'est impossible, non ?

—Mon cher Bobby, mon doux fils adoré.

—Le tueur ne pouvait pas savoir ce que Bobby était.

—Un accident. Une coïncidence. Tant de fous de par le monde de nos jours.

—Pouvait pas savoir qui nous sommes…

Fia se sentit bombardée par ceux qui l'entouraient. Les hommes et les femmes avec qui elle riait, pleurait, qu'elle aimait, détestait depuis des siècles. Ce n'était pas simplement leurs mots, mais surtout leurs émotions qui tourmentaient sa conscience. Comme son père, elle n'avait jamais été douée pour gérer ses sentiments ou ceux des autres, mais après Ian, c'était devenu encore pire. Encore plus difficile. C'était l'une des raisons pour lesquelles sa carrière dans ce cycle de vie lui convenait aussi bien. Les agents du FBI n'avaient pas besoin de faire appel à leurs émotions, pas avec toutes les techniques d'enquête, l'expertise médicolégale et l'influence politique dont ils disposaient.

—Comment ?

—Pourquoi ?

—Qui pourrait avoir fait cela ?

—Nous ont-ils trouvés ?

—Enfin trouvés ?

Le fameux « ils ». Mais, dans ce cas précis, la menace était réelle. « Ils » représentait les tueurs de vampires. Les hommes dont le clan se cachait sur les rivages tranquilles de l'Amérique depuis trois cents ans.

—Et si c'était pire ?

—Pire ? Qu'est-ce qui pourrait être pire ?

— L'un d'entre nous.

Entendre les mots dans sa tête fit frissonner Fia. C'était une possibilité à laquelle elle évitait de penser depuis deux jours. Mungo avait raison. Être tué par l'un des leurs *serait* pire. Mais elle n'était toujours pas convaincue que ce crime, si dramatique qu'il soit, signifiait plus que le meurtre qu'elle avait vu dans l'allée à Lansdowne l'autre nuit. Un taré quelconque.

— S'il vous plaît.

Gair, leur chef, vêtu d'un short à carreaux et d'un tee-shirt portant l'inscription « Je surfe sur le Net » au-dessus d'une planche qui filait sur une vague, leva ses larges mains usées par le temps. À l'âge de soixante-treize ans, le grand-père de Fia, qui approchait de la fin de son cycle de vie, était le portrait tout craché de Clark Gable ; pas du temps de sa jeunesse, mais à l'époque des *Désaxés*. La ressemblance était si frappante que pendant les mois d'été, Gair était une sorte de célébrité locale pour les touristes.

Fia adorait Spencer Tracy. Elle aimait son grand-père encore plus. Il faisait probablement partie des rares qui lui avaient pardonné sa transgression après toutes ces années.

— S'il vous plaît, répéta Gair, qui essayait de se faire entendre par-dessus les voix. Nous ne pouvons pas rester longtemps ici. Il y a encore des humains parmi nous.

— La police humaine.

— Pas seulement la police. Des touristes. Mary Kay en a deux au bed and breakfast.

— Pas la police. Le FBI.

— C'est encore pire.

— Fia l'a amené.

— Elle n'aurait pas dû l'amener.

Le désordre tant verbal que télépathique était tel que Fia ne pouvait capter que des bribes de phrases. Elle ne pouvait dire qui parlait ou qui pensait quoi. Tout ce qu'elle savait, c'est que les siens étaient effrayés. Et en colère.

— Je suis conscient que vous avez des questions, leur assura leur chef en abaissant les bras. Nous en avons tous, mais il va falloir être patient pour obtenir des réponses. (Il se tourna vers Fia, qui se tenait un peu en retrait dans l'espoir de passer inaperçue.) Fi, as-tu des informations à partager ? Quelque chose pour nous réconforter ?

Elle regarda ses pieds, puis releva la tête. Tous les regards étaient sur elle. Certains, solidaires. D'autres, plus nombreux, accusateurs.

— Euh… comme vous le savez, le FBI a lancé une procédure d'enquête sur la mort de Bobby.

— *On devrait pas les avoir ici. On devrait s'en occuper nous-mêmes. Trouver nous-mêmes le foutu salopard qui a fait ça.*

Elle jeta un coup d'œil en direction de Victor Thomas, un vieux pêcheur acariâtre aux cheveux grisonnants qui la détestait, mais pas plus qu'il ne les détestait tous.

— Comme Bobby était un agent du gouvernement et que le crime…

— *Le meurtre…*

— … le crime s'est déroulé dans un bâtiment fédéral, nous n'avons pas eu le choix, poursuivit Fia. Mais Bill… le sénateur Malley a réagi rapidement. Il s'est assuré que je sois appelée, même si Clare Point est en dehors de ma juridiction.

— Et l'autre agent ? demanda une femme. L'humain ? Pourquoi est-il ici ?

— Un petit problème de bureaucratie. C'est sa juridiction.

— On ne veut pas de lui ici.

— *C'est dangereux.*

— Je n'apprécie pas plus que vous sa présence ici, assura Fia à la foule. Mais je vous promets que je garde un œil sur lui et qu'il devrait quitter la ville demain, ou dans deux jours au plus.

— Toujours pas de piste sur le coupable, Fi ?

Elle se tourna dans la direction d'où était venue la question.

— Nous faisons tout ce qui est en notre pouvoir, mais pour l'instant, comme Gair l'a expliqué, nous en savons peu.

— Dis-nous une chose. (Son père s'avança, la voix grave.) C'est une coïncidence, Bobby qui se fait décapiter, ou est-ce que nous avons un plus gros problème ?

Même sans lire ses pensées, elle comprenait ce qu'il avait en tête. La même chose que le reste d'entre eux. Bobby avait-il été tué par l'un des nombreux détraqués qui peuplaient désormais la terre, était-ce simplement une coïncidence macabre qu'il ait été assassiné précisément de la seule manière qui pouvait lui ôter la vie ? Était-ce l'un des leurs qui l'avait tué, un crime qui n'avait été commis que trois fois au cours de tous ces siècles ? Ou un humain avait-il su que Bobby McCathal était un vampire ?

Chapitre 6

À 9 h 30 le vendredi matin, Fia était de retour au bureau des affaires opérationnelles de Philadelphie. Elle aurait souhaité arriver plus tôt, mais Glen avait insisté pour reprendre le dossier ensemble devant un petit déjeuner au motel avant qu'ils ne repartent chacun dans sa direction.

Elle avait pensé que leur entretien était une perte de temps. Ils savaient tous deux exactement où l'enquête en était. Le corps de Bobby McCathal, restitué à la famille ce matin, serait enterré dans le cimetière de la ville demain sans la tête ni les pieds, qui n'avaient toujours pas été localisés. Fia et Glen ne disposaient d'aucune piste quant à leur emplacement ou à l'identité du criminel, et ils savaient que chaque nouvelle journée qui passait, les chances de résoudre l'affaire rapidement s'amenuisaient. Souvent, quand on n'appréhendait pas immédiatement un suspect, le meurtre n'était pas élucidé grâce à un travail d'enquêteur hors pair, comme dans les séries télévisées de Sean Kahill, mais parce que le coupable se confiait à quelqu'un qui allait répéter ses révélations à quelqu'un d'autre. Les criminels n'arrivaient pas à la fermer. La question n'était pas de savoir s'ils allaient parler, mais *quand*. Au bout d'un moment, la police disposerait d'une nouvelle piste. Malgré tout cela, devant un thé chaud et un bagel, Fia avait laissé Glen discourir.

Ils avaient emporté chacun une copie du dossier et des photos, et avaient quitté Clare Point à 7 h 30.

Fia enleva la veste de son tailleur et la jeta sur le dos de sa chaise. Lorsqu'elle s'assit, celle-ci bascula sur le côté dans un grand bruit, manquant de la projeter au sol.

— Enfoiré. Crétin !

Elle se redressa, traîna la chaise hors de son bureau sans porte et pénétra dans celui d'à côté.

— Quoi ?

Son collègue Jeff Morone lui adressa un regard innocent par-dessus l'écran de son ordinateur.

— Bouge tes fesses, tonna-t-elle.

Il gloussa et se leva. Charlie Aiston, son voisin, s'esclaffa, mais n'osa pas se montrer.

Fia attrapa le fauteuil sur lequel Jeff était assis une minute plus tôt et le fit rouler jusqu'à son bureau, ravalant les menaces et les malédictions – certaines très réelles – qui lui brûlaient la langue. Elle savait que plus elle protesterait, plus les autres agents riraient et plus elle risquerait qu'on lui joue un nouveau tour la prochaine fois qu'elle s'absenterait. Avec seulement quatre femmes dans le service, leur vie de bureau ressemblait à un camp scout : les blagues et les concours de pets et de rots étaient sans fin.

Elle se laissa choir sur sa chaise et tapa une série de chiffres sur le téléphone afin de consulter son répondeur. Vingt-deux appels, mais rien de transcendant. Elle écouta chaque message, prit des notes, supprima, sauvegarda. Elle avait plus ou moins espéré qu'elle aurait des nouvelles du lieutenant Sutton quant au meurtre de Lansdowne ; son esprit n'avait cessé d'y revenir toute la semaine. Elle revoyait la femme morte, étendue dans l'allée, et ne pouvait se défaire de l'idée étrange que la scène possédait un caractère familier, qu'elle n'arrivait pourtant pas à identifier.

Rien de la part de Sutton. Déjà deux messages ce matin de sa mère lui demandant pourquoi elle ne rentrait pas à Clare Point pour l'enterrement officiel de Bobby. Malgré la réalité de la mort de ce dernier, avec tous les intrus fouinant en ville, le clan devait mettre en scène un enterrement.

Et un message inquiétant.

Fia réécouta deux fois pour être certaine qu'elle avait bien identifié l'appelant. Puis elle passa les deux heures suivantes à recontacter ses correspondants et à reprendre divers projets qu'elle avait laissés en suspens. Elle l'appela finalement vers midi. Elle tomba sur le répondeur. Aucun doute dans son esprit, c'était bien lui. Elle enregistra un message laconique disant qu'elle le verrait à 22 h 30 au lieu de rendez-vous convenu. Elle consacra le reste de la journée à nettoyer son bureau, ses pensées sautant de la tête de Bobby, toujours portée disparue, à la résurrection de Joseph.

Fia entra d'un pas décidé dans le bar sombre et enfumé, sans prêter attention aux regards braqués sur elle. Aux chuchotements, à l'unique sifflet audacieux. Elle était reconnaissante au New Jersey de ne pas encore avoir banni la cigarette des lieux publics. Elle savait que c'était mauvais pour ses poumons, mais le nuage agissait comme un voile, créant une distance entre les clients. Entre eux et leur vie de tous les jours. Ici, dans un bar bondé un vendredi soir du mois d'août, Fia, comme tant d'autres, pouvait oublier son identité. En adopter une nouvelle.

Elle le sentit avant de le voir et s'arrêta net. Elle ferma les yeux un instant, respirant profondément. Son odeur était différente de celle de Ian, d'Arlan, de Glen. Quelque part, mélangé au parfum de leurs désirs, flottait le goût amer du regret.

Elle était presque arrivée à sa hauteur lorsqu'il pivota sur le tabouret. Son instinct était bon, même s'il ne valait pas celui de Fia. Ce ne serait jamais le cas, mais elle savait qu'il sentait tout de même sa présence.

— Fia. (Il la déshabilla du regard ; on aurait dit un faucon ou un vautour.) Tu as l'air en forme.

Il avait utilisé argent et soins du visage à son avantage, et n'avait pas du tout vieilli. Il était aussi beau qu'une star de cinéma : cheveux bruns, yeux bleus, nez patricien. Habillé d'un pantalon de coton chic, d'une chemise de marque et de mocassins italiens, il puait le sex-appeal et l'eau de toilette hors de prix.

— Toi aussi.

Elle mit un point d'honneur à imiter son regard scrutateur, le dévorant des yeux.

Elle se glissa sur le tabouret de chrome poli à côté de lui, offrant aux hommes qui la reluquaient la vision fugitive de son entrejambe dénudé avant de se tourner vers le bar. Le mouvement fut suivi de murmures appréciateurs. Les humains étaient loin d'avoir un odorat aussi aiguisé que les vampires, mais aucun mâle entre treize et quatre-vingt-treize ans ne pouvait rester de marbre face à l'odeur d'une femme qui ne portait pas de sous-vêtements.

— Un Perrier-citron, commanda-t-elle au barman.

Celui-ci, les yeux rivés sur la poitrine de Fia qui débordait de son corsage de dentelle noire, la servit sans la quitter des yeux.

— Une autre, dit Joseph tout en poussant son verre sur le bar avant de se tourner vers Fia : Toujours pas d'alcool ?

— Que fais-tu ici ?

Attentive à ne pas croiser son regard, elle contemplait les reflets de la foule dans le large miroir suspendu au-dessus du bar, droit devant elle.

— Qu'est-ce que tu veux ?

— Toujours aussi charmante.

— On s'était mis d'accord pour que tu restes sur la côte Ouest. C'est mieux comme ça.

— Mieux pour qui ?

Elle but l'eau pétillante à petites gorgées, savourant son goût acide et pur. Même s'ils ne se touchaient pas, elle ressentait la chaleur de la peau de Joseph et, quand elle se tourna vers lui, son regard s'arrêta sur le pouls à sa gorge. Elle pouvait sentir son cœur battre, elle pouvait presque distinguer le sang qui affluait à sa jugulaire. D'autres endroits étaient tout aussi efficaces pour recueillir le sang, mais c'était quand on le buvait à la jugulaire qu'il semblait toujours le plus doux, le plus satisfaisant.

— Tu n'as pas répondu à ma question, reprit-elle en baissant les yeux vers son verre.

— Tu n'as pas répondu à la mienne.

— Joseph…

Sur le bar, elle sentit la main de l'homme se poser sur la sienne, et la contempla. Elle n'avait pas l'air réelle, mais désincarnée, comme en cire. Ses pensées s'égarèrent.

Pourquoi le tueur avait-il emporté les pieds de Bobby ? Le fait qu'ils soient manquants signifiait-il que la décapitation n'était qu'une simple coïncidence ?

Elle voulait le croire. Par saint Patrick, elle voulait vraiment y croire.

Joseph enserra sa main, et elle se concentra de nouveau sur son visage. Il avait l'allure de l'homme conscient de l'attrait qu'il exerçait. Il savait manipuler les gens en jouant de son physique séduisant et de son charme.

À présent, Fia avait de la peine à croire qu'elle avait un jour pensé être amoureuse de lui. Elle avait tout adoré de lui : sa voix, sa façon de bouger, la manière dont il parlait. Elle n'avait pas seulement trouvé son visage splendide, mais aussi ses cuisses, ses pectoraux, ses bras et surtout ses mains. Elles étaient aussi parfaites qu'un croquis de Léonard de Vinci. De vraies mains de chirurgien.

— Un congrès de médecins ou quelque chose de ce genre ?

Fia sirotait sa boisson, la voix volontairement froide. Aussi fraîche que le verre ruisselant dans sa main.

— C'est pour ça que tu es là ? Tu t'es dit que tu en profiterais pour faire un pèlerinage dans ton ancien fief ?

Il buvait sa vodka avec des glaçons à petites gorgées, ses lèvres sensuelles entrouvertes sur le bord du verre.

— Nous ouvrons un nouveau cabinet, mon partenaire et moi. Ici, sur la côte Est, je pense.

Elle leva les yeux pour croiser son regard, et retira sa main.

— Joseph, tu ne peux pas faire ça.

— Eh si. C'est fait.

— C'est dangereux, insista-t-elle en repoussant son tabouret.

Elle ne s'était pas attendue à cela, même pas après son appel. Pas maintenant. Elle ne pouvait pas affronter le retour de Joseph maintenant.

Soudain, elle suffoqua. La fumée. L'odeur des humains, la pulsation de leur sang. Dans le miroir au-dessus du bar, les reflets étaient subitement voilés. Ce n'étaient plus des humains, mais des fantômes de son passé qui flottaient, certains étrangement silencieux, d'autres hurlant dans sa tête.

— Je te repose la question, reprit-il tandis qu'elle contemplait les glaçons qui dansaient au bas de son verre. Dangereux pour qui ?

Submergée par l'émotion qui montait soudain en elle, Fia sortit comme une tornade. Elle fit semblant de ne pas entendre la voix de Joseph qui l'appelait, de ne pas voir les fantômes-redevenus-hommes-et-femmes qui la dévisageaient. Elle passa de la fumée à l'air nocturne étouffant et humide. Elle avait eu la ferme intention de se rendre directement à sa voiture, mais quelques minutes plus tard elle se retrouva assise sur un autre tabouret. L'homme à côté d'elle était loin d'être aussi attirant que Joseph, mais il portait un beau costume et buvait du whisky douze ans d'âge. Elle le laissa lui offrir un Perrier.

L'obscurité, la proximité des humains, le son de la voix du costard s'enroulaient autour d'elle, s'accordant au rythme obsédant de la musique que des haut-parleurs ingénieusement cachés dans le plafond déversaient sur eux à plein volume. Son nouvel ami était avocat d'affaires. En l'espace d'une demi-heure, elle connut le nom de plusieurs de ses clients en vue, sut que son salaire annuel se situait dans la fourchette haute des nombres à six chiffres et apprit pourquoi sa femme et lui avaient divorcé. Le manque d'esprit d'aventure dans la chambre à coucher était, bien sûr, un gros problème entre lui et Penny… Peggy… Pilly.

Elle ne retint pas non plus son nom à lui. Elle ne voulait pas s'en souvenir le lendemain matin.

Fia ne savait pas ce qu'elle allait faire, pour Joseph. Elle avait rendez-vous avec sa psy la semaine prochaine. Le docteur Kettleman allait vouloir aborder le sujet. Elles parleraient de Bobby, aussi. Des complexes de Fia qui resurgissaient dès qu'elle rentrait chez elle. De la culpabilité qu'elle ressentait en voyant que son père était toujours aussi déçu par sa conduite.

Le costard continua à disserter et à commander à boire. Il était presque soûl. Au départ, il l'avait prise pour une poule de luxe, ce qui l'avait amusée. Elle supposa que les femmes haut placées portant des jupes aussi courtes que la sienne étaient plutôt rares dans le New Jersey. Il lui répétait combien elle était belle, combien elle devait intimider certains hommes. Cependant, lui n'était aucunement intimidé. Trop ivre ou trop stupide, songea-t-elle.

Fia resta assise à l'écouter discourir sur ses réussites et sur l'appartement-terrasse avec vue sur le fleuve qu'il venait d'acquérir. Probablement meublé à l'identique de la double page centrale du catalogue de *Mobilier moderne*, avec un petit bar tout équipé dans le salon et des draps de satin 600 fils sur le lit.

Lorsqu'il lui demanda si elle souhaitait visiter, elle sut qu'elle devait refuser. Qu'elle ne devait pas y aller. Mais cela paraissait si simple. Ils pouvaient y aller à pied, expliqua-t-il, ce qui évoqua immédiatement à Fia des images de ruelles sombres et d'allées mal éclairées.

Et il était tellement bourré…

Tandis qu'elle sortait à son bras, elle songea à le mettre en garde contre les périls de la drague dans les bars. Du point de vue d'un représentant de la loi, il jouait avec le feu. Dans son état, il pouvait facilement être dévalisé, ou pire, tué, sans compter le risque de prélèvements sanguins impromptus…

Ils passèrent devant l'établissement où elle avait rencontré Joseph un peu plus tôt. Elle ne sentait plus sa présence. Furieux qu'elle l'ait laissé en plan, il était sans doute parti chasser de son côté. Elle doutait que Joseph éprouve la moindre difficulté pour ramasser des femmes dans les bars.

Le costard était poli. Il marchait côté voitures et, lorsqu'ils s'arrêtèrent à un passage piéton, il s'inclina pour l'embrasser. Il était juste un peu maladroit. Sa bouche était fraîche et sentait la fumée. Le whisky. Et, quand elle glissa une paume sur sa poitrine, sous sa veste, jusqu'au pouls à sa gorge, il gémit, pensant sans aucun doute qu'elle était une virtuose des préliminaires.

Son propre cœur se mit à battre plus vite et elle éprouva un premier frisson de désir.

Ils traversèrent la rue.

— Un raccourci ? murmura-t-elle à son oreille d'une voix rauque.

Quand l'envie se faisait ressentir, elle s'intensifiait très rapidement, était impérieuse, incontrôlable.

Elle savait qu'elle ne devait pas…

Il rit et s'arrêta au milieu du trottoir pour l'embrasser de nouveau, essayant cette fois de lui tripoter la poitrine d'un geste gauche.

Elle repoussa sa main, comme si c'était un jeu.

Va-t'en, lui souffla la voix de la raison. *Si tu te fais attraper en train de chasser des humains, tu seras sanctionnée. On te démettra de tes fonctions au Haut Conseil, et tu devras rentrer à Clare Point et y rester jusqu'à la fin de ton cycle de vie.* Mais déjà ses oreilles bourdonnaient et ses doigts lui picotaient d'excitation.

— Par ici, indiqua le type en lui prenant la main, et il l'entraîna entre une épicerie et un magasin de fleurs.

Au milieu de l'allée, dans les ténèbres portées par les bâtiments de deux étages qui les entouraient, elle s'arrêta. Il trébucha, tendit la main et l'attrapa par la taille en riant. Il pensait que cela faisait partie du jeu de séduction. Elle le laissa l'embrasser, fourrer sa langue humaine dans sa bouche, puis caresser son sein pour le distraire tandis qu'elle portait les lèvres à la veine battante de son cou. Il avait dû se raser très tôt le matin, car il avait déjà un début de barbe.

Elle lécha sa peau, pour tâter le terrain, pour ainsi dire, tout en lui flattant le bas-ventre pour faire bonne mesure. Il rejeta la tête en arrière, exposant son cou encore un peu plus tandis qu'il gémissait de plaisir.

C'était si facile quand ils étaient ivres…

Fia fut submergée par une excitation semblable à ce moment juste avant l'orgasme, quand chaque nerf devient ultra-sensible et chaque fibre de chaque muscle se tend. Une bouffée de chaleur lui monta au visage et ses seins se durcirent sous la dentelle de son soutien-gorge.

Il tressaillit à peine lorsqu'elle enfonça les dents dans sa peau, et ce fut le gémissement de Fia qui résonna dans l'allée.

Quand il s'évanouit, elle le retint fermement entre ses bras. Sur sa langue, le sang était chaud, épais, sucré, comme du miel dont l'arôme se mélangeait au goût du whisky que l'homme avait consommé. Fia dut faire appel à toute sa discipline pour ne pas en boire davantage.

Elle devait s'arrêter… *Encore une gorgée…*

Elle grogna tandis qu'elle se forçait à relâcher sa prise et à le coucher sur le sol, prenant soin de ne pas le déposer dans une pile d'ordures ou d'excréments d'animaux en décomposition. Il se réveillerait rapidement, indemne, avec pour seul souvenir l'image d'une grande rousse attirante en minijupe, et avec un peu de chance il y songerait désormais à deux fois avant de s'enivrer et de ramasser une inconnue dans un bar.

Fia se hâta dans la noirceur de l'allée et courut jusqu'à sa voiture. Son visage brûlait de honte, et la chaleur se mêla à l'excitation jusqu'à ce que les deux émotions ne fassent plus qu'une.

De retour à son appartement, Fia, dégoûtée par ses actions, se déshabilla dans l'obscurité et fourra ses vêtements à l'arrière de son armoire. Au début, elle essaya de ne pas penser à ce qui venait de se produire, mais elle ne pouvait jamais prétendre bien longtemps qu'il ne s'était rien passé. Elle avait le visage cramoisi de honte. Le temps qu'elle se douche, se sèche et enfile un short de gym et un tee-shirt usé, les remords avaient commencé à la tenailler.

Allongée dans son lit, enveloppée dans le parfum de son assouplissant, elle contempla les pales du ventilateur qui tournaient au plafond. Sam, son chat, un vieux persan gras à l'épaisse fourrure noire et à la panse rebondie, ronronnait avec satisfaction à côté d'elle sans porter le moindre jugement. Fia pouvait très bien se charger de cela toute seule.

Elle s'était si bien comportée. Il s'était écoulé des semaines depuis la dernière fois qu'elle avait bu le sang d'un humain. Qu'est-ce qui n'allait pas chez elle ? Pourquoi avait-elle laissé Joseph la pousser ainsi à bout ?

Pourquoi avait-il fallu qu'elle passe ses nerfs sur l'homme en costume au bar, un innocent qui s'était juste trouvé au mauvais endroit au mauvais moment ?

Elle repensa à l'agent spécial Glen Duncan et à la manière dont il l'avait regardée cette nuit-là, lorsqu'ils étaient rentrés ensemble au motel. La soif de sang humain avait commencé à ce moment-là. Sur le moment, elle ne l'avait pas identifiée, mais avec du recul elle savait que c'était le cas. Le désir sexuel et la soif de sang humain allaient toujours de pair.

Le téléphone de Fia, en mode silencieux, vibra sur la table de nuit, et elle contempla les chiffres rouges éblouissants du réveil. Il était 3 h 05 du matin. Elle roula sur le côté, tournant le dos à l'objet. C'était la troisième fois que Joseph appelait en moins d'une heure.

Chapitre 7

Joseph l'appela encore deux fois le samedi. Elle ne répondit pas et supprima ses messages sans les écouter. Une dérobade puérile, peut-être, mais efficace.

Mortifiée par ce qu'elle avait fait à l'avocat, elle passa toute la journée à travailler, en donnant pour leur argent aux contribuables américains. Plus encore que d'habitude, le bureau évoquait un refuge. Fia était heureuse qu'il soit aussi merveilleusement silencieux ; soulagée d'être si absorbée par les affaires à traiter qu'elle ne songeait plus au corps décapité de Bobby, désormais rangé dans une cellule réfrigérante de l'unique funérarium de Clare Point.

Le samedi soir, elle éteignit son téléphone portable et resta chez elle devant un DVD de location et un repas chinois à emporter. Le dimanche, elle fit la grasse matinée, changea la litière du chat, nettoya la salle de bains et accompagna sa voisine, Betty Gold, à l'épicerie.

Elle et la vieille Allemande s'entendaient bien. Elles ne savaient rien de leurs histoires respectives et toutes deux semblaient s'en satisfaire parfaitement. Elles ne se posaient pas la moindre question l'une à l'autre. Betty ne demandait jamais à Fia pourquoi elle rentrait si souvent tard habillée comme une prostituée de luxe, et Fia ne l'avait jamais interrogée sur son œil de verre ou sur les numéros tatoués sur son avant-bras.

Le lundi, Fia accomplit machinalement son travail. Elle suivit diverses affaires et parvint à résister à la tentation de sortir le dossier de Bobby de son tiroir pour examiner les images du corps dépourvu de tête et de pieds. Le laboratoire ne lui avait pas encore communiqué le résultat des analyses, mais elle ne s'attendait pas à obtenir de pièces à conviction concluantes. La scène de crime était trop nette.

Ce soir-là, pelotonnée au bout de son canapé, l'ordinateur portable en équilibre sur les genoux, elle entra dans les catacombes des archives du FBI et lança une recherche sur les décapitations. Au cours des vingt dernières années, on en avait répertorié à travers tous les États-Unis bien plus qu'on n'aurait voulu le croire. Aucune mention d'une décapitation de vampire.

Elle prit des notes sur les raisons psychologiques pouvant pousser quelqu'un à découper et emporter des parties du corps d'une victime, et caressa l'idée d'appeler l'agent spécial Duncan juste pour partager avec lui ses découvertes, qui étaient vraiment insignifiantes. La psyché humaine était compliquée, et se compliquait encore davantage lorsqu'un meurtre s'ajoutait à l'équation.

Elle pensa à Glen. Elle se demanda s'il était penché sur son ordinateur, à passer au crible les centaines de pages de données à la disposition des agents, ou s'il était sorti siroter un cocktail en compagnie de sa fiancée. Ce serait stupide de le déranger chez lui. Inconvenant.

Quand le téléphone sonna à 20 heures, elle vit le numéro de ses parents s'afficher à l'écran et, bien qu'elle sache que c'était une erreur, elle décrocha. C'était sa mère, évidemment. Autant qu'elle s'en souvienne, son père ne l'avait jamais appelée, pas depuis qu'Alexandre Graham Bell avait inventé le téléphone.

— Tu es chez toi ?

— Je suis chez moi, maman. J'ai répondu sur le téléphone fixe.

Fia ferma le fichier consacré à une décapitation qui s'était déroulée en Louisiane en 1967 – une histoire de vaudou – et ouvrit sa messagerie.

— Tu as raté l'enterrement de Bobby. Ton père a expliqué que tu ne voulais pas venir.

— Je vous ai informés jeudi avant de repartir que je ne pourrais pas y assister. J'avais des enquêtes en cours. J'ai travaillé tout le week-end.

— C'était bien.

— Maman, comment tu peux dire que c'était bien ? Vous l'avez enterré sans sa tête. Son âme est piégée entre ce monde et le suivant et brûlera dans les limbes pour l'éternité.

— J'ai apporté du pain maison à la veillée. Tavia a assuré que c'était le meilleur que j'aie jamais préparé. Tu n'as pas encore trouvé le coupable, n'est-ce pas ? Celui qui a tué Bobby ? Ton père pense que c'est un jeune drogué ; les grandes villes en sont pleines.

C'était la manière de sa mère de rappeler à Fia qu'elle n'approuvait pas que sa fille vive dans la *grande ville*, même après toutes ces années. Mary Kay Kahill croyait fermement que tous ses enfants devaient vivre dans le périmètre sécurisé de la ville de Clare Point.

Relativement sécurisé.

Sur son écran, Fia supprima quelques messages qui lui promettaient indépendance financière et érections prolongées.

— Nous n'avons pas encore trouvé le tueur. Ça ne fait qu'une semaine. Le résultat des analyses n'est pas encore connu. Comment vont les Mary ?

— Elles accusent le coup, surtout Mary McCathal. (La voix de sa mère se teinta d'arrogance.) Elle a toujours été fragile, Mary McCathal. Du genre à s'évanouir toutes les cinq minutes.

Fia avait envie de souffler à sa mère qu'elle-même serait peut-être « du genre à s'évanouir » si son mari, le père de ses neuf enfants vivants, avait été décapité et son corps brûlé, son âme condamnée à errer pour l'éternité… Mais elle ne jugea pas sage d'emmener la conversation sur ce terrain ; c'était un coup à rester au téléphone toute la nuit.

— Des nouvelles de Finn et Regan ? s'enquit-elle, pensant que le sujet était moins risqué.

— Pas depuis Belfast la semaine dernière.

En général, l'accent irlandais de sa mère se remarquait à peine, mais il ressortait lorsqu'elle prononçait le nom de la capitale, chargé d'un mélange de haine et de nostalgie. Elle n'avait pas revu les prairies de son enfance depuis trois siècles.

— Mais ils doivent rentrer bientôt ? demanda Fia.

— La dernière fois que j'ai parlé à Finn, il a dit que l'enquête ne prendrait pas plus de deux à trois semaines.

Ses frères suivaient une piste concernant un pédophile dont Scotland Yard n'avait pas réussi à obtenir la condamnation. Le Conseil avait pour règle d'examiner une affaire sous tous les angles avant même d'ajouter un nom à la liste de surveillance. Jeunes, aventureux et ambitieux, bien que leurs objectifs divergent, Finn et Regan se disputaient le prochain poste à pourvoir dans l'équipe de tueurs du Conseil. Fia et Finn avaient toujours été proches. Les choses étaient différentes avec Regan, le chouchou de la famille et le préféré de son père, mais Fia essayait de maintenir de bonnes relations avec lui, principalement par égard pour Finn. Les deux garçons étaient plus que frères ; ils étaient aussi les meilleurs amis du monde.

— Ils arriveront quand ils arriveront, déclara sa mère avec philosophie. Regan a mentionné quelque chose à propos de la Roumanie.

— Quelqu'un a parlé avec eux ? Du Conseil, je veux dire.

Fia posa son ordinateur, et Sam sauta du dos du canapé et grimpa sur ses genoux avant de lui pétrir l'intérieur des cuisses de ses larges pattes.

— On leur a dit pour Bobby ?

— Tu sais que je ne suis pas au courant des lubies du Conseil.

Sa mère n'essayait pas de cacher sa rancœur. La composition du Conseil changeait régulièrement. Lorsqu'un membre mourait et commençait une nouvelle vie, il était remplacé. C'est ce qui était arrivé à Mary Kay, et même si cela s'était produit cinquante années auparavant, la nomination de sa fille n'avait fait qu'ajouter de l'huile sur le feu de son indignation.

— Maman, je devrais raccrocher. J'ai encore du travail.

— Tu travailles trop. Arlan t'a cherchée à la veillée. Tu aimes bien Arlan, n'est-ce pas ?

— Maman.

À l'autre bout du fil, sa mère resta un moment silencieuse, et Fia redoubla de vigilance. Les dons de télépathe de sa mère n'avaient jamais été particulièrement impressionnants et ils fonctionnaient encore moins bien avec sa fille, mais Fia sentait qu'elle essayait de sonder ses pensées.

— Qu'y a-t-il, Fi ? insista sa mère.

— Je suis simplement fatiguée. (Fia soupira et abaissa sa garde.) Et Bobby. Maman, je sais que je vois ce genre de choses plus souvent que la plupart d'entre nous, mais cela me fait toujours aussi peur. Et d'autant plus que c'est arrivé à l'un de nous.

— C'est tout ? (Elle n'avait pas l'air de la croire.) Il n'y a rien d'autre ?

Et cela suffit pour que Fia relève les protections qu'elle avait soigneusement construites tout autour d'elle depuis des années.

— Il te faut autre chose ? (Fia poussa le chat de ses genoux et se leva du canapé.) Souhaite « bonne nuit » à papa de ma part. Je vous rappellerai dans deux jours.

— Promis ?

C'était le mieux que sa mère puisse faire en matière de tendresse.

— Promis.

— Vous auriez dû m'appeler immédiatement, la sermonna le docteur Kettleman.

Fia haussa les épaules et s'agita, assise au bord du canapé.

— Nous avions déjà fixé ce rendez-vous. J'ai pensé qu'un jour ou deux n'allaient pas changer grand-chose.

La psychiatre ne répondit pas, forçant Fia à la regarder par-dessus la table basse. Elles étaient installées au « salon », ainsi que le docteur Kettleman nommait cette partie de son cabinet située dans une alcôve, loin du bureau et des étagères chargées de livres. Ce devait être un espace où les patients pouvaient imaginer qu'ils étaient chez eux, dans un environnement rassurant où ils pouvaient s'exprimer sans crainte. Laisser libre cours à leurs émotions. Fia se demandait si elle était la seule à être bien plus à l'aise dans ce salon que dans n'importe quelle pièce des maisons de sa famille.

L'odeur du parfum Chanel du docteur Kettleman flotta jusqu'à Fia. La psychiatre attendait qu'elle amorce la conversation. C'était une technique agaçante, mais efficace.

Fia contempla la femme un moment. Des cheveux bruns, un carré mi-long classique, un tailleur structuré gris. Des lunettes à monture métallique dans un monde où la plupart des gens portaient des lentilles. Elle rappelait un peu à Fia la psychiatre de Tony dans *Les Sopranos*, suffisamment pour qu'elle se demande si le docteur Kettleman l'avait fait exprès.

Fia était fan de HBO. Elle était sensible à la réalité crue que peignaient les séries diffusées par cette chaîne, à leur ironie, à leur humour pince-sans-rire.

— Si vous m'aviez posé la question la semaine dernière, je vous aurais dit qu'il n'y avait pas la moindre chance que je rechute, s'entendit répondre Fia. J'ai été si disciplinée. Cela faisait des mois…

— Et qu'est-ce que cela vous inspire ? interrogea le docteur Kettleman en observant Fia. Cette « rechute ».

Fia réfléchit un moment. La température dans le cabinet était tropicale et elle hésita à retirer sa veste, mais la psychiatre, qui en portait également une, n'avait pas l'air d'avoir trop chaud.

— J'ai l'impression d'être une ratée, bien sûr, lâcha-t-elle. La moins que rien que mon père a toujours su que je pouvais être.

— C'est sévère, fit remarquer Kettleman.

Fia contempla les sourcils de la femme. Ils étaient joliment dessinés. Fia se demanda si elle les épilait à la cire.

— Selon vous, Fia, est-ce un revers sans conséquence, ou votre dépendance est-elle en train de prendre le dessus sur votre volonté ?

Fia songea au goût piquant et acidulé du sang de l'homme au costume, à l'incroyable montée d'adrénaline qu'elle avait ressentie en le buvant. Elle était convaincue que la substance était tout aussi grisante pour elle que n'importe laquelle des drogues qui circulaient dans les rues.

— Je ne vais pas retomber dans mes vieilles habitudes, si c'est votre question, affirma-t-elle à la psychiatre. Je me suis battue pour m'en débarrasser et il est hors de question que je prenne le risque de tout perdre maintenant. (Elle s'enfonça dans le canapé de cuir au ton caramel.) C'est un recul temporaire. Rien de plus.

De nouveau, le docteur Kettleman laissa le silence s'installer. Les silences pouvaient être fatals pour une femme. Lui donner envie d'en finir.

Le suicide ? Fia faillit rire à haute voix devant l'ironie de la situation. Si Dieu avait laissé ce choix au clan Kahill, ne se seraient-ils pas tous tués depuis mille ans ? C'était l'une des dispositions qui rendaient la *mallachd* si cruelle. Non seulement il était presque impossible qu'un humain ôte la vie d'un membre du clan, mais ceux-ci ne pouvaient pas non plus se donner la mort. Les bons jours, Fia savait que cela avait aussi été une bénédiction de Dieu.

— Parlez-moi de l'autre soir. Que s'est-il passé avec Joseph ? interrogea Kettleman de sa voix passive de thérapeute.

— Je vous l'ai dit. Il m'a appelée. Je l'ai rencontré. Nous avons bu un verre et je suis partie.

— Que voulait-il ?

Le regard de Fia erra sur le mur derrière la tête de la psychiatre, où étaient accrochés ses diplômes. Premier cycle à l'université Temple. Médecine à Johns Hopkins. La femme était loin d'être une truffe.

— Je ne sais pas, répondit Fia, que son reflet dans la vitre au-dessus des diplômes mettait mal à l'aise.

Elle devait passer chez le coiffeur. Elle aimait que son carré mi-long auburn soit coupé de manière très nette, comme si elle sortait juste du salon.

— Je ne suis pas restée assez longtemps pour lui poser la question.

— Donc vous êtes allée jusque dans le New Jersey pour rencontrer votre ancien petit ami, que vous n'aviez pas revu depuis quinze ans, et vous n'êtes pas restée assez longtemps pour lui demander pourquoi il vous avait appelée ?

Fia devait reconnaître qu'énoncé ainsi, c'était ridicule, mais il était évident qu'elle était un peu dérangée, sinon elle n'aurait pas payé pour des séances bimensuelles d'une heure avec une professionnelle de la santé mentale, n'est-ce pas ?

— C'était plus difficile que je ne l'aurais cru, expliqua-t-elle à mi-voix.

— Quoi ?

— Le voir.

Fia fut surprise de l'émotion qui lui noua la gorge. Elle tripota le bouton en nacre de sa veste de tailleur en lin Ralph Lauren.

— Entendre de nouveau sa voix.

— Vous l'aimez encore ?

Fia releva la tête.

—Bien sûr que non.

—Parce que…

—Parce que… (Elle regarda le bouton avec lequel elle était en train de jouer.) Parce que nous ne devions pas être ensemble. Il était… ce n'était pas une relation saine.

—Et pourtant, même après toutes ces années, il vous appelle et vous accourez.

Fia grimaça.

—Je ne trouve pas vos commentaires très constructifs aujourd'hui. Vous savez que je viens ici pour me sentir mieux. Pour que vous m'aidiez à découvrir comment vivre au jour le jour avec moi-même.

—Qu'avez-vous pensé des six derniers mois ? (Le docteur Kettleman croisa ses jambes joliment galbées.) D'une manière générale.

—Ça a été pas mal. Plutôt bien, même, concéda Fia. Tout du moins, jusqu'à ce qu'on m'envoie enquêter sur un meurtre dans ma ville natale. Jusqu'à ce que quelqu'un de mon entourage ne soit retrouvé décapité et que deux de mes ex ne reviennent d'entre les morts pour me hanter. Tout cela dans la même semaine, de surcroît.

Pour la première fois depuis l'arrivée de Fia, le docteur Kettleman sourit.

—Je trouve que vous n'avez pas vraiment besoin de mon aide, Fia. Vous êtes consciente de vos propres faiblesses : l'addiction au sang, la dépendance au sexe. Vous savez identifier lesquelles de vos relations sont toxiques : dans le passé, le couple que vous formiez avec Joseph ; aujourd'hui, vos rapports difficiles avec vos parents.

De nouveau, le silence s'étira entre elles. Le docteur Kettleman patienta. Fia étudia les pensées qui lui traversaient l'esprit. Les émotions.

— Pendant des mois, j'ai cru que j'étais maîtresse de mon existence, dit Fia avec hésitation. Et puis il suffit que je rentre à Clare Point et, d'un seul coup, tout est différent. Y compris moi.

De nouveau, le docteur Kettleman sourit.

— La vie est faite de changements, et nous devons suivre le mouvement. Vous devez accepter l'idée que même vous, l'agent spécial Fia Kahill, ne pouvez échapper à la perte d'un être cher, à la mort ou au besoin inné d'être aimé que nous éprouvons tous.

Fia lâcha le bouton de sa veste.

— Même avec toute mon expérience sur le terrain, je ne vois pas du tout comment trouver l'assassin de Bobby. Je ne sais même pas par où commencer.

Elle était consciente qu'elle sautait du coq à l'âne, mais c'était souvent le cas lors de ses séances avec le docteur Kettleman. Cela lui prenait des jours, voire parfois des semaines pour assimiler véritablement les conclusions de tous les sujets qu'elles avaient abordés.

— Vous avez mentionné que le FBI avait envoyé un agent de Baltimore car le meurtre s'était déroulé dans leur juridiction, et que cet agent ressemblait à Ian. Racontez-m'en un peu plus. Vous vous êtes bien entendus ?

Fia grimaça, instantanément sur la défensive.

— Est-ce que nous nous sommes *bien entendus* ? Ce n'était pas un rencart. Nous étions sur une scène de crime.

— Vous avez précisé qu'il vous rappelait le seul grand amour que vous ayez jamais connu, expliqua Kettleman.

Votre collaboration s'est-elle bien déroulée ? L'avez-vous apprécié ? C'est tout ce que je voulais savoir.

— Au FBI, on ne plaisante pas avec les juridictions. L'affaire revenait à Duncan, mais le bureau du sénateur Malley avait spécialement demandé que je me rende à Clare Point. L'agent spécial Duncan était plutôt en rogne.

— Il semble que vous ayez réussi à dépasser cela, commenta Kettleman. Vous avez travaillé ensemble sur l'enquête.

— Je ne sais pas si nous avons réussi à mettre cela derrière nous, mais nous avons travaillé ensemble pendant deux jours, oui. Maintenant, nous attendons le résultat des analyses et le rapport du médecin légiste.

— Donc vous l'avez bien aimé ? insista la psychiatre. Pourquoi, selon vous ? Uniquement parce qu'il vous a rappelé Ian ?

De nouveau, l'émotion serra la gorge de Fia, cette fois au point qu'elle parvenait à peine à respirer.

— Oui, je l'ai bien aimé, murmura-t-elle. Parce qu'il m'a rappelé Ian, mais aussi… Non. (Elle revint en arrière, essaya d'être la plus objective possible.) Il était différent. Pas aussi lunatique. Il a une présence plus tranquille.

— Lui avez-vous parlé depuis votre retour ?

Fia secoua la tête.

Le docteur Kettleman jeta un coup d'œil vers la pendule posée sur la petite table à côté d'elle.

— La séance est presque terminée, Fia. Nous avons abordé de nombreux sujets. Y a-t-il autre chose dont vous souhaitiez discuter aujourd'hui ?

— Non. Je pense que nous avons bien débroussaillé.

La psychiatre se leva pour accompagner Fia à la porte et lui mit une main sur l'épaule.

— Juste une fois, j'aimerais que vous ne soyez pas si dure avec vous-même. Vous n'avez pas besoin de venir ici pour savoir quoi faire par rapport à Joseph. Vous êtes consciente que vous ne pouvez prendre le risque d'être en couple avec lui. (Elle s'arrêta à hauteur de la porte en bois.) Quant à l'agent Duncan… peut-être que vous êtes prête à prendre ce risque-là.

En sortant, Fia se sentait mieux. Elle était déterminée à appeler Joseph et Glen… même si elle ne savait pas encore dans quel ordre.

Au final, elle n'appela ni l'un ni l'autre, mais décida qu'elle devait affronter ses démons pour remettre de l'ordre dans sa vie. Elle revêtit une courte jupe noire, des talons vertigineux et un haut rouge moulant qui lui donnait toujours l'impression qu'elle pouvait conquérir le monde. Elle orna ses oreilles de grands anneaux et lissa ses cheveux vers l'arrière à l'aide de gel coiffant avant de sortir.

Elle avait pensé traverser la rivière pour rechercher Joseph dans le New Jersey, mais son instinct lui souffla qu'il était beaucoup plus proche. Ce soir, il était de sortie, quelque part dans les environs. Bientôt, elle commença à inspecter tous les bars du quartier de la périphérie de Philadelphie où ils avaient autrefois partagé un appartement.

Bien sûr, elle avait son numéro de téléphone portable. Elle aurait pu l'appeler, mais elle avait besoin de lui parler face à face. Et elle avait la certitude qu'il savait qu'elle le cherchait. Il s'amusait avec elle. Jouait au chat et à la souris. Joseph avait toujours aimé la chasse, même à l'époque où elle l'avait rencontré.

Ce soir, à chaque nouveau bar sombre et enfumé, elle sentait qu'il s'était trouvé là à peine un moment plus tôt. Elle pouvait presque respirer le reste de son odeur à chaque porte qu'elle passait, comme s'il avait semé pour elle un chemin de miettes.

Les bars allaient fermer quand Fia se laissa choir sur le tabouret d'un établissement inconnu. Aucun signe de Joseph, mais elle savait qu'il était inutile d'espérer qu'il sorte de sa vie aussi soudainement qu'il y était entré. Il lui voulait quelque chose et, si elle ne le trouvait pas, ce serait lui qui la trouverait.

Le type assis à côté d'elle lui commanda un gin-tonic, malgré les protestations de Fia qui ne voulait pas boire d'alcool. Il portait un bandana rouge noué sur la tête, un tee-shirt noir moulant et un jean. Une lourde chaîne reliait son portefeuille à sa poche arrière. Fia avait déjà entamé le Schweppes qu'elle avait elle-même demandé lorsqu'elle s'aperçut qu'elle était entrée dans un bar de *bikers*. Elle ne savait même plus dans quelle rue elle se trouvait. Elle avait été si absorbée par sa quête de Joseph qu'elle avait cessé de regarder autour d'elle.

Parcourir les rues de Philadelphie en passant d'un bar à l'autre n'était sans doute pas la meilleure idée du monde. Et si elle croisait un autre agent du FBI ?

Comme si ces coincés fréquentaient les bars de *bikers*...

— Hé, chérie, t'aimes les gros engins ? lança le type au bandana rouge.

Le type n'était pas vraiment son genre, mais il la draguait ouvertement. Il lui commanda des gin-tonics, sans vraiment se rendre compte qu'ils ne contenaient pas de gin. Elle jeta un coup d'œil à son cou. Il était épais. Charnu comme celui d'un porc.

À côté de Clare Point se trouvait une réserve naturelle où de nombreux troupeaux de cerfs de Virginie paissaient en liberté. Au cours des siècles, les membres du clan Kahill s'étaient adaptés jusqu'à ne plus avoir besoin de sang humain : celui des animaux leur suffisait. Le sang des cerfs était régulièrement recueilli afin de nourrir toute la famille.

Fia n'avait pas bu de sang de cochon depuis bien longtemps. Elle se demanda si le *biker* aurait un goût de porc.

— Tu me dragues, mon chou ? questionna-t-elle avec ingénuité en reportant toute son attention sur sa prochaine victime.

Comment jeter par la fenêtre une heure et trois cents dollars de psychothérapie en deux secondes.

Le *biker* la fit sortir par une porte de service, dans une allée qui puait le lait tourné et les déjections de rongeurs. Il semblait que, dans sa quête de Joseph, elle s'était aventurée plus loin qu'elle ne l'avait cru. Cette partie de la ville était plus malfamée que celles qu'elle fréquentait habituellement. Plus dangereuse.

Mais la vraie question était : pour qui ?

Tandis que Fia prenait son compagnon par le bras, elle songea à Glen. Elle se demanda ce qu'il était en train de faire. Elle savait que c'était absurde, mais elle ressentait un soudain besoin de lui parler… d'entendre sa voix.

À côté d'elle, le *biker* émit un son guttural et referma la main sur son bras. Perdue dans ses pensées, Fia réagit avec un instant de retard au danger qu'elle sentait tout à coup avec autant de netteté que la poudre qui avait flotté dans l'air la nuit où son Ian était venu pour tuer les Kahill.

Le *biker* la balança sans ménagement contre une benne métallique, et elle poussa un cri de surprise quand sa tête heurta le panneau de métal avant de rebondir. Le gentil *biker* au bandana était brusquement devenu méchant.

Chapitre 8

— Alors, qu'en penses-tu ? demanda Stacy en balançant leurs mains jointes tandis qu'ils sortaient du cinéma et tournaient sur le trottoir. La proposition de papa de louer le *country club* est alléchante, nous pourrions inviter beaucoup plus de monde. Mais la Jamaïque était notre rêve. (Elle lui pressa la main.) Je ne sais pas si nous devons y renoncer juste pour que maman puisse convier son club de bridge à notre réception.

Glen resserra sa main autour de celle de Stacy et l'arrêta alors qu'elle allait descendre sur la chaussée au moment où le feu repassait au vert et les voitures démarraient en trombe. Tandis qu'ils patientaient, il examina la foule autour d'eux. Il avait effectué des recherches en ligne sur les décapitations. Au départ, il avait supposé qu'un crime aussi violent devait être l'œuvre d'un drogué enragé. Comment un humain dans un état normal aurait-il pu faire cela à l'un de ses semblables ? Mais il avait lu les dossiers relatifs à plusieurs décapitations aux États-Unis au cours des trente à quarante dernières années, et souvent le crime était assez méthodique, planifié, avec un mobile précis.

Le soir précédent, Glen avait envisagé d'appeler Fia, juste pour échanger des nouvelles. Mais il s'était ravisé. Quelles nouvelles ? Ils n'avaient pas la moindre information à partager, et elle n'était sûrement pas en train d'attendre son appel à côté du téléphone.

Il avait pensé à l'agent spécial Fia Kahill toute la semaine. Ils n'avaient pas exactement accroché. Même après qu'ils avaient résolu la question de la juridiction, elle avait paru si irritée… Si… inflexible, bon sang. Sur tout. Et elle semblait veiller comme une tigresse sur chacun des habitants de son étrange petite ville.

Elle était plutôt crispée. Même pour un agent du FBI.

Le signal piéton passa au vert et Stacy s'élança, tenant toujours Glen par la main.

— Je pense que le coût serait le même, babilla-t-elle. Bon, bien sûr, il faudrait payer les billets d'avion et l'hôtel et tout, mais le forfait tout compris pour un mariage sur la plage dans l'hôtel dont nous avons parlé n'est que de cinq cents dollars. Tu imagines rien que le montant de la facture du traiteur au *country club* de papa ?

Glen plia les doigts ; Stacy le serrait trop fort. Malgré l'heure tardive, il faisait toujours chaud, et les petits doigts de sa fiancée étaient moites. Il ne voulait pas lui tenir la main, mais ce n'était pas la peine qu'ils se chamaillent pour ça. Pas après s'être déjà disputés sur le choix du restaurant et du film.

Glen songea que lui-même avait été un peu tendu depuis son retour de Clare Point. Il ne pouvait oublier l'image du receveur décapité. Il n'arrêtait pas de se dire que personne ne commettrait un crime aussi effroyable juste pour récupérer un sac postal renfermant moins de deux cents dollars, ce qui pour l'heure était le meilleur mobile dont ils disposaient. Le seul, en fait.

Il se demanda si l'argent était une couverture. Et si une lettre ou un colis avait constitué le motif de l'agression ? Les deux sacs en toile retrouvés au bureau de poste, qui contenaient le courrier à distribuer et à expédier, avaient été envoyés à Washington pour y être examinés avant d'être remis dans le circuit normal. Le laboratoire n'avait rien trouvé d'inhabituel. Bien sûr, si le tueur avait emporté ce qu'il cherchait, les preuves brilleraient par leur absence, n'est-ce pas ? Ils avaient évoqué cette possibilité avec Fia, mais n'avaient tiré aucune conclusion définitive. À ce stade, on ne pouvait que faire des suppositions.

— Alors j'ai dit à papa que nous rencontrerions le coordinateur des événements à son club, juste pour voir ce qu'il nous propose. Qu'en penses-tu ?

Glen consulta sa montre. Il était tard. Il n'avait retrouvé Stacy pour le dîner qu'à 21 h 30, car il avait voulu passer quelques heures supplémentaires sur son ordinateur avant de quitter le travail. Puis elle avait souhaité aller au cinéma. Lui désirait simplement retourner au bureau, ou alors rentrer chez lui, descendre un Coca Light bien glacé et allumer son ordinateur portable. Le film avait été atrocement long : une comédie romantique pour filles qui, à ses yeux, était encore pire que les histoires habituelles d'amoureux éconduits ou d'héroïnes atteintes du cancer.

Il était presque 2 heures du matin et les rues commençaient à se vider. Les bars étaient déjà fermés.

Il se frotta les yeux. Il était fatigué. Il ne dormait pas assez. Il n'aurait pas dû accepter d'assister à la séance de minuit. Qu'avait-il dans la tête ? Stacy ne travaillait qu'à mi-temps. Elle pourrait se reposer le lendemain matin. Il avait pensé se rendre tôt au bureau. Il aimait arriver avant les autres, quand les locaux étaient encore silencieux et qu'il pouvait réfléchir.

— Glen ?

Il se rendit compte que c'était la seconde fois qu'elle prononçait son prénom, et baissa la tête. Ils étaient arrivés devant l'immeuble de Stacy. Il n'avait pas prêté attention à la distance qu'ils parcouraient.

— Désolé.

Il lui lâcha la main et fléchit de nouveau les doigts. Il faisait trop chaud pour cela ce soir.

— As-tu entendu un seul mot ?

— *Country club* ou mariage sur la plage en Jamaïque ? Je te laisse décider.

— Oh, bébé. (Elle se mit sur la pointe des pieds et l'embrassa.) Tu montes, n'est-ce pas ? (Il hésita.) Allez, bébé, murmura-t-elle à son oreille. Tu n'es pas venu depuis ton retour, ça fait des jours.

Parfois, c'était plus simple de se laisser emporter par le courant que d'essayer d'y résister. Il la suivit dans l'entrée.

— Tu te crois où, mon pote ? s'écria Fia en repoussant le type.

Elle était plus grande que lui et, même s'il pesait facilement soixante kilos de plus qu'elle, elle ne doutait pas un instant qu'elle était plus forte. Il ne pensait tout de même pas qu'il pouvait se la faire ? Qu'elle n'était qu'une petite nana naïve en jupe Versace ?

— C'est comme ça que tu traites les dames ? l'invectiva-t-elle. Recule !

— Dame, mon cul, grommela-t-il en tendant la main pour lui attraper le cou entre deux doigts charnus.

S'il brisait le ras-de-cou en cristal tchèque que Finn lui avait rapporté d'Europe l'an dernier, elle allait vraiment être en pétard.

Les doigts de l'homme se resserrèrent autour de sa gorge, commençant à lui couper la respiration.

Fia n'était vraiment pas d'humeur pour ça ce soir.

Elle leva le bras et ferma le poing, puis frappa son assaillant en plein sur la tempe. Il trébucha en arrière.

— Sal…

Son insulte se perdit dans un grognement de douleur quand il bondit de nouveau sur elle et qu'elle fit un rapide pas de côté ; il heurta la benne à ordures de plein fouet.

— Tu offres un verre à une dame…

Fia le projeta de nouveau la tête la première contre la benne tandis qu'elle lui tordait les bras dans le dos.

— Tu lui proposes de la raccompagner gentiment à sa voiture…

Elle leva le genou pour le plaquer contre le métal afin de pouvoir chercher dans son joli petit sac à main noir l'une des bandes de plastique à glissières que les forces de l'ordre utilisaient comme menottes de fortune en cas de besoin.

— Tu ne l'entraînes *pas* dans une allée sombre pour essayer de parvenir à tes fins. Tu comprends ce que je t'explique, là ?

Une dernière fois, il tenta faiblement de se dégager, mais une tape bien ajustée sur son oreille gauche le calma, et l'air vicié de l'allée s'emplit du son satisfaisant des liens que Fia resserrait autour des poignets de son agresseur.

— Ça va pas ? T'es cinglée ou quoi ?

Elle lui attrapa le bras et le fit pivoter sur lui-même, puis l'attacha à la benne à ordures à l'aide d'une autre bande de plastique, tout en réfléchissant à ce qu'elle allait faire de lui. De toute évidence, elle ne pouvait le laisser filer : il avait eu l'occasion de l'observer longuement. Elle doutait qu'il soit jamais capable d'établir un lien entre son apparence ce soir et sa photo officielle du FBI, mais cela aurait été stupide de prendre le risque.

Elle savait ce qu'elle *devait* faire, mais l'idée lui soulevait le cœur. Elle n'était vraiment plus d'humeur. Et puis il y avait son cou grassouillet. Son bandana rouge.

Elle se pencha sur lui et l'attrapa par sa fine queue-de-cheval afin de lui incliner la tête en arrière et de révéler sa gorge.

— Tiens, tiens, petite vicieuse, se réjouit-il quand elle pressa ses lèvres contre lui. Bon sang, pourquoi tu ne l'as pas dit plus…

Fia plongea ses dents dans la chair, et il poussa un faible jappement quand ses genoux cédèrent.

Elle recula et le laissa tomber ; les bras du *biker* se tendirent au-dessus de sa tête, car ses poignets étaient toujours attachés à la benne. Fia recracha le sang et s'essuya la bouche du dos de la main. Ensuite, elle se pencha pour fouiller dans la poche avant du jean de l'homme. Elle composa le numéro de la police, puis lâcha le téléphone à ses pieds. Maintenant, c'était leur problème. Elle savait qu'ils ne l'arrêteraient pas, pas sans témoin, d'autant qu'il n'aurait pas le moindre souvenir des événements après leur départ du bar. Mais ils le garderaient au moins jusqu'à demain, le temps qu'il dessoûle. Après une nuit en prison, peut-être qu'il serait un peu plus sympa avec la prochaine fille qu'il serrerait dans un bar.

Au loin, une sirène de police retentit. Tandis qu'elle s'éloignait dans l'allée mal éclairée, Fia se demanda ce que Glen Duncan était en train de faire. S'il avait un peu de bon sens, il dormait. Peut-être qu'il rêvait.

Bizarrement, elle eut envie de savoir à quoi, et espéra que c'était agréable.

Stacy lâcha un petit miaulement sous Glen, et il s'enfonça de nouveau en elle.

Il se demanda s'il devait appeler le laboratoire le lendemain. Même s'ils ne pouvaient pas lui donner plus vite les résultats des analyses de sang, de fibres et de terre qu'il leur avait fait parvenir, il pouvait au moins vérifier qu'ils n'avaient pas mis de côté tout le dossier parce que quelqu'un d'autre les avait harcelés à propos d'une enquête plus urgente.

— Bébé, gémit Stacy, qui le tenait étroitement au niveau du cou.

Il accéléra la cadence.

Oui, mais et si Fia les avait déjà contactés ? Attention au coup de fil de trop qui risquait de les énerver... Glen ne voulait pas récupérer ses résultats avec une semaine de retard.

Peut-être qu'il devrait l'appeler.

— Oh, bébé, bébé...

Où serait le mal ? Juste un petit coup de fil pour lui parler rapidement ? Pour la tenir au courant de ses découvertes relatives aux décapitations passées. Et s'assurer qu'elle avait bien reçu le fax les informant que le courrier du bureau de poste avait été examiné avant d'être expédié.

— Maintenant... maintenant ! couina Stacy.

Glen baissa la tête, en équilibre sur ses pieds et ses mains pour que Stacy ne se plaigne pas. Elle disait qu'il était trop grand, trop lourd. Pour trouver un compromis,

Glen avait suggéré qu'elle soit sur le dessus, mais bien sûr, elle n'aimait pas cela.

Il donna un grand coup de reins et relâcha, plus par habitude que du fait d'un besoin impérieux. Alors qu'il se penchait pour l'embrasser sur la joue, Stacy lui tapa sur l'épaule.

— Lève-toi, tu es tout en sueur.

Il roula sur le côté, son dos reposant sur les draps immaculés, et elle bondit sur ses pieds en rabattant sa chemise de nuit en coton.

— Tu veux prendre une douche avant d'y aller ?

Dans la salle de bains, il l'entendit ouvrir le robinet. Elle se douchait toujours après avoir fait l'amour avec lui. Elle aimait être propre, disait-elle.

Il souleva la tête, la reposa sur une taie d'oreiller en dentelle blanche et se demanda si l'agent spécial Fia Kahill sautait dans la douche tout de suite après l'orgasme pour se débarrasser de l'odeur de son amant.

Il ne pouvait s'empêcher d'en douter.

Fia était surprise que le docteur Caldwell lui ait remis son rapport d'autopsie si vite. Toutes les pages étaient remplies et il le lui avait fait parvenir par e-mail ; une version papier suivrait. Pour un médecin rural en exercice depuis quinze cents ans, il était plutôt à la pointe.

Le dossier contenait le nom de la victime et autres informations caractéristiques des documents officiels, puis une description de l'état dans lequel on avait trouvé le corps. Elle parcourut tout cela rapidement avant de se rendre à la ligne à laquelle un médecin légiste doit fournir sa meilleure hypothèse quant à la cause du décès.

Bobby n'avait pas été blessé au torse, mais Fia et Glen avaient supposé que sa tête avait dû subir un violent traumatisme. Avec tout le sang autour de lui, on l'avait probablement frappé à l'aide d'un objet contondant ; à la campagne, les meurtriers utilisaient souvent une batte de baseball ou une planche. Fia ne savait pas exactement comment un légiste déterminait la manière dont quelqu'un était mort dans un cas comme celui-ci… quand la tête était manquante, mais la semaine dernière, le docteur Caldwell avait paru penser qu'il pourrait trouver une explication. Il devait se baser sur l'heure à laquelle le cœur avait cessé de battre, ainsi que sur l'emplacement et les particularités de la coagulation. Elle songea que le médecin était sans doute même meilleur que la plupart de ses confrères pour les analyses de sang.

La case « Cause du décès » comportait ces simples mots : « Hémorragie (perte de sang importante due au sectionnement de l'artère jugulaire) ».

Elle fut si surprise qu'elle dut lire le commentaire deux fois. Bobby était mort d'une hémorragie à la suite de la décapitation ?

Elle attrapa le petit bloc-notes qu'elle avait utilisé sur la scène de crime la semaine précédente, le feuilleta et composa un numéro sur le téléphone posé sur son bureau. Elle tomba sur un répondeur automatique et pianota sur son clavier.

— Agent spécial Duncan, annonça-t-il à l'autre bout de la ligne.

Fia eut un instant de flottement. Même si c'était elle qui l'avait appelé, sa voix l'avait surprise. Elle ne s'était pas attendue à ce qu'elle ressemble tant à celle de Ian, plus encore au téléphone qu'en personne.

— Agent Duncan… (Se sentant stupide, elle reprit.) Glen, c'est Fia. Fia Kahill.

Ce n'était pas tellement mieux. Pensait-elle vraiment qu'il connaissait plusieurs Fia ?

— Salut, répondit-il. (Il avait l'air content de l'entendre.) J'allais justement vous appeler.

— Oui ? Que se passe-t-il ?

Elle était étonnée de son ton détendu. La tension qu'elle avait ressentie à Clare Point semblait avoir disparu. Peut-être qu'il avait enfin accepté l'idée qu'ils allaient travailler ensemble sur l'affaire. Ou peut-être que c'était elle. Peut-être qu'elle était plus décontractée, à présent que plus de cent kilomètres les séparaient. Elle n'avait plus peur de perdre le contrôle et de lui faire sauvagement l'amour avant de boire une telle quantité de son sang qu'elle le transformerait en vampire. Pas avec tous les périphériques embouteillés qu'il fallait traverser.

— Non, je vous en prie, dit-il. C'est vous qui m'appelez.

— Vous avez vu le rapport du légiste ? Je viens de le recevoir par e-mail. Vous avez dû l'avoir aussi, expliqua-t-elle en regardant l'écran de son ordinateur.

— Un instant. Je n'ai pas encore consulté mes messages ce matin. Je déteste les mails.

— J'adore les mails, répliqua-t-elle.

Elle l'entendit pianoter sur son clavier.

— Ce n'est rien d'autre qu'une liste longue comme le bras de choses que je dois faire.

— J'adore avoir une longue liste de choses à faire, le contredit-elle.

Leur conversation avait un ton presque badin. Il paraissait de bonne humeur. Elle se demanda s'il avait fait des galipettes la nuit précédente. Cela lui donnait toujours le sourire, à elle. Depuis qu'elle avait commencé à consulter le docteur Kettleman, ses matins étaient moins enjoués. Elle avait toujours du mal à résister à sa soif de sang humain, mais elle s'envoyait en l'air nettement moins souvent avec des inconnus. Elle aimait penser que c'était un progrès.

— Ça y est, je l'ai, annonça Glen dans son oreille.

Il se tut un instant, et Fia envisagea de dire quelque chose. N'importe quoi, juste pour que leur échange continue sur la même lancée. Mais vu la raison de son appel, elle savait que ce serait difficile. Elle le laissa donc lire le rapport d'autopsie tranquillement.

— Vous vous foutez de ma gueule ! s'exclama-t-il avant de rajouter rapidement : Désolé.

— Mes chastes oreilles sont choquées, se moqua-t-elle. (Puis elle enchaîna.) Vous arrivez à le croire ?

— Est-ce que je comprends bien ? Le receveur est mort de la décapitation ?

— Il semblerait, répondit-elle.

Le poids de ce qui s'était passé s'abattit de nouveau sur ses épaules.

Il fut silencieux pendant une minute, et elle sentit que même s'il ne pouvait prendre la pleine mesure de ce qui était arrivé à Bobby, il compatissait au sort de l'homme qu'il n'avait jamais connu. De sa famille. Peut-être même de Fia.

— Toujours aucune nouvelle du labo, l'informa-t-il après un moment. Je pensais les appeler, peut-être essayer d'insister un peu, mais je voulais m'assurer que vous ne l'aviez pas déjà fait.

— Non. Allez-y.

Elle se balança en arrière dans son fauteuil de bureau, les yeux posés sur le rapport d'autopsie de Bobby affiché sur l'écran de l'ordinateur.

— Mais je dois avouer que je n'en attends pas grand-chose. Du sang qui doit appartenir à Bobby, quelques fibres éparses, de la terre qui venait sûrement de ses semelles. Ça m'étonnerait que nous fassions le moindre progrès grâce aux pièces à conviction minables que nous avons réunies.

— En effet, approuva-t-il. Je vois que le docteur Caldwell a écrit que tout ce qu'il pouvait dire de la décapitation était qu'on l'avait effectuée à l'aide d'un instrument tranchant. J'ai fait des recherches sur les décapitations et...

— Moi aussi, l'interrompit-elle. Rien de tel juste avant de dormir pour faire de beaux rêves.

Cette remarque lui arracha un rire sinistre.

— Après tout ce que j'ai appris, après être repassé sur les photos et les comptes-rendus d'entretiens, je ne peux pas m'empêcher de penser que notre prochaine piste va venir directement de Clare Point.

Chapitre 9

Fia sut que l'appel venait de Clare Point avant même d'avoir décroché. Alors qu'elle soulevait le combiné, ses oreilles se mirent soudain à bourdonner et elle fut prise d'une sensation de vertige.

Quelque chose n'allait pas. Personne n'osait jamais l'appeler au bureau, pas même sa mère.

— Agent spécial Kahill, dit-elle, car elle répondait toujours ainsi au téléphone. Maman ? Les garçons vont bien ? chuchota-t-elle.

Quand elle avait parlé à sa mère deux soirs plus tôt, elle avait appris que Finn et Regan n'étaient pas encore rentrés de leur traque au pédophile. Et si quelque chose leur était arrivé ? Les vampires couraient un risque bien plus grand en Europe qu'aux États-Unis. Les Américains étaient trop rationnels pour croire aux êtres surnaturels, mais l'Ancien Monde savait que les Kahill étaient toujours là, de même que quelques autres familles originaires du monde entier. Il restait encore quelques groupes de tueurs humains bien cachés, dont la société actuelle ignorait totalement l'existence.

— Maman ? répéta Fia en jetant un coup d'œil alentour pour s'assurer que personne ne passait à proximité de son bureau.

— Nan. Fi, c'est pas ta mère. C'est ton oncle Sean, oui.

— Oncle Sean ?

Elle se pencha sur sa table et tâcha de ne pas parler trop fort. À cette distance, elle était incapable de lire ses pensées. Seul lui parvenait un mélange embrouillé de mots et d'émotions, mais il était impossible de ne pas reconnaître la peur dans la voix du chef de la police. La terreur.

— Fi, Fi, tu dois v'nir vite, dit-il avec un accent marqué.

Il avait l'air d'être au bord des larmes.

— Oncle Sean, que s'est-il passé ? *Pas Finn*, pria-t-elle. *N'importe qui sauf Finn.*

— Y en a eu un autre, sanglota-t-il.

Le reste de sa phrase ne fut qu'une suite de sons misérables, incompréhensibles.

— Oncle Sean, l'interrompit-elle. Oncle Sean, écoute-moi. Tu dois te calmer. Je ne comprends pas ce que tu racontes.

Son cœur tambourinait dans sa poitrine, mais déjà, ses pensées étaient plus claires. Ce n'était pas Finn. Finn allait bien. Elle l'aurait su, s'il avait été mort. Elle l'aurait su car une partie de son âme serait morte avec lui.

— Un autre *quoi* ?

Et alors qu'elle répétait ses paroles, elle saisit ce qu'il avait voulu dire.

Non. C'était impossible. La mort de Bobby était un acte isolé, l'œuvre d'un drogué en manque à la recherche d'un peu d'argent. Une seconde décapitation indiquerait que le ou les tueurs n'agissaient pas au hasard. Cela signifierait que le meurtre gratuit de Bobby McCathal, membre du clan Kahill, suivait en réalité une logique bien précise.

— Oncle Sean, respire à fond et explique-moi ce qui est arrivé, ou alors passe-moi quelqu'un qui sera en état de le faire.

Elle l'entendit prendre une grande inspiration étranglée.

— On l'a retrouvé il y a moins d'une demi-heure dans la réserve naturelle. Sans sa tête ni ses mains. Jésus, Marie, Joseph, c'est un beau bordel.

— J'arrive, oncle Sean. Donne-moi trois heures. Je t'appelle dès que j'arrive en ville.

Ce ne fut qu'après avoir raccroché que Fia s'aperçut qu'elle n'avait pas demandé qui avait été assassiné.

— Je ne suis pas d'accord avec vous, monsieur, dit Fia calmement. Cela n'a aucun sens de partager l'enquête ainsi, surtout maintenant, avec un second meurtre. (Elle fit un geste de la main pour illustrer son propos.) Une partie de l'information à Baltimore, l'autre ici. Des copies dans tous les coins.

— Je me fous pas mal de ce que vous pensez, Kahill.

Jarrell engouffra une fourchetée d'épinards dans sa bouche. Il lisait ses e-mails en mangeant un repas à emporter à même la boîte. Avec de la sauce cocktail.

Fia méprisait la sauce cocktail.

— Appelez l'agent Duncan. Si Baltimore veut nous céder l'enquête, très bien, c'est leur décision. Mais le sénateur Malley a donné son accord pour une équipe conjointe, et je ne vais pas aller à son encontre.

Il avait une trace de sauce rose au coin de la bouche.

Fia se demanda quelle serait sa réaction si elle se penchait par-dessus le bureau pour lui enlever la tache d'un coup de langue. Elle pourrait le mordre à la carotide… il mourrait en moins de trois minutes.

Elle toucha le coin de ses lèvres en se demandant ce qui n'allait pas chez elle. Généralement, elle maîtrisait ses pensées et ne leur permettait pas de s'égarer aussi loin.

— Qu'est-ce que vous faites encore ici, Kahill ? Vous avez besoin que j'appelle pour vous ?

— Non, monsieur. (Elle pivota pour sortir.) Je vous tiendrai au courant avant que vous ne partiez ce soir.

— C'est entendu. (Il mâcha une bouchée de salade.) Et, Kahill…

— Monsieur ?

— Pas de cafouillage. Ne laissez pas cette mesquine petite embrouille de juridiction se mettre en travers de votre enquête. On ne peut pas se le permettre, surtout avec un sénateur sur le dos.

— C'est bien compris, monsieur.

Elle échangea un regard avec lui par-dessus son épaule comme s'ils étaient sur la même longueur d'onde, mais elle ne pensait plus aux tractations politiques du FBI. Son esprit était déjà soixante-dix kilomètres plus au sud, en train de parcourir la forêt à la recherche d'une tête.

— C'est votre tenue de randonnée ?

Fia jeta un coup d'œil à Glen, qui luttait pour rester à sa hauteur. La route de terre n'était en fait qu'un sentier d'à peine un mètre de large, tracé par les cerfs à travers le sous-bois.

Celui-ci était épais et étouffant, une impression renforcée par la chaleur accablante du mois de septembre. Les arbres, principalement des feuillus – frênes, bouleaux, peupliers et ormes –, formaient au-dessus de leurs têtes une canopée qui bloquait la lumière du soleil. L'air humide était chargé de l'odeur entêtante de la végétation touffue, du tapis de mousse imbibé d'eau et de l'humus en décomposition.

— Vous ne m'aviez pas prévenu qu'on devrait crapahuter.

Il écrasa un moustique.

— Je vous ai indiqué que le corps se trouvait dans la réserve naturelle de Clare Point, à deux kilomètres de la route principale.

— Vous n'aviez pas précisé que la route *principale* était aussi la *seule* route. (Il arrêta la branche qu'elle venait de lâcher juste avant qu'elle ne lui revienne dans l'entrejambe.) J'ai pensé qu'il y aurait un chemin de terre, un pick-up, enfin, un moyen quelconque d'y aller.

— Je vous l'ai dit, mon oncle essaie de nous obtenir des quads. C'est une réserve fédérale ; les cerfs, les renards et les ratons laveurs n'ont pas l'usage d'une route goudronnée.

Elle se courba pour passer sous une grosse branche qui poussait en travers du sentier et déplaça le sac qu'elle portait sur son dos. Celui-ci contenait son appareil photo, un bloc-notes, des sacs plastique et quelques autres objets dont ils auraient besoin pour récolter des pièces à conviction. Elle avait aussi son téléphone portable, même s'il n'allait sans doute pas lui être très utile. On ne trouvait pas la moindre antenne-relais à des kilomètres à la ronde, aussi le signal serait-il faible au mieux.

— Et vous êtes sûre que c'est le bon chemin ? Votre oncle a mentionné que la forêt couvrait près de vingt mille hectares.

— Oui, c'est le bon chemin.

Fia aurait pu suivre cette piste dans le noir ou les yeux fermés. Au fil des ans, elle l'avait parcourue de nombreuses fois pendant la nuit. Les cerfs l'empruntaient depuis trois cents ans, et certainement depuis au moins aussi longtemps avant l'arrivée des Kahill. On disait qu'un vieux village indien de la tribu lénape s'était autrefois trouvé au sommet d'une petite colline, vers le nord-est. Quand elle était adolescente, Fia avait ratissé la forêt avec ses amis à la recherche de différents artefacts de pierre tels que des haches et des pointes de lance et de flèche. Ils en avaient ramassé beaucoup au cours de leurs cent premières années dans la région ; les objets étaient à présent exposés dans le musée de la ville.

— Vous souhaitez revenir sur vos pas ? proposa-t-elle en continuant à avancer.

Elle ne voulait pas ralentir pour ménager les souliers vernis et le pantalon à fines rayures et au pli impeccable de Glen. Il avait au moins eu le bon sens de laisser la veste de son costume dans sa voiture. Quant à elle, après avoir préparé son sac, elle avait revêtu un pantalon de toile beige, un polo du FBI et des baskets avant de quitter son appartement. Le pantalon lui tenait chaud, mais il protégeait ses jambes des épines et des moustiques.

— Vous pourriez attendre les quads. Oncle Sean a dit que son cousin Malachy en possédait au moins deux que nous pourrions emprunter.

— Ça fait presque quatre heures. Nous devons inspecter la scène et déplacer le corps.

Il essuya la sueur qui coulait sur son front du revers de la main, mais continua à marcher.

— Vous êtes un citadin, Glen ? demanda-t-elle en essayant de ne pas penser au cadavre qui les attendait au bout du chemin.

Ils y étaient presque. Oncle Sean lui avait indiqué que la scène se situait à moins de cinquante mètres de l'arbre aux pendus. Il avait laissé Petey Hill pour monter la garde.

— J'ai grandi dans la banlieue de Baltimore.

— Ah, le rêve américain... Une belle clôture blanche. Un chien dans le jardin.

— Hé, grommela-t-il en utilisant ses deux mains pour tuer les moustiques. J'ai vu plein de jolies clôtures blanches dans votre petite ville. Vous n'avez pas l'air d'être à plaindre non plus.

— Mon père est alcoolique.

Les paroles étaient sorties de sa bouche sans qu'elle ait eu le temps de réfléchir. Elle n'avait pas pour habitude de *s'ouvrir* ainsi à ses collègues.

— Le mien aussi. Il l'était. Il a été tué en service.

Elle le regarda par-dessus son épaule en retenant la branche d'un sycomore. Les mots « en service » résonnèrent dans sa tête. En une seconde, elle se sentit connectée au père de Glen, un homme qu'elle n'avait jamais connu. Ils étaient tous reliés... les agents des forces de l'ordre de toutes sortes, à travers le monde entier. Une fraternité silencieuse. Ou une sororité. Bref.

— Un flic ? Vous plaisantez.

— Un agent du FBI. Une vente d'armes qui a mal tourné, dans les années 1970. J'étais au collège. C'était il y a longtemps.

Fia hocha la tête. Elle aurait sans doute dû lui dire combien elle était désolée, ou mentionner le respect qu'elle avait pour les agents qui avaient donné leurs vies pour leur patrie, mais les mots paraissaient superflus. Entre eux, ils étaient inutiles.

Elle ralentit, sans savoir si c'était parce qu'elle éprouvait des remords d'avoir imposé à Glen une cadence si infernale ou parce qu'elle avait conscience que le corps n'était plus loin. Elle entrevit une tache bleu pâle au milieu de tout le vert de la forêt. Un uniforme.

— Agent Hill ? appela-t-elle. Petey ? C'est Fia Kahill. Je suis avec l'agent spécial Duncan.

— Ah, Seigneur, jura-t-il en s'approchant d'eux. Il était temps que quelqu'un arrive. Ça fait une heure que je suis seul avec lui. *J'avais peur ici tout seul, Fi, et je n'ai pas honte de l'admettre*, lui dit-il par télépathie. *Au nom du Christ miséricordieux, qu'est-ce qui se passe ici ?*

— *Pas ici, Petey. Pas maintenant. Pas devant l'humain.*

Elle bloqua volontairement ses pensées et essaya de se concentrer sur la scène de crime. Sur son travail.

Elle entendit les mouches avant de voir le corps. Elles étaient déjà en train de pondre. Si le cadavre n'était pas stocké dans une chambre froide dans les prochaines heures, les œufs blancs commenceraient à apparaître le long de toutes les blessures ouvertes et autres contusions. D'ici à une semaine, les premiers asticots écloraient.

Tandis que Fia s'avançait, l'odeur nauséabonde de la chair humaine brûlée, accompagnée d'un courant sous-jacent de putridité caractéristique des premiers stades de la décomposition, emplit ses narines.

Parfois, avoir des sens plus fins que ceux des humains n'était pas si génial que ça.

Petey vint à leur rencontre. C'était un brave type qui approchait de la quarantaine. Il était marié à la tante de Fia, Ruthie, et avait une fille adolescente, Katy, qui lui en faisait voir de toutes les couleurs. Elle buvait, rentrait tard le soir… Les incartades habituelles à cet âge.

— Par ici.

— Petey, commença-t-elle avec douceur. Tu n'as pas besoin de me montrer…

Parce que je peux le sentir, allait-elle ajouter, mais lorsqu'il écarta les branches pour révéler le corps sans tête ni mains, une poussée de bile acide lui monta dans la gorge.

— Ah, bon sang, marmonna Glen en tournant la tête pour prendre sa respiration.

À cette distance, même un humain pouvait le sentir.

— Est-ce que c'est…

— Il doit faire trente degrés ici. Et quatre-vingt-quinze pour cent d'humidité. La décomposition démarre immédiatement.

Elle fit un pas en arrière et essaya d'inspirer par la bouche. Le corps était étendu dans une petite clairière juste à côté du sentier. Il fut masqué de nouveau dès que Petey relâcha la branche d'aubépine.

Elle regarda l'agent de police de son oncle.

— Petey, et si tu reculais un peu pour que l'agent spécial Duncan et moi-même ayons plus de place ?

— Vous voulez que je coupe quelques-unes de ces branches pleines d'épines ? (Petey n'avait pas besoin qu'elle insiste pour s'éloigner du corps.) Le chef a dit de les laisser. Elles pourraient constituer des pièces à conviction, mais…

— Non. Tu as eu raison.

Dans un peu plus de deux heures, le soleil serait couché. Ils allaient devoir travailler vite, ou ils seraient obligés de faire venir des groupes électrogènes pour éclairer la scène. Dans ce cas, deux vieux quads ne suffiraient pas, et elle ne voulait pas appeler le bureau pour demander du renfort ou du matériel. Il était hors de question que d'autres agents du FBI mettent les pieds ici.

Elle ôta le sac de son dos, ouvrit une fermeture Éclair et fouilla dans la poche de devant à la recherche de son appareil photo numérique.

— Petey, pourquoi ne commencerais-tu pas à quadriller le secteur, en décrivant des cercles de plus en plus larges autour du corps ? Si tu aperçois quoi que ce soit qui ressemble à une pièce à conviction – du sang, une empreinte de pas, une fibre de tissu, même une branche brisée –, tu cries. Je veux que tout soit photographié et étiqueté clairement.

— Un truc super bizarre… On n'a pas trouvé la moindre trace de sang en dehors de la clairière.

— Cherche quand même.

— D'accord, Fi.

Petey s'éloigna et elle regarda Glen, debout à côté d'elle.

— Vous voulez vous occuper des photos ? proposa-t-elle en lui montrant l'appareil.

En général, quand deux agents travaillaient ensemble, c'était celui qui ne prenait pas de clichés qui observait réellement la scène de crime. Si étrange que cela puisse paraître, le photographe, concentré sur la restitution du tableau macabre, parvenait à s'en distancier. Sans un appareil en main, sans l'objectif qui adoucissait les angles, un corps dans cet état pouvait être bouleversant.

— Je ne suis pas doué avec les gadgets. Ça va me demander une heure rien que de les transférer sur mon ordinateur. À vous l'honneur.

Il étendit la main pour écarter les branches de l'aubépine, frôlant au passage le bras de Fia du bout des doigts.

Cette dernière traversa le mur naturel pour entrer dans la petite clairière. Les feuilles et les épines de pin séchées, désormais roussies, étaient tassées sur le sol. Les cerfs se couchaient sans doute ici la nuit, ou dans la chaleur du jour. Peut-être même qu'ils y mettaient bas.

Mahon Kahill, vingt-trois ans, était étendu en plein milieu de la clairière, tourné sur le côté, jambes repliées, comme s'il était encore en train de courir, même dans la mort. Sa tête était manquante. Ses deux mains, coupées au niveau des poignets, n'étaient visibles nulle part. Sa chair était noircie, mais pas autant que celle de Bobby. Le tueur n'avait probablement pas utilisé d'essence, ou peu ; il avait dû se contenter des feuilles mortes et de ce qu'il avait pu trouver à proximité.

La différence la plus marquante entre cette scène et celle du bureau de poste était que le séduisant et affable Mahon, qui aimait les courses de stock-car et le gâteau de maïs fourré, avait une sorte de tige de bois dépassant de la poitrine. On l'avait cloué au sol, probablement alors qu'il était toujours en vie. Cela avait rendu la décapitation plus aisée.

Fia essaya de ne pas laisser les cris des chevaux et des hommes, cette nuit-là, lui vriller le cerveau. Son frère Gill avait été cloué au sol à l'aide d'un glaive avant d'être décapité. Elle se remémora la laine verte de sa cape, sanguinolente, mais toujours attachée à ses épaules, flottant dans la brise du matin.

Juste derrière elle, Glen prit une profonde inspiration en découvrant à son tour le tableau, et cela la ramena au siècle présent. Elle aurait juré l'avoir entendu s'exclamer dans sa barbe « Putain de merde », et cela lui tira presque un sourire. *Presque.*

— Vous avez gardé le meilleur pour la fin, hein ?

Elle ne lui avait pas répété tout ce qu'oncle Sean avait expliqué, mais elle n'avait pas fait exprès d'omettre l'empalement. Leur conversation avait simplement été très brève quand elle l'avait appelé de sa voiture pour lui dire de la retrouver à Clare Point.

— Ce sont des traces de lutte, vous ne croyez pas ?

Elle jeta un coup d'œil autour d'elle. Une partie des feuilles et des aiguilles de pin semblaient avoir été dérangées. Quelques branches étaient pliées, voire cassées. La végétation avait pu être déplacée par l'agresseur quand il avait ramassé des feuilles pour brûler le corps, mais elle avait l'impression que ce n'était pas cela. Debout en cet endroit, elle pouvait presque respirer la terreur qui avait envahi Mahon à l'instant de son dernier souffle. Elle pouvait le *sentir* lutter pour sa vie.

— Il est arrivé par ici. (Glen indiqua le nord-est.) Pas beaucoup d'éclaboussures, par rapport à la quantité de sang.

— Peut-être qu'elles ont été bues par le sol.

Elle s'accroupit près de l'épaule de Mahon et prit quelques clichés en gros plan de son cou, ses ligaments, ses muscles et sa trachée que l'on reconnaissait bien. Tout comme pour Bobby, la blessure était assez nette. Mahon avait été décapité à l'aide d'un instrument tranchant. Mais, alors que Bobby avait eu la tête coupée par-derrière, Mahon avait su quel sort l'attendait.

Alors qu'elle photographiait la scène, Fia veilla à ne pas déplacer le corps, même si elle brûlait de toucher Mahon. De le consoler, en quelque sorte.

Mais c'était sa famille qui aurait besoin d'être réconfortée.

Ils travaillèrent environ une heure sans vraiment parler, et Fia découvrit que Glen était plus facile à vivre qu'elle ne l'avait pensé la première fois. Il respectait le corps et était très soigneux. Il recueillait des échantillons de feuilles, de sang et cassait même des brindilles dans la zone qui les intéressait, avant d'emballer le tout en notant où il avait trouvé chaque prélèvement.

Lorsqu'ils entendirent le vrombissement des quads qui se rapprochaient, Fia et Glen prirent un moment pour s'éloigner de la scène de crime. Tous deux étaient trempés de sueur, et leurs vêtements humides leur collaient à la peau. Les moustiques bourdonnaient toujours à leurs oreilles, mais à mesure que la fin d'après-midi se transformait en début de soirée, les feuilles des arbres commencèrent à bruisser sous l'effet d'une légère brise. En tournant la tête, Fia pouvait respirer un faible parfum de sel en provenance de la baie, à deux kilomètres de là. Mais l'odeur la plus forte dans ses narines, plus présente encore que celle du sang de Mahon et de sa chair calcinée, était celle de la peau de Glen. De ses cheveux humides.

Il sentait bon, et cela la distrayait. C'était agaçant.

— Parfait. Deux hommes de plus pour nous aider à déplacer le corps, se félicita Glen.

Elle sortit une bouteille d'eau de son sac à dos et la lui tendit.

— Trois.

Tandis qu'il dévissait le bouchon, il la dévisagea, une question sur le visage.

— Trois quads, expliqua-t-elle en regardant dans la direction du bruit avant de boire à son tour. L'un d'eux a un gros problème de transmission. J'espère que ce n'est pas celui qui tracte la remorque.

Elle referma la bouteille, les yeux au loin, soudain consciente que les véhicules tout terrain à quatre roues motrices étaient encore à cinq cents mètres de distance et que, pour une oreille humaine, ils ne représentaient sans doute rien de plus qu'un sacré tapage.

Elle voyait que Glen se demandait comment elle savait combien de quads venaient à leur rencontre. Sur le parking à l'entrée de la réserve, oncle Sean avait bien mentionné que Malachy en possédait deux. Il avait apparemment réussi à en dénicher un troisième.

— Tu as trouvé quelque chose, Petey ? l'interpella Fia sans donner une chance à Glen de dire quoi que ce soit sur les véhicules qui arrivaient.

Elle allait devoir être plus prudente. Il était aussi davantage observateur qu'elle l'avait d'abord pensé.

— Ni tête, ni mains. Rien à signaler mis à part un sentier tracé à travers les pins là-bas. Je ne suis pas un expert, mais j'ai l'impression que l'un des deux suivait l'autre. Vous croyez que vous pourrez relever des empreintes de pas high-tech comme à la télé ?

— Peut-être.

Le bruit de moteur des quads devint si fort qu'il noya la voix de Petey. Fia leva la tête et en vit un premier qui arrivait au milieu des arbres, suivi par un deuxième… puis un troisième.

— Votre ouïe est excellente, fit remarquer Glen en croisant son regard.

Elle le soutint un instant, puis détourna les yeux. Lorsque son oncle et les deux autres agents coupèrent le contact, elle entendit les mouches qui bourdonnaient de nouveau au-dessus du corps de Mahon. Dès la seconde où elle s'était éloignée, elles étaient revenues.

— Finissons-en et sortons Mahon d'ici.

Chapitre 10

La nuit était tombée quand Fia et Glen sortirent du bois, fatigués, en sueur et dévorés par les moustiques. Le parking était aussi rempli que l'échoppe d'un marchand de glaces un samedi soir de juin, mais les habitants de la ville eurent le bon sens de rester à distance. Ils les observaient en chuchotant, debout en petits groupes dans le noir.

Sur le terrain de gravier, dans la lumière projetée par la lampe accrochée en hauteur sur un poteau électrique, les deux agents du FBI attendirent que le corps de Mahon soit transféré du chariot remorqué par le quad de Malachy à une ambulance afin d'être transporté à la morgue du docteur Caldwell.

Oncle Sean s'approcha en remontant le pantalon de son uniforme ; il paraissait avoir perdu du poids depuis la dernière fois que Fia l'avait vu, plusieurs semaines auparavant.

— L'un de mes agents est d'accord pour surveiller la scène cette nuit, Fi, mais cela m'inquiète de le laisser seul, oui… *Étant donné les circonstances.*

Tandis qu'il leur parlait à haute voix, le chef de la police essaya de communiquer par télépathie avec Fia.

Elle bloqua ses pensées.

— *Pas maintenant, oncle Sean. Pas ici.*

— Mais quelques pompiers volontaires ont offert de monter la garde avec lui, poursuivit-il. Vous en dites quoi ?

Elle se frotta les yeux. Avec la nuit tombante, de petits moucherons noirs étaient sortis, et ils étaient encore plus pénibles que les moustiques qui les avaient harcelés dans la forêt.

— D'accord, mais que les règles soient claires. Ils seront là pour protéger la scène jusqu'à ce que l'agent spécial Duncan et moi-même revenions au lever du jour. Je ne veux pas qu'ils touchent à quoi que ce soit. Je ne veux même pas qu'ils pissent à moins de cent mètres de l'emplacement. Et que personne d'autre ne s'en approche.

— Ça marche, ma fille.

Il retroussa son pantalon avant de se hâter en direction de son véhicule, où plusieurs de ses hommes l'attendaient.

Les ambulanciers volontaires refermèrent les portes de leur véhicule.

Fia se tourna vers Glen.

— Rentrons nous reposer au motel, et nous reviendrons ici demain matin.

Tandis qu'elle parlait, du coin de l'œil, elle repéra une silhouette près de sa voiture et s'avança dans cette direction.

— Je vous retrouve là-bas, Glen ?

— Fi, l'appela son père, sa cigarette luisante dans l'obscurité. Ta mère a dit que vous devriez venir dormir chez nous. Le *bed and breakfast* est presque vide. (Il ne regarda pas Glen, qui se tenait toujours sous le projecteur.) Nous avons de la place pour vous deux.

— Pas la peine, papa. Nous avons des réservations au *Phare*.

— Elle ne vous demandera rien pour les chambres. Vous réglerez juste vos repas. Elle a expliqué qu'elle pouvait envoyer les factures au FBI, ou vous faire payer par carte de crédit, ou un truc de ce genre.

— Remercie-la de ma part, papa. C'est gentil, mais…

Elle sentit les doigts de Glen sur son omoplate.

— Ce ne serait pas une si mauvaise idée, murmura-t-il dans son dos.

— Excuse-moi une minute, dit-elle à son père avant de s'éloigner de la voiture, Glen sur les talons. Nous devrions rester au motel, au calme, répliqua-t-elle. La cuisine de ma mère ressemble à un hall de gare. Tous les habitants de la ville s'y arrêtent pour prendre un café. Pour parler, se perdre en conjectures…

— Ça pourrait être une bonne chose.

Dans le noir, elle pouvait à peine voir son visage, mais elle savait qu'il l'observait. Elle regarda au loin. Le bout incandescent de la cigarette de son père était plus ou moins rouge, selon qu'il tirait dessus ou non.

— Avec toutes les allées et venues, poursuivit Glen, nous pourrions entendre quelque chose d'intéressant pour l'enquête. Soyons honnêtes, Fia, deux décapitations dans une si petite ville ? C'est *impossible* que personne ne sache rien.

— Ma mère est trop curieuse. Elle adore fourrer son nez dans mes affaires.

— Eh bien, ne laissez pas votre valise et votre porte-documents ouverts.

Sa voix fatiguée était teintée d'amusement.

Il avait sans doute raison. Au motel, ils étaient isolés. Personne, mis à part quelques touristes et la vieille

Mme Cahall, la propriétaire. La nouvelle du meurtre de Mahon avait eu le temps d'être ébruitée ; ce soir, le *bed and breakfast* serait aussi animé que le pub. Et plus encore demain matin, à l'heure du premier café.

Bien sûr, passer la nuit là-bas en compagnie de Glen était plus risqué. Les parents de Fia se débrouillaient bien avec les humains ; ils s'entraînaient avec les touristes depuis de nombreuses années. Mais on approchait de la fin de la saison, et, avec les événements qui frappaient la ville, Fia n'était pas certaine qu'ils seraient assez vigilants.

Tandis qu'elle se tenait là, une main sur la hanche, sans savoir que faire, une apparition l'aida à prendre sa décision.

— Agent spécial Duncan, roucoula Shannon.

Elle avançait d'un pas nonchalant en tortillant des fesses, du gloss à la cerise sur ses lèvres plissées. Elle portait un tee-shirt moulant rose et un short en jean dont il semblait manquer la moitié. Son derrière blanc luisait dans le noir.

— J'espérais bien vous revoir en ville. Pas que je souhaite une chose pareille à quiconque, Seigneur, non. (Elle pouffa.) Mais vous voyez ce que je veux dire.

Glen regarda à peine Shannon, mais il était inenvisageable qu'un mâle humain ne la remarque pas. Qu'il reste de marbre devant elle. C'était physiquement impossible, et Shannon le savait très bien.

— D'accord, comme vous voulez, céda Fia en revenant vers la voiture. Shannon. Retourne travailler.

— Je suis de repos ce soir, lui cria la blonde.

— Nous allons te suivre en ville, papa, lança Fia en direction de la cigarette rougeoyante. Agent spécial Duncan, vous venez ?

— Je suis juste derrière vous.

Comme Fia l'avait deviné, la cuisine de l'établissement que tenaient ses parents, le *Bed and Breakfast de l'Hippocampe*, était noire de monde. Les bons citoyens de Clare Point s'y pressaient, se servant en café et en thé glacé et dévorant les fameux petits pains aux noix de pécan de sa mère. Ils n'étaient pas seulement dans la cuisine et le salon, mais aussi dans la vaste véranda qui entourait la maison victorienne pleine de coins et de recoins dans laquelle Fia avait grandi. Plus d'une fois.

On aurait pu penser qu'il s'agissait d'une fête, mais personne ne souriait. On n'entendait pas le moindre rire.

—Agent spécial Duncan, je suis heureuse que vous puissiez vous joindre à nous.

Mary Kay Kahill, qui se faisait appeler ainsi afin qu'on ne la confonde pas avec les autres Mary de la ville, vint à leur rencontre sur les larges marches menant à la véranda.

—C'est un plaisir de faire votre connaissance, madame.

Glen transféra son petit sac de sport de sa main droite à sa main gauche afin de pouvoir saluer convenablement son hôtesse.

—Maman.

Fia monta l'escalier et passa devant elle sans s'arrêter.

—Fi.

—Quelles chambres ?

—L'Étoile de mer et l'Arlequin. Il n'y a que deux autres chambres occupées, donc vous aurez chacun votre salle de bains.

Fia avait toujours pensé que « l'Arlequin » était un nom étrange pour l'une des chambres ; après tout, le crapet arlequin n'était pas un poisson de mer. Mais sa mère disait que cela importait peu : les touristes ne le savaient pas et s'en fichaient. Toujours pragmatique, Mary Kay assurait que c'était mieux que de baptiser l'une des chambres « Suite du Poisson Crapaud ». Cela sonnait bien mieux sur son site Internet et sur la plaque peinte à la main apposée sur la porte.

— Beaucoup de monde ici ce soir, Fi, l'interpella Mary Kay. *Beaucoup de monde qui veut savoir ce que tu comptes faire.*

Fia essaya de passer outre au ton accusateur de sa mère. Après tout, celle-ci n'avait pas prononcé les mots à voix haute.

— Tu as quelque chose de rapide à manger, maman ? L'agent spécial Duncan et moi devons aller dormir. Nous voulons retourner à la réserve dès l'aube. S'il se met à pleuvoir, toutes les pièces à conviction vont s'envoler.

— Le bulletin météo n'annonçait pas de pluie. J'ai une salade de poulet que je pourrais vous proposer sous forme de sandwich, ou alors je peux vous préparer une jolie assiette avec des fruits.

— L'un comme l'autre sera parfait, madame Kahill.

Glen suivit Fia sur les marches.

— Ici on ne fait pas de chichis comme dans les grandes villes, le corrigea la mère de Fia en lançant un regard lourd de sous-entendus à sa fille. Mes invités m'appellent Mary Kay. Souhaitez-vous que je mette le couvert pour vous sur la table de la salle à manger, agent spécial Duncan ?

— Glen. Oui, ce serait…

— Demande simplement à un des garçons de nous monter le repas, maman, l'interrompit Fia. *Glen* veut sans doute prendre une douche. Nous avons eu une longue journée.

Dans l'entrée, elle laissa ses clés de voiture dans le panier posé sur la table au plateau de marbre, une vieille habitude, puis se dirigea directement vers le grand escalier qui s'enroulait jusqu'au troisième étage.

— Merci, Mary Kay, dit Glen avant d'emboîter le pas à Fia.

— N'hésitez pas à descendre prendre un dernier verre avant de vous coucher, Glen, lui lança Mary Kay.

Fia tourna dans l'escalier. Dans sa tête, les pensées des membres du clan réunis à l'étage inférieur résonnaient plus fort que leurs voix. Ils étaient effrayés. En colère. Pourquoi étaient-ils en colère contre elle ?

— On se lève tôt demain, maman.

Au troisième étage, Fia indiqua à Glen la porte marquée « Chambre de l'Arlequin ».

— La clé est dans la porte, l'informa-t-elle. Un de mes petits frères va nous monter un plateau. Ne touchez pas au thé glacé, sauf si vous voulez rester éveillé pendant les trois prochains jours. Ma mère le prépare très fort.

Il posa la main sur la poignée.

— Vous allez descendre ?

Elle releva la tête en ouvrant sa porte.

— Et vous ?

— Non, je suis claqué. Je crois que j'ai besoin de me vider la tête avant de recommencer à parler à qui que ce soit. Vous avez de drôles de personnages, dans cette ville, Fia.

— Dans cette ville ? (Elle réussit à lâcher un petit rire.) Et que dire de cette maison ?

— Bonne nuit.

Elle attendit qu'il entre dans sa chambre et referme la porte pour en faire autant. L'intégralité de la décoration avait trait aux hippocampes. Elle fila droit dans la douche.

Il était minuit passé et, bien que Fia n'ait pas bu le redoutable thé glacé de sa mère, elle n'arrivait pas à dormir. Étendue dans le noir dans le lit double, entourée de dentelles et d'oreillers brodés de motifs d'oursins, elle repensait à toutes les fois où elle avait ri avec Mahon autour d'une pinte de bière au *Tertre*. En Irlande. Avant la *mallachd*.

Mahon avait occupé une place particulière dans son cœur. Il avait connu Ian, et l'avait peut-être même considéré comme son ami. C'était Mahon qui l'avait enfermée dans le cellier en cette nuit d'horreur. Qui lui avait à coup sûr sauvé la vie, car Fia savait au fond d'elle-même que si elle avait pu parvenir jusqu'à Ian, elle l'aurait affronté.

Parfois, juste avant de s'endormir ou quand elle se réveillait à peine, elle aimait imaginer que Ian l'aurait libérée, s'il l'avait trouvée cette nuit-là. Ou qu'elle se serait dressée contre lui, l'aurait accusé, mais que son amour pour lui l'aurait empêchée de le tuer. Mais elle connaissait la vérité, tout comme Mahon la nuit où il l'avait fait entrer de force dans le trou creusé à même le sol avant de refermer la trappe sur elle. Si elle et Ian s'étaient mesurés l'un à l'autre, l'un d'eux aurait trouvé la mort. Peut-être même les deux.

Tandis qu'elle repensait aux dernières paroles qu'elle avait échangées avec Mahon, dix jours plus tôt seulement, une image du visage de Joseph commença à apparaître en superposition dans son esprit. Les deux hommes étaient complètement différents, et pourtant elle se dit qu'ils se seraient appréciés, s'ils avaient eu la chance de se rencontrer.

L'idée était absurde, bien sûr. Elle ne savait même pas d'où elle la sortait.

Elle se demanda où était Joseph en cet instant. Pourquoi il ne l'avait pas rappelée. Avait-il renoncé à revenir dans la région de Philadelphie ?

Elle en doutait. Cela ne lui ressemblait pas d'abandonner aussi facilement. Fia roula sur le côté et enfonça le poing dans son oreiller, créant un creux pour sa joue.

Le rez-de-chaussée ne s'était pas vidé avant 23 heures. Sa mère n'avait verrouillé la porte d'entrée que depuis une demi-heure, mais Fia savait qu'elle et son père dormaient déjà du sommeil du juste, immobiles l'un à côté de l'autre dans leur étroit lit double. Au bout de quinze cents ans, ils supportaient à peine la vue l'un de l'autre. Fia ne comprenait pas pourquoi ils n'achetaient pas au moins un lit plus large.

Dans le couloir, un son non identifié retint l'attention de Fia et elle roula sur le dos, les yeux sur la porte. Elle écouta. La maison était silencieuse. Pas de bruit de pas. Aucun grincement de parquet.

Avait-elle imaginé le son ?

Elle songea à Bobby et Mahon. Même si elle essayait de se convaincre du contraire, elle savait que deux décapitations n'étaient pas une coïncidence. Il ne s'agissait pas d'actes perpétrés au hasard. Quelqu'un avait su ce qu'étaient les deux hommes et comment les tuer.

Elle se demanda s'ils avaient entendu leur assaillant approcher. Avaient-ils su ce qui les attendait ? Mahon, probablement. Les traces de lutte, mais surtout le pieu d'un mètre de long planté dans son torse pour le clouer au sol, laissaient peu de place au doute.

Elle entendit de nouveau un bruit dans le couloir, et en un mouvement fluide elle roula sur le côté, saisit son arme à feu sur la table de nuit et se remit sur le dos pour être face à l'intrus. Le bouton de la porte tourna, et deux hommes s'élancèrent dans la pièce.

Le cœur battant, elle sauta sur ses pieds, leva le pistolet et fit jouer le cran de sûreté.

Les deux silhouettes se précipitèrent vers elle et atterrirent sur le lit.

— Jésus, Marie, Joseph !

Chapitre 11

— Bande de branleurs, j'aurais pu vous faire sauter la cervelle !

Fia remit le cran de sûreté de son pistolet en place, le cœur battant la chamade. Dieu merci, sa vision nocturne était bonne, ou elle aurait pu les blesser grièvement. Les Kahill ne pouvaient pas mourir, mais ils saignaient, attrapaient des maladies et souffraient comme les humains.

— Tu es longue à la détente, c'est le grand âge, se moqua Finn, et il s'assit à califourchon sur ses hanches pour la plaquer sur le dos, les bras bloqués le long du corps.

— Je l'ai prévenu que tu lui tirerais dessus. Je lui ai dit que c'était une mauvaise idée.

Regan se laissa tomber à côté d'eux, la tête sur l'oreiller de Fia.

— J'aurais dû vous tirer dessus.

Elle se débattit pour se libérer de l'emprise de Finn et réussit à reposer l'arme sur la table de chevet.

— Lâche-moi ! (Elle lui donna une tape.) Quand êtes-vous rentrés ? Maman…

Distraite par ses frères et par le bourdonnement de la climatisation, Fia n'entendit pas la poignée de la porte. Ce ne fut que quand tous trois se retrouvèrent nez à nez avec le canon d'un Glock pointé depuis le pied du lit qu'elle s'aperçut qu'ils n'étaient pas seuls.

Fia repoussa Finn et s'assit.

— Glen...

— Fia, ça v...

Conscient qu'il avait mal évalué la situation, Glen abaissa son pistolet. Il semblait perdu.

— Je vous ai entendue... la porte... les voix masculines.

Un petit boxer. Pas mal. Elle aurait plutôt pensé qu'il était du genre à porter des caleçons.

— Mes frères, Finn et Regan, expliqua-t-elle avec embarras.

Elle savait de quoi cela avait l'air ; elle en sous-vêtements, deux jeunes hommes dans son lit, l'un d'eux à cheval sur elle.

Glen recula.

— D'accord... je me sens stupide, maintenant.

Elle descendit du lit, attrapa un tee-shirt sur la chaise et le passa par-dessus sa tête en se dirigeant vers lui. Dans l'obscurité, il avait sans doute à peine aperçu son corps dénudé.

Faux. Elle le lisait sur son visage. Il avait eu le temps de *bien* la voir.

— Je... ce sont de petits crétins.

D'un geste sans conviction, elle désigna les jumeaux allongés sur son lit. Vingt-huit printemps dans ce cycle de vie et dangereusement séduisants, Finn et Regan avaient l'air plus proches de dix-huit ou dix-neuf ans, un avantage dont ils usaient à bon escient lorsqu'ils voyageaient pour le compte du clan. Alors que les humains les prenaient pour des étudiants inoffensifs, en réalité, ils traquaient les violeurs, les assassins et les bourreaux d'enfants de ce monde.

— Bon sang, qui est ce type ? Doux Jésus, Fi. (Regan alluma la lampe de chevet.) Il ressemble comme deux gouttes d'eau à…

— Je vous présente l'agent spécial Glen Duncan, l'interrompit Fia. Mon… mon partenaire dans cette enquête.

Elle aurait préféré que Regan s'abstienne. Dans la lumière, elle et Glen étaient encore plus ridicules, elle dans son vieux tee-shirt de l'université Temple qui ne descendait pas assez bas pour masquer sa culotte de dentelle rouge, et lui dans son boxer moulant qui ne laissait pas *non plus* de place à l'imagination.

Une onde de chaleur lui parcourut la nuque. Glen faisait du sport. Ses muscles n'étaient pas disproportionnés comme ceux d'un accro de la salle de gym, mais joliment dessinés : épaules, biceps, pectoraux, abdominaux. Elle songea qu'il était sans doute bien plus fort et plus agile que ses costumes gris à fines rayures ne le suggéraient.

Fia laissa errer ses yeux du ventre plat au chemin de poils sombres qui partait du nombril avant de disparaître sous le boxer.

Glen recula, le visage en feu.

— Je suis vraiment désolé.

Les bras croisés sur la poitrine, elle le suivit dans le couloir en essayant de ne pas le regarder. Elle savait qu'ils étaient tous deux aussi mal à l'aise l'un que l'autre, en sous-vêtements dans le *bed and breakfast* de sa mère, et cela la déstabilisait, elle d'ordinaire si sûre d'elle-même. Elle n'avait pas l'habitude de se sentir si vulnérable.

— Non, je vous en prie. C'est moi qui devrais m'excuser. (Incapable de réprimer un rire nerveux, elle se couvrit la bouche de la main.) Ils sont étudiants, expliqua-t-elle. Ils n'ont aucune idée des horaires des adultes.

Glen rentra dans sa chambre.

— Cinq heures et demie ?

— Cinq heures et demie dans la salle à manger, acquiesça-t-elle. Bonne nuit.

Elle attendit que la porte en bois se referme, puis retourna dans sa chambre en maugréant.

— Merci beaucoup, les gars.

Dans son dos, la porte claqua et le verrou s'enclencha. Entre autres dons, Finn et Regan possédaient tous deux des pouvoirs télékinétiques puissants. Autrefois, cela irritait Fia que certains membres du clan puissent traverser les murs, déplacer une pomme sur la table sans la toucher, se métamorphoser ou mettre le feu à des objets, alors qu'elle en était incapable. Mais Gair lui avait un jour confié qu'elle possédait le don d'humanité, ce qui lui conférait une place à part dans le clan et la rendait cruciale pour leur survie. Des jours comme aujourd'hui, elle se demandait s'il ne lui avait pas dit cela juste pour la réconforter…

— Qu'est-ce qu'on a fait ? la questionna Finn d'un air innocent.

Ses frères étaient allongés sur le dos dans son lit, les bras confortablement croisés sous leurs têtes.

— Vous devez vous montrer prudents en sa présence, les avertit Fia, franchement agacée.

Regan fronça les sourcils.

— Je suis sérieuse. (Elle parlait à voix basse.) Pour un humain, il est plutôt perspicace. Et je vais devoir travailler avec lui jusqu'à ce que nous ayons bouclé l'enquête, que ça me plaise ou non.

— Je n'arrive pas à croire que Mahon et Bobby sont morts tous les deux. (Finn s'assit et passa la main dans ses cheveux foncés, qu'il portait coupés court.) Tu penses que les tueurs de vampires nous ont retrouvés ?

— Nous n'avons aucune preuve de cela. (Elle se percha au bord du lit.) Avec Bobby, j'espérais que la décapitation n'était qu'une coïncidence malsaine, un junkie en manque, mais maintenant...

— Tu crois qu'il est impliqué ? demanda Regan en désignant le mur de la tête.

Regan ne faisait jamais mystère de ses amitiés et inimitiés, et elle voyait qu'il n'appréciait pas Glen Duncan, pour la simple raison qu'il rappelait Ian et portait le même patronyme.

— Il a été appelé *après* le meurtre de Bobby.

— Je m'en fous. Cette ressemblance, c'est pas normal.

— Seigneur, ce n'est pas si frappant que ça. (Finn sortit du lit.) Allez. (Il fit signe à Regan.) Fi a besoin de dormir.

Elle les accompagna à la porte, qui se déverrouilla et s'ouvrit sans que personne n'y touche. Tandis que Finn suivait Regan dans le couloir, Fia posa la main sur l'épaule de son frère bien-aimé. Ils n'échangèrent pas un mot, ni à voix haute, ni en pensée, mais le sourire du jeune homme lui dit qu'il était là pour elle. Elle sourit en retour pour lui exprimer sa gratitude.

Fia s'assit sur les marches devant la maison de ses parents et consulta le répondeur de son bureau. Glen et elle avaient mangé des sandwichs et de la soupe à 18 h 30, puis il s'était absenté pour téléphoner. Ils avaient décidé de se rendre au pub pour boire une pinte et il avait proposé de la retrouver là-bas, mais Fia préférait l'attendre. Moins de temps il passait seul avec les Kahill, mieux c'était pour sa sécurité. Pour leur sécurité à tous.

C'était encore plus vrai à présent que Regan était de retour en ville. Même s'il se tenait à carreau depuis des années… des décennies, même… il était connu pour le peu de cas qu'il faisait des humains. C'était lui qui avait transformé Victor et Shannon en vampires. Il avait rencontré Shannon dans une taverne au XVIIIe siècle ; la servante avait jeté son dévolu sur le mauvais voyageur pour aller se rouler dans le foin. Quant à Victor, il était capitaine de vaisseau au XIXe siècle, et s'était lié d'amitié avec Regan et lui avait permis de quitter l'Europe en toute sécurité quand Regan avait dû fuir. Ce dernier l'avait remercié en le faisant prisonnier, et, pris d'une irrésistible soif de sang, avait ôté la vie de l'homme, le vouant à la damnation éternelle.

Shannon avait accepté son sort et ne nourrissait aucune rancune à l'égard de Regan ou des autres membres du clan, mais Victor lui en voulait. Il le méprisait pour son acte, et haïssait tous les Kahill. Au moins deux fois par an, il s'enivrait avant de battre les rues sombres de Clare Point en menaçant de « tuer jusqu'au dernier de ces suppôts de Satan pendant qu'ils dorment tranquillement dans leurs lits ».

Parce que Regan avait commis non pas une, mais deux erreurs de jugement au cours des derniers siècles, de nombreux membres du clan pensaient qu'il n'était pas prêt à rejoindre le comité qui exterminait les hommes et femmes qu'ils traquaient. Regan déployait des efforts considérables pour conquérir la ville, tâchant d'être inattaquable aussi bien sur ses paroles que sur ses actions, mais Fia n'y croyait pas. Partisane du vieil adage selon lequel on peut chasser le naturel, mais qu'il revient toujours au galop, elle estimait qu'on ne pouvait pas avoir confiance en son frère.

Puis elle se demandait : était-elle hypocrite ? Peut-être. Mais son cas était bien différent de celui de Regan.

Fia sauta plusieurs messages sur le répondeur ; elle pourrait s'occuper de tout cela à son retour.

Avant de rentrer en ville pour interroger les habitants, Glen et elle avaient passé la moitié de la journée dans la forêt. Ils avaient pris des photos supplémentaires et avaient fouillé la réserve naturelle à la recherche de pièces de conviction. Comme dans le cas de Bobby, la tête et les extrémités restaient introuvables. Les quelques empreintes de pas que Petey avait découvertes la veille étaient de si mauvaise qualité que Glen n'avait pas pu en faire un moulage. En fin de compte, il semblait que de l'essence ordinaire avait bien été utilisée comme accélérant, ainsi que lors du premier meurtre ; ils devraient attendre les résultats des tests pour en avoir confirmation.

Les seules pièces à conviction matérielles dont ils disposaient à ce stade, en plus du corps de Mahon, étaient le pieu qui avait servi à l'empaler, qui paraissait être le manche d'un râteau, et une petite boîte en carton retrouvée vide dans les bois, qui avait contenu de grands sacs-poubelle vendus au supermarché. Ils n'avaient pas découvert d'autres ordures dans un rayon d'un kilomètre autour de la scène de crime, ce qui leur fit penser que la boîte avait un rapport avec le meurtre. Le tueur avait-il mis la tête et les mains de Mahon dans des sacs-poubelle ? Cela aurait expliqué l'absence de sang sur les lieux.

Le manche de râteau et la boîte avaient été emballés, étiquetés et envoyés par coursier au laboratoire de Baltimore. Les deux agents devaient parler à quelques personnes supplémentaires le lendemain, mais Fia ne s'attendait pas à des découvertes surprenantes. Mahon avait quitté son domicile le mardi matin, son jour de repos après avoir travaillé pendant le long week-end, et était parti dans la réserve naturelle afin d'y observer les oiseaux. Tous les habitants de la ville savaient que Mahon était un ornithologue passionné. Toute l'année, il profitait de ses jours de congé pour aller au moins une ou deux fois par semaine sillonner les sentiers de la réserve de Clare Point ou de l'un des autres parcs de l'État, comme Bombay Hook.

Mardi matin n'avait pas fait exception, mais Mahon n'était pas revenu à temps pour son rendez-vous chez le dentiste à 10 h 30, et quand sa femme n'avait pas réussi à le joindre sur son portable, un voisin avait proposé de partir à sa recherche.

À mesure qu'elle écoutait ses messages professionnels, Fia les sauvegardait ou les supprimait méthodiquement. L'un d'eux venait du lieutenant Sutton, à Lansdowne ; celle-ci ne précisait pas ce qu'elle voulait, mais simplement qu'elle appelait au sujet de l'affaire Casey Mulvine. *Casey Mulvine.* Fia avait désormais un nom à associer à l'image de la fille blonde étendue dans l'allée.

Joseph aussi avait essayé de la joindre. Il avait laissé un message plein d'entrain lui demandant de le rappeler quand elle en aurait l'occasion. Il parlait comme si rien ne s'était passé au bar. Comme s'il ne savait pas qu'elle le cherchait partout depuis deux semaines.

Lorsqu'elle eut terminé, Fia posa le téléphone à côté d'elle sur la marche et entoura ses genoux de ses bras.

Elle n'aurait pu dire quel appel la perturbait le plus, entre celui de Joseph, pour des raisons évidentes, et celui du lieutenant Sutton. Pourquoi l'affaire de Lansdowne l'avait-elle troublée à ce point ?

Elle se massa les tempes, sentant la panique lui serrer la poitrine. Elle avait l'impression que le monde s'écroulait autour d'elle. Moins d'un mois plus tôt, elle était heureuse, à l'aise dans son travail. Grâce à l'aide du docteur Kettleman, elle pensait que sa vie personnelle était sous contrôle… ou du moins, que cela était en bonne voie. Et à présent…

La porte d'entrée s'ouvrit et se referma, et Fia entendit Glen approcher derrière elle.

— Alors, appela-t-elle à mi-voix. Vous êtes prêt à y aller ?

— Comment faites-vous cela ?

Toujours assise – elle était épuisée –, elle regarda par-dessus son épaule.

— Comment je fais quoi ?

— Vous savez qui est derrière vous. Une dizaine de personnes auraient pu sortir par cette porte, mais vous saviez que c'était moi.

Elle haussa les épaules.

— Je suis flic. Nous sommes censés être observateurs, non ?

— Oui, mais vous, c'est flippant, Fi.

C'était la première fois qu'il l'appelait par son diminutif. Elle savait qu'il avait entendu les autres l'utiliser, mais de sa part, cela paraissait plus… personnel.

— J'ai une bonne oreille, affirma-t-elle en se levant.

— Oui, j'ai remarqué.

Elle le regarda, puis commença à marcher sur le trottoir.

— Vous avez parlé avec Stacy ? Vous vous êtes absenté un moment.

Elle ignorait pourquoi elle posait la question, ou même pourquoi elle s'en souciait, mais elle soupçonnait que c'était la raison de son absence. Pour pouvoir dialoguer en privé avec sa fiancée. Elle se demanda s'ils faisaient l'amour au téléphone.

— Oui, nous avons eu une conversation enflammée. Nappes écrues ou blanches ?

— Pardon ?

Il marchait à côté d'elle. Le soleil baissait et l'air s'était un peu rafraîchi. Les voisins avaient tondu la pelouse, et le doux parfum de l'herbe coupée emplit les narines de Fia, se mêlant au fumet des steaks qui cuisaient quelque part dans le quartier. Elle se détendit un peu. C'était bon d'être au grand air, loin de la puanteur du sang de Mahon et de sa chair brûlée, qu'elle avait respirée dans les bois encore aujourd'hui.

Ils traversèrent la rue et remontèrent sur le trottoir. Les pittoresques lampadaires commençaient à s'allumer, mais pas tous en même temps ; le visage de Glen passait sans cesse de l'ombre à la lumière.

— Ma fiancée, expliqua Glen. Elle essaie de décider quelle couleur de linge de table louer pour la réception de notre mariage.

Fia lui lança un coup d'œil, incapable de dissimuler son mépris.

— Et ça vous intéresse ?

— Pas le moins du monde.

Ils échangèrent un sourire.

— Alors, c'est pour quand ?

— Le 10 avril.

Elle avait envie de lui faire remarquer qu'il n'avait pas l'air plus enthousiaste que cela, mais elle s'abstint. Fia s'apercevait que, même si elle résistait, même si elle s'efforçait de demeurer professionnelle et détachée, elle appréciait Glen plus qu'elle ne le souhaitait. Elle l'aimait pour les points communs qu'il partageait avec Ian, mais aussi pour leurs différences. Glen était un peu plus facile à vivre. Il se prenait moins au sérieux. Il souriait davantage.

Ils parcoururent la rue suivante sans parler, mais le silence entre eux n'avait rien d'inconfortable.

— Vous n'avez rien dit à propos d'hier soir, fit-elle remarquer. Mes frères.

— J'ai pensé que je m'étais déjà assez ridiculisé.

— Pourquoi cela ?

Elle s'arrêta au bord du trottoir et attendit qu'une voiture passe. Oncle John, roulant au pas, les salua d'un geste par la fenêtre ouverte de son pick-up.

— Je vous ai trouvé plutôt charmant avec un boxer et un Glock pour tous accessoires, agent spécial Duncan.

— Cette petite dentelle ne vous allait pas mal non plus, agent spécial Kahill.

Fia cherchait une réponse spirituelle lorsqu'elle repéra un groupe d'adolescents debout devant la supérette du coin. Un nuage de fumée de cigarette s'élevait au-dessus de leurs têtes. Elle reconnut Kaleigh, Katy, la fille de Petey, l'une des filles Cahall et trois garçons humains. Instantanément, elle redoubla de vigilance.

Les jeunes se mirent à chuchoter, mal à l'aise, et l'un des garçons jeta un mégot sur le trottoir et l'écrasa avec sa tong. Un second mégot atterrit devant le distributeur de boissons.

— Kaleigh.

Fia rejoignit le petit groupe ; Glen resta quelques pas en arrière.

— Fia. (La voix de Kaleigh était pleine de ressentiment.) Agent Duncan.

Le dos raide, elle le salua d'un geste du menton.

Fia regarda l'adolescent le plus proche de Kaleigh, un brun aux cheveux hirsutes. Ce devait être celui dont elle avait parlé. Le surfeur.

— Agent spécial Kahill, du FBI. Vous êtes ?

Elle lui présenta sa main.

Le garçon avait une poigne étonnamment ferme.

— Derek Neuman, m'dame.

— Mon partenaire, l'agent spécial Duncan.

L'adolescent tendit la main derrière l'une des filles pour pouvoir serrer celle de Glen.

— Monsieur.

Le garçon avait l'air assez poli, plus que la majorité des adolescents, mais cela ne changeait rien au fait que c'était un humain.

— Alors, quels sont vos plans ? demanda Fia à Kaleigh.

Kaleigh haussa les épaules.

— On va aller manger une glace, je pense.

— Vous êtes prudents ? (Fia jeta un coup d'œil en direction du reste du groupe afin de les inclure dans la conversation.) Même si vous ne vous intéressez pas à l'actualité, je sais que vous êtes au courant des homicides qui ont eu lieu ces derniers jours.

Le regard de Derek passa de Fia à Kaleigh, puis revint sur Fia.

— On a pensé qu'on ne courait aucun risque. (Il fourra ses pouces dans les poches de son short militaire et s'avachit.) Vous savez, tant qu'on reste ensemble. L'union fait la force, et tout ce b…

Il s'apprêtait à dire « bordel », mais réussit à transformer le mot en « bazar ».

Glen parut amusé. Fia ne l'était pas. N'avait-elle pas parlé tout récemment avec Kaleigh de la menace que les garçons humains représentaient ? Et Derek Neuman semblait avoir bien plus de quinze ans.

— *Tu sais que c'est dangereux, Kaleigh. On n'en a pas déjà discuté ?* transmit Fia par télépathie. *Quelqu'un va être blessé.*

Fia aurait pu jurer qu'elle avait vu Kaleigh tressaillir, mais si l'adolescente comprit les paroles de Fia, elle ne le montra pas.

— *Tout va bien, Fi.* (Les pensées de Katy lui parvenaient haut et clair.) *On va juste manger une glace. On veillera à ce que rien ne lui arrive.*

— Vous n'avez pas école demain ? (Fia se tourna de nouveau vers Kaleigh.) Tu ne devrais pas être chez toi ?

— Il est même pas 21 heures, grogna Kaleigh.

Puis, à ses amis :

— Allez, on y va.

Fia regarda le groupe d'adolescents s'éloigner. Ils ressemblaient davantage à une entité unique qu'à un ensemble d'individus dotés d'une volonté propre.

— Je n'arrive pas à croire que leurs parents les laissent traîner dans la rue sans surveillance.

— Allez, ce ne sont que des ados qui se pensent invincibles. À leur âge, j'étais pareil. Et ils ont raison, ils ne courent sans doute aucun risque. Nos deux victimes ont été attaquées alors qu'elles se trouvaient seules.

Ils s'arrêtèrent devant la porte du *Tertre* et Fia observa les silhouettes qui rapetissaient au loin. Les jeunes ne se dirigeaient pas vers le centre, en direction du marchand de glaces ou des autres commerces où ils auraient pu acheter à manger. Ils allaient vers la baie et les docks. Fia pressentait des problèmes, mais n'arrivait pas à déchiffrer ce qui se passait dans le petit groupe. Comme souvent à cet âge, les pensées des filles étaient trop embrouillées, trop confuses pour qu'elle puisse les lire.

Glen ouvrit la porte du pub et la musique et les voix se déversèrent dans la semi-pénombre de la rue.

—Allez, cessez de vous faire du mouron, l'exhorta-t-il. Laissez-moi vous offrir une pinte.

Fia but une bière et Glen trois, comme la fois précédente. Mais contrairement au soir de la mort de Bobby, quand ils rentrèrent, Glen paraissait en pleine possession de ses moyens et il garda ses distances. Ils discutèrent brièvement de l'affaire et de leur décision de retourner à leurs bureaux respectifs le lendemain. Tous deux étaient frustrés par le manque de pièces à conviction, mais ils espéraient que le rapport d'autopsie de Mahon et les résultats d'analyses leur fourniraient une nouvelle piste. Il devait bien y avoir un dénominateur commun entre les morts de Bobby et de Mahon, au-delà de l'évidence.

Tandis qu'ils approchaient du *bed and breakfast*, Fia aperçut une ombre qui prit soudain forme humaine. La créature... l'homme se tenait sur le perron de devant. Il observait. Patientait.

Glen le repéra un instant plus tard.

—Je crois que je vais rentrer, dit-il en montant les marches. À demain matin.

Fia attendit que Glen referme la porte avant de se tourner vers la silhouette sombre.

— Qu'est-ce que tu fiches ?

Il jeta un coup d'œil dans la direction que Glen venait d'emprunter et prit son temps avant de répondre.

— Et toi ?

Chapitre 12

Fia le rejoignit sur le perron.

— Tu ne peux pas faire ça devant lui.

— Faire quoi ?

— Tu sais très bien *quoi.*

Elle lui donna une bourrade.

Arlan rit et enroula nonchalamment son bras autour de l'épaule de Fia.

— Je me moque de toi. Il ne m'a pas vu. Il n'a rien vu. Les humains ne voient jamais rien. Je ne comprends pas pourquoi tu perds ton temps avec eux.

Elle se déplaça vers la balustrade, mais pas entièrement hors de portée.

— On l'a affecté à l'affaire. Je n'ai pas eu mon mot à dire.

— Je ne parle pas de l'enquête et tu le sais, Fi. Je vous ai vus au *Tertre*. Tu es impliquée.

— Je ne suis impliquée dans *rien*. C'est mon partenaire. *Sur cette affaire*, clarifia-t-elle. On ne pouvait pas passer outre à ce problème de juridiction, c'est tout. Pas avec un deuxième corps. Pas maintenant.

Il se tut un moment.

— Je n'ai pas vraiment eu le temps de te parler. De te dire combien je suis désolé, pour Mahon. (Il marqua une pause.) Je… je sais que vous étiez amis.

Amants. Il savait qu'ils avaient été amants, aussi. Mais cela remontait à bien longtemps.

Fia fut surprise des larmes qui lui piquèrent les yeux.

— Merci. Il m'avait beaucoup aidée après…

Elle ne termina pas sa phrase.

Arlan posa les doigts sur sa nuque et caressa un point sensible.

— Que se passe-t-il, selon toi ? Des tueurs de vampires, ou quelque chose d'encore pire ?

Le poids du bras de son ami sur son épaule était réconfortant, mais une partie d'elle-même avait envie de s'y soustraire. Peut-être qu'elle ne voulait pas être consolée. Peut-être qu'elle ne le méritait pas. Sa famille avait besoin d'elle, et elle n'était pas à la hauteur.

— Pire ? Qu'est-ce qui pourrait être pire ?

— Et si c'était l'un d'entre nous ?

— Arlan, tu n'as pas honte de dire une chose pareille !

— Tu étais au pub. Tu les as entendus. Tout le monde y pense, même si personne n'a encore osé le formuler à voix haute.

— Je n'écoute pas les pensées des autres sans y avoir été *invitée*, répliqua-t-elle sur un ton moralisateur. (Ils se turent pendant une minute.) Et puis, ce ne serait pas possible. Comment quelqu'un réussirait-il à garder une chose pareille pour lui-même ? Nous le saurions. L'un d'entre nous le saurait forcément.

— Tout ce que je dis, c'est que l'auteur des crimes savait ce qu'il faisait. La première fois, on pouvait penser à une coïncidence, peut-être, mais maintenant, avec Mahon…

— Je suis au courant de ce qui se passe, merci, l'interrompit-elle. Ne m'explique pas comment je dois mener mon enquête, Arlan.

Ils contemplèrent une chauve-souris qui voletait le long du perron. Le lampadaire de la rue attirait les insectes, et l'animal venait s'en nourrir.

— Je ne t'expliquais pas comment mener ton enquête, réprit-il. Je pensais simplement à voix haute. Nous en sommes à deux. Il y a bien longtemps que nous n'avions pas perdu deux des nôtres en si peu de temps.

Fia s'était fait exactement la même réflexion ce soir, alors qu'elle observait les membres de la famille évoluer autour d'elle au pub. Elle entretenait une relation étrange avec les Kahill. Elle méprisait les membres du clan pour ce qu'ils étaient, pour les souffrances qu'ils lui avaient infligées avec leurs conflits permanents, et pourtant elle les aimait d'un amour farouche. Qu'elle le veuille ou non, elle était l'une d'entre eux, et le serait peut-être pour l'éternité. Elle savait, sans l'ombre d'un doute, qu'elle serait prête à donner sa vie pour chacun d'entre eux, même Victor, même Shannon… même son frère, Regan.

— Je vais tirer cette affaire au clair, Arlan.

Elle observa une autre chauve-souris qui volait vers le lampadaire, attirée par la nuée d'insectes.

— Je vais trouver qui a fait ça à Bobby et Mahon.

— Oui, je sais. (Il fit glisser un doigt le long de sa clavicule.) Alors, tu veux venir chez moi ? (Il se pencha en avant et effleura le cou de Fia de ses lèvres.) Juste pour une petite gorgée…

Elle ressentit un frisson de plaisir, mais résista. Chez les vampires, le sexe s'accompagnait toujours de sang, mais ce n'était pas obligatoire, si ?

— Je ne peux pas. (Elle se retourna vers lui et étudia son regard.) Je dois garder un œil sur mon partenaire. Shannon lui tournait autour encore ce soir. Elle serait bien capable de grimper à la fenêtre du troisième étage pour pouvoir l'atteindre.

Arlan soupira et recula. Pas beaucoup, de quelques centimètres, juste assez pour que leurs vêtements se touchent toujours alors que leurs peaux n'étaient plus en contact.

— Ce n'est pas Ian, Fi. Il lui ressemble juste. Un parent éloigné, peut-être, mais ce n'est pas lui. Ian était mortel, et repose dans sa tombe depuis plusieurs siècles.

— Je sais bien. (Elle lui enfonça un doigt dans la poitrine.) Qu'est-ce qui te fait dire ça ? Qu'est-ce qui te fait penser que je crois que c'est lui ?

Il la contempla, le regard résolu.

— Je te connais, c'est tout. (Il soupira.) Écoute, pour le pire ou pour le meilleur, ce n'est pas lui, et cet humain ne peut pas altérer le passé. Et toi non plus. Rien ne ramènera Ian, et rien ne changera ce qui s'est passé cette nuit-là dans ce village.

À ces paroles, le cœur de Fia se serra et sa gorge se noua. Elle aurait voulu pouvoir aimer Arlan, pouvoir lui permettre d'occuper la place qu'il souhaitait auprès d'elle. Il était si bon. Il serait bon pour elle.

Mais elle ne serait pas bien pour lui, car elle ne l'aimerait jamais comme il le méritait.

— Viens avec moi, l'exhorta-t-il.

Elle posa la paume sur la poitrine de l'homme.

— Pas ce soir, Arlan.

— Tu es sûre ? Juste un petit coup rapide ? (Il porta la main de Fia à sa bouche.) Je ne demande rien de plus.

— Bonne nuit, Arlan, et merci.

Elle s'avança vers la porte.

— Si tu changes d'avis, passe.

Elle pouffa tandis qu'elle le regardait se métamorphoser en un félin gris au poil lisse et brillant et descendre les marches du perron à pas de velours.

— Bonne nuit, Arlan.

Au troisième étage, Fia s'allongea, mais elle ne s'endormit pas. Elle écouta le grondement de la voix de Glen, qui était au téléphone. Elle ne l'entendit pas prononcer le prénom de Stacy, mais elle savait qu'il parlait avec sa fiancée. Au bout d'un long moment, il raccrocha.

Elle se le représenta de l'autre côté du mur, étendu sur le lit, en train de lire. Et, après qu'il eut éteint la lumière, elle l'imagina couché au milieu des volants bleus de la literie, nu. Elle se vit, allongée à côté de lui. Elle se remémora le goût de la peau de Ian et la chaleur de son corps contre le sien. Elle se demanda si Glen serait différent.

D'accord, donc il était clair qu'elle était attirée par lui. Il ne servait plus à rien de le nier.

Fia repensa aux paroles d'Arlan. De toute évidence, l'attirance initiale, consciente ou non, était liée à Ian, mais était-ce tout ? Voulait-elle faire l'amour avec Glen et goûter son sang uniquement pour sentir de nouveau son ancien amant en elle ? Pour pouvoir prétendre pendant quelques minutes que le seul homme qu'elle avait jamais aimé ne l'avait pas trompée et poussée à trahir sa famille ? Ou bien était-ce plus complexe que cela ?

Fia n'avait que faire de l'avis du docteur Kettleman ; elle commençait à ressentir de nouveau l'appel du coup d'un soir, sans prise de tête…

Ils avaient convenu de se retrouver à 2 heures du matin. Fia voulait attendre jusqu'à 3 heures, mais Petit Johnny, son grand-oncle de soixante-dix-sept ans, avait insisté pour qu'ils avancent le rendez-vous, disant que *certaines personnes* étaient trop âgées pour rester debout la moitié de la nuit. *Certaines personnes* avaient besoin de sommeil.

Elle se rendit au musée en empruntant différents raccourcis à travers les jardins et les allées qui passaient derrière les maisons. Les journées étaient toujours chaudes, mais les nuits commençaient à se rafraîchir et on pouvait presque sentir l'arrivée de l'automne dans l'air. Un minuscule croissant de lune projetait une faible lumière jaune. Tandis que Fia traversait la ville, les chiens et chats qui rôdaient dans les jardins bien entretenus ne lui prêtaient aucune attention. À cette heure de la nuit, seuls des humains les auraient dérangés ; les animaux, eux, avaient l'habitude de voir les membres du clan se déplacer après minuit, surtout l'été, lorsque ceux-ci devaient se montrer plus prudents. Tous avaient des provisions de sang dans leurs congélateurs, mais de temps à autre, même les plus disciplinés ressentaient le besoin de chasser.

Pendant qu'elle cheminait dans les ténèbres, elle se demanda si elle devait avoir peur. Et si quelqu'un les *traquait* ? Pourrait-elle être une cible ? L'étaient-ils tous ?

Arrivée à la porte de derrière, Fia composa une série de chiffres sur le digicode, puis pénétra dans le vestibule du musée. Pendant son adolescence, elle avait rêvé de devenir l'un des onze membres estimés du Haut Conseil, ce qui lui assurait aussi une place au Conseil plus large qui se réunissait ce soir. L'unique responsabilité du Haut Conseil était de prendre des décisions concernant les humains qu'ils observaient, chassaient et, parfois, exécutaient. Le Conseil s'occupait des tâches plus triviales, mais non moins importantes, d'administration au jour le jour de la ville et de gouvernance du clan.

Fia entra dans la salle principale. Contrairement à la dernière fois où elle s'était trouvée là pour la réunion du Haut Conseil, au cours duquel un protocole solennel devait être respecté, ce soir les stores avaient été tirés, et la pièce était envahie par la lumière fluorescente des néons. Quelqu'un avait préparé du café. Un plateau contenait *donuts* et autres en-cas, et au lieu que les membres du clan soient revêtus de longues capes, un capuchon leur couvrant la tête, ils portaient shorts, tee-shirts et tongs. Le chef de clan était habillé d'un bas de pyjama écossais et d'un tee-shirt publicitaire pour une marque de rhum, qui représentait une femme en Bikini accompagnée d'un pirate.

— Gair.

Comme le voulait la coutume, Fia salua son grand-père, le chef du clan, en entrant.

Il hocha la tête et se dirigea vers le buffet en traînant les pieds.

— Y a du cake à la banane et aux noix. Tu devrais le goûter.

Dans un rare élan d'affection, elle embrassa sa joue parcheminée.

— Pas été une journée facile, approuva-t-il en empilant quelques tranches de brioche sur une serviette en papier.

Elle voyait que le baiser lui faisait plaisir, même s'il ne le disait pas.

— Tu aperçois du lait pour le café ? Bon sang, j'espère que c'est du déca ou je ne vais pas fermer l'œil de la nuit.

Fia observa la pièce. Les membres du Conseil arrivaient et se réunissaient en petits groupes, conversant à mi-voix.

— Le docteur vient ce soir ? demanda-t-elle, son regard passant de visage en visage.

Les personnes présentes étaient nerveuses, effrayées. Pas besoin de perception extrasensorielle pour s'en rendre compte. Elle le voyait aux rides qui entouraient leurs bouches, l'entendait aux rires qui ne sonnaient pas tout à fait juste.

Gair secoua la tête tandis qu'il apportait son café et ses pâtisseries à l'une des chaises pliantes disposées en cercle.

— Non, mais il a dit qu'il te donnerait la version définitive du rapport d'autopsie dès demain matin. Les rapports toxicologiques et autres prendront plus de temps.

Elle s'assit à côté de lui et inspira profondément.

— Je ne m'attends pas à avoir de surprises.

Gair souffla sur son café puis commença à l'aspirer bruyamment.

— Moi non plus.

Elle se recula dans sa chaise et balaya la pièce du regard. Le musée avait été construit à la fin des années 1960 pour stimuler le tourisme en plein essor de Clare Point. Mêlant réalité et fiction, il dépeignait la ville comme un repaire de pirates à l'époque de l'arrivée des premiers colons, et présentait de nombreux objets qui s'étaient en réalité trouvés à bord du bateau que le clan avait emprunté pour fuir l'Irlande. Quand le vaisseau avait fait naufrage sur un récif au cours d'une tempête et qu'ils étaient tous venus s'échouer sur le rivage, ils avaient ramassé ces objets, ainsi que les morceaux de bois provenant de la coque brisée. Ils avaient bâti leurs premières maisons à l'aide de ces planches tordues, et les hublots étaient devenus des fenêtres. Ils avaient utilisé pour leurs repas la porcelaine anglaise blanche toute simple que l'on pouvait à présent admirer dans les vitrines.

Quand les Kahill avaient débarqué, une petite bande de naufrageurs vivaient dans des cabanes sur la plage, mais lorsque Gair avait déclaré que le clan allait établir ses quartiers définitifs sur place, les femmes Kahill avaient sorti leurs canines, les hommes avaient levé leurs épées, et les pirates qui gagnaient leur croûte en envoyant les navires sur les rochers étaient partis plus au sud, vers la sécurité de la Virginie.

Accompagnées d'affiches parfois agrémentées de dessins humoristiques, les vitrines de verre du minable petit musée étaient remplies de morceaux de porcelaine, de bougeoirs en laiton et autre bric-à-brac assorti, qui provenaient principalement du bateau, mais également du butin que les naufrageurs avaient abandonné dans leur empressement à fuir une colonie de vampires. On trouvait aussi une modeste collection de flèches et de pointes de lances datant de l'époque plus lointaine où les Amérindiens avaient chassé et pêché dans la région. Quelques objets étaient exposés sur la table ronde qui venait de la cabine du capitaine – celle-là même que le Haut Conseil utilisait lors de l'*aonta*.

Quand le musée était ouvert, un film de cinq minutes était projeté dans l'un des coins de la salle, et dans le hall, à côté des toilettes, une petite boutique de souvenirs vendait épées en plastique, bandeaux de pirates, fausses pièces de monnaie, tomahawks et autres bricoles du même genre. Pendant l'été, les jours de pluie, le musée réalisait un bénéfice étonnamment élevé.

— Fi...

Elle sentit une main menue sur son épaule, se tourna et découvrit une rousse élancée avec une coiffure en pétard branchée et un trait de crayon noir prononcé autour des yeux. Elle dut ériger une barrière autour de ses pensées et étouffer un grognement.

— Eva.

La femme, qui approchait de la trentaine, laissa sa main posée sur Fia et lui prodigua un léger massage.

— C'est bon de te voir, ronronna-t-elle. J'étais à Istanbul quand j'ai su ce qui se passait. Je suis revenue immédiatement. J'ai de la peine à imaginer combien ça a dû être difficile pour toi.

Fia se pencha en avant pour échapper à la prise d'Eva. La femme, qui était lesbienne et ne s'en cachait pas, en pinçait pour Fia depuis au moins cent ans. Fia n'avait rien contre les homosexuelles. Sachant que celles-ci n'étaient que deux en tout et pour tout au sein du clan Kahill, elle compatissait même au sort d'Eva. Mais ce n'était pas son truc, et Eva n'avait pas l'air de comprendre qu'elle n'était pas intéressée.

— Ça a été dur pour nous tous.

Fia commença à se tourner de nouveau vers son grand-père, mais Eva se glissa sur la chaise à côté d'elle.

— Mais surtout pour toi, insista-t-elle. Tu sais, Fia, je t'ai toujours admirée. Tu as toujours su te faire respecter.

Intérieurement, Fia grogna, et elle jeta un coup d'œil vers Gair en espérant qu'il pourrait la sortir de là. Mais il ne leur prêtait aucune attention, concentré sur son cake à la banane et son café. Elle se tourna de nouveau vers Eva.

— Alors… tu étais à Istanbul. Ton voyage s'est bien passé ?

— Pas mal. Mais Clare Point me manquait, surtout après avoir appris ce qui était arrivé. (Elle rapprocha sa chaise jusqu'à ce que son genou touche celui de Fia.) Tu sais, je me disais, avec Mahon… disparu… la police va recruter un nouvel agent. Je songeais à me présenter. Qu'en penses-tu ? Tu crois que je ferais un bon flic ? Je suis consciente que je ne pourrais jamais être aussi douée que toi, mais…

— Ça va commencer, l'interrompit Fia avec soulagement quand Peigi Ross tapota le dos de son fauteuil avec son stylo pour attirer leur attention.

Gair était le chef de clan et dirigerait le Haut Conseil jusqu'à la fin des temps. À moins que, d'ici là, Dieu pardonne aux Kahill et les rappelle à lui. En attendant, les membres du clan présidaient le Conseil à tour de rôle. Peigi occupait le poste depuis une quinzaine d'années.

Elle houspilla les derniers retardataires qui se servaient toujours en boissons et viennoiseries :

— Je sais que nous voulons tous rentrer chez nous, alors plus vite nous démarrons, plus vite nous pourrons partir.

— Désolée, souffla Fia à Eva.

— Peut-être qu'on pourra parler plus tard. (À contrecœur, Eva ramena ses jambes devant sa chaise pour se tourner vers le centre du cercle.) Peut-être que je pourrais t'offrir une pinte au *Tertre* demain soir.

Fia esquissa un rapide sourire avant de reporter son attention sur Peigi. Avec ses cheveux gris coupés court, son grand short et son haut à fleurs, celle-ci ressemblait à n'importe quelle ménagère humaine de plus de cinquante ans un peu grassouillette. En la croisant à l'épicerie, ou sur le remblai de Rehoboth Beach, personne n'aurait deviné qu'elle pouvait mettre le feu à un paquet de céréales aussi bien qu'à une voiture en mouvement, ni qu'elle préparait les meilleures enchiladas au poulet que Fia ait mangées au cours de toutes ses vies.

— Nous avions plusieurs points prévus à l'ordre du jour, mais compte tenu de la mort de Mahon, je crois que nous pouvons en reporter la majeure partie à dans deux semaines. Dès que le docteur Caldwell en aura fini avec le corps, nous saurons quand tenir la veillée funèbre, mais j'ai parlé avec Sarah tout à l'heure et elle proposait samedi soir chez elle. Tous seront les bienvenus, naturellement.

— Et c'est tout ? (Mary Hall se leva de sa chaise pliante, les yeux rouges et bouffis.) On va juste l'enterrer comme on a enterré ce pauvre Bobby ?

— Et Victor ? demanda Rob Hall. Il y a moins d'un mois, il a pété un câble et menacé de me trancher la tête avec une hache. Vous savez, la vieille qu'il utilise pour couper du bois chez lui.

Des murmures d'approbation se firent entendre.

— Et Victor ? répéta quelqu'un.

— Ce n'est pas l'un d'entre nous. Nous le savons tous, poursuivit Rob. Peut-être que nous devrions envisager cette possibilité.

— On devrait s'intéresser à cette petite traînée, voilà ce que je crois, contribua la mère de Rob. Cette Shannon. Je me fiche de ce que vous pensez, je n'ai pas confiance en elle. Ce n'est pas non plus l'une d'entre nous.

— Allons, allons, ne nous emballons pas. (Peigi posa le bloc-notes en équilibre sur ses genoux et leva les mains.) Même s'ils nous ont rejoints plus récemment,

Victor et Shannon sont des membres à part entière du clan, et c'est injuste de les accuser comme ça, sans la moindre preuve.

— Mais y en a pas, de preuves. Enfin, c'est ce qu'on nous dit, lança quelqu'un.

— On peut rien faire, murmura un autre.

— Bien sûr que si. On peut empêcher que ça se reproduise, s'enflamma Mary Hall en arrêtant son regard sur Fia. Alors, comment va-t-on s'y prendre, *agent spécial Kahill*? C'est ce que je souhaiterais savoir. Comment allons-nous protéger ceux que nous aimons ?

D'un seul coup, une vingtaine de paires d'yeux se posèrent sur Fia. Des pensées fusèrent à travers la pièce. Dures, accusatrices, furieuses. Elles la frappèrent avec autant de violence que des poings.

À côté d'elle, Gair lapait son café comme s'ils conversaient de la recette du cake à la banane qu'il était en train d'engloutir.

— *Tout va bien, bébé*, transmit Eva à Fia. *Je suis là pour toi.*

Fia ignorait ce qui était le pire, être attaquée par le Conseil ou réconfortée par Eva.

Elle se leva, sans savoir très bien pourquoi. Peut-être pour pouvoir se défendre plus facilement si les coups devenaient physiques ? Elle regarda Peigi pour lui demander la permission de parler, même si, ce soir, personne ne semblait respecter le protocole.

Peigi hocha la tête et se recula dans son fauteuil, serrant le bloc-notes contre sa poitrine tombante.

Fia s'éclaircit la voix.

— Je sais que vous êtes tous bouleversés…

On entendit des marmonnements. Certains parlèrent à voix haute, d'autres non, mais ils ne cachèrent pas qu'ils n'étaient pas très satisfaits de son enquête.

— … mais je souhaite vous assurer, poursuivit Fia, que le FBI… que *je* fais tout ce qui est en mon pouvoir pour arrêter l'auteur de ces crimes, et rapidement.

— Donc tu l'admets. Vous ne savez rien, accusa Mary Hall.

— Nous avons trouvé cette semaine des pièces à conviction qui pourraient être très utiles, exposa Fia. Nous les avons envoyées à un laboratoire médicolégal.

Tout en parlant, elle essayait d'adresser ses réponses à chacun et chacune d'entre eux, en croisant leurs regards. Mais à chaque seconde qui s'écoulait, elle se sentait plus dépassée.

— En attendant, vous pouvez nous aider. Je veux que vous vous remémoriez les contacts que vous avez eus avec Bobby et Mahon les jours précédant leur mort…

— *Leurs meurtres, tu veux dire*, lui lança quelqu'un en pensée.

— … et même au cours des dernières semaines et des derniers mois, s'il le faut, compléta Fia en essayant d'élever un rempart autour de son esprit. Avez-vous vu ou entendu quoi que ce soit d'inhabituel ? Quelque chose que Bobby ou Mahon auraient dit. Quelque chose qu'un étranger aurait dit, ou fait. Appelez-moi si vous vous souvenez de quelque chose. Je vais laisser des cartes pour tout le monde. N'hésitez pas à me contacter. Même si ça a l'air insignifiant.

— Et c'est tout ? demanda Tavia. C'est tout ce qu'on peut faire ?

— *Ça ne me paraît pas grand-chose.*

— *On dirait qu'on ne peut rien faire, alors.*

— *On dirait que personne ne fait rien.*

— Et si on constituait un groupe, comme autrefois ? suggéra Tavia. Pour traquer les tueurs.

— Je sais vraiment pas pourquoi on a besoin du FBI, maugréa quelqu'un. On faisait pas comme ça, dans le temps.

— Non, en effet. (Fia se tourna vers son grand-oncle, qui était l'auteur de cette dernière remarque.) Dans le temps, on ne faisait pas comme ça. Mais nos *anciennes* méthodes n'étaient pas si efficaces que ça non plus, tu ne crois pas ? À essayer de rendre la justice nous-mêmes, nous nous sommes retrouvés sur un navire en perdition au milieu de l'océan Atlantique, en train de fuir pour sauver notre peau. C'est comme ça que nous avons atterri ici.

— Et respecter la justice de ce pays a fait ses preuves, ajouta une voix grave au-delà du cercle. Cela fonctionne depuis trois cents ans.

Tous les membres du Conseil, y compris Fia, se tournèrent vers le couloir. C'était Finn. Finn à la rescousse.

— *Tu es un peu en retard*, lui lança Fia.

— *Mais j'arrive à temps.*

Finn sourit tandis qu'il pénétrait dans le cercle et s'arrêtait devant une chaise vide. Fia avait toujours admiré sa prestance. Il était habillé de manière décontractée, en jean et tee-shirt noir. Une ombre de barbe façon mauvais garçon était visible sur son menton, mais cela ne le rendait que plus séduisant. Finn Kahill possédait cette présence charismatique qui pouvait être ressentie, mais pas expliquée. Quand il parlait, les gens l'écoutaient. Tous, humains comme membres du clan, le croyaient.

—Fia a raison. Nous devons laisser les autorités se charger de l'enquête, au moins pour l'instant. Nous devons rester calmes et ne pas céder à la panique.

—Facile à dire pour toi, jeune homme, aboya Mary Hall. Ce n'est pas ton amant qui est en train de pourrir dans son tombeau sans sa tête !

—Je suis désolé, Mary. (Finn se tourna vers elle pour rencontrer le regard de son aînée.) Je ne peux qu'essayer d'imaginer ce que tu ressens, en me souvenant de la perte de ma Lizzy et de ma tendre Fiona.

Sa voix était si douce, si pleine de compassion que tous dans la pièce semblèrent se détendre un peu. Fia prit une profonde inspiration. Elle n'allait pas être lynchée. En tout cas, pas ce soir.

—Alors que fait-on ? interrogea Tavia.

—Oui, que devrait-on faire, Finn ? répéta un autre.

—Nous devrions faire ce qu'a demandé Fia. Nous allons nous serrer les coudes et éviter de porter des accusations infondées. Et nous devrions garder un œil les uns sur les autres.

Les membres du clan hochèrent la tête. Certains émirent de petits sons pour manifester leur assentiment. Le silence s'installait sur le cercle d'hommes et de femmes rassemblés dans la pièce. Le calme.

—Merci, Finn, lui sourit Peigi.

Finn lui retourna son sourire et s'assit sur la chaise inoccupée.

Peigi consulta son bloc-notes.

—Le seul autre sujet dont nous devons vraiment parler est le nombre de plaintes en augmentation concernant les jeunes qui se promènent le soir dans les rues. D'après ce qu'on m'a rapporté, l'autre nuit un canot a été volé et rempli de mousse à raser. Et les arbres de l'hôtel de ville ont de nouveau été recouverts de papier toilette.

Quelqu'un pouffa.

— Ça commence à devenir un gros problème, plaida Rob, sur la défensive.

— Des gamins qui errent dans les rues, chahutent, renversent les poubelles, piétinent les parterres de fleurs, énuméra Petit Johnny. Moi, je pense qu'il est temps de faire quelque chose. Je le dis depuis des années, ces enfants ont besoin d'un couvre-feu.

— Johnny, tu te plains des adolescents depuis au moins cinq cents ans, geignit Mary Hall. Ce qui est intéressant, car je me souviens de quelqu'un qui semait une pagaille de tous les diables, à son époque.

Ils se mirent à parler tous en même temps ; chacun souhaitait raconter le tour pendable qu'il avait joué du temps de sa jeunesse ou évoquer un adolescent de sa connaissance. Soulagée que plus personne ne lui prête attention, Fia s'enfonça dans sa chaise. Peigi les laissa s'exprimer librement pendant deux ou trois minutes, puis elle tapa son stylo contre le bord de son fauteuil et le calme revint.

— Si vous voulez parler, faites-moi signe, levez la main, et je vous donnerai la parole.

— Quel est le problème, exactement ? demanda Tavia. Des actes de vandalisme ?

— Ici et là… Des graffitis sur les garages à bateaux, quelques nasses volées, expliqua Peigi.

— Des âneries d'humains, dit Rob avec mépris.

De nouveau, chacun y alla de son petit commentaire.

— Oui, Mungo, intervint Peigi en reconnaissant l'homme corpulent qui portait un short écossais.

Les voix se turent.

— Eh bien moi, étant donné les événements récents, je m'inquiète pour la sécurité de ces enfants, pas pour nos stupides canots. L'adolescence est un âge vulnérable. Les garçons chassent le cerf, volent des barques, ce genre de bêtises sans conséquences, mais ce sont les filles qui devraient nous préoccuper. Plusieurs d'entre elles passent un temps effroyable en compagnie de garçons humains.

— Vous savez ce qu'ils font, n'est-ce pas ? (Eva prit la parole d'une voix amusée.) Ce que nous essayions tous de faire à leur âge.

— C'est interdit, répliqua Mary Hall d'un ton sans équivoque. Le sexe est strictement interdit avant l'âge de vingt et un ans, et d'autant plus avec les humains.

— Je ne dis pas que c'est bien. (Eva agita ses longues jambes.) Simplement que nous savons tous de quoi il est question.

— Elles se contentent de flirter, avança Rob. Ce ne sont que des amourettes d'ados, rien de bien méchant. Nous en avons tous fait autant. Ces filles ne couchent pas avec les humains. Elles ont plus de jugeote que ça.

— Mouais. Et toi non plus tu ne sautais pas cette mignonne petite blonde au lycée, hein ? railla Joe, le frère de Rob. C'était quoi, son nom, déjà ? Samantha W...

— Euh, je pense que nous nous éloignons du sujet, l'interrompit Rob en rougissant. Je ne sais pas si nous devons mettre en place un couvre-feu, mais ça pourrait être une bonne chose d'avoir une petite conversation avec ces jeunes, non ?

— Parler avec Kaleigh, peut-être ? (Mary Hall croisa les bras sur sa poitrine et s'appuya contre le dossier de sa chaise.) C'est elle que je vois traîner toute la nuit. À flirter avec les garçons humains qui travaillent au restaurant et chez le marchand de glaces. Elle devrait être plus maligne que ça !

Fia observa son frère, de l'autre côté du cercle. Même si Finn ne souriait pas, elle savait qu'il était amusé au pétillement de ses yeux.

— J'ai une proposition, dit-il.

Immédiatement, tous se turent.

— Pourquoi n'essayons-nous pas tous de dialoguer avec nos adolescents cette semaine, ceux que nous avons dans nos foyers et nos familles ? Ça ne me dérange pas de discuter avec mes petits frères. Rob, tu veux bien parler à ta nièce, n'est-ce pas ? Et Mary, tu as toujours su t'y prendre avec les adolescents. Tu serais surprise, mais je mettrais ma main au feu qu'en ce moment, Kaleigh est plus réceptive à tes commentaires qu'à ceux de ses propres parents. Elle t'a toujours admirée.

Mary Hall se rassit plus droite sur sa chaise.

— C'est vrai ?

La réunion ne dura que dix minutes de plus. Dès qu'elle fut terminée, Fia empoigna sa chaise, l'adossa contre la pile le long du mur et se dirigea droit vers la porte. Tandis qu'elle se faufilait dans le couloir, elle jeta un coup d'œil en arrière, songeant que si elle parvenait à accrocher le regard de Finn, elle lui dirait qu'elle l'attendait dehors. Mais quand elle le vit entouré de plusieurs femmes qui rivalisaient pour obtenir son attention, elle sut qu'il risquait de ne pas sortir de là avant une heure.

Alors qu'elle s'apprêtait à partir, il l'aperçut et leva la main pour lui demander de patienter.

Elle n'en avait pas vraiment envie. Elle voulait rentrer au *bed and breakfast* et dormir un peu, tirer un trait sur la réunion du Conseil, sur toute la journée, même. Mais elle ne pouvait pas dire non à Finn. Elle n'avait jamais rien pu lui refuser.

Il réussit à sortir en un temps record et la dépassa sur le trottoir, l'air décontracté.

— Tu viens ? On est en retard.

— En retard pour quoi ? le questionna-t-elle avec méfiance.

— Tu sais.

Il se tourna vers elle et, dans la faible lumière jaune de la lune, elle le vit hausser ses sombres sourcils de manière comique.

— Oh, non, Finn. (Elle se hâta pour le rattraper.) Certainement pas.

Elle lança un coup d'œil derrière elle pour voir qui sortait par la porte. C'était son grand-oncle dur de la feuille, Petit Johnny, qui dialoguait en criant avec l'une des Mary. Fia courut après son frère.

— On ne peut pas. Tu ne peux pas, murmura-t-elle dans un souffle. Finn, c'est interdit depuis deux cents ans.

Chapitre 13

— Finn, c'est une mauvaise idée. Finn !

Il tourna dans une allée.

— Allez. (Elle était presque en train de le supplier.) Rentrons. S'il te plaît. Il est tard. Tu n'as pas besoin de sang ce soir.

— Ce dont j'ai *besoin* ce soir… ce dont tu as *besoin*, lança-t-il par-dessus son épaule, c'est de s'amuser un peu.

— Finn !

Fia dut courir pour le rattraper. Une fois que son frère avait pris une décision, elle savait qu'il ne lui restait que deux options. Soit elle rentrait au *bed and breakfast* et le laissait se sortir tout seul du pétrin dans lequel il allait à coup sûr se fourrer, soit elle l'accompagnait pour essayer de limiter les dégâts.

À seulement quatre pâtés de maisons de chez leurs parents, dans une rue qui donnait sur la baie, ils entrèrent par la porte de derrière dans une maison délabrée du début du XXe siècle. Bien qu'il soit presque 3 heures du matin, la vieille Mme Hill, mère d'Eva et tante de Petey, était assise à la table de la cuisine. Habillée d'une chemise de nuit à fleurs en coton, elle mangeait des cookies aux pépites de chocolat et buvait du sang dans un verre à vin en cristal tout en lisant un journal à sensation dont la une était barrée du gros titre « Une soirée de loups-garous envahie par des rappeurs à Hollywood ».

— Bonsoir, madame Hill, la salua Finn avec son charme habituel.

— Bonsoir, Finn.

Mme Hill le regarda par-dessus ses lunettes de lecture roses couvertes de diamants fantaisie, et elle rougit.

— Bonsoir, madame Hill, dit Fia en le suivant dans la cuisine.

La vieille femme retourna à son article.

Finn ouvrit la porte de bois blanche grinçante qui menait au sous-sol de la maison. De la musique heavy metal montait dans l'escalier. Judas Priest.

Fia descendit les marches à vive allure. Sainte Marie, mère de Dieu, elle n'avait pas entendu Judas Priest depuis vingt ans.

Finn la suivit en refermant la porte derrière lui. Les ténèbres les enveloppèrent. Les murs vibraient sous l'effet des basses de la musique assourdissante, et des lumières clignotaient en rythme, éclairant les bocaux alignés sur les étagères des deux côtés de la cage d'escalier : des pêches, des haricots verts, des betteraves, et quelque chose qui ressemblait à des cornichons. Les conserves devaient se trouver là depuis au moins quarante ans.

— Depuis quand est-ce que tu traînes avec Eva ? murmura Fia en jetant un rapide regard à son frère ; elle essayait de descendre l'escalier sans se rompre le cou. Et Mme Hill ? Elle est cinglée.

Finn haussa les épaules.

— Pas plus que le reste d'entre eux. Et elle est gentille avec moi.

— Tout le monde est gentil avec toi, grommela Fia.

— Elle me prépare des cookies.

Fia déboucha dans la pièce à l'étage inférieur et fut instantanément transportée dans le passé, à l'époque où elle était adolescente, au milieu des années 1980. Le vieux sous-sol aux murs de brique n'avait pas changé depuis que les parents d'Eva l'avaient aménagé à la fin des années 1970 : un lambris miteux, un bar de pin teinté branlant construit contre une cloison et un tapis berbère à motifs géométriques à ses pieds. Des poufs gris imitation cuir étaient alignés le long d'un mur, en face d'une table de billard.

La pièce était enfumée et sentait le moisi, la bière, la cigarette et cette odeur caractéristique dégagée par les vampires lorsqu'ils se mettent en chasse.

— Qui sont tous ces gens ? s'étonna Fia, à la fois fascinée et dégoûtée.

Le sous-sol était rempli d'hommes et de femmes vêtus de cuir noir, de chaînes, de tee-shirts moulants, de bas résille et de bustiers. Leurs cheveux teints couleur corbeau était lissés vers l'arrière dans des coiffures étranges, et ils étaient nombreux à arborer un maquillage blanc dans lequel leurs lèvres de jais et leurs yeux charbonneux produisaient un effet saisissant.

— Tu sais, mon cher frère, que ce ne sont pas de vrais vampires, chuchota Fia à l'oreille de Finn en essayant de se faire entendre par-dessus la musique. Qu'est-ce qu'ils fichent ici ?

Il lui lança un sourire espiègle.

— D'après toi ?

Elle le repoussa sans ménagement.

— Finn, tu ne peux pas. C'est défendu.

Il haussa les épaules.

— Ça se discute. Ils sont ici de leur plein gré. Ils prétendent être des vampires. Ils souhaitent que nous buvions leur sang. (Il désigna le bar en dépassant Fia.) Eeh, tu veux une bièère, poupéée ? demanda-t-il dans un mélodieux accent du Sud.

Finn était doué pour les langues et les accents ; il pouvait imiter n'importe qui, de Scarlett O'Hara à un meneur de yacks mongol de quatre-vingts ans.

Elle secoua la tête furieusement.

— Non, je veux que tu…

Sa voix se perdit dans une soudaine augmentation du volume de la musique, quand le chanteur partit dans un délire vocal.

— Tu es là. Oh mon Dieu, j'arrive pas à croire que tu es venue !

Fia sentit une paume sur son épaule et se retourna.

Eva se jeta dans les bras de Fia et lui plaqua un baiser mouillé sur les lèvres. Fia dut se faire violence pour ne pas s'essuyer la bouche du dos de la main tandis qu'elle trébuchait en arrière.

— Eva.

— Je suis tellement contente que tu sois là.

Habillée comme les faux vampires, Eva serra la main de Fia. Elle portait des mitaines de dentelle noire.

Fia pinça la bouche et sentit le goût cireux du rouge à lèvres noir qui avait coulé des lèvres d'Eva aux siennes.

— Je voulais t'inviter moi-même, ce soir, à la réunion du Conseil. Je te jure, s'épancha Eva. Mais je voulais pas te placer dans une position délicate, tu sais, comme tu sièges au Haut Conseil et tout. Mais j'ai dit à Finn que t'étais invitée. Je lui ai dit que j'avais *vraiment* envie que tu viennes.

Elle avait l'air défoncée, mais Fia ne savait pas à quoi : drogue, alcool… peut-être simplement du sang humain. En petite quantité, il rendait euphorique, mais quand on en buvait trop, on devenait franchement ivre.

Fia observa Eva. Elle avait dû s'envoler dès la fin de la réunion, pour être arrivée ici et s'être changée aussi rapidement. Elle ne pouvait pas avoir eu plus de dix minutes d'avance sur eux. Mais, non contente de pouvoir déplacer des petits objets, Eva possédait aussi le rare don de téléportation. La « sorcière bien-aimée » du clan Kahill, en somme.

— Je… je ne fais que passer. (Fia essaya de se dégager de l'étreinte d'Eva.) Je ne devrais vraiment pas être ici. Le Conseil…

Sans parler du FBI. Ce n'était écrit nulle part dans le manuel de l'agent, mais elle aurait parié que réunir un troupeau d'humains pour boire leur sang n'était pas bien vu.

— Reste, juste un petit moment, la supplia Eva en lui prenant de nouveau la main.

Fia essayait de ne pas fixer son accoutrement, mais ce n'était pas facile.

La rousse portait des bas résille, une robe-pull noire ultra-moulante et des talons aiguilles de dix centimètres, mais ni soutien-gorge ni culotte. Avec du gel, elle avait sculpté ses cheveux en une crête sur le dessus de sa tête, et des crânes de plastique blancs pendaient de ses oreilles. Pour finir, elle avait souligné ses yeux et sa bouche du maquillage noir apparemment incontournable dans cette soirée. Même pour Halloween, le look aurait été outrancier.

Fia était tellement sidérée par la tenue d'Eva et par la présence des « invités » qu'elle ne savait pas quoi dire. Elle ne s'était pas rendu compte que ce genre de fêtes avaient encore lieu à Clare Point. Bien sûr, de temps à autre elle entendait parler d'une *feasta oíche*[1] quelque part en Europe, mais elle n'avait pas pensé que quelqu'un osait encore en organiser ici. C'était sans compter sur Finn et Eva.

Dans les années 1920, au plus fort de la Prohibition, le Conseil avait banni les *feasta oíche* après une fête qui avait dégénéré et où des humains avaient trouvé la mort. Heureusement, aucun n'avait été changé en vampire. Mais il avait fallu se débarrasser des corps, et le clan avait été en ébullition pendant des semaines à la suite de l'incident, tandis que les forces de l'ordre locales cherchaient les quatorze membres d'une même famille qui s'étaient volatilisés alors qu'ils célébraient des noces d'argent. Les corps n'avaient jamais été retrouvés, et le mystère demeurait entier à ce jour.

— Je vais te rapporter un verre. (Eva attrapa la main de Fia, la serra puis fila dans la foule.) Je rev…

— Non, E…

Trop tard. Eva avait disparu. De toute manière, la musique était si forte qu'elle n'aurait pas pu entendre Fia.

— Bonsoirrr.

Un homme, dans la vingtaine, s'approcha de Fia et la salua avec un accent transylvanien raté. Il découvrit ses canines, qui avaient apparemment été taillées en pointes.

Fia dut se mordre les lèvres pour ne pas éclater de rire.

— Salut.

Il tourna autour d'elle en faisant claquer sa cape de satin rouge et noir.

Elle se couvrit la bouche de la main. Où Eva avait-elle dégoté ces gens ?

1. En gaélique, signifie : « festin nocturne ». (*NdT*)

— J'aime beaucoup votre tenue, la complimenta-t-il. Très… *subtil.*

Elle regarda ses vêtements. Un jogging noir et un tee-shirt d'homme Calvin Klein, noir également. Des tongs.

— Où est-ce que… (Elle ne pouvait s'en empêcher.) Comment… avez-vous été invité ici ?

Il retroussa de nouveau ses lèvres noires pour révéler les dents sculptées par son chirurgien.

Et dire que Fia s'était fait *limer* les canines à l'âge de seize ans, quand elles étaient devenues plus prononcées qu'il ne l'était acceptable parmi les humains, même lorsqu'elles étaient rétractées.

— C'est la première fois que vous participez à l'une de ces fêtes ?

Il s'approcha et étendit sa cape autour d'elle

— En fait…

Fia ne savait même pas quoi répondre. Elle n'arrivait pas à déterminer de quel mauvais film ou personnage il s'inspirait. Il était tellement ridicule. Tandis qu'il tournait autour d'elle, elle pivota afin de rester face à lui.

Il posa la main sur le mur, emprisonnant Fia dans sa cape. Un éclair de lumière stroboscopique éclaira son visage, et elle vit qu'il portait des lentilles de contact noires. Il avait l'air stupide, mais son odeur était… *alléchante.*

Elle parcourut la pièce des yeux et repéra Regan à un bout du canapé modulable, une humaine habillée de noir à chaque bras. Il lui adressa un sourire ; mais celui-ci n'était pas chaleureux comme celui de Finn. Il était froid. Arrogant. Un défi.

— Agent spécial Kahill, quelle surprise ! Je ne pensais pas te trouver ici. (Arlan lui fit signe, entouré de deux femelles plongées dans un genre de danse érotique au son d'Iron Maiden.) Un petit coup ?

Elle prit la bouteille de bière blonde qu'il lui tendait et l'inclina. Elle sut que c'était une erreur dès qu'elle sentit le léger goût de levure du liquide. Si elle ne buvait pas, c'était bien pour une raison.

— Qui est ton ami ? demanda Arlan en désignant du menton le type debout à côté d'elle, ridicule dans sa cape.

— Jeremy, se présenta l'aspirant vampire en tendant la main.

— Tire-toi, mon pote.

Arlan retroussa les lèvres, et de longues dents de sabre apparurent. Il rugit comme un lion.

Le garçon sursauta. Il cligna des yeux, puis détala.

— C'était pas très sympa.

Fia but une nouvelle gorgée.

— Il ne se souviendra plus de rien demain matin.

Les dents d'Arlan reprirent leur longueur normale alors qu'il récupérait la bière.

Elle contempla la manière dont sa bouche épousait le verre brun.

— Que dirait le FBI de ta présence ici ? Tu n'as peur de rien… Et en plus, tu as laissé ton copain à la maison.

— Ce n'est pas mon…

— Hé, Fi, c'est pas grave, murmura-t-il en s'approchant pour qu'elle puisse l'entendre par-dessus la musique assourdissante. Je comprends. Ça nous arrive à tous une fois de temps en temps, et vu que c'est le portrait craché de Ian… (Arlan haussa les épaules.) Pas de bol pour moi, c'est tout.

— Arlan…

— Chut. Je parle. (Il appuya un doigt sur les lèvres de Fia.) Écoute-moi. (Il retira sa main.) J'ai bien réfléchi.

Et j'ai décidé que je n'allais plus t'inviter chez moi. Je fais grève.

— Tu fais quoi ?

Elle prit une autre gorgée. La bière était bien trop délicieuse.

— Je fais grève. Sans préavis. Plus d'étalon vampire pour vous, mademoiselle.

Elle rit, mais elle savait qu'il était sérieux. Au moins en partie.

— Arlan…

— Non, non, écoute-moi jusqu'au bout. J'ai décidé d'attendre jusqu'à ce que tu sois prête. Jusqu'à ce que ce soit toi qui viennes à moi.

Sa bouteille de bière dans une main, il esquissa un dessin de l'autre sur la peau pâle de Fia, au-dessus du col de son tee-shirt.

Le cœur de Fia s'emballa.

— Je vais te laisser du temps. De l'espace. Te donner une chance de retrouver le chemin de la raison.

Elle ne put s'empêcher de sourire. Arlan était vraiment un chic type.

— Et tu le trouveras, Fi. Tu le trouves toujours. (Il baissa la main et regarda tout au fond de ses yeux.) Tu comprendras qu'une relation avec un humain est vouée à l'échec, exactement comme je l'ai compris. Et tu sauras, conclut-il dans un autre haussement d'épaules.

— Je saurai ?

Sans la lâcher de ses grands yeux bruns, il se pencha de nouveau vers elle.

— Que je suis l'homme qu'il te faut.

Il effleura les lèvres de Fia des siennes… le baiser le plus doux qui soit.

Et il s'en fut. Elle ne voyait plus que le sommet de son crâne, qui disparut dans l'océan des corps qui s'agitaient sur la piste de danse.

Fia termina la bière et se fraya un chemin jusqu'au bar, les bras levés pour se faufiler entre les invités. Tant de corps, qui poussaient, frôlaient, tournoyaient. La musique résonnait dans sa tête. Dans un coin, les lampes stroboscopiques clignotaient. Quelqu'un avait déjà bu le sang d'un humain… elle pouvait en sentir l'odeur dans la pièce. Était-ce Regan ? Eva ? Les deux ?

Elle posa la bouteille vide sur le bar.

La jeune femme qui se tenait derrière le comptoir leva la tête. Elle portait un tee-shirt moulant noir avec un dessin de lèvres rouges.

— Fia ! (Elle rit.) Je dois dire que je ne m'attendais vraiment pas à te voir ici ce soir.

Fia se laissa tomber sur un tabouret.

— Tu causes ou tu sers à boire ?

Sorcha sourit et attrapa une bouteille de bière dans un seau de glace.

— Je sers. (Elle la décapsula et la tendit à Fia.) Alors, comment vas-tu ? (Elle se pencha en avant, les coudes sur le bar.) Bon, pas génial récemment, j'imagine, avec ce qui se passe par ici, mais tu sais : comment va la vie dans la grande ville ?

Fia se sentait complètement hors de son élément : la musique, l'ambiance survoltée, la bière, quelqu'un qui lui demandait de parler d'elle-même. Elle ne savait pas quoi dire.

— Tu me manques, tu sais.

Fia se pencha pour mieux l'entendre.

— Je te manque ?

Du même âge que Fia, Sorcha était jolie, avec des cheveux blond roux pâles, des yeux bleus et des pommettes bien dessinées. Son amant, qu'elle avait été sur le point d'épouser, avait été tué pendant l'expédition meurtrière de Ian, aussi n'avait-elle jamais eu la chance de se marier ou d'avoir des enfants.

— J'ai envie de te voir, de te parler, expliqua Sorcha. Avant, tu m'appelais… ou au moins tu me rappelais.

— Je suis désolée. (Fia contempla la bouteille au verre foncé qu'elle tenait entre ses mains.) J'étais occupée. Tu sais… Débordée de travail.

— Je sais. Mais tu n'es pas plus occupée que nous autres. (Sorcha prit aussi une bière et s'accouda de nouveau au comptoir.) J'ai simplement pensé que tu avais ta vie à Philadelphie. Ta carrière au FBI. (Sa voix était mélancolique. Blessée, même.) Nous étions proches, Fia. Depuis longtemps. Que s'est-il passé ? Qu'est-ce que je t'ai fait ?

Fia se força à regarder Sorcha.

— Rien, avoua-t-elle doucement. C'est moi.

Elle se tut une minute, réfléchissant. Elle *avait* tourné le dos à Sorcha. Et Eva. Et Alana. Elles étaient toutes amies depuis si longtemps. Des centaines d'années. Et puis Fia s'était laissé emporter par sa vie avec Joseph, puis le FBI… sa vie humaine… et…

Elle n'était pas certaine de ce qui s'était passé. Des raisons. Elle avait simplement quitté Clare Point en abandonnant tout le monde derrière elle, y compris ses amies.

Sorcha patienta en sirotant sa bière.

— Je ne sais pas quoi dire. (Fia grimaça avant de relever la tête.) Désolée…

Sorcha sourit et fit glisser sa bouteille sur le bar pour trinquer.

—Aux vieux amis.

—Aux vieux amis, approuva Fia.

Tandis qu'elles discutaient, la fête autour d'elles avait gagné en intensité. Peut-être que c'était juste l'alcool et le manque de sommeil, mais à mesure que les heures passaient, Fia eut l'impression que la musique devenait plus forte, les mouvements des corps plus frénétiques.

À sa quatrième bière, Fia commença à songer qu'elle ferait mieux de rentrer. Sorcha était partie en compagnie d'Eva pour danser avec un couple humain affublé de canines en plastique qui brillaient dans le noir, et Fia terminait son verre, assise seule au bar sur son tabouret, tout en essayant de rassembler assez d'énergie pour sortir.

Elle observait une femme se déhancher… ou plutôt, elle contemplait ses adorables escarpins Gucci quand son ami du début de soirée fondit sur elle, cape de satin au vent.

—Vous dansez, *madame* ?

Elle s'apprêtait à dire non. Elle n'avait pas la moindre intention de danser avec lui. Et puis, de toute manière, *comment* pouvait-on danser un slow sur du Def Leppard ? Mais l'humain porta une main à son cou, et Fia se leva, hypnotisée par le pouls régulier qui battait à sa gorge.

Billy's Got a Gun résonna à ses oreilles alors que Jeremy étendait ses bras et sa cape autour d'elle. C'était si facile… encore plus qu'avec les hommes qu'elle ramassait dans les bars. Ce type lui *demandait* si elle voulait goûter son sang.

Autour de Fia, tout se mit à tourner. La pièce, le bar, les meubles, les autres danseurs. Elle effleura la gorge de Jeremy de ses lèvres, et il gémit. Elle le mordilla pour voir sa réaction. Il grogna.

Elle ne comptait pas prendre plus de quelques gorgées. Pas de sexe, bien sûr, et juste un peu de sang. Mais il le *voulait*. Il la désirait, elle. Tous les humains présents dans la pièce étaient là pour ça.

Sur sa langue, le sang de Jeremy était chaud, doux, piquant. Elle retint le garçon entre ses bras quand il perdit connaissance. Soudain consciente de ce qu'elle avait fait, elle jeta un coup d'œil autour d'elle, craignant que quelqu'un ne l'ait vue. Mais la piste de danse était pleine d'autres jeunes membres du clan soutenant leurs partenaires évanouis.

Les canapés et le sol étaient jonchés d'humains endormis. Sorcha était en train d'embrasser un séduisant humain qui portait un costume tout droit sorti du film *Dracula*, lunettes et haut de forme compris.

Fia posa délicatement le mètre quatre-vingts de Jeremy sur le tapis. Comme Arlan l'avait dit, le garçon ne se rappellerait de rien au matin. Si cette fête était comme celles qu'on organisait autrefois, les humains inconscients seraient transportés à l'endroit d'où ils étaient venus et, demain, ils se réveilleraient avec une belle gueule de bois. Ils n'auraient pas le moindre souvenir de l'endroit où ils étaient allés ou de ce qu'ils avaient fait. Dans le pire des cas, ils évoqueraient les rêves bizarres qui avaient peuplé leur nuit.

Un humain à demi couché sous une petite table attrapa les cheveux de Fia et les enroula autour de ses doigts. Elle se traîna jusqu'à lui. Il leva le menton, empoigna les seins de Fia et lui présenta son cou, qui était déjà couvert de traces de morsures. Elle ne but que quelques gorgées. Elle ignorait combien de son sang avait déjà été prélevé. Puis Eva, allongée au bout du canapé, lui fit signe.

Fia rampa à moitié jusqu'aux coussins où un mâle humain était étendu, inconscient, sur les genoux d'Eva. Celle-ci sourit, sa bouche rouge du sang de l'homme.

Fia baissa la tête et but goulûment.

Elle ne savait plus depuis combien de temps elle était sur le sol, ou combien d'humains elle avait goûtés, ou avec combien de vampires elle avait partagé son propre sang. Elle n'avait pas fait d'excès à ce point depuis très longtemps, et au bout d'un moment les visages s'estompèrent. Elle ne vit plus rien d'autre que le sang. Ne respira plus que le sang. Ne sentit plus que le goût délicieux et défendu du sang humain.

L'aube était presque là quand elle remonta les marches de la cave en trébuchant, une tong en moins. Elle abandonna l'autre sous la table de cuisine de Mme Hill. Dans la clarté grise du lever du jour, elle coupa à travers les jardins et se glissa furtivement dans la maison de sa mère. Elle avait pensé qu'elle ferait sans doute mieux de se contenter de prendre une douche, s'habiller et attaquer sa journée comme si de rien n'était, mais le temps qu'elle entre dans la chambre de l'Hippocampe, elle était si fatiguée qu'elle décida de s'étendre. Juste cinq minutes. Ensuite, il faudrait qu'elle se lève. Elle devait retrouver Glen pour le petit déjeuner. Elle avait du travail. Une vie à laquelle retourner. Dans la *vraie vie*.

Fia avait dû s'assoupir. Elle rata le petit déjeuner et prit une douche en quatrième vitesse. Tandis qu'elle s'habillait, la vue de son cou dans le miroir lui fit prendre conscience que le débardeur qu'elle avait prévu de porter sous sa veste de tailleur aujourd'hui n'allait pas convenir.

Elle vola le col roulé d'un de ses petits frères dans la buanderie. Bordeaux. Elle détestait le bordeaux. Puis elle retrouva Glen sur le perron de devant, installé dans une vieille balancelle. Elle se laissa tomber à côté de lui.

— Salut.

Il lui jeta un rapide coup d'œil, puis son regard s'attarda sur le visage de Fia.

— Ça va ?

Il avait l'air de s'inquiéter pour de bon.

Elle abaissa les lunettes de soleil qu'elle avait glissées dans ses cheveux humides et but à petites gorgées dans le mug blanc qu'elle tenait à la main. Des matins comme celui-ci, elle regrettait de ne pas aimer le café. La caféine lui aurait donné un bon coup de fouet.

— Très bien.

— On ne dirait pas. Vous avez l'air… d'avoir la gueule de bois. Je croyais que vous ne buviez pas.

Si elle n'avait pas eu l'impression qu'on lui plantait des clous dans le crâne à l'aide d'un pistolet pneumatique, elle aurait souri. Elle lui avait expliqué qu'elle ne buvait pas d'*alcool*, pas plus d'une bonne stout Hill, en tout cas. Elle n'avait jamais parlé de sa consommation de sang.

— En effet. J'ai mal dormi, c'est tout. (Elle tira sur le col trop serré du pull ridicule et laissa sa tête reposer contre le dossier de la balancelle.) Des fantômes du passé, si je puis m'exprimer ainsi.

Il l'étudia un moment, puis reporta son regard sur la pelouse impeccablement entretenue. Sur le côté de la maison, l'étang à poissons produisait un bruit de gargouillis. Les voitures roulaient au pas. Personne à Clare Point n'était jamais pressé. Ce n'était pas comme s'ils risquaient de se rider et de mourir avant d'avoir accompli leur tâche. Ils avaient tout le temps qu'ils voulaient... et même celui dont ils ne voulaient pas.

— Vous êtes sortie hier soir, reprit-il à mi-voix.

Elle ouvrit les yeux et les braqua sur lui. La douleur, semblable à un coup de couteau, lui vrilla la tête.

— Je n'arrivais pas à dormir non plus. Je vous ai entendue refermer la porte. Une heure quarante-cinq... C'est assez tard, pour une petite ville comme celle-ci.

Ne sachant pas quoi dire, Fia choisit de ne pas desserrer les dents. Elle but son thé en prenant mentalement note de faire plus attention la prochaine fois qu'elle devrait s'éclipser pendant la nuit alors que Glen était dans les parages. Bien sûr, cela n'arriverait sans doute plus après aujourd'hui. Il retournait à Baltimore et elle à Philadelphie. Les affaires seraient résolues. Les vies qui s'étaient brièvement croisées ne se rencontreraient plus jamais. Telle était la nature du travail des agents du FBI. De leur existence.

À côté d'elle, Glen était silencieux, et elle l'observa à travers les verres sombres de ses lunettes de soleil de marque.

— J'imagine que ces murs sont plus fins que nous ne l'avions pensé.

Elle hésita. Les morsures à son cou la brûlaient, et elle tira de nouveau sur le col roulé, se demandant si elles lui faisaient réellement mal ou si c'était la culpabilité qui la tourmentait ce matin. Elle n'aurait jamais dû accompagner Finn à cette fête. Elle siégeait au Haut Conseil, pour l'amour du ciel. Elle aurait dû mettre tout le monde dehors.

— Je vous ai entendu parler avec votre fiancée, reprit-elle en tâchant d'adopter d'un ton léger. Vous ne vous êtes toujours pas décidés sur les nappes ?

Il observait un passereau qui essayait de rester en équilibre au bord d'une baignoire à oiseaux de pierre installée au milieu d'un parterre.

— Des fantômes du passé ?

— Hein ? bredouilla-t-elle.

Ce matin, son esprit fonctionnait au ralenti.

— Vous avez mentionné que des « fantômes du passé » vous avaient tenue éveillée. Vous vouliez parler d'un ancien petit ami ?

Elle croisa les chevilles et contempla l'oiseau.

— Quelque chose de ce genre.

— Le type qui vous attendait ici hier soir ?

— Oui, répondit-elle. (Puis, avant de pouvoir s'en empêcher.) Non… pas exactement. C'est… compliqué, Glen.

— À qui le dites-vous.

De nouveau, le silence.

— Vous l'aimiez ?

— Qui, Arlan ? Non. Son ami. Son meilleur ami.

Fia ne savait pas pourquoi elle s'épanchait ainsi mais, après avoir commencé à parler, elle ne réussit plus à s'arrêter.

— En grandissant, ils étaient aussi proches que des frères. (Elle leva la tasse à ses lèvres.) J'aimais Ian. Arlan m'aimait. Ian… s'aimait surtout lui-même.

L'émotion rendit sa voix rauque. C'était la première fois qu'elle admettait tout cela, devant quelqu'un d'autre, mais aussi à elle-même. Sainte Marie, mère de Dieu, qu'avait-elle donc bu hier ? Un genre de sérum de vérité bizarre ?

— Et maintenant, où est Ian ?

— Parti.

Elle prononça le mot de manière si péremptoire qu'il ne demanda pas où.

Il n'avait sans doute pas compris qu'elle voulait dire « dans un autre monde ». Elle savait qu'il ne pouvait imaginer que cela s'était déroulé des centaines d'années auparavant.

Des centaines d'années ? Cela faisait-il si longtemps ? Alors, pourquoi était-ce encore si douloureux ?

— Et Arlan continue à tenter sa chance ?

— Eh oui.

Elle rit, d'un rire dépourvu d'humour. Cela la rendait triste. Parfois cela la mettait en colère, mais ce matin... elle était juste triste.

— Et tous les deux...

Glen lui laissa le soin de terminer la phrase.

— Arlan et moi... (Fia chercha le mot juste.) Je... je l'aime pour tout ce qu'il a fait pour moi, pour son soutien indéfectible, mais...

— Vous n'êtes pas amoureuse de lui.

Fia leva des cils mouillés sur la baignoire à oiseaux. Le passereau était parti, mais deux femelles cardinal avaient pris sa place. Elle n'arrivait pas à croire qu'elle parlait ainsi avec Glen, sur le perron de la maison de sa mère, dans la lumière aveuglante du soleil. N'était-ce pas le type de conversation que les personnes qui se connaissaient à peine, comme eux, avaient tard le soir dans des bars à demi éclairés ? N'était-ce pas l'anonymat qui leur permettait de s'épancher au-delà de ce qu'ils jugeaient normalement convenable ? Fia ne comptait plus les fois où des hommes lui avaient avoué qu'ils n'aimaient pas leur femme, ou qu'ils détestaient leur père, ou qu'ils portaient une culotte de soie rose sous leur costume Armani gris.

— Non, ce n'est pas réglé, soupira Glen.

Le regard de Fia passa de la baignoire à oiseaux à l'homme séduisant assis à côté d'elle. De nouveau, un peu longue à la détente.

— Pardon ?

— Les nappes. Stacy et moi. Nous ne nous sommes pas mis d'accord. Bon sang, je ne sais même pas si nous sommes d'accord sur le pays dans lequel nous allons nous marier.

Il se détourna et se massa les tempes.

Elle ne pouvait voir ses yeux car il portait également des lunettes de soleil, mais elle ressentait son agitation. Sa tristesse.

— La lune de fiel, déjà ?

Il pouffa.

— Quelque chose de ce genre.

— Bon, vous vous êtes disputés pour savoir si vous choisiriez des serviettes blanches ou ivoire. Et alors ? Les mariages sont stressants, tout le monde le sait. Vous allez régler…

— C'est pas les foutues serviettes, Fia.

La violence de son ton la fit sursauter. Puis elle comprit que Glen ne voulait pas qu'elle l'apaise ou qu'elle le rassure. Il voulait juste qu'elle l'écoute. Elle rapprocha ses genoux de lui et tourna les épaules de manière à pouvoir le regarder en face.

— Je ne sais pas… Je ne suis même pas sûr… (Il s'arrêta, reprit.) Ce n'est même pas comme si j'avais pris la moindre décision. Vous comprenez ce que je veux dire ? Les choses se sont enchaînées, c'est tout. Nous avons commencé à sortir ensemble. À coucher ensemble. Je l'aimais bien.

Mais il n'y avait pas d'amour véritable entre eux. Elle l'entendait à sa voix. Le sentait dans son souffle. Et le cœur de Fia manqua un battement.

Pour quelle raison, elle n'en savait absolument rien.

— Vous ne l'aimez pas mais vous allez l'épouser ? demanda-t-elle d'une voix douce.

Cette conversation était surréaliste. Elle n'avait pas l'habitude de ce type de confidences. En fait, elle n'avait pas l'habitude des échanges personnels, d'une manière générale. Dans les bars, elle écoutait les aveux des hommes car ils souhaitaient toujours soulager leur conscience avant de lui proposer de rentrer avec eux. Elle n'avait pas de vraies amies, pas dans le monde des humains, en tout cas. Et ici, à Clare Point… eh bien, tous connaissaient déjà ses secrets les plus inavouables.

— Je ne sais pas. (Il leva une main, puis la laissa retomber.) Je ne sais pas si je l'aime. Je ne sais pas si je veux l'épouser. Je ne sais pas si je me dégonfle parce que tous les hommes de quarante-deux ans qui n'ont jamais été mariés prennent peur à un moment ou à un autre, ou bien…

Fia avait envie de lui tendre la main. Elle voulait lui caresser le genou, ou le bras. L'attirer sur sa poitrine, lui lisser les cheveux et lui murmurer que tout irait bien. Qu'il allait s'en sortir.

Elle resta de son côté de la balancelle et Glen du sien, mais, dans un crépitement d'énergie, l'air se chargea soudain d'une tension sexuelle qui n'était pas là cinq minutes plus tôt. Il souhaitait qu'elle le touche…

— Glen…

— Désolé… Je ne voulais pas pleurer sur votre épaule. (Il se leva gauchement.) Pendant que je patientais ici, je songeais que nous devions parler avant de partir, mais nous sommes au point, n'est-ce pas ? On attend les rapports toxicologiques et d'autopsie, les résultats du labo, tout ça…

— Oui. Oui, c'est bien ça.

Elle se leva également en prenant appui sur la balancelle, qui lui revint dans les jambes. Elle se sentit complètement idiote. « Une vraie débile », aurait dit son ado de frère.

— Bon, eh bien je crois que je vais y aller. (Il brandit le pouce en direction de sa voiture, garée dans la rue.) On s'appelle la semaine prochaine, hein ?

Elle le suivit sur les marches et posa la paume sur la colonne blanche qui soutenait le porche.

— Bien sûr. À la semaine prochaine.

Sur le trottoir, il leva la main et esquissa un geste d'adieu.

Fia n'arrivait pas à décider si elle voulait lui courir après, lui sauter dessus et l'embrasser, ou le mordre. Les deux scénarios avaient leur intérêt.

Chapitre 14

— Je vous suis reconnaissante de prendre le temps de me rencontrer, agent spécial Kahill. Je sais que ce n'est pas comme ça que nous travaillons habituellement. (Le lieutenant Sutton leva la tête vers le type au chapeau en papier derrière le comptoir du traiteur.) Dinde fumée sur du pain complet, choux de Bruxelles et mayo, s'il vous plaît. Mais c'est le genre de choses que je préfère ne pas aborder au téléphone, si vous voyez ce que je veux dire, poursuivit l'enquêtrice en regardant Fia.

— Roast-beef et pain de seigle avec de la moutarde. Non, pas ça. Un morceau plus fin, corrigea Fia en montrant le pavé de viande exposé dans la vitrine.

Elle avait été surprise quand le lieutenant Sutton l'avait appelée le lundi matin et lui avait demandé si elles pouvaient déjeuner ensemble pour parler de l'enquête. Le dialogue entre le FBI et les flics locaux était *vraiment* rare, aussi cela avait-il piqué la curiosité de Fia.

Même si Jarrell avait confié des semaines plus tôt à Morone le soin de rechercher les crimes comparables pour la police de Lansdowne, Fia n'avait pas réussi à oublier la mort de la jeune femme aussi facilement que d'habitude. C'était une technique que les agents des forces de l'ordre apprenaient dès le début de leur carrière ; ils le devaient afin de rester sains d'esprit, et cela fonctionnait dans la majorité des enquêtes. Mais pas toujours. De temps à autre, une histoire, une victime, ou peut-être un proche qui avait survécu à la perte d'un être cher, demeuraient avec eux longtemps après qu'ils avaient résolu l'affaire ou qu'ils l'avaient classée faute de résultats.

— Pas de problème, lieutenant. Je dois bien manger, de toute manière.

Fia observait le serveur qui tranchait son roast-beef à l'aide d'un couteau électrique. Des ruisselets de jus sanguinolent coulaient le long de la lame.

— Et puis j'avais besoin de m'éloigner du bureau quelques minutes.

— Une enquête difficile ? interrogea Sutton en prenant son assiette en papier des mains gantées de l'employé.

— Les décapitations dans le Delaware.

Une bonne femme portant des escarpins marron chic, qui patientait derrière elles dans la file, lança un regard indigné à Fia.

Donc cela ne se faisait pas de discuter de décapitations avant de manger. Pourquoi est-ce qu'elle les écoutait, d'abord ?

Sutton repéra l'indiscrète et avança jusqu'à la caisse sans prononcer un mot de plus. Elle attendit Fia à une table dans l'entrée, près de la fenêtre. Le restaurant n'était qu'un petit boui-boui, mais il se trouvait à deux rues seulement du bureau du FBI sur Arch Street, et le roast-beef y était toujours excellent.

— Vous disiez que vous enquêtiez sur les décapitations.

— Vous en avez entendu parler ? demanda Fia en décapsulant sa bouteille d'*ice tea*.

— Par le journal uniquement.

— D'abord un receveur de la poste. Ensuite, un agent de police.

— Seigneur.

Sutton arracha l'un des coins de son sandwich d'un coup de dents.

— Le truc, c'est que… (Fia baissa les yeux sur son sandwich entouré de papier paraffiné.) Je suis *originaire* de Clare Point.

— Et ils vous ont confié l'enquête ?

— C'est une longue histoire… La bureaucratie fédérale dans toute sa splendeur.

Fia posa une serviette en papier sur ses genoux et attrapa son sandwich, se rendant soudain compte d'à quel point elle était affamée.

— Alors, quelles nouvelles dans l'affaire Mulvine ?

— Aucune, et c'est bien ce qui me rend folle. (Sutton grignotait la croûte de son pain.) Les analyses n'ont rien donné. Mais j'ai déterré ce dossier.

Elle sortit une enveloppe brune de son sac en cuir et la fit glisser sur la table. Elle grimaça avant de recommencer à manger.

— Je vous conseille d'attendre d'être de retour à votre bureau avant de l'ouvrir.

Fia contempla l'enveloppe, envahie de nouveau par ce sentiment étrange. Elle leva la tête vers Sutton.

— Ne le prenez pas mal, mais…

Elle s'interrompit, puis termina sa phrase, songeant que quelle que soit la manière dont elle la formulait, elle n'allait pas être très agréable.

— Je ne vois pas trop comment je peux vous aider.

— Je sais. Ce n'est pas votre enquête. Pas votre juridiction.

Sutton leva une main. Elle tenait toujours le sandwich de l'autre.

— L'autre agent qui m'a contactée ne m'a pas été d'un grand secours.

Fia fronça les sourcils.

— Vraiment ? Il a trouvé quelque chose d'utile ?

Sutton s'esclaffa.

— Rien du tout. J'ignore s'il a cherché, mais il ne m'a rien communiqué. (Elle baissa les yeux sur l'enveloppe, puis regarda Fia.) Honnêtement, je ne sais pas pourquoi je vous ai appelée. (Elle poussa un grognement.) Ça a l'air stupide, mais je cale tellement sur cette affaire, elle est si perturbante, et… j'ai eu l'impression que vous et moi avions établi une connexion cette nuit-là, sur la scène de crime. (Elle attrapa sa serviette et baissa la voix.) Et non, je ne suis pas en train de vous draguer, agent spécial Kahill. Je suis strictement hétérosexuelle, même si je n'ai pas l'occasion de le prouver aussi souvent que je le souhaiterais.

Ce fut au tour de Fia de rire. Dans une autre vie, si elle avait mené une existence différente, elle aurait sans doute aimé être amie avec cette femme.

— Ne vous inquiétez pas, je n'en doutais pas. Et appelez-moi Fia.

— Ann. Écoutez, Fia, je vous ai contactée parce que j'en suis au moment où je devrais emballer toutes les pièces à conviction dans une jolie boîte et la coller sur une étagère, mais je ne peux pas m'y résoudre. J'espérais que vous pourriez jeter un coup d'œil à cette autre affaire et me dire si vous pensez que c'est le même type, expliqua-t-elle en tapotant l'enveloppe brune.

De nouveau, Fia contempla le rectangle de papier. Elle se souvenait de son impression cette nuit-là, comme si elle avait déjà vu la fille… l'allée… *quelque chose* dans le passé.

— Ça remonte à longtemps ?

— Ça fera quinze ans en octobre. La scène de crime se situait à deux rues seulement de l'endroit où Casey Mulvine a été retrouvée. J'aimerais que vous regardiez les photos. Sur le moment, ça ne m'a pas interpellée, mais si vous les comparez à celles que nous avons prises de l'affaire Mulvine, on dirait que ces meurtres ont été mis en scène. (Elle hésita.) Par le même tueur.

— Un tueur en série qui n'aurait pas frappé depuis quinze ans ?

Fia essaya de ne pas ressembler trop à l'agent du FBI sceptique et arrogant en lequel elle se transformait parfois quand elle traitait avec la police.

Le lieutenant haussa les épaules.

— Je vous l'ai dit, je suis prête à imaginer les hypothèses les plus folles. Mais personne à mon bureau ne veut m'écouter assez longtemps pour envisager cette possibilité, et vous… vous étiez là. Vous avez ressenti les vibrations.

Fia eut envie de faire une blague sur les « vibrations », mais elle se retint. La remarque de Sutton était bien trop exacte. Assez pour mettre Fia mal à l'aise.

— Un tueur en série, songea Fia à voix haute.

— Écoutez… Je sais que vous ne me connaissez pas, plaida Sutton, mais mon instinct est sûr et, je vous le dis, c'est le même type. J'ignore s'il a tué d'autres filles dans le secteur et que nous avons laissé passer ça, ou s'il avait déménagé, ou était en prison, ou était heureux en ménage jusqu'à ce que sa femme le quitte pour le plombier le mois dernier, mais ce n'était pas son premier meurtre. (Elle marqua une pause.) Et j'ai peur qu'il recommence.

— Je vais regarder, accepta Fia en se saisissant de l'enveloppe.

Quand ses doigts entrèrent en contact avec le papier, elle éprouva la même sensation de picotement que la nuit où elle s'était avancée dans l'allée à la rencontre de Sutton.

Alors, était-ce le crime ou l'enquêtrice ?

Je vais me comporter en adulte, se sermonna Fia tandis qu'elle longeait la rue à la recherche d'une place de parking. *C'est le seul moyen de régler les choses entre nous. Pour de bon. Le seul moyen de tourner la page pour aller de l'avant.*

Elle n'était pas l'auteur de ces mantras. Elle se contentait de répéter les paroles du docteur Kettleman au cours de leur séance de la veille.

Elle fit de nouveau le tour du pâté de maisons et freina derrière un camion de livraison garé en double file. Elle jeta un coup d'œil à l'enveloppe marron posée sur le siège côté passager. Elle n'avait pas besoin de sortir les photos jaunies pour les voir. Elles étaient marquées au fer rouge dans son esprit ; elle frissonnait rien que d'y repenser.

Maria Pulchecko, vingt et un ans. Blonde, comme Casey Mulvine. À peu près la même taille et le même poids. On avait retrouvé son corps dans une allée derrière le *Trèfle*, un pub pseudo-irlandais, dans les années 1980. Depuis, l'établissement avait été avalé par la rénovation rampante de la ville et les vieux bâtiments de brique avaient été aménagés en studios.

Étudiante en école d'infirmières, Maria Pulchecko avait également été violée et étranglée, mais avec son soutien-gorge, pas à mains nues. Le mode opératoire était donc légèrement différent du meurtre de Mulvine. Mais ce qui glaçait le sang était qu'on l'avait retrouvée étendue dans une position presque identique à celle de Casey. Et, comme Sutton l'avait fait remarquer, elle n'avait pas l'air mise en scène... du moins, pas tant qu'on ne comparait pas les photos des meurtres. Alors les deux femmes semblaient se confondre, comme si c'était la même personne... la même scène de crime.

Un imitateur ? Peut-être. Qui ? Un flic, un ambulancier, un voisin qui avait vu Maria Pulchecko étalée dans cette allée quinze ans plus tôt et qui avait brûlé de reproduire le crime ?

Fia écrasa son Klaxon. Que faisait le type d'UPS encore dehors à 20 heures ? Elle tendit le cou pour essayer d'évaluer si elle pouvait se faufiler à côté, mais c'était impossible. Un énorme 4 × 4 lui interdisait la manœuvre.

Derrière elle, d'autres Klaxon retentirent, et elle jeta un coup d'œil dans son rétroviseur. En tant qu'agent du FBI au quotidien peuplé de femmes mortes étendues dans des allées et de corps sans têtes, elle était naturellement sur ses gardes. Elle savait que n'importe lequel des conducteurs alignés derrière elle pouvait péter un plomb à tout moment, sortir une arme de sa boîte à gants et commencer à tirer à vue.

Une jeune femme asiatique vêtue d'un uniforme marron traversa la rue en courant, adressa un geste de la main à Fia et sauta dans la camionnette de livraison.

Cinq minutes plus tard, Fia avait garé sa voiture et pénétrait dans le bistrot où elle avait fixé rendez-vous à Joseph. Elle avait insisté pour qu'ils se retrouvent dans un lieu public. Et un bar était exclu. Joseph leur avait fait installer une table à l'arrière. Elle se glissa sur sa chaise et prit note de la bougie dont la flamme tremblotait entre eux, et de l'unique rose rouge qui trônait dans un vase-bouteille à côté de la salière et de la poivrière en chrome.

— Tu n'aurais pas pu trouver une table mieux éclairée ? maugréa-t-elle en posant sans ménagement son sac sur la chaise à côté d'elle.

Joseph avait toujours été un Don Juan. Et il était doué. Et il le savait.

— Hé, c'est toi qui as choisi le restaurant, répliqua Joseph d'un ton mielleux.

— Un Schweppes, s'il vous plaît, demanda-t-elle au serveur.

Elle jeta un coup d'œil à Joseph. Il sentait encore l'après-rasage de luxe. Il avait toujours eu un soupçon de barbe en fin de journée, mais il ne se rasait le soir que pour les rendez-vous importants.

— Et rapportez-lui un autre verre de ce qu'il est en train de boire.

Fia attendit que le serveur s'éloigne, puis s'appuya contre le dossier de sa chaise et croisa les bras.

— Bon, ça suffit. Je veux savoir ce que tu fais ici et quand est-ce que tu t'en vas.

— Ce que je fais ici ?

Il écarta les bras avec innocence. Il portait une chemise en lin de marque impeccablement repassée ; Fia n'apercevait pas le moindre pli. Pas de cravate. Bien trop de charme.

— Je te l'ai dit. Des repérages pour ouvrir un nouveau cabinet avec mon partenaire. La chirurgie esthétique est en plein boom.

— Qu'est-ce qui ne va pas avec ton cabinet de Los Angeles ? Je suis sûre qu'il reste encore des femmes qui ne se sont pas fait refaire la poitrine en Californie.

— Fi, tu es si cynique. Si méfiante. Tout va bien. Super bien. Tellement bien que nous voulons maintenant nous implanter aussi sur la côte Est.

Elle n'aimait pas qu'il l'appelle Fi. Ce surnom était personnel. Privé. Joseph n'avait plus le droit de l'utiliser. Plus depuis très longtemps.

Le serveur leur apporta leurs boissons, mais il se retira sans leur avoir offert de menus.

— J'ai déjà commandé le foie gras et les roulés à la feta. (Il s'appuya contre le dossier de sa chaise et posa une cheville sur son genou.) J'ai indiqué au serveur que nous verrions comment les choses se présentent avant de choisir nos entrées.

— Ça m'étonnerait que je reste assez longtemps pour manger une entrée. (Fia se pencha en avant.) Dis-moi ce qui se passe, et ne mens pas. Tu n'es pas un bon menteur.

Il sourit.

— Tu sais que c'est faux, Fi.

Elle le savait, mais elle n'allait sûrement pas l'admettre.

— Tu ne peux pas t'installer ici. Pas dans cette ville. Tu étais d'accord avec moi. Nous étions *d'accord*, Joseph.

— On était d'accord, on était d'accord... (Il empoigna son verre.) C'était il y a des années, Fi. Nous n'étions que des gamins. (Il but à petites gorgées, un alcool pâle rafraîchi par des glaçons.) Ne pouvons-nous pas oublier le passé ? Nous embrasser et nous réconcilier ?

— Ni baiser ni réconciliation, Joseph.

Elle examina son visage. Il était très doué pour dissimuler ses pensées. Quand elle essayait de les déchiffrer, elle avait l'impression de se trouver face à un mur. Mentalement, elle le poignarda. Le mur était solide, mais il comportait une minuscule fissure…

— Qu'est-ce que tu as fait, Joseph ? siffla-t-elle.

Il cligna des yeux.

— Comment ça ?

— À Los Angeles ? Pourquoi as-tu besoin de partir ?

Pour la première fois depuis qu'il était réapparu dans sa vie, elle vit un éclair d'incertitude lui traverser le visage. Comme s'il doutait de lui-même. Peut-être même… comme s'il se dégoûtait.

— Joseph ?

— Ce n'était rien. Un malentendu, répondit-il rapidement.

— Mais suffisamment gênant pour que tu doives déménager à l'autre bout du pays ?

— Mon partenaire et moi, on parlait vraiment d'ouvrir un autre cabinet, se justifia-t-il d'un ton geignard.

— Donc tu l'admets. Tu as fait quelque chose que tu n'aurais pas dû faire.

Il croisa son regard.

— Ça ne t'est jamais arrivé, Fi ? (C'était une accusation sans détour.) Oh, je t'en prie. (Il se pencha en avant et essaya de saisir sa main, qui reposait sur la table.) J'avais un petit problème de dépendance. Mais maintenant je vais bien. Super bien. Et je suis prêt à prendre un nouveau départ.

Elle se recula.

— Nous sommes des adultes. Tu ne vas pas me dire que nous ne pouvons pas vivre dans la même *ville*.

— Non, on ne peut *pas*, insista-t-elle.

Il attrapa sa main et elle ne se dégagea pas, pas parce qu'elle souhaitait qu'il la touche, mais parce qu'elle ne voulait pas créer un scandale. Pas ici, pas si près de son lieu de travail. Pas devant autant de témoins. Il ne s'agissait pas d'un bar où la fumée et l'alcool faisaient oublier aux clients les gens et les scènes qu'ils avaient vus.

— J'ai besoin de toi, Fi, murmura Joseph en lui serrant la main. J'ai vraiment besoin de toi. Je suis toujours amoureux de toi. Je le jure.

— Est-ce que tu as besoin d'aide, Joseph ? Pour cette dépendance ? Parce que je connais quelqu'un qui m'a bien épaulée. Une psychiatre spécialisée dans ce genre de troubles. Elle est excellente.

— Toi, un psy ?

Apercevant le serveur qui approchait avec deux assiettes, elle libéra sa main et se recula un peu dans sa chaise. Joseph leur servit à tous deux de petites portions de foie gras et des tranches de pain grillé.

— Je suis sérieuse, insista-t-elle. Je pense que tu devrais rencontrer le docteur Kettleman. Parler avec elle te permettrait certainement de comprendre pourquoi nous ne pouvons pas être ensemble.

— Tu veux dire qu'on irait tous les deux ? Comme une thérapie de couple ? (Il se lécha les doigts.) Le foie gras est excellent, n'est-ce pas ?

Une thérapie de couple n'était pas du tout ce qu'elle avait en tête. Elle voulait juste que Joseph fasse ses valises et s'en aille. Ce soir.

— J'imagine que c'est une option, répondit-elle comme dans un rêve. Tu veux que j'appelle le docteur Kettleman ? Que je prenne le rendez-vous ?

— Je vais y réfléchir, d'accord ? (Il lui adressa un clin d'œil, puis poussa une assiette vers elle.) Tu dois absolument goûter ce foie gras, Fi. Il est divin.

Fia ne resta pas au bistrot assez longtemps pour commander une entrée. Elle rentra chez elle en pensant qu'elle allait changer la litière du chat, enfiler un short confortable et regarder un vieux film à la télé. Mais une fois à son appartement, elle ne tenait pas en place, et avant d'avoir eu le temps de vraiment y réfléchir elle descendait de sa voiture à Lansdowne, à quelques rues seulement de l'endroit où Casey Mulvine avait été assassinée.

Vêtue de sa minijupe en cuir préférée et de bottes – le temps s'était rafraîchi –, elle s'arrêta dans deux pubs, puis s'aventura dans une petite salle de billard d'où de la musique punk sortait à flots. Au bar, elle s'assit entre un type aux cheveux rasés et un autre qui les avait teints en rose. Mentalement, elle tira à pile à face. Cheveux roses fut l'heureux vainqueur... ou le malheureux perdant. Tout dépendait du point de vue.

Il dit que son nom était Batteur, ce qui était sans doute dû à sa manière de tambouriner avec ses doigts sur le comptoir, sa jambe, celle de sa voisine, etc. Il ne s'arrêtait jamais, et après deux verres cela commença à sérieusement agacer Fia. Mais à ce moment-là, son autre candidat, le chauve, était passé à autre chose.

Batteur avalait de la vodka cul sec. Au bout du quatrième verre, Fia savait déjà tout de son groupe, sa mère qui lui faisait payer un loyer dans sa propre maison, et son chat qui s'était enfui la nuit précédente et qu'il n'avait pas encore retrouvé. Ces petits malheurs ne lui inspirèrent aucune pitié, mais elle plaignit le chat et espéra qu'il n'avait pas été heurté par une voiture ou malmené par un chien.

Elle n'eut pas besoin de suggérer qu'ils aillent à son appartement au sous-sol de la maison de sa mère ; il l'y invita. Encore mieux : le lotissement se trouvait dans la même direction que sa voiture.

Il connaissait un raccourci pour rentrer chez lui. C'était toujours le cas. Quand elle l'arrêta dans l'allée, saisit le revers de son blouson de cuir et l'attira à elle, il chancela, ivre.

— Tu me veux, hein, bébé ? marmonna-t-il, bavant sur sa joue en essayant vainement de trouver sa bouche.

Elle n'était pas d'humeur à faire la conversation ce soir. Elle attrapa une poignée de ses cheveux roses, inclina sa tête en arrière et, avant qu'il ait pu dire « maman », enfonça ses canines dans sa gorge. Il s'évanouit entre ses bras et elle lapa le sang qui perlait à sa jugulaire.

Fia s'attendait à ressentir la poussée d'excitation habituelle, le tremblement de ses genoux, les vagues de plaisir. Rien ne vint. C'était comme si elle buvait de l'eau de vaisselle tiédasse. Irritée, elle laissa le garçon glisser au sol sans cérémonie, l'enjamba et s'essuya la bouche du revers de la main. Puis elle songea que c'était la première fois qu'elle n'appréciait pas le sang d'un humain.

Peut-être que c'était l'arrière-goût de la mauvaise vodka qu'il avait avalée. Ou bien la culpabilité. Elle ne savait pas ce qui était le pire.

Chapitre 15

Toute la semaine, Fia brûla de composer le numéro de Glen. Mais même en y mettant tout son cœur, elle ne put trouver une raison valable de l'appeler. L'analyse des preuves n'était pas encore terminée, et le rapport d'autopsie qu'elle *venait* de recevoir ne signalait rien d'inhabituel.

Fia avait envoyé un e-mail à Glen pour l'informer qu'on devait également lui avoir fait parvenir une copie du rapport, mais il n'avait pas répondu. Elle avait espéré une réaction, et ne réussit pas à interpréter son silence. Elle savait que ce n'était pas son imagination ; une étincelle s'était bien produite entre eux la semaine précédente. Mais il était fiancé. Peut-être que cela ne l'intéressait pas. Ou peut-être qu'elle se posait bien trop de questions. Après tout, il l'avait *prévenue* qu'il n'était pas doué pour la technologie.

Le jeudi soir, Fia eut la surprise de recevoir un appel de Sorcha, qui la convia à une « soirée filles » chez elle le samedi. Elle mentionna aussi qu'elles devraient discuter de quelque chose, mais refusa de donner plus de détails et promit qu'elle expliquerait tout quand Fia serait là.

Fia s'étonna en acceptant l'invitation. Peut-être qu'elle était intriguée par le sujet auquel Sorcha faisait allusion. Peut-être qu'elle voulait juste s'éloigner de Philadelphie et de Joseph. Ou peut-être qu'elle commençait à se rendre compte d'à quel point Clare Point lui manquait. Sa petite ville n'était pas si mal ; les habitants avaient leurs bons côtés. Et Sorcha avait raison : dans le passé, elles avaient été des amies proches. Fia songea qu'elle lui manquait peut-être plus qu'elle ne l'avait pensé.

Le samedi soir, Fia se présenta à la tombée de la nuit à la petite maison de plage à deux étages de Sorcha, avec une bouteille de vodka et un plateau de sushis gastronomiques qu'elle avait acheté chez le traiteur à côté de son appartement.

— Tu es venue ! (Sorcha accueillit Fia sur la terrasse de devant et la serra dans ses bras.) Entre. On prépare des martinis, et ensuite on s'installera à l'extérieur. Le temps est si agréable.

Elle sourit, tout excitée. Fia capta une bribe de ses pensées. Sorcha semblait impressionnée que Fia ait eu le cran de venir. Fia se demanda ce que cela voulait dire, mais elle ne tenait pas à connaître la réponse au point de poser la question.

— Les derniers locataires estivaux sont partis ce matin, expliqua Sorcha avec enthousiasme en faisant signe à Fia de la suivre à l'intérieur. J'ai la maison toute à moi jusqu'en avril !

Fia entra dans la large cuisine, qui avait récemment été rénovée.

— Super, réagit-elle, pas complètement à l'aise.

À Philadelphie, elle ne sortait pas tant que cela, mis à part dans les bars enfumés et pour faire les courses avec Betty, qui était trop dure d'oreille pour qu'on puisse tenir une véritable conversation avec elle.

— J'y crois pas.

Eva, qui versait du martini dans le shaker derrière le comptoir de granit, gesticula en direction de Sorcha.

— Je te dois cinq dollars. (Elle regarda Fia.) J'avais parié avec Sorcha que tu viendrais pas.

— J'avais dit que si, protesta Fia en riant tandis qu'elle déposait les offrandes qu'elle avait apportées.

— Oui, mais même. (Eva lui prit la bouteille des mains.) Oh, tu as apporté de la vodka ? Bienvenue, mon amie.

— Hé, salut. (Shannon sortait du cabinet de toilette.) Je pensais bien avoir entendu ta voix. (Elle surprit Fia en l'étreignant avec enthousiasme.) Ça me fait plaisir de te voir.

— Vraiment ?

Shannon grimaça en se glissant sur l'un des tabourets au bout du comptoir.

— Ben oui. Je vais en forêt après minuit, sainte Marie, crois-moi, je veux un agent du FBI pour m'accompagner.

— On va dans la forêt ?

— Je ne lui ai pas dit, chuchota Sorcha en faisant mine de confier un secret aux deux autres femmes.

— Tu lui as pas dit ? s'exclama Eva avant de placer le verre sur la timbale en chrome du shaker d'époque et de commencer à secouer le tout.

— Me dire quoi ?

Shannon souleva le film plastique qui couvrait le plateau de sushis et en choisit un au thon et aux algues.

— Tu dois lui dire.

— Oui, patience.

Sorcha posa quatre verres à martini sur le comptoir.

— Je crois que je vais faire l'impasse sur les martinis, l'interrompit Fia en levant la main.

Après son comportement à la fête le week-end précédent, Fia pensait qu'elle devait s'en tenir à sa règle et ne rien boire d'autre qu'une bière chez Tavia.

— Allez, tu dois au moins en prendre un, protesta Sorcha. Comment peux-tu venir à notre soirée martini entre filles et la jouer « sans alcool » ?

— Quand tu vas entendre la dernière, tu vas vouloir un verre. (Eva donna un coup de coude à Fia.) Shannon croit que Kaleigh et ses copines s'adonnent à un genre de sorcellerie dans la réserve.

Fia tendit la main.

— D'accord, juste un petit.

— Alors, tu penses vraiment que les sorcières existent ? murmura Shannon dans le noir, un mètre seulement derrière Fia.

Les quatre femmes s'étaient installées sur la terrasse de Sorcha avec le shaker de martini et avaient parlé jusqu'à minuit passé. Fia avait réussi à ne boire qu'un martini à la pomme et un à la vanille, aussi était-elle en possession de tous ses moyens alors qu'elles pénétraient dans la réserve. Son arme, rangée dans l'étui de cuir qu'elle portait par-dessus son tee-shirt Nike noir, était chargée. Pour quoi, elle l'ignorait, mais depuis qu'elles avaient quitté le parking pour emprunter le même sentier tracé par les cerfs qu'elle avait parcouru avec Glen un peu plus d'une semaine auparavant, elle avait eu un mauvais pressentiment.

— Des sorcières ? Je ne sais pas, répondit Fia à mi-voix.

Elles n'avaient pas besoin de lampe de poche : elles y voyaient presque aussi bien dans le noir qu'en plein jour. L'un des avantages de la condition de vampire.

— Ouais, ça semble un peu improbable, non ?

Shannon se courba pour passer sous une branche de peuplier qui poussait en travers du chemin.

— J'imagine. Enfin, peut-être pas beaucoup plus que des vampires. (Fia jeta un coup d'œil derrière elle pour s'assurer que Sorcha et Eva les suivaient toujours.) Qui sait ? Peut-être que les sorcières existent et qu'elles ne croient pas non plus en nous.

Shannon gloussa. Elle était pompette après avoir sifflé cinq martinis. Elles l'étaient toutes, à l'exception de Fia. Et sachant qu'aucune d'entre elles n'avait insisté pour qu'elle les accompagne au-delà du second verre, Fia soupçonnait que cela avait été le plan dès le départ. Elle sentait que sa présence les rassurait. Avec elle pour les guider dans les ténèbres, aucune d'entre elles ne semblait avoir peur de rencontrer l'assassin de Bobby et Mahon. Ou, si c'était le cas, elles pensaient que leur agent spécial privé saurait les protéger.

— Allez, vous deux. Ne traînez pas, lança Fia par-dessus son épaule.

Elles s'étaient enfoncées de presque un kilomètre dans la forêt, et se rapprochaient de l'endroit où l'on avait retrouvé le corps de Mahon.

Eva pouffa.

— Faut que je fasse pipi. Attends, Fi. Sorcha et moi, on a besoin d'une pause pipi.

— Je vous avais dit d'y aller avant de partir, les enfants, chantonna Shannon tandis que les deux femmes s'écartaient du sentier pour aller se soulager.

— Et toi ? demanda Fia à Shannon.

La blonde sourit d'un air moqueur.

— J'y suis allée avant de partir, mais merci de t'inquiéter pour moi, m'man.

Fia aurait pu prendre la pique de Shannon pour une insulte ; sur son âge, son autoritarisme, ou n'importe quoi d'autre. Mais elle savait que le commentaire était sans malice et elle ne jugea pas utile de relever. Elle n'avait jamais particulièrement aimé Shannon, mais elle découvrait soudain que si elle pouvait simplement dépasser l'image de la serveuse blonde aux gros seins, la jeune femme était en réalité plutôt gentille. Pas du tout la bimbo sans cervelle qu'elle semblait être au *Tertre.*

— Alors, comment va cet agent du FBI si sexy ? *L'agent spécial Glen Duncan*, entonna Shannon comme si elle annonçait son nom lors d'une cérémonie de remise de prix télévisée.

— Bien. J'imagine. (Fia était si surprise du changement de sujet qu'elle eut un instant de flottement.) Je ne sais pas. Je ne lui ai pas parlé depuis que nous sommes partis d'ici vendredi dernier.

— Tu ne lui as pas parlé ? (Shannon avança jusqu'à Fia et la dévisagea.) Tu es folle, ma cocotte ? Il est raide dingue de toi. (Fia fronça les sourcils.) Oh, je t'en prie. Je connais la chanson. (Shannon leva une main.) « C'est un humain. Les humains sont dangereux. Nous sommes dangereux pour les humains », récita-t-elle. Eh ben, moi je dis que c'est que des conneries.

— C'est vrai ? demanda Fia.

Puis, s'apercevant que son ton donnait l'impression qu'elle *était* intéressée par Glen, elle écarta une branche et appela à mi-voix à travers les arbres :

— Qu'est-ce que vous bricolez, toutes les deux ? Allez.

Elle se tourna de nouveau vers Shannon.

— Parfois, tu dois simplement prendre un risque, Fia. Parfois même avec les humains. Parfois, avec toi-même.

— Il est fiancé, répliqua Fia.

— Et alors ? rétorqua Shannon en haussant les épaules. Tu l'aimes bien. Je pense que tu devrais tenter ta chance. Vu comment il te matait l'autre soir au pub, ça m'étonnerait que ce soit un tel obstacle. Et le fait qu'il ressemble à… tu sais, et alors ? Quelle importance ? Des centaines d'années se sont écoulées. Les gens de cette ville adorent se mêler de ce qui ne les regarde pas. Tu as le droit d'être un peu heureuse. Exactement comme n'importe qui à Clare Point.

Fia croisa les bras. Pendant qu'elles avançaient à travers bois, elle s'était réchauffée, mais à présent qu'elle se tenait immobile la légère brise lui donnait froid. Elle entendit Sorcha et Eva qui traversaient les broussailles dans un boucan d'enfer et revenaient en gloussant.

Fia rencontra le regard de Shannon. Celle-ci avait des yeux marron clair. Dorés, presque. Elle était vraiment jolie, quand elle n'était pas maquillée comme une voiture volée. Et plus maligne, peut-être même plus intuitive que Fia ne l'avait cru par le passé.

— Tu sais, je ne faisais que m'amuser avec lui au pub, poursuivit Shannon. Ça ne signifiait rien. Je ne draguerais jamais un gars auquel je sais que tu t'intéresses. Ou un auquel n'importe laquelle d'entre vous tient.

Eva et Sorcha traversèrent un buisson de houx et poussèrent de petits cris aigus quand les branches les piquèrent.

— Aïe, glapit Eva. Heureusement que je n'ai pas baissé ma culotte ici.

Sorcha l'attrapa par le bras.

— Poursuis, ô guide intrépide, lança-t-elle à Fia. Mission remplie : pipi accompli !

— Je commence à penser que nous aurions mieux fait de les laisser sur la terrasse avec leurs martinis, chuchota Fia à Shannon tandis qu'elle reprenait sa route.

Elles continuèrent à rire et à trébucher de temps à autre, mais Eva, Sorcha et Shannon restèrent groupées et suivirent Fia. Elles passèrent à quelques mètres seulement de l'endroit où l'on avait retrouvé le corps de Mahon, et le silence se fit. La tristesse pesante qui flottait dans l'air parut dégriser les femmes. Même au bout d'une semaine, et alors qu'il avait plu toute la journée la veille, elles pouvaient encore sentir le sang et l'odeur de la chair brûlée de leur ami.

Fia frissonna et regretta d'avoir laissé son sweat dans sa voiture.

— Alors, où est-ce que tu penses avoir vu quelque chose, Shannon ?

Fia ne demanda pas à la jeune femme pourquoi elle s'était trouvée seule dans la réserve au beau milieu de la nuit. Tous en ville chassaient les cerfs pour boire leur sang, mais c'était quelque chose dont ils parlaient rarement.

— Je ne *pense* pas avoir vu quelque chose. Je vous assure, c'était un genre d'autel de sorcières, insista Shannon. À l'embranchement, là, prends vers le nord. Nord-est.

— Tu ne devrais pas venir seule ici, Shannon.

— Tu aimes chasser en binôme ? railla Shannon. (Fia ne réagit pas.) Et puis, c'était la semaine dernière, avant la mort de Mahon.

— Hé, vous sentez pas un truc ? intervint Sorcha. Comme… quelque chose qui brûle ?

— Ça vient peut-être de derrière nous, répondit Fia avec circonspection.

Elle savait que Sorcha comprenait, qu'elles comprenaient *toutes* ce qu'elle avait voulu dire.

— Non, pas cette odeur-là. Une autre. (Sorcha s'arrêta sur le sentier, bientôt imitée par ses amies.) Vous sentez ça ? Quelque chose qui brûle, comme du bois… et quelque chose de sucré.

Fia sentait à présent ce dont Sorcha parlait, mais c'était très léger, trop pour quiconque ne possédait pas leurs sens hors du commun. Le vent soufflait dans la direction opposée.

— Et l'autel est encore loin d'ici ? demanda-t-elle à Shannon, de nouveau en proie au sentiment désagréable qu'elle avait éprouvé à leur entrée dans la forêt.

C'était comme si… elles n'étaient pas seules. Comme si quelqu'un les observait.

— Je ne sais pas. C'est par ici, quelque part. Je pense que nous sommes proches. (Shannon n'avait plus l'air aussi confiante en sa capacité à retrouver l'endroit qu'en début de soirée.) C'était pas très grand. Y avait juste une souche d'arbre avec de la cire noire, des peaux de lapin, du sang et de l'herbe piétinée.

— Des sacrifices de lapins ? Pauvres petits, compatit Eva.

Fia s'arrêta et leva une main pour intimer le silence à ses compagnes. Elles se figèrent.

L'odeur de feu mêlée à ce parfum sucré leur parvenait plus distincte. Et Fia avait l'impression d'avoir entendu des voix dans le lointain. À au moins un kilomètre. À peine un murmure.

— Vous entendez ça ? chuchota-t-elle.

Eva pivota lentement sur elle-même.

— Ouais, répondit-elle. On dirait que ça vient de l'est. Vers la plage.

Sans un mot, les trois femmes suivirent Fia qui s'éloignait du sentier. Tandis qu'elles s'enfonçaient dans les ténèbres en direction de l'est, esquivant les branches et contournant les troncs monstrueux, l'odeur devint plus présente et le ronronnement des voix plus clair.

Elles avaient parcouru environ quatre cents mètres quand Sorcha, qui fermait la marche, s'arrêta.

— Merde, grogna-t-elle, posant une main sur sa hanche. C'est Kaleigh, Katy et… Maria, je crois.

— Comment tu le sais ?

Sorcha grimaça.

— Je viens de capter des pensées caractéristiques d'une ado en chaleur. Elles ne sont pas seules, mesdemoiselles.

— Des garçons humains ? interrogea Fia dans un murmure.

Pendant qu'elles parlaient, les quatre femmes élevèrent des murs mentaux autour de leurs esprits pour que les adolescents ne repèrent pas leur présence. Même si Kaleigh n'avait pas encore récupéré ses dons de télépathe, les deux autres filles commençaient à pouvoir communiquer sans ouvrir la bouche.

— Vous voulez que je… vous savez, proposa Eva en clignant des yeux de manière théâtrale.

— Combien de martinis as-tu bus ? chuchota Fia.

— Je sais pas. Quatre… ou six, peut-être.

— Pas question, décida Fia. Tu ne vas pas essayer de te téléporter. Tu atterrirais au milieu de leur feu. Tu te rappelles la fois où tu as essayé à Rome, après qu'on avait descendu toutes ces bouteilles de vin ?

— Non, répondit Eva, sur la défensive.

Shannon gloussa.

— Moi, je m'en souviens. Elle a essayé de revenir à la maison où on logeait, et s'est retrouvée au Vatican.

Sorcha pouffa.

— C'est pas grave, Eva. Ne culpabilise pas. Tu me connais. Même à jeun, je suis incapable de téléporter une plume.

Fia serra l'épaule de la femme.

— Oh, bébé, tu peux recommencer, mon agent du FBI sans peur et sans reproche ? plaisanta Eva en se frottant contre Fia. Un petit peu plus bas, et sur la gauche, la prochaine fois.

Fia ne réagit pas aux tentatives de drague d'Eva.

— On fait quoi ? On se sépare et on les encercle, ou on se contente de brailler un bon coup et on les regarde détaler ?

— Si on leur saute dessus par surprise, on les attrapera peut-être en train de sacrifier des lapins, taquina Sorcha, qui avait toujours l'air de douter de l'existence d'un autel dans la forêt.

— J'ai pas dit que c'était Kaleigh qui jouait les apprenties sorcières, intervint Shannon. J'ai juste dit qu'elle se comportait bizarrement.

— Si, tu l'as dit.

— Non, j'ai dit que je me *demandais* si c'était elle et ses copines.

— D'accord, peut-être qu'on devrait aller voir ce qu'ils fabriquent ?

Fia interrompit la dispute. Elle se sentait toujours mal à l'aise, mais ne pensait pas qu'aucune d'entre elles était en danger. Ni les femmes qui l'accompagnaient, ni les adolescentes. Malgré tout, quelque chose ne collait pas.

— Vous êtes toutes d'accord pour qu'on se sépare ? Vous êtes assez sobres ?

— Je t'en prie, râla Sorcha en s'enfonçant dans les bois. Pour une Kahill, cinq martinis, c'est du pipi de chat. J'arriverai du nord. Répartissez-vous les autres directions. Rendez-vous au barbecue.

Chapitre 16

Kaleigh était si occupée à rouler une pelle à l'humain qu'elle n'entendit pas les femmes jusqu'à ce que Fia arrive derrière elle et lui retire sa capuche. Derek sauta sur ses pieds.

— Qu'est-ce que tu crois que tu es en train de faire, ici au milieu de la nuit ? interrogea Fia.

Kaleigh se leva du rondin sur lequel elle était assise et se tourna vers l'intruse.

— Qu'est-ce que je fais ? Qu'est-ce que tu fais, toi ? Tu me suis, maintenant ?

Les adolescents s'étaient regroupés autour d'un feu de camp pour y griller des Chamallows et se bécoter loin du regard des adultes. À présent, les deux autres filles étaient debout, encerclées par Eva, Shannon et Sorcha. Fia entendait Shannon leur remonter les bretelles.

— Je ne te *suivais* pas. (Fia baissa la voix pour que les humains ne puissent pas l'entendre.) Nous étions en train de nous promener…

Elle désigna les trois autres femmes.

— … et nous avons senti l'odeur du feu de bois. (Ce n'était pas tout à fait un mensonge.) Nous nous sommes inquiétées. (Rien que la vérité.) As-tu la moindre idée d'à quel point c'est dangereux pour vous d'être seules ici à une heure pareille ?

— Mahon était seul en plein jour.

Un air boudeur sur le visage, Kaleigh jeta un coup d'œil par-dessus son épaule. Les garçons se hâtaient de rassembler leurs affaires : des pulls, un ballon, le paquet de friandises. Shannon continuait à crier ; elle brandissait à présent un doigt en direction d'un des garçons.

— Et vous êtes ici aussi, toutes les quatre. Vous n'avez pas l'air d'avoir peur des tueurs de vampires, riposta Kaleigh.

Fia posa la main sur l'arme de poing attachée sous son aisselle.

— Je porte un G22 chargé de balles Gold Dot de 165 grains. Et toi ?

Elle regarda au loin, puis baissa de nouveau les yeux sur Kaleigh. Elle ne savait pas comment lui faire comprendre combien son attitude était égoïste. Combien elle comptait pour le clan, et à quel point ils s'en remettraient à elle quand elle serait de nouveau adulte.

— Personne n'a dit que Mahon et Bobby avaient été tués par des chasseurs de vampires, répliqua Kaleigh.

— Ce n'est pas parce que personne ne l'a dit que ça signifie que ce n'est pas le cas.

Kaleigh transperça Fia du regard

— Qui d'autre saurait comment nous tuer ?

— Je ne sais pas, admit Fia.

— Tu ne sais pas, répéta Kaleigh. Personne ne sait. Au moins, on est d'accord sur un point. Mais moi, je ne vais pas vivre dans la peur. Je ne vais pas renoncer à ma vie, mes amis, Derek, juste parce que quelqu'un risque de sortir de l'obscurité et me couper la tête.

— Personne ne te demande de renoncer à ta vie, contra Fia. On te demande juste de ne pas te comporter comme une idiote.

— T'es pas responsable de moi. Ni toi ni personne d'autre. (Kaleigh croisa les bras devant ses petits seins.) T'as pas le droit de nous tomber dessus comme ça. On faisait rien de mal. On était juste assis là à discuter.

— Vous pourriez mettre le feu à la forêt tout entière, avec ce truc.

Fia hocha la tête en direction du feu de camp, qui était en train de s'éteindre en dégageant une épaisse fumée.

— Non. On a viré les feuilles et on l'a entouré de ces rondins pour pas qu'il s'étende. Derek était scout, quand il était petit, dit-elle avec fierté.

Fia jeta un coup d'œil vers le plus grand des garçons, qui était en train de fourrer une vieille couverture dans son sac à dos.

— Est-ce une bière que j'aperçois à vos pieds, monsieur Neuman ?

Le garçon se pencha, attrapa la canette et la fit disparaître dans son sac.

— Vais-je trouver d'autres choses illégales dans votre sac à dos ? s'enquit Fia. Je n'ai probablement pas besoin de vous rappeler que ces jeunes filles, que vous tous, êtes mineurs, *monsieur Neuman*.

— Fi, souffla Kaleigh. Si tu l'arrêtes, je te parle plus jamais.

Les deux autres garçons s'enfuyaient déjà dans la forêt mais, à la surprise de Fia, Derek vint à sa rencontre.

— Je voulais pas créer d'ennuis à Kaleigh, m'dame.

Fia détestait que les jeunes hommes l'appellent « m'dame ». Elle avait envie d'escorter M. Neuman et ses copains boutonneux hors des bois et de confier à l'une des voitures de police de Clare Point le soin de les remettre à leurs parents. Mais elle savait que ce n'était pas réaliste. Ce n'était jamais une bonne idée de créer des histoires dans les communautés humaines voisines quand on pouvait l'éviter. Le clan traversait déjà des temps difficiles ; elle ne devait pas empirer la situation.

— Quel âge m'avez-vous dit que vous aviez, déjà ? l'interrogea Fia en examinant le jeune homme plus attentivement.

— Quinze ans. Enfin, maintenant, seize. Il vient de fêter son anniversaire, expliqua Kaleigh à la place du garçon.

Fia le regarda d'encore un peu plus près.

— Vous ne faites pas seize ans, monsieur Neuman. Vous avez l'air plus vieux. Presque assez pour être un adulte qui influencerait des mineurs, psalmodia-t-elle.

L'humain contempla ses grands pieds.

Fia laissa planer un silence inconfortable avant de reprendre la parole.

— Ne vous ai-je pas rappelé il y a quelques jours qu'un tueur en liberté errait dans les environs ?

— On est restés groupés, répondit-il en relevant sa tête de grand dadais humain. Et nous allions raccompagner les filles en ville. Je le jure.

— Derek, je suis vraiment désolée. (Kaleigh faisait courir sa main le long du bras du garçon.) On n'a rien dit à personne, je te promets.

— Euh… est-ce que je peux partir ? demanda Derek à Fia. Je ne suis pas certain que les gars savent comment sortir d'ici.

Fia hésita, puis leva la main en direction du nord-ouest.

— D'accord. Allez-y. Mais que je ne vous reprenne pas à traîner ici au milieu de la nuit avec ces filles, ou j'appellerai la police.

— Oui, m'dame.

Derek sauta par-dessus l'un des rondins et disparut dans les bois.

— Et j'ai intérêt à ne pas retrouver la moindre canette de bière souillant le sol de cette réserve naturelle fédérale, monsieur Neuman, lança-t-elle.

Fia entendit un dernier « Oui, m'dame » étouffé tandis que Derek s'enfonçait dans l'obscurité. Eva, Shannon et Sorcha parlaient aux autres filles à voix basse.

— Qu'est-ce que tu n'as dit à personne ? demanda Fia à Kaleigh dès que les garçons furent trop loin pour les entendre.

— J'ai dit à personne qu'on allait venir ici, répondit Kaleigh en trépignant.

Fia aurait vraiment voulu pouvoir lire les pensées de l'adolescente en cet instant, mais elle ne captait rien d'autre qu'un écheveau d'émotions et de mots sans queue ni tête.

— Et qu'est-ce que vous faisiez ici *exactement* ?

— J'en sais rien. On traînait.

— Et…

— Quoi, tu veux dire est-ce qu'on a couché avec eux ? (De nouveau, l'adolescente adopta une posture défensive, les bras croisés.) Non, on n'a pas couché avec eux. On grillait des Chamallows et… et bon, peut-être qu'on s'embrassait un petit peu.

— Vous ne pratiquiez pas la sorcellerie ?

Kaleigh regarda Fia comme si elle avait perdu la tête.

— De quoi tu parles ? Tu crois que c'est ce qui est arrivé à Mahon ? Des sorcières l'ont tué ?

— Donc tu ne sais rien à propos d'un autel ? De sacrifices de lapins ?

Kaleigh fronça son nez couvert de taches de rousseur.

— Beurk. C'est dégueu. (Elle recula.) T'étais ici à la recherche de gens qui sacrifient des animaux ? (Elle rit.) Y avait plein de monde ici ce soir, tu sais. J'ai vu oncle Arlan tout à l'heure. Il se baladait en tigre à dents de sabre ou un truc stupide du genre. En train de ramper dans les buissons pour nous espionner, pareil.

Un sourire chatouilla le coin des lèvres de Fia, mais elle résista. Elle n'avait aucune peine à imaginer Arlan rôdant autour du feu de camp des adolescents, déguisé en félin préhistorique. Peut-être qu'il était la personne qu'il lui fallait pour faire un peu peur à ces garçons. Si un tigre à dents de sabre de deux cents kilos s'invitait sur les lieux de leur charmant petit campement, ils y penseraient sans doute à deux fois avant de revenir dans la réserve naturelle après la tombée de la nuit.

— J'arrive pas à croire que t'as été aussi malpolie avec Derek. (Kaleigh commença à donner des coups de pied pour recouvrir de terre les braises rougeoyantes du feu.) Il va être super fâché contre moi.

— Je n'ose imaginer un garçon de quinze ans…

Fia se racla la gorge.

— … pardon, *seize ans*, énervé parce qu'un adulte a suggéré que vous n'aviez rien à faire dans les bois au milieu de la nuit. Et, s'il l'est, alors tu n'as pas besoin de lui.

— Qu'est-ce que tu sais de Derek ? (Kaleigh donna un coup de pied rageur.) Rien du tout.

— Je sais que c'est un humain.

— Je n'arrêterai pas de le voir. (Kaleigh se frotta les yeux du dos de la main.) Sûrement pas, répéta-t-elle comme une enfant. Derek a besoin de moi.

— Il a *besoin* de toi ? grogna Fia. Kaleigh, c'est le pire cliché que j'aie jamais entendu. Les hommes disent ça simplement pour obtenir ce qu'ils veulent des femmes.

— Il a vraiment besoin de moi. Il a personne. T'as aucune idée de la vie qu'il a eue. (Elle renifla.) Sa mère s'est suicidée quand il avait six ans. Chez eux, dans la baignoire. T'imagines ? Et c'est Derek qui l'a retrouvée, baignant dans son sang.

— C'est très triste, reconnut Fia. Mais et son père ?

Elle ne voulait pas paraître sans cœur. Elle compatissait au sort du garçon, à celui de tous ceux qui avaient un jour affronté une épreuve semblable. Mais une enfance tragique ne signifiait pas que Derek n'essayait pas de fricoter avec Kaleigh.

— Il a sûrement un père.

— Plus ou moins. Si on peut l'appeler comme ça. Il travaille un truc comme quatre-vingts heures par semaine. Il a jamais assisté aux matchs de foot de Derek… Il fait comme si Derek existait pas, sauf quand il a envie de lui crier dessus. (L'adolescente posa une main sur sa hanche aux os saillants.) Il se comporte comme s'il pensait que c'est la faute de Derek si sa mère s'est suicidée. (Elle leva la main avant de la laisser retomber.) Comme si ça avait le moindre sens. Un gamin de six ans.

Fia hésita un moment. Elle n'avait pas voulu mettre Kaleigh en colère, ni la blesser. Elle ne comprenait que trop bien que les sentiments de Kaleigh pour l'humain étaient réels, même s'ils n'étaient pas souhaitables ou que leur relation était vouée à l'échec. Elle désirait simplement assurer la sécurité de Kaleigh et du reste du clan.

Finalement, Fia décida qu'elle avait sans doute suffisamment grondé Kaleigh pour ce soir ; d'après ce qu'elle avait pu entendre, les autres femmes en avaient fait autant avec Katy et Maria. Elle changea de sujet.

— Éteignons ce feu, et ensuite nous vous raccompagnerons en ville, conclut-elle en ramenant à son tour de la terre vers le centre du feu de camp.

— Bien sûr, lança Kaleigh d'un ton sarcastique. Comme vous voudrez, agent Kahill.

Le mardi soir, Fia était de retour sur le canapé de cuir du docteur Kettleman. Elles avaient augmenté le rythme de leurs séances à une par semaine, « juste le temps que Fia soit un peu moins stressée ».

— Donc, vous diriez que c'était un bon week-end ?

Fia réfléchit une minute et sourit en repensant au moment passé assise avec ses amies sur la terrasse de Sorcha, dans les vieilles chaises en bois, à écouter le bruit des vagues en trinquant avec leurs martinis à la pomme.

— Oui, répondit-elle en hochant la tête. Absolument.

— Vous avez renoué le dialogue ? Ranimé d'anciennes amitiés ?

Fia croisa le regard du docteur Kettleman.

— Quelque chose de ce genre.

— Avez-vous apprécié d'être de retour en tant que membre de la communauté, et non en tant que représentante de la loi ?

— Oui, je crois, dit Fia avec lenteur. Dimanche je suis allée à la messe, et après j'ai pris le petit déjeuner avec ma mère. Et ça n'a pas été si pénible que ça.

— Et votre père ?

— Il ne rate jamais la messe. (Baissant la tête, Fia tripota sa chevalière.) Mais ensuite, il a bu son café en lisant le journal devant la maison. Je ne l'ai pas vraiment revu, après ça.

— Vous ne pouvez pas changer ce qu'il ressent, Fia, vous le savez, déclara le docteur Kettleman après l'un de ses longs moments de silence. Juste la manière dont vous réagissez à son comportement. Vos émotions à vous.

Fia laissa retomber les mains sur ses genoux.

— Je sais.

La psychiatre remua dans sa chaise.

— Alors, puisque nous parlons des hommes de votre vie, où en êtes-vous avec Joseph ?

— Je ne sais pas trop.

Le docteur Kettleman patienta.

Fia laissa son regard errer sur les diplômes accrochés au mur derrière le bureau de Kettleman, puis elle reporta son attention sur le médecin.

— Je l'ai vu la semaine dernière. Il a reconnu qu'il avait eu « un petit problème » en Californie et que c'était pour ça qu'il avait décidé de déménager. Au moins en partie.

— Et qu'en pensez-vous ?

— Ce que j'en pense ? Ça me met en pétard. Nous avions un accord. Et… ça me fait un peu peur.

— Parce que vous avez toujours des sentiments pour lui ? interrogea Kettleman.

Fia prit son temps avant de répondre. Ça ne servait à rien de claquer chaque semaine son salaire en thérapie si elle n'essayait pas de jouer le jeu pour de bon.

— Non. Je ne suis plus amoureuse de lui, si c'est ce que vous vouliez dire. Mais est-ce que je me sens coupable ? Bien sûr. Est-ce que je préfère éviter qu'il soit dans les parages et ravive ma culpabilité ? Évidemment. (*C'est humain*, pensa-t-elle, consciente de l'ironie.

Elle hésita.) Le truc, docteur Kettleman, c'est qu'avec notre passé, Joseph et moi, nous ne serions pas bons l'un pour l'autre. Peut-être même que nous serions dangereux.

La psychiatre laissa le mot planer une minute entre elles.

— Et Joseph ne partage pas votre avis ?

— Je ne sais pas ce qu'il pense. (Elle poussa un grognement.) Il est difficile à déchiffrer. Un as du bluff. Et puis il a ce petit problème. Il est accro, bien sûr. En fait, j'ai suggéré qu'il vienne vous consulter. Peut-être que vous pourriez l'aider.

— Peut-être qu'une séance commune vous serait bénéfique.

Fia grimaça.

— Il a dit la même chose.

De nouveau, le silence de la psy. Sur la petite table à côté du canapé, la pendule faisait entendre son tic-tac régulier.

— J'y réfléchirai, finit par concéder Fia.

— Je pense que vous devriez, parce qu'aujourd'hui encore, ce qui ressort de notre séance est votre culpabilité vis-à-vis de Joseph. Je crois qu'avant qu'il refasse surface dans votre vie, vous ne vous étiez pas rendu compte d'à quel point elle pesait sur vos épaules, maintenant encore. (Elle observa un temps de silence.) Vous savez, vous allez bien devoir trouver un moyen de réussir à vous pardonner, un jour, lui rappela le docteur Kettleman avec douceur.

Fia regarda sa chevalière et joua de nouveau avec. La culpabilité, hein ? Elle en avait à revendre. Coupable pour Ian. Coupable pour Joseph. Les chaînes étaient serrées autour de son cou…

Fia jeta un coup d'œil à la pendule.

— Je crois qu'il est l'heure.

Le docteur Kettleman ne quitta pas Fia des yeux.

— Oui, en effet. Alors, vous songerez à ma proposition de venir avec Joseph ?

Fia se leva et lissa les plis de sa veste.

— J'y réfléchirai.

En quittant le cabinet, Fia savait qu'elle sortirait le soir. Pas pour trouver Joseph. Pas même pour chasser. Simplement, elle ne voulait pas rentrer tout de suite. Pas toute seule, avec toutes les pensées et les émotions qui l'agitaient. Ce soir, elle avait besoin du confort et de l'anonymat d'un bar bruyant et bondé.

Mais au lieu de passer chez elle pour se changer, comme à son habitude, elle marcha quelques pâtés de maisons et entra dans un bar haut de gamme. Il n'était que 20 h 30, tôt pour sortir, mais l'établissement était rempli de cadres ; hommes en costume, femmes en escarpins. Des experts-comptables, des avocats, des chefs d'entreprise.

Fia se dirigea à grandes enjambées vers le seul siège libre, au bout du bar.

— Puis-je vous aider ? demanda un serveur portant une casquette de laine.

— Probablement pas, plaisanta Fia. Mais vous pouvez m'apporter un Schweppes citron vert.

— La stout est bonne ici, lui indiqua le type en costume foncé assis à côté d'elle.

En un instant, la peau de Fia se couvrit de chair de poule.

— Mais la meilleure que j'aie jamais bue, c'était dans un petit estaminet du Delaware. Un pub appelé le « *Tertre* ». Vous connaissez ?

Fia pivota sur son tabouret.

— Glen ?

Il sourit et leva son verre pour trinquer.

Chapitre 17

Un coup d'œil à son sourire et Glen oublia toutes les scènes qu'il avait dû endurer cette semaine. Le nez dégoulinant de Stacy, ses sanglots. Ses supplications pour le faire changer d'avis. Les appels hystériques de sa mère, sa sœur, sa tante, même le réquisitoire de son père sur les marches devant chez lui. Cela en avait valu la peine, rien que pour pouvoir être assis à cet instant sur ce tabouret de bar, à côté de la séduisante et farouche Fia Kahill.

De sa vie, Glen n'avait fait quelque chose d'aussi impulsif. Bon sang, il n'avait jamais rien fait d'impulsif, tout court. Une leçon apprise grâce à son cher vieux papa. Son père était mort à cause de son impulsivité, d'après ce que Glen avait pu comprendre du compte-rendu de l'événement, auquel il avait eu accès des années plus tard. Il avait décidé depuis bien longtemps qu'il ne souhaitait pas hériter de ce trait de personnalité. Au fil des ans, cela lui avait plutôt bien réussi. Jusqu'à ce que Fia Kahill débarque dans sa vie tel un ouragan.

— Qu'est-ce que vous faites ici ?

Fia était si surprise de le voir que, pour une fois, sa réaction fut complètement spontanée : l'intonation de sa voix, son sourire, les fossettes qu'il n'avait pas encore remarquées. Et Glen aima cette vision de Fia, à la fin de sa journée, un peu moins parfaite que d'habitude.

Le tailleur froissé, avec quelques mèches folles dans ses cheveux.

— Je prends une bière. (Glen illustra son propos en buvant une gorgée.) Et vous ? (Il regarda le verre que le barman glissait vers elle.) De l'eau gazeuse ? Ça ne mérite pas le déplacement.

Elle souriait toujours, et le souvenir de Stacy, le visage écarlate et le nez plein de morve, commença à s'effacer de l'esprit de Glen. Le poids de la culpabilité s'allégea sur ses épaules.

Soudain, Glen ne pensait plus au fait qu'il ne s'était pas encore occupé de sous-louer son appartement de Baltimore. Ou qu'il n'avait pas encore de logement à Philadelphie et qu'il dormait chez sa vieille grand-tante, Emma. Glen ne croyait pas au destin et toutes ces conneries *new age*, mais quand le bureau opérationnel de Philadelphie, où Fia travaillait, avait soudain, comme par enchantement, cherché à recruter des agents pour une nouvelle équipe, il n'avait pu s'empêcher de trouver la coïncidence troublante.

Un autre agent du bureau de Baltimore avait refusé de quitter la ville car il ne souhaitait pas changer ses enfants d'école. Tous leurs collègues avaient pensé que Glen, qui s'était porté volontaire pour le poste à pourvoir immédiatement, se montrait magnanime. Aucun n'avait soupçonné qu'il agissait par pur égoïsme. Que sa raison de partir était une grande rousse aux yeux bleus et à l'allure d'enfer.

C'était fou. Glen le savait. Il savait qu'il n'avait pas l'ombre d'une chance avec Fia. Les femmes comme elle ne perdaient pas leur temps avec les hommes comme lui. Mais il devait essayer. Même si ce n'était pas dans sa nature, une fois dans sa vie au moins, il devait prendre un risque. Il espérait simplement qu'il ne finirait pas comme son père, pulvérisé sur le trottoir.

— Non, mais sérieusement. (Fia pivota sur son tabouret jusqu'à ce que leurs genoux se frôlent.) Vous avez des choses à régler au bureau de Philadelphie ?

Il but sa bière à petites gorgées.

— J'ai été muté, et cela prend effet immédiatement. Je continuerai à travailler sur les meurtres de Clare Point avec vous, mais je dois rejoindre une nouvelle cellule antiterroriste. (Il leva les yeux au ciel.) On en est à combien, avec ce gouvernement ?

— Au moins neuf cent onze, plaisanta-t-elle. Mais il s'agit d'une *nouvelle* nouvelle cellule antiterroriste, n'est-ce pas ?

Il empoigna son verre.

— Ne me lancez pas. Pas ce soir.

Ils se turent une minute, savourant leurs boissons. Mais elle l'observait toujours.

— Alors... que pense Stacy de cette mutation ? demanda Fia au bout d'un moment. Elle s'est faite à l'idée de quitter Baltimore pour la ville natale de Rocky ?

— Stacy ne vient pas, marmonna-t-il dans son verre.

— Elle ne vient pas ? Du genre, elle ne vient pas maintenant, ou elle ne viendra pas du tout et il n'y aura pas de « jusqu'à ce que la mort nous sépare » ?

— Les deux, je suppose. Aucun des deux.

— Vous supposez ? (Fia se recula un peu et glissa sa serviette en papier autour de son verre humide.) Je sais que ce ne sont pas mes affaires, mais je ne crois pas que supposer soit une bonne idée, dans ce cas précis. Vous devriez *savoir* ce qui se passe. Est-ce que vous l'épousez ou non ?

— Non.

Pour la seconde fois de la semaine, il prit un petit risque et croisa le regard de Fia au-dessus de son verre. Elle était intéressée. *Incontestablement.*

— Pourquoi ?

Elle avait posé la question si bas qu'il n'était pas complètement sûr d'avoir bien entendu.

Il inspira profondément, puis soupira. C'est ce qui avait été le plus difficile, avec Stacy. Lui expliquer pourquoi. Chaque fois qu'il avait essayé, elle avait commencé à s'excuser de tout ce qu'elle pensait avoir mal fait, du choix malheureux de la couleur des serviettes pour leur réception, au café qu'elle avait terminé sans en préparer de nouveau le matin quand elle dormait chez lui. Elle n'avait pas voulu l'écouter. En réalité, elle n'avait pas voulu connaître la vérité.

— Parce que ce n'était pas bon, s'entendit répondre Glen.

Si étrange que cela puisse paraître, soudain, c'était plus important pour lui que Fia comprenne, plutôt que Stacy.

Qu'y avait-il chez cette femme qui l'attirait ainsi ? Qui le faisait aller à l'encontre de tout ce qu'il savait, tout ce qui était simple et familier ?

— C'était trop facile, commença-t-il avec lenteur. (Il choisit ses mots avec soin et dut lutter pour ne pas être emporté par l'émotion qui les accompagnait.) Trop confortable. Trop… ennuyeux, j'imagine. Je l'aimais, mais je ne *l'aimais* pas. Pas profondément. Pas à la folie, comme si je ne pouvais pas me passer d'elle. (Il marqua une pause.) On dirait un vieux cliché à l'eau de rose. Mais vous voyez ce que je veux dire ?

Un début de sourire ourla la bouche sensuelle de Fia.

— Oui, je vois.

— C'est vrai ?

Elle baissa les yeux, puis les releva. Dans son verre, les glaçons tintèrent.

— Oui.

— Vous parlez d'expérience ?

— Disons que j'ai été des deux côtés de la barrière, le vôtre et le sien.

Elle s'exprimait lentement, d'une voix rauque. Il sentait que ce n'était pas facile pour elle d'aborder des sujets personnels. Mais le fait qu'elle soit prête à partager cette simple confidence renforça encore sa conviction. Il avait eu raison de quitter Baltimore et Stacy. De venir ici. Même si cela ne fonctionnait pas entre lui et Fia.

— Alors..., reprit-elle.

— Alors...

Elle le faisait sourire. Réfléchir. Ressentir. Et c'était pour ça qu'il était venu à Philadelphie, au fond. En quelques mots. Elle le forçait à sortir de la coquille protectrice dans laquelle il se retranchait depuis trop longtemps.

— Hé, lança-t-il sur un coup de tête. (*Tant qu'à y aller, autant y aller franchement.*) Vous voulez qu'on dîne ensemble ?

Il désigna les tables alignées derrière eux, à côté du bar.

Elle regarda le restaurant, puis Glen.

— Dîner ?

Elle semblait n'avoir jamais entendu le mot auparavant.

— Oui. Vous savez. S'asseoir. Manger un morceau. Discuter.

Elle hésita, mais c'était une hésitation positive. Comme si elle était surprise de sa proposition. Son visage s'éclaira de nouveau d'un sourire sincère.

— Oui, c'est une bonne idée.

Fia resta au pub en compagnie de Glen beaucoup plus longtemps qu'elle ne l'avait prévu. Ils dînèrent. Mangèrent un dessert. Il but une autre bière. Ils s'attardèrent bien après qu'il lui eut pris l'addition des mains et qu'il eut payé. Ils parlèrent de Stacy. Du nouveau travail de Glen et de la guerre que le gouvernement menait contre le terrorisme. Du bureau et de ses futurs collègues. Ils évoquèrent les enquêtes de Clare Point.

Fia fut surprise de constater qu'il était déjà 23 heures passées. Le restaurant fermait ses portes. Le serveur proposa de leur trouver un siège au bar. Fia songea que, si elle avait accepté, Glen l'aurait suivie.

Il était *indéniablement* intéressé. Et ce n'était pas juste parce qu'il voulait se remettre rapidement en selle après sa rupture. En fait, même s'il ne le dit pas franchement, elle eut l'impression qu'elle avait quelque chose à voir avec cette séparation. Ou, tout au moins, qu'elle l'avait aidé à comprendre qu'il ne désirait pas épouser Stacy.

Mais, inquiète que le mieux soit l'ennemi du bien et qu'un démarrage trop rapide ne nuise à leur relation balbutiante, Fia souhaita une bonne nuit à Glen à l'intérieur du restaurant. Il la raccompagna à sa voiture et elle le salua de nouveau. Pas de baiser, mais l'alchimie était bien présente.

Sur le chemin du retour, Fia pensa à Glen et à l'agréable moment qu'elle venait de passer, simplement assise avec lui devant un bon repas, à parler et à rire.

Pas de conversation creuse avec un voisin de bar. De sexe avec un inconnu dont elle n'avait que faire. Ou, pire, de sang bu à la gorge d'un humain sans défense dans une allée louche. Non, au lieu de cela, elle avait eu droit aujourd'hui à un vrai rendez-vous.

Et ce ne fut que quand son chat l'accueillit en ronronnant que Fia se rendit compte que c'était la première nuit depuis très longtemps qu'elle n'était pas sortie chasser, et qu'elle n'en avait même pas eu *envie.* Ce soir, elle était rentrée sans boire le sang d'un humain, mais au lieu d'être en proie à la soif qui l'habitait souvent, elle était en paix.

Quelques jours plus tard, Fia fredonnait en attendant son tour au *Starbucks* situé à une rue des locaux du FBI. Elle avait convenu avec Glen de le retrouver ce matin dans la salle de conférence de l'étage où se trouvait son bureau, pour faire le point sur les enquêtes relatives aux meurtres de Clare Point. Ils savaient tous deux que le dossier n'avait pas avancé. C'était juste une excuse pour se voir, et l'idée qu'il pensait avoir besoin d'une excuse pour la voir la rendait sottement heureuse.

Elle venait chercher des boissons avant leur réunion. Elle savait quel type de café Glen aimait car le lendemain de leur dîner, quand il avait rejoint sa nouvelle équipe, il lui avait apporté un thé de chez *Starbucks* et avait bu un café noir arrosé de caramel. La veille, elle avait fait comme si de rien n'était et avait résisté à l'envie de lui apporter un gobelet mais, à présent, il n'en était plus question.

La file progressait lentement. Les hommes et femmes en costume et tailleur devant Fia commandaient des boissons dont elle ignorait jusqu'aux noms. Elle consulta sa montre. Le café était une bonne idée. Arriver en retard à son rendez-vous avec Glen, non.

— Ah, je prendrai un grand café au lait avec une dose d'hémoglobine.

La voix de Joseph à son oreille la fit sursauter, et elle se retourna brusquement pour le découvrir juste derrière elle.

— Qu'est-ce que tu fiches ici ?

— La même chose que toi. (Il indiqua le comptoir d'un geste du menton.) Je fais la queue. (Il fronça les sourcils.) Depuis quand est-ce que tu bois du café ?

— Depuis quand est-ce que tu fréquentes le *Starbucks* d'Arch Street ? Qu'est-ce que tu veux ?

— La file avance.

Il désigna l'espace qui venait de se creuser devant elle.

Elle se déplaça de quelques pas.

— Je suis sérieuse. Qu'est-ce que tu fiches ici ? Tu n'as rien à faire là, souffla-t-elle.

— Quoi ? Je ne peux plus aller chez *Starbucks*, maintenant ? Tu es la gardienne de la ville *et* du *Starbucks* ? (Il s'esclaffa.) Je prends juste un café à emporter, Fi. Arrête d'être aussi parano. Je dois rencontrer un agent immobilier à une rue d'ici dans un quart d'heure. Il me montre des locaux.

Fia grogna et envisagea de sortir. Il y avait encore au moins six personnes avant elle dans la file.

— Alors, comment va le travail ? s'enquit Joseph d'un ton suave.

Il était vêtu d'un costume bleu marine chic et de richelieus marron que lui seul pouvait porter sans sombrer dans le ridicule.

— La mafia, les terroristes, les braqueurs de banque et les pédophiles te donnent du fil à retordre ?

— Parle moins fort, je te prie.

L'expression renfrognée qu'il adopta à cette remarque le rendit encore plus beau.

— Personne ne nous écoute. Ils sont tous trop absorbés par leurs petites vies, leurs petits *mochaccinos*, pour se soucier de ce que nous racontons.

La file progressa d'un centimètre et Fia regretta de ne pas se trouver n'importe où mais ailleurs. Et dire que la journée avait si bien commencé. Un beau soleil pour réchauffer ce matin froid de septembre. Une douche agréable, remplie de fantasmes à propos d'un certain humain qu'elle s'imaginait rejoindre sous l'eau brûlante. Un trajet facile et sans embouteillages, à l'issue duquel elle avait trouvé tout de suite une place de parking juste à côté du bureau. Et voilà que Joseph venait gâcher la fête.

— Hé. Tu as vu cet article dans le journal sur la fille assassinée à Lansdowne ? Dans la rue où on allait tout le temps à ce petit bar. Celui avec les tabourets violets et les lavabos en chrome bizarres dans les toilettes. Tu te souviens ?

Quelque chose dans le ton de Joseph la fit se retourner. Sa peau se couvrit de chair de poule tandis que son instinct, aiguisé par deux cents ans à côtoyer des criminels, se mettait en alerte.

Il parlait de l'affaire Casey Mulvine. Mais comment ? Pourquoi ? Il n'avait aucun moyen de savoir que Fia s'était trouvée sur les lieux. Son esprit s'emballa. Elle était sûre qu'elle n'avait pas mentionné l'enquête quand elle l'avait rencontré au bar, ni au restaurant. Elle ne l'avait certainement pas évoquée pendant leurs courtes conversations téléphoniques. Elle n'avait rien dit à personne en dehors du bureau. Avait-elle songé à Casey

Mulvine l'un des soirs où elle l'avait vu ? Habituellement elle était si prudente en présence de Joseph, en protégeant toujours son esprit d'une barrière pour qu'il ne puisse pas lire ses pensées. Avait-elle commis l'erreur de baisser sa garde ?

— Je devais visiter des locaux à Lansdowne aussi, mais quand on entend une chose pareille, on y songe à deux fois, hein ? poursuivit-il. Des crimes comme ça, avant, seules les grandes villes en connaissaient, mais maintenant… (Il jeta un coup d'œil au menu accroché derrière le comptoir.) Des pistes dans cette affaire ?

— Comment le saurais-je ? En général, le FBI ne s'occupe pas des homicides dans les allées sombres derrière les bars.

— Ha, ha, donc tu sais de quel meurtre je veux parler.

Il braqua un doigt sur elle.

Il était détendu. Parfaitement à l'aise. Rien de suspect dans son comportement. Il faisait simplement la conversation. Alors pourquoi se méfiait-elle autant ?

Parce qu'elle connaissait Joseph. Parce qu'elle savait le genre de salopard cruel et manipulateur qu'il pouvait être.

— Qu'est-ce que tu sais de cette affaire ? (Elle se rapprocha d'un pas et baissa la voix.) Comment as-tu appris qu'une femme avait été tuée et abandonnée dans une allée de Lansdowne ?

— Waouh. Doucement, Miss Agent Spécial du FBI.

Il leva les deux mains en signe de reddition.

Elle regarda autour d'elle pour s'assurer que personne ne les observait. D'autres agents étaient sans doute présents dans le café.

— Je te l'ai dit, expliqua Joseph. Je l'ai lu dans le journal. Ça m'a interpellé parce que je connaissais la rue. C'était un de nos anciens lieux de prédilection. Que de bons souvenirs, hein ?

— Madame ? Madame, qu'est-ce que je vous sers ?

Fia pivota pour répondre au type à la coupe hirsute façon Beatles arborant un tablier *Starbucks*. Elle commanda son thé *chai*, le café de Glen, patienta, puis contourna le comptoir pour ajouter du sucre à sa boisson. Joseph la suivit une minute plus tard avec un grand gobelet.

Elle lâcha la touillette en plastique dans la poubelle tandis qu'il la rejoignait.

— Tu as l'air vraiment sur les nerfs, Fi, commenta-t-il doucement.

Il mijotait un mauvais coup. Elle le savait. Elle le sentait dans toutes les fibres de son corps.

— Je te stresse à ce point ?

— Joseph, je jure par tout ce qui est sacré…, le menaça-t-elle à voix basse.

Elle en avait vraiment assez de ses embrouilles, et commençait à penser qu'elle lui avait demandé gentiment de quitter la ville et qu'il était temps de passer à la vitesse supérieure.

— Du calme, ma jolie…

— Ne me dis pas de me calmer.

Il attrapa une touillette sur le présentoir et se mit à remuer lentement son café.

— Tu sais, j'ai réfléchi à tes arguments. Que je m'installe ailleurs qu'à Philadelphie.

Cela lui ressemblait tellement, de la provoquer, de la pousser dans ses derniers retranchements, puis de faire mine de lui proposer un compromis alléchant pour qu'elle revienne vers lui. Elle attendit.

— Et j'ai pensé à ta suggestion de rencontrer ta psy. Ce n'est pas une mauvaise idée.

— Tu veux la voir ?

— Est-ce que je meurs d'envie d'aller chez les fous ? Non. (Il lécha le bâtonnet de plastique.) Est-ce que je veux éviter que mon problème ne dégénère de nouveau ? Oui.

Elle passa outre au commentaire sur les « fous », dont elle ne savait pas s'il visait le docteur Kettleman ou ses patients.

— Je te donnerai le numéro. Je peux même prendre le rendez-vous pour toi, si tu veux.

Elle se détestait d'avoir l'air aussi empressée, mais elle souhaitait vraiment que Joseph sorte de sa vie. Surtout à présent que Glen semblait y entrer.

— Je pense vraiment que j'aimerais la rencontrer. (Il jeta la touillette à la poubelle.) Mais j'irai seulement si tu y vas aussi. Tu sais. Comme une thérapie de couple.

Il sourit et avala une gorgée de son café hors de prix.

Et voilà. Ce n'était qu'un piège de plus.

— Je ne crois pas.

— Allez. Tu as dit que tu y penserais, quand on en a parlé. C'était pratiquement ton idée.

— Ce n'était pas mon idée.

Elle ajusta des couvercles sur ses deux gobelets et attrapa un carton pour les transporter.

— Mais tu as dit…

— Je me fous de ce que j'ai dit. (Elle s'avança brusquement dans sa direction, et il battit en retraite.) Je n'assisterai pas à une séance de thérapie de couple avec toi, Joseph. Maintenant, si tu veux bien m'excuser… (Elle sortit de son « espace ».)… je dois aller travailler.

Il ne la suivit pas, mais l'accompagna en pensée jusqu'à la fin de la journée.

Le samedi, contrairement à son habitude, Fia décida de ne pas se rendre au bureau. Elle accompagna Betty à l'épicerie, fit toutes ses courses, nettoya sa salle de bains, coupa les griffes de son chat et, dans un moment d'optimisme débordant, téléphona à Sorcha, Shannon et Eva pour prendre quelques nouvelles. Juste pour essayer de continuer à renouer les liens après l'autre soir.

Fia et Eva bavardèrent pendant cinq minutes, et même si la conversation parut bien se dérouler, Fia dut expliquer une nouvelle fois qu'elle ne désirait pas sortir avec Eva. Shannon était absente, aussi Fia laissa-t-elle un message sur le répondeur. Quand elle parla à Sorcha, ce fut comme si elles ne s'étaient jamais quittées. Elles restèrent à papoter pendant quarante-cinq minutes. Le temps que Fia raccroche, la nuit tombait. Elle venait de sortir un plat surgelé allégé du micro-ondes quand on sonna à sa porte.

Personne ne sonnait jamais à sa porte. Betty l'appelait toujours. Elle ne venait jamais.

Fia sut qui c'était avant même de regarder par le judas…

Elle baissa les yeux sur son survêtement et son tee-shirt minables. Ses cheveux étaient relevés en une queue-de-cheval grossière dont des mèches s'échappaient. Pas de maquillage. Même pas de gloss.

La sonnette retentit de nouveau.

— Fi ? C'est Glen. (Il leva un sac en papier marron.) J'ai pris un repas chinois à emporter.

À travers la porte, elle pouvait sentir le parfum des nouilles sautées aux crevettes, bien plus appétissant que celui de son plat allégé au poulet.

Elle ouvrit.

— Comment avez-vous su où je vivais ?

— Je l'ai vu dans votre dossier personnel.

Un sourire timide. Bien trop sexy.

— Vous n'avez pas le droit de consulter mon dossier personnel.

Il entra et passa devant elle.

— Non, en effet. Pourtant, je parie que vous regarderez le mien dès qu'il aura été transféré. La cuisine est par ici ?

Elle le suivit dans le salon. Heureusement que l'appartement était en ordre. Pas de soutien-gorge ni de culotte en train de sécher sur les poignées des placards. Le sang, ensaché dans le congélateur, était dissimulé dans un bac à glace vide.

— Glen…

Elle hésita. Elle ne voulait pas paraître présomptueuse en suggérant qu'il se passait quelque chose entre eux, mais n'était-ce pas évident ?

— Je ne suis pas sûre que ce soit une bonne idée.

— Dîner ? C'est toujours une bonne idée de dîner.

— Vous savez de quoi je veux parler. Vous, ici.

— On ne fait que dîner, protesta-t-il.

Sam, aussi peu habitué aux visiteurs que Fia, sauta du comptoir au sommet du réfrigérateur pour étudier l'intrus.

— J'espérais que vous seriez chez vous. Je loge chez ma grand-tante, la sœur de la mère de mon père, à Chestnut Hill. L'extinction des feux a lieu de bonne heure, là-bas. Ma grand-tante dîne à 16 h 30.

Il sortit des boîtes blanches du sac en papier brun.

— Vous êtes venu jusqu'ici pour manger chinois ?

Chestnut Hill se trouvait au nord-ouest de Philadelphie, alors que Olde Kensington, le quartier branché où vivait Fia, se situait au sud-ouest.

— Ils n'ont pas de restaurants chinois, à Chestnut Hill ?

— Je suis venu ici pour manger chinois avec vous. Les assiettes ?

Elle ouvrit un placard et sortit deux assiettes blanches, sur les quatre qu'elle possédait.

— Et si je n'avais pas été chez moi ?

— Eh bien, j'imagine que j'aurais mangé dans ma voiture. Vous avez une cuillère ? Quelque chose pour se servir ? (Il se tourna vers elle en pliant le sac taché.) Si vous voulez tout savoir, j'allais vous appeler. Vous demander si vous aviez envie de sortir, de me rencontrer, quelque chose de ce genre. Mais je me suis dégonflé.

Elle sourit, flattée, d'une certaine manière.

— Vous vous êtes dégonflé ?

— Eh bien, vous pouvez être assez intimidante. (Il lui prit des mains la cuillère qu'elle venait de sortir d'un tiroir.) Un homme a besoin d'un peu de temps pour passer d'une hygiéniste dentaire blonde et fille à papa, à une rousse d'un mètre quatre-vingts qui se balade partout avec un flingue.

Elle attrapa deux fourchettes.

— Vous auriez dû m'appeler. J'aurais accepté. Et alors peut-être que j'aurais pu me doucher et m'habiller un peu.

Il lui tendit une assiette et la regarda de haut en bas.

— Mais alors je n'aurais pas pu vous voir de nouveau sans votre soutien-gorge. (Il sortit de la cuisine avec son assiette.) Vous avez quelque chose à boire ? J'ai oublié d'acheter des boissons, dit-il depuis le salon. J'avais pensé à du vin, mais je ne voulais pas que vous m'accusiez d'essayer de vous soûler pour vous mettre dans mon lit.

Chapitre 18

Il se trouva que Glen n'était pas présomptueux outre mesure et qu'il n'avait pas besoin du vin. Il aurait sans doute pu parvenir à ses fins sans les compliments ou les nouilles sautées.

Ils dînèrent dans le salon en bavardant, même si elle se souvenait à peine de quoi ils avaient parlé. Puis il lava la vaisselle, et elle s'absenta à la salle de bains pour se coiffer et se brosser les dents. À peine était-elle revenue qu'ils se retrouvèrent en train de s'embrasser sur le canapé. Il ne lui laissait aucun répit, et elle faisait de son mieux pour lui rendre la pareille. Son cerveau disait « Non, non, non », mais son corps lui chantait une tout autre chanson.

— Fi… c'est pas… c'est pas pour ça que je suis venu.

Ils firent une pause, tous deux hors d'haleine. La bouche de Fia lui picotait, meurtrie des baisers de Glen. Tous les nerfs de son corps étaient devenus hypersensibles, et sa culotte était trempée. Elle désirait Glen comme elle n'avait pas désiré un homme depuis très longtemps, humain ou vampire, et elle pensait à peine au sang.

— C'était pas pour ça ?

Elle haleta et repoussa les cheveux qui lui envahissaient le visage pour pouvoir se plonger dans les yeux bruns piquetés de taches dorées et emplis de désir de Glen.

— Ouais, bien sûr.

— Je suis sérieux. (Il resserra son bras autour de l'épaule de Fia.) Je suis venu parce que je voulais te voir. Je ne pouvais pas attendre lundi.

Fia savait que ce n'étaient que des mots. Les hommes l'avaient trahie, lui avaient menti ou l'avaient trompée trop souvent pour qu'elle ait encore la naïveté de croire leurs paroles. Mais il semblait si sincère. Adorable. Et c'était un représentant de la loi. Ils ne pouvaient pas mentir, n'est-ce pas ?

— Tu n'as pas besoin de dire ça.

Elle se pencha vers lui et lui offrit de nouveau ses lèvres.

— Si. Enfin… Je sais que je n'en ai pas besoin, Fia, mais… Je…

Elle essayait de l'écouter, mais le délicieux va-et-vient des doigts de Glen sur sa clavicule mettait à mal ses capacités de concentration.

— … t'apprécie vraiment, et… (Il souffla et recommença.) Je ne veux pas tout gâcher. Entre nous. Au travail. Je suis conscient d'avoir pris un risque, en acceptant cette mutation.

— D'après ce que j'ai entendu, tu t'es porté volontaire.

Elle aurait juré l'avoir vu rougir.

— D'accord, donc tu ne veux pas tout foutre en l'air. (Elle haussa les épaules.) Jusqu'ici, tout va bien.

Elle se pencha sur lui.

Il l'embrassa, un rapide baiser sur les lèvres, et s'éloigna de nouveau.

— Je suis sérieux, Fia.

Depuis quand est-ce qu'un homme voulait parler plutôt que faire l'amour ?

— Et j'aimerais que tu le sois aussi, poursuivit-il. Juste une minute.

Elle lui caressa la joue et suivit la courbe de sa mâchoire du bout du doigt. Il avait une jolie mâchoire, prononcée, mais pas trop, et une peau ferme rendue légèrement rêche par sa barbe naissante.

— Je sais que tu es sérieux. Je le suis aussi. D'après toi, pourquoi je blague ? Parce que ça me terrifie, voilà pourquoi.

— Quoi donc ?

Elle baissa la tête, puis se força à le regarder. Elle avait affronté certains des tueurs les plus épouvantables au monde, seule, dans le noir, mais elle pensait sincèrement que cette conversation était plus éprouvante. Plus angoissante.

— Ça me terrifie de me dire que toi et moi… que je…

— Que tu m'aimes bien ?

Sa voix était grave, sexy. Avec juste un soupçon de taquinerie. Il essayait de l'aider.

— Oui.

— Parce que ?

Il avait recommencé à lui masser la clavicule. Fia sentait ses derniers doutes s'envoler. À présent, elle ne pensait plus à s'arrêter juste avant qu'il ne soit trop tard. La première fois qu'il l'avait embrassée, elle s'était dit qu'elle lui rendait son baiser par pure curiosité. De même pour la deuxième. La troisième. La caresse sur son sein. Mais à présent, elle était excitée, ses dessous étaient mouillés, et elle savait très bien qu'ils allaient atterrir dans sa chambre. Voire sur le tapis du salon, s'ils ne se dépêchaient pas un peu.

Elle savait qu'elle ne devait pas faire l'amour avec Glen et pouvait réciter toutes les raisons qui s'y opposaient, avec en tête de liste le fait qu'il était humain et qu'ils travaillaient ensemble. Mais elle savait aussi qu'elle allait passer à l'acte. Et elle pouvait l'accepter. Elle pouvait accepter l'idée qu'elle devrait éprouver des remords ensuite. Elle était catholique depuis quatre cents ans ; la culpabilité, ça la connaissait. Mais elle avait plus de difficultés à accepter le torrent d'émotions qui semblait accompagner les cascades à venir. Fia n'était pas simplement attirée sexuellement par Glen. Elle l'appréciait… un peu trop.

— Explique-moi ce qui te fait peur, l'encouragea Glen à mi-voix.

Il continuait à caresser sa peau du pouce, mais il avait glissé légèrement la main par-dessus son épaule et le bout de ses doigts reposait à présent sur son sein. Les ondes de choc se propageaient jusqu'au bas du corps de Fia, durcissant ses mamelons et la mettant si mal à l'aise qu'elle avait envie de se tortiller.

Elle n'arrivait pas à se concentrer sur la question qu'il lui avait posée.

— Je ne veux pas que tu aies peur, Fi.

— Peur ? (Elle essaya de rire faiblement.) Je t'en prie, Glen, ne me dis pas que tu penses que je suis vierge.

Il ne sourit pas.

— Je suis sérieux, quand je parle d'être sérieux. Ce qui se passe entre toi et moi, ça n'a rien à voir avec la rupture de mes fiançailles, et tout à voir avec toi. Je crois que j'ai craqué le jour où je t'ai rencontrée au bureau de poste, avec ton oncle à côté de moi et l'odeur de la chair brûlée de Bobby McCathal dans les narines.

Elle se sentit fondre. Pour la plupart des femmes, la déclaration de Glen n'aurait rien eu de très poétique. Mais pour quelqu'un qui avait eu sa part d'histoires d'amour creuses, ces mots regorgeaient de romantisme.

— Et je pense, poursuivit-il, que tu savais qu'il se passait quelque chose, toi aussi.

— Bon, tu as vidé ton sac. Maintenant, tu veux bien recommencer à m'embrasser ?

Il frotta le bout de son nez contre le sien et elle essaya d'atteindre sa bouche, mais il recula.

— Tu dois le dire, chuchota-t-il.

— Dire quoi ? Que je t'ai trouvé sexy ?

— Bien sûr que tu m'as trouvé sexy. (Il effleura sa pommette des lèvres.) Mais je veux que tu avoues que tu m'as aimé dès le premier jour, murmura-t-il à son oreille. Je veux que tu avoues que tu as eu envie de coucher avec moi dès la seconde où tes yeux bleus m'ont aperçu.

Elle pouffa. Il l'excitait de plus en plus.

— On n'est plus en CE2 !

— Non, mais presque. On est au FBI.

Elle rit de nouveau, et se sentit stupide. Et pourtant si bien, tout au fond d'elle-même. Intérieurement, elle dansait. Chantait. *Il craque pour moi ! Il craque pour moi !*

Il lui caressa le sein.

Elle fut incapable de réprimer un gémissement.

— Dis-le.

Sa bouche, magique, magnétique, rencontra les lèvres de Fia. Elle fit glisser la main sur sa taille – pas la moindre poignée d'amour à l'horizon –, sa hanche, ses abdominaux, jusqu'à la bosse sous son pantalon en toile.

— Dis-le.

Cette fois, sa voix était presque gutturale.

— Je t'aime bien, murmura-t-elle.

— Dis-le encore, la pressa-t-il tandis qu'il la repoussait contre le canapé et lui grimpait dessus, penché sur elle, sa bouche à quelques centimètres seulement des lèvres de Fia.

Elle croisa son regard et ils partagèrent l'un de ces moments dont elle savait, avec une profonde tristesse, qu'ils ne se produisent que rarement dans la vie d'un homme ou d'une femme. Pendant un court instant, ils baissèrent tous deux leur garde. Dans ses yeux, elle lut la douleur de sa rupture avec Stacy, sa peur de laisser Fia savoir qui il était réellement.

— Je t'aime bien, murmura-t-elle.

Il la récompensa d'un baiser qui lui coupa le souffle et la laissa pantelante, brûlante, un voile de transpiration sur son front luisant.

Fia permit à Glen d'enlever son tee-shirt et de le jeter sur le sol du salon. Puis ce fut le tour de son survêtement. Elle commença à se tortiller pour retirer son string bleu pâle, mais il posa la main entre ses cuisses.

— Pas encore, souffla-t-il à son oreille, et il glissa un doigt dans le pli de la soie lisse.

Elle gémit et effleura le cou de Glen de ses lèvres. Elle le picora, mais ne mordit pas. Elle sentait le sang battre à son artère carotide : chaud, sucré, piquant. Mais elle se retint… elle se retiendrait.

Fia souleva les hanches pour les amener contre la main de Glen, enroula les deux bras autour de son cou et ouvrit la bouche à la rencontre de ses lèvres. Il l'embrassa fougueusement et elle sentit son doigt en elle. Elle gémit de nouveau.

— La chambre ? murmura-t-il à son oreille.

— Je n'ai pas besoin d'un lit, Roméo.

Elle tira sur la boucle de sa ceinture.

— Bien sûr que si. (Il se leva et lui prit la main.) Tu me montres, ou je te porte ?

— Même pas cap'.

Il se pencha sur le canapé, les bras ouverts pour la soulever, et elle sauta sur ses pieds et le guida dans le couloir sombre, presque nue à l'exception de son string. Une douce lumière sortait de la salle de bains, mais la chambre était plongée dans le noir. Arrivés au lit, il l'embrassa, un long baiser passionné comme elle les aimait, et ils tombèrent sur le matelas.

Elle rit sans savoir pourquoi. Elle n'avait pas souvenir que le sexe puisse être aussi amusant.

De nouveau, sa main trouva la boucle de la ceinture de Glen, et cette fois il se laissa déshabiller. Son pantalon, sa chemise, ses chaussettes volèrent. Bientôt, il ne resta plus que son boxer, tendu sous la pression exercée par son érection.

Fia bascula sur lui et pivota les hanches, leur donnant du plaisir à tous deux d'un simple mouvement. Ils s'embrassèrent encore, puis il les fit rouler de manière à se retrouver sur le dessus. Au passage, il se débrouilla on ne sait comment pour se débarrasser de son boxer.

— Oh, alors tu es un de ces hommes.

Il se tint sur un bras et écarta tendrement une mèche de cheveux de sa joue.

— Un de ces hommes ?

Elle souleva les hanches pour les presser contre celles de Glen.

— Un de ces hommes qui ont toujours besoin d'être au-dessus.

Il l'embrassa légèrement sur les lèvres.

— Tu es une de ces *femmes* qui ont toujours besoin d'être au-dessus ?

Il la fit sourire.

— Non… (Puis, en y réfléchissant, elle rit.) D'accord, quelquefois, peut-être.

Leurs hanches bougeaient en rythme. Elle n'arrivait pas à se concentrer sur ce qu'elle racontait.

— Mais je ne m'en sors pas trop mal… pour l'instant ? Moi sur le dessus.

Elle ferma les yeux et laissa les vagues de plaisir l'emporter.

— Ça ira pour cette fois, approuva-t-elle.

Il glissa une main le long de la cuisse de Fia, et elle écarta instinctivement les jambes et se souleva pour l'accueillir en elle.

Fia ne savait plus depuis combien de temps ils faisaient l'amour. Dix minutes ? Une heure ? Le temps devint élastique. Pas de passé. Pas d'avenir. Juste le présent. Glen était incroyable. Endurant, et le parfait mélange de tendresse et de pur désir. Elle eut trois orgasmes et s'endormit dans ses bras.

C'était la première fois depuis plus de cent ans qu'elle passait la nuit avec un homme.

Une semaine plus tard, Fia et Glen se retrouvèrent au pub où ils s'étaient rencontrés le jour où Glen était arrivé en ville. Un verre, et elle était prête à rentrer faire des galipettes avec lui, mais il insista pour qu'ils prennent le temps de dîner et de parler.

— Mon idée des préliminaires, lui susurra-t-il à l'oreille tandis qu'un serveur les guidait à leur table près des fenêtres.

Elle lui adressa une grimace.

Une fois assis, il commanda une bière blonde maison ; elle demanda son Schweppes-citron vert habituel. Elle n'avait aucune intention de laisser quoi que ce soit se mettre en travers des orgasmes qu'elle comptait avoir ce soir. Glen était un amant formidable. Rien à voir avec l'enquêteur qu'elle connaissait sur le terrain. Au lit, son attitude calme et prudente s'envolait. Il était spontané, aventureux, avide de la satisfaire, tout ce qu'elle recherchait chez un partenaire. Et le plus drôle, c'est que le sexe, et l'intimité qui suivait, suffisaient à Fia. Elle n'avait pas besoin de son sang. Elle n'en avait pas vraiment envie.

Tandis qu'ils attendaient leurs boissons, il glissa la main sur la table pour prendre celle de Fia. Il était si mignon. On aurait dit un vrai rendez-vous, mais c'était encore mieux, car elle savait que plus tard ils termineraient dans son lit, et que ce serait bon.

Elle ne pouvait pas s'arrêter de sourire. Elle avait l'impression d'être une idiote, comme si elle avait de nouveau quatorze ans et qu'elle s'éveillait juste à la sexualité. Elle pensait à lui sous la douche, dans sa voiture, au travail. C'est tout juste si elle n'avait pas griffonné leurs noms dans les marges de ses dossiers, entourés d'un grand cœur. Cette semaine avait constitué une vraie piqûre de rappel quant aux affres que Kaleigh et les autres adolescents de Clare Point devaient affronter en ce moment même.

Le serveur apporta leurs boissons et nota leur commande. Glen voulait du poulet à la milanaise ; Fia, un steak saignant. Glen lui reprit la main dès que le serveur s'éloigna.

— Tu n'as pas besoin de faire ça, sourit-elle.

— Faire quoi ?

Il lui serra la main.

— Ça. Ce dîner. Me payer un verre. Le dessert. Me tenir la main. Je couche déjà avec toi… Je n'ai pas besoin d'être soudoyée.

— Alors peut-être que moi j'ai besoin de ça. Besoin de dîner et de boire un peu avant de pouvoir coucher avec toi.

Elle grimaça. Elle se demandait à quel point il était sérieux.

Sans lâcher sa main, il se pencha vers elle.

— Tu sais déjà tout du revers que je viens d'essuyer dans ma quête de l'amour et du bonheur, mais je ne sais rien de ton passé. Une fille aussi canon que toi, ne me dis pas que tu n'as pas eu de petits amis.

Elle regarda au loin. Ils étaient assis à côté d'une fenêtre qui donnait sur la rue passante, mais il faisait déjà noir au-dehors. Elle ne distinguait que la lueur des phares des voitures.

— Je préfère t'épargner mon récit. Il n'a rien de très joyeux.

Il se pencha par-dessus la table pour porter la main de Fia à ses lèvres. C'était si bête. Elle se serait crue dans un film à l'eau de rose des années 1940. Tellement mignon, bon sang.

— Je veux l'entendre. Je veux savoir pourquoi tu te protèges à ce point.

— C'est comme ça que nous autres, agents du FBI, évitons de nous faire tuer, plaisanta-t-elle.

— D'un point de vue émotionnel, je veux dire, précisa-t-il avec douceur.

Donc il était sérieux. Il ne s'intéressait pas à elle que pour le sexe. Elle regarda de nouveau dehors et haussa les épaules.

— Je t'ai déjà raconté. Ian. Tu te souviens ? Rien de très compliqué. Je suis tombée amoureuse. Il a affirmé qu'il m'aimait. Je l'ai cru.

Mais, tandis qu'elle parlait, les phares des voitures dans la rue se transformèrent en torches, et elle ferma les yeux, juste un instant.

Ian l'avait demandée en mariage. Elle lui avait dit la vérité sur son identité, mais il avait répondu que ce n'était pas grave. Elle le rencontrait dans la forêt, et avait toujours veillé à ne pas lui révéler de quel petit village elle venait et où les autres vivaient. Mais cette nuit-là... La nuit où les tueurs de vampires étaient arrivés à cheval, portant leurs torches, Fia l'avait attendu. Ils devaient s'enfuir pour se marier. Il avait promis de venir la chercher, de l'emmener, de l'épouser et de vivre avec elle jusqu'à ce qu'il meure. Il lui avait assuré que cela ne le dérangeait pas qu'elle n'ait que dix-neuf ans à l'époque, qu'elle ait besoin de chasser, qu'elle se nourrisse de sang, qu'elle ne puisse jamais avoir d'enfant. Tout ce qui lui importait, avait-il déclaré, était de l'aimer.

Cela avait été un piège tout du long. Du jour où il l'avait rencontrée pour la première fois dans la clairière, il avait eu pour objectif de l'utiliser afin de traquer le clan. Elle l'avait compris quand elle avait entendu les sabots des chevaux martelant la terre, aperçu les premières torches, sentit les premiers toits de chaume en feu. Il l'avait vue chasser dans cette forêt, boire du sang, en avait déduit qu'elle était une vampire, et s'était servi de son physique avantageux et de son charme pour la conquérir.

Cette nuit-là, il avait dit qu'il venait pour elle, pour l'emmener loin de tout cela, pour l'épouser, mais en fait il était venu pour la tuer. C'était un chasseur de vampires, et il avait amené avec lui une dizaine d'hommes à cheval, brandissant des épées pour décapiter ceux qu'elle aimait. La décapiter, elle.

Si Fia n'était pas morte cette nuit-là, c'était uniquement grâce à Mahon, qui l'avait fait entrer de force dans le cellier et l'avait enfermée à l'intérieur. Les hommes et femmes du clan Kahill avaient combattu avec acharnement et avaient fini par mettre les tueurs en fuite, mais pas avant qu'une quinzaine d'entre eux aient été décapités. Avant l'aube le lendemain, le clan avait abandonné le village et les corps sans vie de ses membres pour partir se cacher. Cet événement avait représenté le début de la fin pour eux en Irlande, et tout avait été la faute de Fia. Sa faute, parce qu'elle avait placé sa confiance en la mauvaise personne. Parce qu'elle était tombée amoureuse d'un homme.

— Fi ?

Elle entendit qu'on l'appelait au loin. La voix de Ian ?

Non. Pas la voix de Ian.

Fia revint au moment présent et se tourna vers Glen, gênée. Elle avait les yeux pleins de larmes.

— Désolée, bredouilla-t-elle.

— Je ne voulais pas être indiscret. (Elle voyait au regard de Glen qu'il s'inquiétait pour elle.) Je souhaite simplement mieux te connaître.

— Fia !

D'un pas nonchalant, Joseph avança jusqu'à leur table.

C'était un cauchemar. Il était pire qu'un chewing-gum collé à sa semelle.

Glen lâcha sa main, se leva, tel un gentleman, et tendit la main à Joseph.

Celui-ci la secoua avec vigueur. Il portait un complet-veston en flanelle grise, une cravate lavande, et un mouchoir de soie assorti dépassait de sa poche. Le costume coûtait probablement trois fois le prix de celui de Glen, mais Fia fut surprise de voir combien il était évident, quand ils étaient ainsi côte à côte, que Glen avait infiniment plus de classe que Joseph. Tout l'argent et l'éducation du monde ne pouvaient faire oublier le parfum de corruption qui émanait de Joseph.

— Docteur Joseph Pineiro, se présenta celui-ci.

— Glen Duncan.

— Ah... Le nouveau partenaire de Fia.

Joseph hocha la tête et sourit de l'air satisfait de celui qui savait tout.

Glen jeta un coup d'œil à Fia en se rasseyant. Il avait l'air de deviner son malaise.

— Donc vous sortez ensemble.

Cela ressemblait davantage à une affirmation qu'à une question.

Fia ne savait pas quoi dire. Elle ignorait comment Joseph connaissait l'identité de Glen, mais il la mettait de plus en plus mal à l'aise. Était-il venu fouiner autour de son immeuble ? À son travail ? Il avait un don pour dénicher les informations qu'il voulait. Depuis toujours. Il pouvait charmer n'importe qui.

— On est sortis ensemble, vous savez, dit-il en ponctuant l'affirmation d'un signe de la main.

Il souriait toujours, mais sa voix avait quelque chose de tendu. Comme une menace voilée.

— C'est vrai ?

Le regard de Glen vola vers Fia avant de revenir se poser sur Joseph.

—Elle m'a brisé le cœur. (Il joignit les mains et les porta à sa poitrine.) A capturé mon âme. Littéralement, hein, Fia ?

Elle se raidit, mais croisa le regard de Joseph. Elle n'avait pas peur de lui. Elle était plus puissante que lui et avait tout le clan derrière elle. Il ne pensait tout de même pas qu'il pouvait la menacer ? Il devait bien savoir que, s'il poussait le bouchon trop loin, elle avouerait tout au clan et leur donnerait le feu vert pour faire ce que bon leur semblait de lui.

—Je crois que tu devrais partir, Joseph, lâcha-t-elle dans un souffle.

—Partir ? Pourquoi partirais-je ? Ton nouveau petit ami et moi venons à peine de nous rencontrer. Nous avons beaucoup à nous raconter. (Joseph glissa ses mains de chirurgien dans les poches de son pantalon.) Je suis sûr que l'agent spécial Duncan ne demande qu'à en savoir plus sur tes préférences au lit. Tes petites *manies*, Fi ?

Il pouffa.

Glen se leva à demi de sa chaise, les poings serrés, un air menaçant sur le visage.

Super, songea Fia. *Dans une minute, je vais me retrouver avec une bagarre sur les bras.*

—Je crois que vous devriez vous en aller.

Glen n'éleva pas la voix, mais son regard d'acier montrait toute l'étendue de sa résolution.

Il avait plus de cran qu'elle ne l'avait pensé.

—M'en aller ? Pourquoi je devrais m'en aller, alors que…

Glen avança d'un pas vers l'intrus, et Joseph battit en retraite. Il avait toujours été lâche. Il préférait s'attaquer aux faibles. Aux malades. Aux demoiselles en détresse ligotées et bâillonnées.

— Bon, passez une bonne soirée, les enfants. J'ai réglé votre note. (Joseph s'éloigna.) On reste en contact, Fi.

Glen attendit que Joseph soit sorti avant de se rasseoir.

— Désolée, s'excusa-t-elle en attrapant son verre. C'était un autre ex. Un vrai connard.

— En effet.

Elle saisit son sac sur la chaise voisine.

— Si tu veux bien m'excuser une minute.

— Ça va ?

— Ça va. Je vais juste me rafraîchir. Je reviens tout de suite. Promis.

Tremblante de rage, Fia traversa le couloir. Une fois tranquille dans les toilettes, elle pêcha son téléphone dans son sac et composa nerveusement le numéro de Joseph. Quand il décrocha, elle ne lui laissa même pas le temps de parler.

— J'irai à *un* rendez-vous chez le docteur Kettleman avec toi. Ensuite tu quitteras Philadelphie de ton propre chef, ou j'appellerai mes frères. Tu connais mes frères, Joseph. Ils n'attendront pas que le clan prenne une décision pour déterminer si tu représentes une menace. Tu sais ce qu'ils feront. Crois-moi, tu n'as pas envie que je passe cet appel.

Elle raccrocha. Alla aux toilettes. Se lava les mains. Elle remit un peu de gloss sur ses lèvres, puis retourna dans la salle du restaurant pour terminer son dîner. Pour reprendre le cours de sa vie.

Tandis qu'elle remontait l'allée sombre, Shannon regarda par-dessus son épaule. Quelqu'un ou quelque chose lui donnait la chair de poule. Elle observa les ombres à la recherche d'un tigre ou d'un lion, pensant que peut-être Arlan lui jouait un tour. Rien ne remuait. Ni l'herbe jaunie de la pelouse, ni les feuilles mortes qui commençaient à tomber des arbres.

Elle pressa un peu le pas. Elle louait un appartement au-dessus du garage de M. et Mme Hill, au bout de l'allée. Il n'était pas si tard, un peu après 23 heures, peut-être, mais la rue était vide. Les lampadaires étaient allumés, mais ils luisaient faiblement dans les ténèbres brumeuses. Il avait commencé à pleuvoir pendant que Shannon était en train de chasser en forêt. Une pluie fine, mais qui s'infiltrait lentement sous vos vêtements et vous trempait jusqu'aux os.

Elle savait que le Conseil avait recommandé que les membres du clan n'aillent pas chasser seuls, mais l'habitude était si ancrée en elle que l'idée de prendre du sang devant quelqu'un d'autre la dégoûtait. Peut-être qu'elle n'était pas encore assez expérimentée, en fait. Mais elle n'était pas restée longtemps dehors, car malgré les centaines d'années passées à chasser dans ces bois obscurs, quelque chose ce soir l'avait mise mal à l'aise. Une présence maléfique planait sur les lieux et lui donnait froid dans le dos.

L'angoisse avait suivi Shannon jusque chez elle. Mais elle n'était plus qu'à quelques pas de la porte, et elle avait sûrement tout imaginé. Aucun tueur n'était embusqué derrière les massifs de rhododendrons de Mme Hill.

Heureuse d'apercevoir la lumière en haut de l'escalier, Shannon monta la volée de marches en bois grinçantes. Une fois rentrée, elle s'enfermerait à clé – une chose que les gens faisaient rarement à Clare Point. Tout irait bien.

Les gonds se plaignirent quand elle ouvrit la porte. Ils auraient eu besoin d'un bon coup de lubrifiant. À l'intérieur, elle appuya sur l'interrupteur. La lumière envahit le salon, la cuisine et le coin salle à manger. Ici non plus, aucun tueur n'était tapi. Elle ferma le verrou et se tourna face à la vaste pièce. Elle se sentait toujours bizarre. Tendue. Elle savait qu'elle était seule, et pourtant la chambre et la salle de bains plongées dans le noir au bout du petit couloir lui semblaient soudain effrayantes.

Elle frissonna tandis qu'elle se débarrassait de ses chaussures et les balançait sur la carpette près de l'entrée. Ses habits étaient humides, et elle avait froid. Elle devait prendre une douche et enfiler des vêtements secs. Mais pour cela, elle devrait s'aventurer dans l'obscurité.

Une vampire qui avait peur du noir... C'était un comble.

Sur un coup de tête, Shannon sortit son téléphone portable de la poche de son jean et chercha le numéro de Fia. Elle devait la rappeler depuis plusieurs jours. C'était gentil de la part de Fia de lui avoir passé un petit coup de fil juste pour dire bonjour, après le week-end dernier. À l'autre bout, le téléphone sonna. Quatre sonneries, puis la voix de Fia. Un enregistrement.

Shannon jeta un coup d'œil vers la partie de la maison qui était plongée dans les ténèbres.

— Salut, c'est Shannon. Je voulais juste te faire coucou. (Elle rangea une chaise sous la table de la salle à manger.) La prochaine fois on boira des martinis chez moi. Je pensais en préparer au chocolat. J'espère que tu t'amuses bien avec l'agent spécial Beau-Gosse. Bisous.

Elle raccrocha, les yeux toujours rivés sur les pièces obscures au bout du couloir.

— Oh, c'est ridicule, grommela-t-elle. Que ferait Fia Kahill à ma place ?

Elle n'hésiterait pas et marcherait la tête haute. Elle se prouverait qu'elle était seule et en sécurité, bien sûr. Fia était son héroïne depuis qu'elle la connaissait.

Shannon avança vers les ténèbres.

Chapitre 19

Fia était penchée sur le corps de Shannon. Le téléphone portable de celle-ci n'était plus qu'une braise fumante dans sa poche. Ce matin, pendant que Fia attendait que Glen termine de prendre sa douche avant de sortir manger leur petit déjeuner du samedi, elle avait consulté sa messagerie et découvert que Shannon l'avait appelée à 23 h 25 le soir précédent. À peu près à l'heure où Fia et Glen entamaient la seconde mi-temps. Alors qu'ils entraient dans un café à 9 h 40, ils avaient reçu l'appel de Sedowski.

Le docteur Caldwell avait pris la température du foie de Shannon à son arrivée sur la scène. Il estimait qu'elle était décédée entre 23 heures et minuit. Rien de ce que Shannon avait dit dans son message téléphonique ne laissait présager un problème. Fia savait que cela n'aurait probablement pas fait la moindre différence si elle avait répondu, mais cela ne l'empêchait pas de se sentir coupable.

Elle contempla le corps de Shannon, puis sa tête, que le tueur avait manifestement posée dans un souci de mise en scène. Une poussée de bile remonta de son œsophage.

Le meurtrier avait décapité Shannon à l'entrée de la chambre. Les flaques de sang et les éclaboussures l'indiquaient sans l'ombre d'un doute. On l'avait probablement attaquée par surprise, car il n'y avait pas de traces de lutte.

On avait tiré son corps jusqu'au lit et on lui avait coupé sauvagement les seins. Le tueur avait emporté ceux-ci, mais cette fois, il avait laissé la tête placée bien en évidence. Conformément à son mode opératoire habituel, il avait essayé de brûler le corps, ou tout au moins avait fait une tentative symbolique. Il avait mis le feu aux draps de Shannon, mais n'était pas resté assez longtemps pour terminer son ouvrage. Le dessus-de-lit, traité avec un agent ignifuge, avait empêché le matelas de s'enflammer, et le feu avait fini par s'éteindre tout seul. L'incendie n'avait que peu abîmé le corps de Shannon, mais il avait brûlé tous ses vêtements, la laissant nue dans le lit.

Quel salopard.

Au cours de toutes les années qu'elle avait passées au FBI, Fia ne se rappelait pas avoir vu de scène de crime aussi horrible. Même les règlements de comptes de la mafia n'étaient pas aussi brutaux. Quel genre de haine un homme devait-il nourrir pour tuer et mutiler ainsi ? Peu importait à Fia que le cœur de Shannon ait cessé de battre quand ses seins avaient été découpés. Personne, vivant ou mort, humain ou vampire, ne méritait un tel manque de respect.

La main crispée dans sa poche sur le téléphone portable qui aura été son dernier contact avec Shannon, Fia laissa son regard errer sur la tête, positionnée bien droite contre deux oreillers à fleurs. Les magnifiques cheveux blonds de Shannon, légèrement roussis, étaient étalés sur les coussins. Ses yeux bleus étaient à demi fermés et sa peau avait un teint de cire. Mais ce fut sa bouche qui retint l'attention de Fia. Shannon portait toujours du gloss à la cerise sur ses lèvres boudeuses ; Fia le sentait. Le parfum sucré lui donna un haut-le-cœur.

Sainte Marie, mère de Dieu, pensa-t-elle. *Comment le gloss a-t-il survécu à ce carnage ?* Puis elle remarqua une ombre à l'intérieur de la bouche de Shannon.

— Des gants, cria-t-elle en tendant la main derrière elle.

À son arrivée sur les lieux, elle avait insisté pour que tout le monde sorte de la petite chambre mauve et verte de Shannon, qui ressemblait plus au sanctuaire d'une adolescente qu'à celui d'une femme adulte. Fia voulait voir Shannon seule. Être seule avec elle.

Une paire de gants violets apparut dans sa main. Fia ne vit jamais quel ambulancier les lui avait passés. Elle avait les yeux rivés sur les lèvres pincées de Shannon.

— Vous avez un abaisse-langue ?

Derrière elle, elle entendit quelqu'un fouiller dans une boîte métallique en écartant bruyamment des objets emballés de plastique. On lui tendit une spatule en bois.

— Vous avez trouvé quelque chose ? demanda Glen depuis le couloir.

Il était en train d'interroger l'un des policiers d'oncle Sean, qui était arrivé le premier sur les lieux après l'appel de Mme Hill. Celle-ci s'était inquiétée quand Shannon n'était pas allée chercher le journal du matin dans l'allée pour M. Hill. Mme Hill avait expliqué que l'appartement était ouvert, comme toujours, et que quand Shannon n'avait pas répondu au téléphone ni à la porte, elle avait su que quelque chose n'allait pas et était entrée.

— Agent spécial Kahill ? insista Glen depuis le seuil, de sa voix la plus professionnelle.

— Juste une seconde, dit-elle.

Elle s'approcha du lit, essayant de passer outre à l'odeur de cheveux et de peau brûlés qui se mêlait au parfum sucré du gloss. Elle fit mine de ne pas voir les paupières mi-closes et le regard vide de Shannon.

La jeune femme avait quelque chose dans la bouche.

En retenant la tête de Shannon juste assez fermement pour ne pas la déplacer, Fia inséra l'instrument dans sa bouche et poussa l'objet, qui sortit brusquement. Il aurait heurté le lit si Fia n'avait pas lâché le sommet du crâne de Shannon pour l'attraper.

— Fi, qu'y a-t-il ?

La voix de Glen était passée de « agent spécial dur à cuire » à « petit ami inquiet ».

Les yeux rivés sur sa main gantée, elle répondit d'une voix étranglée.

— De l'ail.

— Hein ?

Il entra dans la chambre.

Fia se sentit emportée par une vague de vertige. Pendant un petit moment, elle pensa qu'elle allait s'évanouir, ou être malade. Peut-être les deux.

Lentement, la sensation s'estompa.

— De l'ail, répéta-t-elle d'une voix plus assurée, et elle lui montra la gousse.

— Bon sang, mais pourquoi…

Fia s'accroupit pour prendre un sachet plastique dans la trousse posée dans l'entrée, sans vraiment écouter ce que Glen racontait. Elle n'avait pas besoin de demander pourquoi on avait placé de l'ail dans la bouche de Shannon ou ce que cela signifiait.

— Je ne comprends pas pourquoi tu dois partir.

Dans le lit à la tête ornée de poissons bleus dessinés au pochoir, Glen était couché sur le côté. Un drap à volants bleus le couvrait jusqu'à la taille, mais quand

Glen lui attrapa la main pour l'empêcher de se lever, le drap se souleva et offrit à Fia le tableau intéressant de son écheveau de poils foncés et de ses attributs masculins.

L'homme avait de sympathiques attributs, elle voulait bien l'admettre.

Elle se força à regarder ailleurs et à penser à autre chose qu'à l'érection naissante de son amant. Quelque chose qu'elle n'aimait pas. Un détartrage. Récurer le siphon de sa douche.

— Je dois partir parce que ceci est la chambre de l'Arlequin, et que ma chambre est la chambre de l'Étoile de mer.

Il refusait de lâcher sa main. Elle se rassit au bord du lit et tenta d'attraper son tee-shirt pour ne pas avoir cette conversation complètement nue, mais il ne la laissa même pas s'éloigner jusque-là.

— Je t'en prie, ne me dis pas que tu ne veux pas que tes parents sachent qu'on est ensemble.

— Oh, ils savent qu'on est ensemble sur l'enquête…

— Fi. Une fois encore, j'essaie d'être sérieux et tu ne l'es pas.

Elle grogna et se laissa retomber sur le lit, la tête sur l'oreiller à côté de lui, en veillant à ne pas approcher la main de ses parties masculines. Elle ne souhaitait pas commencer quelque chose qu'elle n'aurait pas le temps de terminer. Elle devait sortir de cette chambre pour que Glen s'endorme et qu'elle puisse se rendre à la réunion du Conseil. Ce soir, il n'était pas question d'arriver en retard.

— S'il te plaît. (Elle tourna la tête pour le regarder.) Je sais où tu veux en venir, et je crois que je ne suis pas d'attaque pour cette conversation ce soir.

Il se tut une minute.

— D'accord.

— D'accord ?

Cela avait été bien trop facile. Au cours de la semaine, il avait déjà tenté deux fois de parler de « leur relation », et les deux fois elle avait réussi à esquiver la conversation avec aisance.

— D'accord pour ce soir. Je comprends que tu as eu une journée pourrie. Obligée de revenir à Clare Point. Shannon, cette fois. (Il lui caressa la joue.) Mais tu ne vas pas continuer à fuir le dialogue. Je sais que nous avançons à toute vitesse, mais toi, tu essaies de faire comme si nous n'avancions pas du tout.

Les yeux de Fia se perdirent sur le ventilateur fixé au plafond. Peint en bleu, naturellement.

— Glen…

— Ceci n'est pas une conversation, ce qui signifie que tu n'as pas à parler. Je veux juste que tu saches que, quand tu seras prête, moi aussi. Que même s'il est très tôt, et que nous n'avions rien prévu de tout cela, j'ai envie que les choses marchent entre nous. Je ne suis pas quelqu'un d'impulsif, tu le sais, Fi. Mais *ça*… ça compte pour moi.

Elle tourna la tête. Il la regardait dans les yeux. Elle se sentait fondre.

— *Tu* comptes pour moi, murmura-t-il.

Fia s'assit et attrapa un oreiller, l'utilisant comme une barrière entre leurs corps nus. Entre leurs cœurs.

Il était humain. Elle ne pouvait pas faire ça. Elle savait qu'elle ne pouvait pas. Pas à nouveau, après Ian. C'était une erreur. Elle avait eu tort de penser qu'elle pouvait maîtriser la situation. Tort de penser qu'elle pouvait limiter cette relation au sexe.

— Je dois vraiment retourner dans ma chambre, dit-elle avec douceur. Et toi, tu dois dormir.

Elle se pencha et l'embrassa, remontant au passage le drap pour le couvrir.

— Qu'est-ce qui se passe, la taquina-t-il. Tu ne veux pas refaire un tour de manège ?

Elle rit en essayant de ne pas faire trop de bruit.

— Bonne nuit, Glen. À demain matin.

— À demain matin, *poupée*.

Elle lui jeta l'oreiller à la figure.

À 1 h 15, Fia sortit sur le trottoir devant le *bed and breakfast* de ses parents. À 1 h 17, une panthère noire la rejoignit. La créature était élégante, mais imposante ; elle devait peser près de cent kilos. Tandis qu'elle marchait au côté de Fia en l'observant de ses yeux dorés luisants, sa queue s'agitait nerveusement.

— Tu peux faire un ours ? demanda Fia. Ou un hérisson ? Tous ces félins, ça devient lassant à la longue.

— *Tu ne devrais pas te déplacer seule, ce n'est pas sûr*, dit Arlan.

En réalité, il n'avait pas parlé, mais Fia l'avait entendu haut et clair dans sa tête.

— Ne t'inquiète pas pour moi.

Elle prononçait les mots à voix haute, préférant le son de sa voix au silence absolu qui régnait ce soir dans la ville apeurée. Aucune voiture ne ronronnait dans les rues. Aucune porte ne se refermait. Même les chiens n'aboyaient pas. Leurs compagnons à quatre pattes avaient-ils eux aussi peur pour la vie des membres du clan ?

— Je peux me débrouiller.

— *C'est ce que Shannon croyait, elle aussi*.

— Elle a été tuée dans son appartement, pas dans la rue.

Arlan cheminait silencieusement à côté d'elle, les crocs sortis, sa longue queue noire fouettant l'air en un grand arc.

— *Alors qu'est-ce que ça veut dire, Fi ? Qu'aucun d'entre nous n'est plus en sécurité nulle part, désormais ?*

— Jésus, Marie, Joseph, il lui a tranché la poitrine, Arlan.

La voix de Fia se brisa d'émotion et des larmes envahirent ses yeux. Elle se couvrit la bouche de la main. Elle avait réussi à se maîtriser toute la journée, mais soudain, elle se sentait perdue. Vaincue.

— Comment quelqu'un peut-il faire une chose pareille ? Il a découpé ses seins et les a embarqués avec lui dans un sac-poubelle qu'il a pris dans une boîte sous l'évier de Shannon. Il a posé sa tête sur le lit et lui a fourré de l'ail dans la bouche.

— *Tu sais ce que ça signifie.*

— C'est une bonne nouvelle, je suppose. (Elle leva la main au-dessus de son épaule pour essayer de frotter un nœud douloureux au milieu de son dos.) Ce n'est pas l'un d'entre nous. Seuls les humains croient qu'on en a quelque chose à foutre de l'ail.

— *Grâce à notre pote Bram Stoker.*

En une fraction de seconde, Arlan passa de quatre pattes à deux jambes. Un instant, il avait une queue, celui d'après, il marchait à côté d'elle sous sa forme humaine et massait les muscles fatigués de Fia.

— Mais ce n'est pas le seul. D'autres ont imaginé exactement la même chose. En fait, je suis plutôt calé sur le sujet des vampires dans les médias.

— C'est bon à savoir. Si je participe à *Qui veut gagner des millions ?* et que je dois appeler un ami pour m'aider à trouver la réponse à une question sur la représentation des vampires dans les médias, tu seras mon homme, Arlan.

— Tu as vraiment besoin d'être sarcastique tout le temps ? (Il abaissa la main.) Shannon est morte. Mahon et Bobby aussi. Nous devons faire quelque chose, Fi.

Elle pivota et s'arrêta sur le trottoir.

— Tu crois que je ne le sais pas ?

Il se tut une minute. Ils recommencèrent à marcher. Ils passèrent sous un lampadaire. Une centaine de mètres devant eux, une femme âgée, emmitouflée dans un chapeau et un gros manteau malgré la température douce – seize degrés –, se dépêchait de traverser la rue en direction du musée.

— Je pense que tu prends les choses trop à cœur, déclara Arlan. Tout le monde se fiche de savoir si *tu* vas trouver le tueur. Si tu n'es pas celle qui l'arrête, ça ne veut pas dire que tu vas perdre notre estime, Fi. Ni que tu n'es pas un bon agent du FBI, ou que tu ne mérites pas de siéger au Haut Conseil.

Elle pinça les lèvres.

— Pour l'instant, l'ail est la meilleure piste dont je dispose. Grâce à Dieu, maintenant je sais que le tueur est humain et pas l'un d'entre nous. Mais c'est un humain qui sait comment nous tuer.

— Ce qui signifie que l'un d'entre nous l'a expliqué à l'un d'entre eux, offrit-il.

— Exactement.

Ils tournèrent dans l'allée fraîchement goudronnée qui menait au parking derrière le musée. Tous deux perdus dans leurs pensées, ils ne parlaient plus, mais

Fia était réconfortée par la présence d'Arlan à son côté. Avec lui, ce serait plus facile de pénétrer dans la salle de réunion.

Ils entrèrent dans le couloir mal éclairé au fond du bâtiment et se dirigèrent vers la pièce principale du musée, où l'on avait disposé des chaises en cercle. Aucun buffet à l'horizon ; pas même de café. Ce soir, l'arôme agréable était remplacé par l'odeur forte et caractéristique de la peur.

Comme ils étaient parmi les derniers à arriver, la plupart des sièges étaient occupés ; Fia s'installa près de la porte. Arlan lui serra l'épaule en signe de soutien avant de s'éloigner et de s'asseoir de l'autre côté du cercle.

Peigi Ross s'éclaircit la voix et tapota son bloc-notes avec son stylo. Fia remarqua que la feuille supérieure, qui listait habituellement une dizaine de points à aborder, était vierge. Ce soir, un seul sujet était à l'ordre du jour, et Peigi n'avait pas besoin qu'on le lui rappelle.

— On dirait que tout le monde est là, déclara Peigi, alors commençons. Voici comment nous allons procéder ce soir. Je vais parler, puis je vais appeler plusieurs d'entre vous…

— Je ne sais pas pour qui tu te prends, Peigi Ross, s'écria la femme de Bobby avec un geste théâtral. Nous avons tous le droit de nous exprimer dans ce Conseil. J'ai le droit de m'exprimer.

Peigi pivota pour regarder Mary McCathal, qui avait toujours les yeux rouges.

— Tu as le droit de t'exprimer, mais nous n'avons pas de temps à perdre en querelles, Mary, et c'est ta spécialité. La nôtre, à tous. Or je préside ce Conseil, et cela me donne le droit de décréter comment nous allons nous organiser. (Elle secoua son bloc-notes en direction de Mary, de tous les membres de l'assemblée.) Ce soir, pas de blabla stérile. Pas d'accusations, de doigts tendus, de provocations, de disputes. Nous allons décider comment nous comptons régler cette crise. Et ensuite, nous allons agir. (Elle se rassit sur sa chaise pliante, glissa le bloc-notes à ses pieds et croisa les bras devant ses seins tombants de sexagénaire.) Fia, l'interpella Peigi en se tournant vers elle. Clare Point est agitée de rumeurs. Pourquoi ne nous expliques-tu pas exactement ce que nous savons et ce que nous ignorons, et ce que toi tu penses de la situation. Pas simplement en tant qu'agent du FBI, mais aussi en tant que membre du clan.

Fia hésita entre rester assise et se lever, mais elle choisit la seconde solution, songeant que cela lui conférerait plus d'autorité.

— Voici ce que nous savons. Shannon a travaillé jusqu'à 21 heures au *Tertre*, et n'est pas rentrée chez elle avant 23 h 15, 23 h 20 au plus. De l'autre côté de la rue, Liz Lilk l'a vue remonter son allée. Je n'ai pas encore pu déterminer où Shannon était entre la fin de son service et son arrivée chez elle. Shannon m'a appelée sur mon téléphone à 23 h 25, et quelque part entre cet appel et minuit, on l'a assassinée.

Fia entendit des murmures, mais personne ne parla. Tous les regards étaient rivés sur elle.

— Le tueur pourrait l'avoir suivie de la rue, mais il est plus probable qu'il l'attendait à l'intérieur. Il se cachait sans doute dans la chambre. Il l'a décapitée…

Fia veilla à conserver un ton monocorde.

— … l'a déposée sur le lit, a coupé ses seins, placé de l'ail dans sa bouche et mis le feu au matelas.

— Ses seins, murmura quelqu'un. Les pieds de Bobby, les mains de Mahon. Et maintenant les seins de Shannon.

Fia regarda dans la direction de la voix, et la pièce fut de nouveau silencieuse.

— Je ne sais pas encore pourquoi l'assassin emporte des parties du corps des victimes, mais nous comprenons tous ici le sens de la décapitation et de l'incendie. On sépare la tête du corps et on brûle ce dernier pour l'empêcher de se régénérer et pour que l'âme n'y retourne pas. Ce qui diffère dans le cas de Shannon, c'est l'ail fourré dans sa bouche. Il y a quelques semaines, nous nous regardions avec suspicion, nous demandant si un de nos voisins, de nos parents aurait pu commettre ces crimes odieux. Maintenant, nous savons que ce n'est pas l'un de nous.

— Qu'est-ce qui te fait dire ça ? questionna Jim Hill.

Elle se tourna vers lui.

— Seuls les humains pensent que l'ail repousse les vampires. Tu mets de l'ail dans ta sauce marinara, oncle Jim.

Il hocha la tête en signe d'assentiment.

Fia prit un moment pour regarder chacun des membres du Conseil, pivotant lentement afin de voir chacun de leurs visages.

— Donc, la bonne nouvelle est que le tueur n'est pas un membre du clan. (Elle hésita.) La mauvaise, que c'est un humain, ce qui signifie que nous avons été découverts.

— Que dit le FBI ? Les décapitations. Et maintenant, l'ail ? questionna Peigi.

— Heureusement pour nous, le FBI ne croit pas aux vampires. L'hypothèse de travail est que l'assassin est simplement un de ces cinglés dont nous essayons tous de libérer le monde. Le FBI prend l'enquête très au sérieux, et nous pensons que nous nous rapprochons du tueur. (Aux oreilles de Fia, les mots sonnaient faux.) Ce que le FBI fait à l'heure actuelle, ce que mon partenaire et moi sommes en train de faire, c'est de réunir les pièces à conviction relatives aux trois meurtres pour tâcher d'en comprendre la signification.

— Je peux te dire ce que ça signifie. Ça signifie qu'un de nous l'a ouvert, lâcha Mary Hill, un œil noir posé sur Mary McCathal. Ça signifie qu'un de nous est devenu trop copain avec les touristes. Trop copain avec le livreur.

— Je n'ai jamais rien révélé à personne sur nous, siffla Mary McCathal. C'est toi qui passes ton temps à colporter des rumeurs, Mary Hill. C'est toi qui cours après les maris des autres.

Mary Hill en resta bouche bée, mais avant qu'elle n'ait pu répliquer Peigi se leva.

— Mesdames ! C'est exactement ce dont je parlais. Ce que nous allons éviter. (Elle lança un regard noir aux deux Mary.) Continue, Fia.

Elle se rassit.

Fia ouvrit les bras, puis joignit les mains.

— Comme je le disais plus tôt, la bonne nouvelle est que nous nous rapprochons du tueur. Nous allons trouver qui a commis ces actes et restaurer la paix. La mauvaise nouvelle, c'est que maintenant nous devons décider comment découvrir ce que les humains savent sur nous.

— Comment sommes-nous censés faire ça ? demanda quelqu'un. Si j'avais confié au caissier de l'épicerie à Dover que je suis un vampire, je ne l'avouerais sûrement pas !

Ils se mirent à parler tous en même temps, et le bruit s'amplifia jusqu'à être assourdissant. Fia les laissa s'exprimer un petit moment, puis elle leva les deux mains.

— Mesdames, messieurs, s'il vous plaît. (Tout le monde se tut.) Avant que nous commencions à lancer des accusations, à penser du mal les uns des autres, souvenons-nous de quelque chose. Peut-être que personne n'a rien dit. Peut-être qu'un humain a découvert notre existence par accident. Peut-être que quelqu'un a vu ou entendu quelque chose qu'il n'aurait pas dû. Songez à tous les humains qui vont et viennent tous les jours dans cette ville, surtout l'été : les touristes, les livreurs, les étudiants qui cherchent un petit job.

— Je ne comprends pas. (Rob Hall frottait son crâne dégarni.) Pourquoi est-ce que quelqu'un nous traquerait pour nous éliminer ? Nous vivons en paix ici depuis trois siècles.

Fia haussa les épaules.

— Et pourquoi sommes-nous persécutés depuis mille quatre cents ans ? La *mallachd*, encore et toujours, Rob. Nous l'avons juste oubliée, parce qu'en effet, nous vivons ici en paix depuis très longtemps.

De nouveau, on entendit des murmures, mais à présent tous l'écoutaient. Ils voulaient savoir ce qu'elle avait à dire.

— Alors, que suggères-tu ? demanda Peigi.

— Je crois que je devrais interroger tous les habitants de la ville, découvrir avec quels humains chacun d'entre nous est en contact et essayer de croiser les noms. Voir quels humains vont et viennent à intervalles réguliers.

Même si l'entreprise était titanesque, Fia estimait vraiment que c'était le meilleur moyen de parvenir à des résultats. Avec Glen en ville, ce serait un peu compliqué, mais elle devrait réussir à se débrouiller. Peut-être qu'une fois que leur enquête officielle serait terminée, elle inventerait un prétexte pour rester quelques jours supplémentaires à Clare Point. Sans Glen pour la tenir à l'œil, elle pensait pouvoir passer en revue les habitants assez rapidement.

— Interroger tous les membres du clan ? Tu sais combien de temps ça va prendre ? s'exclama Mary Hill. On sera tous morts avant que tu aies obtenu le moindre renseignement digne d'intérêt. Moi je dis : on réunit un groupe, comme autrefois, et…

— Et quoi ? On envahit les villes voisines à cheval, ou peut-être dans nos pick-up, au milieu de la nuit, et on met le feu aux maisons ? (Finn avait pris la parole.) C'est ça que tu veux ? Tu veux revenir à cette époque-là ? Des innocents qu'on traîne hors de leurs maisons et qu'on laisse mourir dans des flaques de leur propre sang ? (Un profond silence apeuré s'abattit sur le cercle formé par les membres du Conseil.) Non. Ce n'est pas ce que nous voulons, affirma Finn, sans élever la voix mais avec fermeté. Nous sommes sur ces rives car on nous a accordé une seconde chance de nous racheter devant Dieu. Nous sommes ici pour protéger les humains, pas pour les exterminer. Alors nous allons faire les choses bien. Nous allons écouter Fia. (À travers la pièce, leurs regards se croisèrent.) Parce que Fia va trouver ce tueur. Fia va l'arrêter. Je le sais. Je suis prêt à parier ma vie dessus. Je suis prêt à parier la sienne…

Chapitre 20

La salle à manger du *bed and breakfast*, que Fia et Glen avaient transformée en bureau improvisé, était merveilleusement calme quand Fia alluma son ordinateur pour consulter ses e-mails via la connexion Internet bricolée par l'un de ses petits frères. C'était la première semaine d'octobre, et même si sa mère accueillait encore quelques touristes pendant les week-ends, un mercredi après-midi, l'endroit était complètement mort. Sans rire.

Fia entendait Glen bavarder avec Mary Kay dans la cuisine. Sans qu'elle sache trop comment, ils étaient devenus les meilleurs amis du monde pendant le week-end. Glen complimentait Mary Kay sur ses enfants, sa cuisine, sa décoration, et la mère de Fia lui préparait cookies, brownies et muffins à ne plus savoir qu'en faire. Si Glen continuait à se nourrir de la cuisine maison dont le *Bed and Breakfast de l'Hippocampe* chantait les louanges dans les magazines touristiques et autres publications spécialisées, il allait avoir besoin de passer ses nuits à la salle de sport en rentrant à Philadelphie.

Tandis que Fia attendait que le lent réseau sans fil se connecte, son téléphone portable sonna. Reconnaissant le numéro, elle attrapa l'objet sur la table de la salle à manger et, dans sa précipitation, fit tomber une pile de dossiers marron sur le parquet verni.

— Merde, marmonna-t-elle.

Puis, dans le téléphone :

— Qu'est-ce que tu veux ? Je suis au travail.

Elle n'avait aucune intention de révéler à Joseph où elle se trouvait. S'il débarquait à Clare Point maintenant, elle avait le pressentiment qu'il y aurait un lynchage et qu'elle en serait la cible. Les membres de sa famille ne pouvaient pas la tuer en la pendant haut et court, mais ils pouvaient à coup sûr lui rendre la vie pénible pendant plusieurs semaines.

Tandis qu'elle s'accroupissait pour ramasser les papiers en désordre, elle jeta un coup d'œil en direction de la cuisine. Elle entendait encore sa mère bavarder.

— Tu es si agréable, Fi, dit Joseph dans son oreille. C'est toujours un plaisir de parler avec toi.

— Qu'est-ce que tu veux ?

Dans la cuisine, Glen referma les mains sur le plateau préparé par Mary Kay et, pendant un moment, il pensa qu'il allait devoir se lancer dans une lutte à mort avec elle. Il essayait juste d'être gentil. Il souhaitait apporter à Fia une tasse de thé et quelques cookies, ou un muffin, enfin, quelque chose à grignoter. Il n'avait pas eu l'intention de rester là à papoter avec la mère de celle-ci pendant une demi-heure.

Il s'inquiétait pour Fia. Elle ne mangeait pas. Ne dormait pas. Elle quittait sa chambre tard le soir pour aller Dieu seul savait où, et elle se comportait de manière étrange, même pour Fia. Les meurtres n'étaient que la partie émergée de l'iceberg ; il se passait manifestement autre chose dans son oppressante petite ville, mais il n'arrivait pas à mettre le doigt dessus ni à comprendre comment elle était impliquée. Et il commençait vraiment à se demander si son attirance pour elle n'obscurcissait pas son jugement.

Toute l'affaire était vraiment bizarre. Du fait que le bureau du sénateur Malley l'ait affectée à l'enquête malgré ses liens avec la ville et alors qu'elle ne relevait pas de sa juridiction, au fait que les habitants avaient à peine l'air perturbés qu'un tueur en liberté décapite leurs amis et leurs voisins. Depuis des jours, Glen interrogeait policiers et proches de Shannon, et tous se prêtaient de bonne grâce à ses questions. Ils se montraient trop coopératifs. Trop charmants. On aurait presque dit qu'ils avaient appris leurs réponses par cœur.

Ce qui était aussi intéressant, étonnant, même, c'était que personne ne voulait parler à la presse. Pas un mot. En général, les gens se battaient pour leur minute de gloire, surtout dans les petites villes comme Clare Point. Dans ce genre d'affaires, les vieilles photos de classe des victimes s'étalaient habituellement en première page des journaux ainsi que dans les reportages télévisés. Tout le monde voulait témoigner des qualités de la victime ou raconter comment elle avait obtenu un 10 en dictée au CE2. Mais après que les citoyens de Clare Point se furent refusés à tout commentaire sur les meurtres précédents, les chaînes de télévision locales n'avaient même pas pris la peine d'envoyer une équipe lorsque Shannon avait été tuée. Seul le journal principal de l'État avait publié une brève sur le crime.

Et les bons citoyens de Clare Point n'étaient pas seuls à se taire. Fia était muette comme une tombe quant au déroulement de ses entretiens. C'était elle qui menait la danse et décidait chaque jour à qui ils allaient chacun parler. Il ne pouvait s'empêcher de penser qu'elle essayait de le tenir éloigné de certains habitants de la ville : son oncle le chef de la police, un drôle de vieux bonhomme du nom de Victor Simpson, et Tom Kahill, son père, bizarrement.

— Merci pour le thé et les brownies.

Glen sourit à Mary Kay et se dirigea droit sur la porte battante de la cuisine, son butin entre les mains. En entrant dans la salle à manger, il aperçut Fia qui ramassait des papiers sur le sol. Elle avait son téléphone collé à l'oreille.

— Parce que je ne suis pas sûre de pouvoir venir, aboya-t-elle. Ce serait mieux la semaine prochaine.

Glen posa le plateau au bout de la table et la contourna pour aider Fia à assembler les notes éparpillées par terre. Elle secoua la tête, mais il n'en tint pas compte.

— Je ne peux vraiment pas parler, là. (À quatre pattes, elle jeta un coup d'œil vers Glen.) On verra la semaine prochaine.

— Qui était-ce ? demanda-t-il quand elle raccrocha.

Ils étaient toujours en train de collecter les feuilles, agenouillés sur le sol.

— Euh… le coiffeur. (Elle lâcha un petit rire, le regard rivé sur le parquet.) Mon rendez-vous habituel. J'avais complètement oublié.

Elle n'était pas très douée pour mentir. Pourquoi lui cachait-elle l'identité de son interlocuteur ?

Glen l'observa du coin de l'œil.

— Tu n'es pas obligé de m'aider, dit-elle. J'ai deux mains gauches.

Il se leva, les bras chargés de deux dossiers remplis de notes.

— Fi, que se passe-t-il ?

— Qu'est-ce qui se passe ? (Elle grimaça.) Rien du tout. C'est bien le problème. J'ai repris tous mes comptes-rendus d'interrogatoires, et il semble que personne n'ait vu Shannon après qu'elle a quitté le travail. Du moins, pas avant qu'elle remonte l'allée jusqu'à sa maison et y soit assassinée.

— Tu penses qu'elle était *avec* quelqu'un ?

Glen ne souhaitait pas porter d'accusations, et il se souciait comme d'une guigne des aventures de la serveuse, mais elle l'avait dragué assez ouvertement à plusieurs reprises. L'idée avait sûrement effleuré Fia qu'une jolie fille de l'âge de Shannon couchait probablement avec *quelqu'un*. Peut-être même avec plus d'un homme. Peut-être avec le mari ou le petit ami d'une femme de la ville.

— Quelqu'un qui ne voudrait pas que ça se sache ?

— C'est possible, répondit Fia. Mais, en général, ce genre de secret s'évente assez vite, dans des petites villes comme celle-ci.

Les petites villes comme celle-ci n'existaient que dans les romans de Stephen King, eut envie de lui répondre Glen. Mais, suivant l'exemple que Fia donnait depuis deux jours, il ne desserra pas les lèvres.

— Je t'ai apporté du thé et des brownies. Je connais ta passion pour le chocolat. Tu veux que je te serve ?

Il posa les dossiers au bord de la table en résistant à l'envie de jeter un coup d'œil aux notes manuscrites de Fia. Elle ne partageait pas grand-chose avec lui de ce qu'elle apprenait pendant ses entretiens, mais ses notes représentaient le double, non, le *triple* du volume de celles de Glen. Les hommes et femmes à qui il parlait, les clients du pub le soir où Shannon avait été tuée, étaient aussi peu loquaces que des soldats tombés aux mains de l'ennemi ; Glen parvenait tout juste à leur soutirer leur nom et leur profession.

Alors qu'est-ce que Fia pouvait bien écrire ? Et à quoi correspondaient les listes de noms qu'il l'avait vue fourrer dans un des dossiers ?

— Du thé ? Oh, Glen, c'est vraiment gentil. (Elle ramassa son téléphone et consulta l'écran.) Mais je dois filer. J'ai rendez-vous avec Kaleigh et ses amies pour prendre le petit déjeuner au restaurant.

— Le petit déjeuner ? Il est presque midi !

Elle attrapa les dossiers et les rangea dans la poche latérale de sa sacoche d'ordinateur.

— Pour les adolescents, c'est l'heure du petit déjeuner. J'imagine que les filles sortent tout juste du lit, là.

— Elles n'ont pas école ?

Il prit un brownie. Quelqu'un allait bien devoir les manger.

— C'est la journée pédagogique, ou une idiotie de ce genre.

Elle éteignit l'ordinateur portable.

Elle avait l'air pressée de partir. Bien trop impatiente d'avaler des œufs au plat et des crêpes avec une bande d'adolescentes. Il se demanda qui l'avait appelée. Si elle allait réellement voir Kaleigh.

Puis il se sentit coupable. Pourquoi était-il aussi soupçonneux ? Fia n'avait rien à se reprocher. Bon, peut-être qu'elle se comportait de manière un peu étrange. Il en ferait sans doute autant, s'il enquêtait sur un meurtre dans le quartier où il avait grandi.

Il mâchouilla son brownie, indécis quant à la conduite à tenir. Fia était si différente de Stacy. Tellement plus compliquée à suivre. Tellement plus intense.

— Alors tu reviens plus tard ?

— Oui. Ce cuisinier est de retour en ville. Le gars du *Tertre* qui était parti au mariage de son cousin dans le Connecticut. Je vais parler avec lui après avoir vu Kaleigh. Ensuite… je ne sais pas. J'ai quelques autres choses que je voulais faire. Le plus simple, ce serait qu'on se retrouve au *Tertre* ce soir, tu en penses quoi ?

— Ce soir ?

— Vingt heures, mettons ?

Ça lui laissait beaucoup de temps. Quelles *choses* voulait-elle donc faire ?

— D'accord. Rendez-vous au *Tertre* à 20 heures. Je vais simplement reprendre mes notes, passer quelques appels. Peut-être regarder *Les Feux de l'amour* avec Mary Kay.

— OK, à plus.

Fia ne sourit pas, mais ce qui chagrina encore plus Glen fut qu'il ne sourit pas non plus.

— C'est tout ce que tu vas manger ? s'étonna Fia alors que la serveuse s'éloignait.

Kaleigh, habillée d'un survêtement et d'un sweat, buvait son café noir à petites gorgées. On aurait dit qu'elle venait *juste* de s'arracher à son lit. Elle avait l'air d'avoir la gueule de bois. Ses yeux étaient soulignés de profonds cernes et elle paraissait exténuée. Épuisée. Pas du tout la jolie jeune fille dont Fia avait l'habitude.

Fia se demanda si elle avait fait la fête avec ses copains la veille, mais décida que ce n'était ni le moment ni le lieu pour sermonner Kaleigh sur les dangers de l'abus d'alcool pour les vampires.

— Donc ni Katy ni Maria ne pouvaient venir, hein ?

Fia croisa les bras sur la table. Même s'il était l'heure du déjeuner, seuls quelques clients étaient présents

– uniquement des membres du clan. Leur hôtesse et la propriétaire du restaurant, Mary Ann, qui s'occupait aussi du service en cette saison, avait installé Fia et Kaleigh dans un box tout au bout de la salle. De leur position privilégiée, elles avaient l'impression d'être seules dans le restaurant.

Kaleigh contempla le fond du mug qu'elle tenait entre les mains.

— Elles avaient des trucs à faire.

Elle haussa une mince épaule, puis la laissa retomber.

Fia étudia l'adolescente par-dessus la table.

— J'imagine que tu sais déjà pourquoi je voulais vous voir. Pourquoi je voulais vous parler.

Kaleigh ne réagit pas.

Le téléphone de Fia vibra. Elle le sortit de la poche de sa veste, consulta l'écran, puis le remit à sa place. Joseph, encore. Il ne pouvait vraiment pas lui foutre la paix…

— Tu peux répondre si tu veux, intervint Kaleigh. Je m'en tape.

— Je m'occuperai de ça plus tard. (Fia remua sur la banquette et se concentra sur Kaleigh.) Je rencontre tous les habitants de la ville pour créer une base de données des humains avec qui nous sommes directement en contact.

— Ça doit pas être simple. Sachant que ton partenaire pour l'enquête officielle est un humain.

Fia observa un moment la jeune fille. Kaleigh était drôlement perspicace, pour une adolescente qui n'avait pas encore réussi à recouvrer ses facultés télépathiques. Curieuse, Fia ouvrit son esprit et envoya une pensée en direction de Kaleigh, quelque chose qui accrocherait à coup sûr l'attention d'une fille de quatorze ans si elle *écoutait*.

— *Tu as un truc coincé entre les dents.*

L'adolescente souleva sa tasse et but une autre gorgée sans lever les yeux.

— Comment il s'appelle, déjà ? interrogea-t-elle. L'agent spécial Duncan, c'est ça ? Glen. Les autres filles le trouvent craquant. Moi je le trouve vieux.

Aucune réaction à la pensée. Peut-être que Fia se trompait. Certains des membres du clan du même âge que Kaleigh avaient déjà commencé à cultiver leurs perceptions extrasensorielles, mais le développement tardif de Kaleigh n'était pas vraiment inhabituel. Comme les humains avec la puberté, les Kahill obtenaient leurs facultés à différents âges. Au cours de ses deux cycles de vie précédents, Kaleigh n'avait *pas* été précoce.

— J'imagine que Glen est assez craquant, lança Fia, en songeant qu'elle pouvait essayer une autre approche. (Peut-être que Kaleigh s'ouvrirait davantage à elle si elle considérait Fia moins comme une adulte et plus comme une copine.) Il a un joli petit cul. Je veux bien l'admettre.

— Tu couches avec ? (Kaleigh la regardait par-dessus le bord de son mug. Fia fronça les sourcils.) Je pose juste la question. Je veux dire, tu pourrais, si tu voulais. Tu es plus libre de coucher avec qui tu veux que la plupart d'entre nous.

— Il est humain, Kaleigh.

— Ian aussi l'était.

De nouveau ce regard insistant.

— Ah, alors maintenant tu te souviens de Ian ?

— Pas vraiment. (Nouveau haussement d'épaules.) Juste des images. Gair dit qu'il m'expliquera tout quand je serai prête. Mais il dit que c'est pas encore le cas.

Ses derniers mots étaient typiques d'une adolescente, pleins de sarcasme et de ressentiment.

— Bon, pour en revenir à la raison pour laquelle je souhaitais vous voir toutes les trois…

— Je t'ai déjà dit. (Kaleigh l'interrompit avec humeur, et se recula pour recevoir son croque-monsieur de la serveuse.) Elles avaient des *trucs*.

— J'ai besoin que tu me parles de tes amis à l'école.

Fia sortit un grand cahier et un stylo de sa sacoche d'ordinateur. Mary Ann posa une assiette près d'elle, avec un sandwich club à la dinde, des frites et un cornichon.

— Qui sont tes amis humains là-bas ?

Kaleigh leva les yeux au ciel et s'adossa contre la banquette.

— J'ai pas d'*amis*. Tout le monde nous trouve super bizarres, tu sais pas ça ? Y a juste Maria et Katy.

— Bon, d'accord. Donne-moi les noms de tes *connaissances* humaines, alors. Il y a déjà Derek Neuman. Et, voyons voir… les deux garçons que j'ai rencontrés sont John Wright et… Michael Poors. (Kaleigh garda le silence, aussi Fia poursuivit-elle.) J'ai vérifié leurs casiers. Ils ont tous été arrêtés. Une effraction. Et John Wright a été condamné pour conduite en état d'ivresse.

— Et alors ? L'équipe de hockey cherchait l'équipe de foot, alors l'équipe de foot s'est vengée. C'est pas comme s'ils avaient dévalisé une banque, non plus.

Fia revint à la page précédente de son cahier. Honnêtement, pour un agent du FBI, les accusations étaient anecdotiques. Le vol d'une chaise dans la maison d'un autre lycéen avait constitué l'effraction : une blague de potaches, comme Kaleigh l'avait suggéré. Et, malheureusement, la conduite en état d'ivresse n'était pas rare dans un comté sans transports en commun et qui offrait peu de distractions aux jeunes.

— Un autre détail intéressant, poursuivit Fia, c'est qu'apparemment ton petit ami t'a menti. Il vient *en effet* de fêter son anniversaire, mais il a dix-huit ans. Pas seize. Et, d'après le bureau de la vie scolaire du lycée, il a arrêté les cours l'an dernier. Seuls les deux autres garçons vont en classe là-bas. Ce qui signifie que *toi aussi* tu m'as raconté un petit mensonge. Tu ne vas pas à l'école avec Derek.

Fia lança un coup d'œil à Kaleigh. À sa surprise, les yeux de l'adolescente étaient pleins de larmes.

— On a cassé, lâcha-t-elle. C'est plus mon petit ami.

Fia attendit.

— J'ai découvert qu'il couchait avec cette pétasse de mon cours de bio, et, quand je lui en ai parlé, il a dit que si je lui donnais pas ce qu'il voulait, il avait le droit de l'obtenir ailleurs. (Elle renifla et s'essuya le nez sur la manche de son pull.) Alors j'ai rompu. La semaine dernière.

Fia compatit au chagrin de Kaleigh. Son premier cœur brisé. En tout cas, le premier dont elle se souvenait.

— Je suis désolée, assura-t-elle avec douceur.

— Ah oui ? (Kaleigh la regarda à travers ses larmes, puis ramena les yeux sur sa tasse de café.) Tu voulais qu'on se sépare, de toute manière. Tout le monde voulait qu'on se sépare. Maintenant t'as eu ce que tu voulais. Je ne le verrai plus. Plus jamais. C'est un pauvre type et un trou du cul. Katy et Maria aussi ont rompu avec John et Mike. C'étaient tous des pauvres types.

Malgré sa tristesse, Fia avait envie de sourire.

— Ça ne va sans doute pas te remonter le moral tout de suite, mais d'ici à quelques années, Rob va…

— Rob est vieux et édenté.

Cette fois, Fia sourit.

— Je sais. *Maintenant*. Et je sais que tu ne t'en souviens pas, mais ça ne va pas durer beaucoup plus longtemps. Et après sa mort, quand il renaîtra…

— Bon, on a fini ? (Kaleigh repoussa vers le milieu de la table le sandwich auquel elle n'avait pas touché.) Si oui, j'ai de la géométrie à faire, et un stupide projet sur la Bosnie en sciences sociales.

Fia baissa le nez sur ses notes.

— Tu dis que tu as rompu avec Derek quand, exactement ?

— La semaine dernière. (Kaleigh gardait les yeux obstinément baissés sur la table.) Genre… y a plus d'une semaine.

— Et avant ça, je suppose que tu n'as jamais abordé avec lui le sujet… du clan ?

— Tu crois que je suis débile ? s'exclama Kaleigh d'un ton furieux en se frottant le visage de sa manche.

— Non, je ne crois pas que tu sois débile. Juste jeune. (Fia inspira. Expira.) Donc, ça ne te dérange pas si je vais chez lui ? Si je lui parle ? Et je parlerai peut-être à son père également.

— Tu veux pas l'arrêter, plutôt ? (Kaleigh se glissa hors du box.) Je dois y aller. Tu sais où me trouver si tu as besoin de moi. Genre, pour le prochain million d'années…

Chapitre 21

Fia n'avait aucune intention d'aller à la séance que Joseph avait arrangée avec le docteur Kettleman. Elle ne pouvait pas se libérer ce jour-là, ni même cette semaine. Le temps qu'elle arrive à Philadelphie, se rende au cabinet et revienne, elle aurait de la chance si elle parvenait à retrouver Glen au *Tertre* à 20 heures. En outre, elle ne voulait pas que ce dernier se doute de quelque chose si elle rentrait les mains vides après avoir théoriquement consacré plusieurs heures à interroger des témoins. Il avait déjà l'air soupçonneux.

Mais après une conversation téléphonique encore plus houleuse avec Joseph à sa sortie du restaurant, elle décida d'aller au rendez-vous et de s'expliquer avec lui, pour régler les choses une bonne fois pour toutes. Au cours des deux derniers jours, entre deux entretiens, elle avait effectué quelques recherches sur Internet, et avait trouvé des informations intéressantes que Joseph préférait certainement passer sous silence. C'était peut-être le moyen de pression dont elle avait besoin pour l'éjecter de sa juridiction et de sa vie.

Après avoir utilisé le réseau du poste de police pour consulter des données auxquelles elle ne pouvait avoir accès depuis son ordinateur portable, elle bavarda un peu avec son oncle Sean. En partant, elle mit un point d'honneur à mentionner qu'elle allait interroger des adolescents humains vivant dans les parages. Ainsi, si Glen passait au poste et demandait s'ils savaient où elle se trouvait, les policiers ou oncle Sean lui fourniraient un alibi plausible. Fia détestait l'idée de laisser sa vie personnelle empiéter sur son devoir, même pour quelques heures, mais elle ne mettait personne en danger en s'absentant un court moment. Et si elle ne se débarrassait pas de Joseph, *lui* risquait d'interférer avec son travail.

Fia arriva à Philadelphie à 17 h 15. Elle passa à son appartement vérifier que son chat, dont Betty s'occupait, allait bien. Elle s'arrêta également chez sa voisine pour voir si la vieille femme avait besoin de quelque chose, puis elle se rendit au cabinet du docteur Kettleman, espérant qu'elle pourrait parler un peu avec elle avant que Joseph ne les rejoigne.

Mais il était arrivé avant elle et, comme le patient précédent avait annulé son rendez-vous, Joseph était déjà installé sur le confortable canapé et bavardait avec la psychiatre d'une émission de téléréalité qu'ils regardaient tous deux – une histoire de compétition entre créateurs de mode.

— Fia.

Le visage de Joseph s'éclaira tandis qu'il se levait pour l'accueillir, les bras ouverts comme s'ils étaient amants, ou tout au moins de vieux amis. Pour elle, ils n'étaient ni l'un ni l'autre.

L'expression du docteur Kettleman indiqua à Fia que Joseph l'avait déjà embobinée. Aussitôt, le médecin chuta dans son estime. Joseph était charismatique, et alors ? Une psychiatre devait être capable de voir au-delà du costume à mille dollars et du sourire éclatant, jusqu'au mal qui rongeait l'âme de l'homme.

— Joseph. (Fia le salua froidement, se dérobant à son étreinte.) Docteur Kettleman.

Elle lui adressa un signe de tête.

— Contente de voir que vous avez pu venir, finalement, dit la psychiatre en croisant les jambes. Je pense que c'est un pas dans la bonne direction. Bien, commençons.

Elle fit un geste vers le canapé.

Fia s'assit tout au bout, aussi loin de Joseph qu'elle le pouvait.

Le docteur Kettleman joignit les mains.

— Donc, ces dernières semaines, Fia et moi avons parlé de sa préoccupation à l'idée que vous viviez tous les deux si proches l'un de l'autre. Que pensez-vous de cela, Joseph ?

— Je pense que Fia réagit de manière tout à fait disproportionnée. (Il leva ses mains manucurées avec innocence.) Des années se sont écoulées depuis la fin de notre relation. Nous avons tous les deux mûri. Nous…

— Tu avais promis que tu partirais et que tu ne reviendrais jamais, Joseph. Tu me l'avais juré.

Le regard du docteur Kettleman passa de Fia à Joseph.

— Lui avez-vous fait cette promesse, Joseph ?

Son sourire se crispa.

— Oui, mais c'était il y a longtemps. Je ne soupçonnais pas que je deviendrais un chirurgien plastique aussi renommé. Je n'imaginais pas que mon partenaire et moi songerions à nous agrandir en ouvrant un nouveau cabinet ailleurs qu'en Californie.

— Tu ne peux pas rester ici, insista Fia.

Joseph se tourna brusquement.

— Et pourquoi pas ! cria-t-il. Pourquoi pas ?

Fia était si stupéfaite qu'il se soit départi de son calme qu'elle mit un moment à se ressaisir. Joseph se montrait enfin sous son vrai jour. Elle ne le craignait pas, mais elle en savait assez sur lui pour avoir peur pour les autres.

— À cause de mon travail. Parce que je vous connais, toi et tes habitudes.

Il prit un air renfrogné.

Fia leva le menton vers la psychiatre.

— Explique au docteur Kettleman pourquoi tu quittes la Californie.

— J'ouvre un nouveau cabinet.

— La vérité.

Ils se regardèrent en chiens de faïence, et elle s'aperçut avec soulagement qu'elle ne ressentait plus une once de désir pour lui. Elle le détestait. Elle se détestait pour ce qu'elle avait fait de lui.

Fia se tourna vers le docteur Kettleman.

— Il semblerait que Joseph a un petit problème. Il séduit des femmes dans les bars, les soûle, les persuade de le ramener chez elles, et avec son avidité, il manque de les tuer.

Tandis que les mots sortaient de sa bouche, un frisson lui parcourut la colonne vertébrale. Comme une étrange impression de déjà-vu.

— Donc, si je comprends bien, Joseph, vous éprouvez des difficultés à contrôler votre soif de sang humain et les actions qui en découlent ? demanda calmement le docteur Kettleman.

Joseph regarda Fia, perdu.

— Tu ne penses tout de même pas que je consulterais une psy humaine, lâcha Fia sans broncher. C'est l'une des nôtres. Une petite-cousine.

Joseph observa le docteur Kettleman plus attentivement.

La psychiatre agita un doigt, comme si elle grondait un vilain garnement.

— Je suis désolée, nous n'utilisons pas la télépathie dans ce cabinet, Joseph. Pour parvenir à une séance efficace, nous devons communiquer à voix haute lorsque nous souhaitons exprimer quelque chose. Nous devons exercer notre capacité à partager nos sentiments verbalement.

Fia réfléchissait toujours au sujet précédent.

— Joseph, demanda-t-elle doucement. Il y a quelques semaines, tu m'as parlé de l'affaire Casey Mulvine. Pourquoi ?

— Je te l'ai dit. J'ai lu un article dessus dans le journal.

Il regarda le docteur Kettleman comme si la question de Fia était ridicule.

— Quand es-tu arrivé ici ?

— Quoi ?

Il se tourna de nouveau vers elle. Le sourire qu'il affichait à son entrée dans le cabinet avait disparu.

— Quand es-tu arrivé dans la région de Philadelphie ?

Il reporta son attention sur la psychiatre.

— Je ne vois pas le rapport avec notre présence ici, docteur Kettleman.

— C'était toi ? (La voix de Fia tremblota.) Je sais qu'on t'a interrogé plusieurs fois en Californie, dans le cadre des enquêtes relatives à des tentatives d'homicide sur au moins neuf jeunes femmes qu'on a retrouvées vidées de leur sang. Elles souffraient toutes d'asphyxie érotique. On les avait ramassées dans des bars, exactement comme Casey Mulvine. Tu l'as tuée ?

— Fia, comment peux-tu me demander ça ? (Il croisa le regard de Fia, sa voix froide soudain altérée par l'émotion.) Comment peux-tu parvenir immédiatement à des conclusions aussi folles ? Je n'ai tué personne, évidemment. Comment… comment peux-tu me croire capable de tels actes ? (Ses yeux se remplirent de larmes.) Toi et moi, nous nous sommes aimés, autrefois. Quoi qu'il se soit passé entre nous, comment peux-tu penser que quelqu'un que tu as aimé pourrait faire une chose pareille ?

Fia soupira. Il semblait réellement blessé. La culpabilité l'envahit. Peut-être qu'il avait raison, peut-être qu'elle était allée trop vite en besogne. Il n'avait pas démenti ses accusations sur les filles, en Californie. Mais même là-bas, il n'avait pas fait grand-chose de plus qu'elle. Après toutes ces années, elle savait combien de sang on pouvait prélever sans risque à une victime en fonction de sa taille et de son poids. Joseph n'était pas encore aussi expérimenté.

Le docteur Kettleman observait Fia. Elle attendait.

— Je suis désolée, Joseph, dit Fia à mi-voix.

— Tu es désolée ?

— Désolée de t'avoir accusé… (Malgré elle, ses yeux se remplirent de larmes, et elle lutta pour refouler une boule dans sa gorge.) Je suis désolée de t'avoir accusé d'être un assassin. (Elle se força à le regarder.) Et je suis désolée pour ce que je t'ai fait. Je suis désolée d'avoir gâché ta vie… de t'avoir transformé en vampire.

Il glissa sa main sur celle de Fia à l'autre bout du canapé, et laissa passer un moment avant de répondre.

— Je voulais juste t'entendre le dire, Fi. (Il lui serra la main, puis la relâcha.) Tu ne m'as jamais dit que tu étais désolée. Je… j'avais juste besoin de t'entendre le dire.

Il saisit une boîte de mouchoirs en papier sur la table et la lui présenta.

Fia en prit deux.

— C'est tout ce que je voulais entendre, répéta Joseph en tamponnant ses yeux à l'aide d'un mouchoir. Je crois que c'est pour ça que je suis revenu. Pas parce que je souhaitais réellement m'installer ici, docteur Kettleman. (Il la regarda par-dessus la table basse.) Mais parce que… j'avais besoin de mettre un point final à cette histoire. Vous comprenez ce que je veux dire ?

— Nous avons tous besoin de faire notre deuil face à certains événements, Joseph. En particulier des événements traumatisants comme celui que vous avez vécu. Ce que Fia a fait était très mal. Et elle le sait. (Elle hocha la tête vers Fia.) Et maintenant, à travers ces excuses, peut-être qu'elle pourra elle aussi tourner la page.

Fia se sentit stupide. Stupide d'avoir permis à Joseph de manipuler ainsi ses émotions. De s'être laissée aller et d'avoir perdu son sang-froid. Et une partie d'elle-même, bien enfouie, doutait toujours des paroles de l'homme assis à côté d'elle.

— Bon, maintenant que tu as pu « faire ton deuil », tu peux partir, Joseph ? (Fia se tourna vers le docteur Kettleman.) Ce n'est pas que personnel, Marie.

Elle avait pour règle de ne jamais appeler le docteur Kettleman par son prénom à son cabinet, car cela permettait à la relation médecin-patient de s'épanouir. Mais parfois… dans des cas comme celui-ci, seul un autre membre du clan pouvait vraiment comprendre les enjeux. Alors, en cet instant, Marie Kahill Kettleman n'était pas simplement une psychiatre, elle était aussi la petite-cousine de Fia du côté de son père.

— Il s'agit de mon travail, poursuivit Fia. Tous les jours, je vois passer des affaires non résolues sur mon bureau. Si je tombais sur un crime dans lequel je soupçonnais une intervention de Joseph, je me retrouverais dans une position très délicate. Je devrais choisir entre permettre aux humains d'enquêter sur lui, ce qui nous mettrait tous en danger, ou confier au clan le soin de régler le problème. (Elle se tourna pour regarder Joseph.) Et ni l'un ni l'autre ne serait bon pour lui.

— Je n'ai pas besoin d'ouvrir mon nouveau cabinet à Philadelphie. (Joseph leva les mains, puis les laissa retomber sur ses genoux.) En fait, nous étions assez intéressés par Dallas et Las Vegas. Je peux simplement dire à mon partenaire que la clientèle que nous recherchons ne se trouve pas ici.

— Et ce sera fini ? lui demanda Fia. Tu partiras ?

— Je suis désolé aussi, Fia, de t'avoir compliqué la vie. (Il se tourna vers elle.) Désolé de tous les soucis que je t'ai causés ces dernières semaines. Mais je me sens vraiment mieux. (Il glissa sa main vers elle sur le canapé.) Pas toi ?

Elle retira sa main avant qu'il ne la touche.

— Bon, donc c'est réglé. (Elle ramena son regard sur le docteur Kettleman.) Joseph va quitter la ville, et je vais retourner travailler.

— Désolée d'être arrivée en retard. Et d'avoir raté le dîner.

Fia s'assit au bord du lit, dos à Glen. Elle n'était pas douée pour ça. Les excuses. Et encore moins pour les relations amoureuses. Elle ne savait pas quoi lui dire. Comment le dire. Elle avait l'impression de faire autant de dégâts qu'un éléphant dans un magasin de porcelaine… alors que ça avait à peine commencé.

À quoi pensait-elle en se lançant dans une relation avec un homme, humain qui plus est ? Peut-être que ce n'était pas pour elle. Peut-être qu'elle n'aurait jamais droit à plus que quelques instants fugitifs d'humanité dans des allées sombres.

Elle avait quitté Philadelphie plus tôt qu'elle ne l'avait espéré, mais, à la suite d'un violent accident sur l'autoroute, sa voiture n'avait pas avancé d'un pouce pendant près d'une heure. Puis elle avait dû s'arrêter à Dover pour remettre de l'essence. Elle avait fini par arriver au *Tertre* à presque 22 heures, à peu près au moment où Glen réglait son addition et se dirigeait vers la sortie. Ils étaient rentrés au *bed and breakfast* en silence. Glen n'avait pas semblé énervé contre elle. À peine détaché.

Toujours vêtu de son pantalon et de son tee-shirt, il était étendu un bras sous la tête et contemplait le ventilateur de plafond qui tournait lentement. Il avait enlevé ses chaussures.

— C'est pas grave. Ton oncle Sean et son frère Mungo m'ont tenu compagnie. (Il lui lança un coup d'œil.) Alors, comment ça s'est passé avec ces garçons ? Tu crois qu'ils savent quelque chose sur les meurtres ?

Ainsi, Glen avait demandé où elle était. Oncle Sean avait joué son rôle. Bonne nouvelle. La mauvaise était qu'à présent, elle avait le choix entre avouer qu'elle était rentrée à Philadelphie pour raisons personnelles, ou mentir à propos des interrogatoires. Aucune des deux solutions n'était satisfaisante.

Elle se décida en une fraction de seconde.

— Leur parler a pris plus de temps que je ne le pensais. En fait, leur mettre la main dessus a pris plus de temps que je ne le pensais. J'ai découvert que la mère de Derek s'était suicidée quand il était enfant. Quant à son père, il semble un peu distant.

Rien que la vérité. Simplement, elle n'avait pas obtenu ces informations directement auprès des intéressés. Fia sentit la culpabilité lui dévorer les entrailles. Elle n'avait encore jamais menti à un autre agent à propos d'une enquête.

— Les trois garçons ont un casier, poursuivit-elle en se penchant pour retirer ses bottes. (Elle préférait éviter de croiser le regard de Glen aussi longtemps qu'elle le pourrait.) Des broutilles. Rien d'exceptionnel à leur âge.

— On a eu un retour du labo cet après-midi. Ce ne sont que les résultats préliminaires, bien sûr.

Elle se tourna vers lui, avide d'informations sur le meurtre de Shannon, mais aussi soulagée de ce changement de sujet. Si elle parvenait à se sortir de ce guêpier, se jura-t-elle, elle ne mentirait plus jamais à Glen.

— Qu'ont-ils trouvé ?

— La terre sur les chaussures que Shannon avait laissées à l'entrée de son appartement est la même que sur celles de Mahon. Shannon était dans les bois quelques heures seulement avant sa mort. Le labo dit que c'est impossible de savoir si la terre vient de la réserve naturelle, car on la retrouve dans une grande partie du comté, mais je pense que nous devrions retourner examiner la zone.

Fia essaya de surmonter sa déception. Bien sûr, Glen l'ignorait, mais tous les habitants de la ville avaient de la terre de la réserve naturelle sur leurs semelles.

Mais la terre était fraîche. Shannon avait-elle vraiment été stupide au point d'aller chasser seule après les mises en garde du Conseil ?

Ou bien s'était-elle rendue dans la forêt pour une autre raison ? Les meurtres avaient-ils un rapport avec la réserve naturelle que Fia n'arrivait pas à comprendre ? Comme dans ce vieux dicton, « C'est l'arbre qui cache la forêt » ?

Elle songea à l'autel que Shannon prétendait avoir vu. Shannon était-elle sortie chasser seule ou, de manière encore plus insensée, était-elle partie essayer de le retrouver ? Elle avait paru ennuyée que personne ne la croie. Mais, avec tous les gens qui avaient traîné dans la forêt après le meurtre de Mahon, Fia estimait que si l'autel avait toujours été quelque part, quelqu'un aurait fini par tomber dessus.

Glen étendit le bras pour lui masser l'épaule.

— Je pense que nous devrions retourner à l'endroit où Mahon a été tué et inspecter la scène de nouveau, déclara-t-il. Je ne peux pas m'empêcher de me dire que ça signifie quelque chose.

S'ils se rendaient dans la forêt le lendemain, elle allait devoir avertir le clan. Les habitants de Clare Point ne chassaient presque jamais en journée, mais si Glen allait traîner par là-bas, elle ne pouvait pas prendre le moindre risque.

— Ça va, toi ? demanda-t-il.

Elle fit jouer ses épaules, pencha la tête en arrière, ferma les yeux.

— Oui, ça va. Juste un peu crevée.

Le contact des doigts de Glen était si agréable sur sa peau… Les muscles noués de son cou et de ses épaules commencèrent à se détendre.

Glen s'assit, enroula ses jambes autour d'elle et se mit à lui masser le trapèze vigoureusement.

Elle gémit.

— C'est bon. (Il l'embrassa sur la nuque.) Ça aussi, chuchota-t-elle, gardant les yeux fermés.

La pression de la bouche de Glen la faisait frissonner d'excitation. Des micro-impulsions électriques réveillaient les terminaisons nerveuses dans tous les recoins de son corps. Fia s'émerveillait de voir que, quand Glen titillait le lobe de son oreille du bout de la langue, elle le ressentait au creux de ses coudes, dans ses tétons, au-dessus de son nombril… en dessous.

Tandis que Glen l'embrassait sur la nuque, il jouait avec l'ourlet de son haut en soie, caressant la peau sensible de son ventre du bout des doigts. Il glissa la main sous son tee-shirt et vint entourer sa poitrine.

— Tu m'as manqué, aujourd'hui, chuchota-t-il.

— Mmmm.

Elle s'appuya contre lui.

Il glissa ses doigts sous l'armature du soutien-gorge de Fia et elle tendit la main pour le dégrafer. Il attrapa son sein et le serra délicatement.

C'était bon d'être dans les bras de Glen. De sentir le rempart rassurant de son corps contre le sien.

Il sema des baisers tout le long de sa mâchoire, et elle tourna la tête pour venir rencontrer ses lèvres. Ce soir, son souffle sentait le goût fumé du whisky. L'influence d'oncle Mungo, à n'en pas douter.

Elle l'embrassa avec voracité ; elle souhaitait posséder, et être possédée, en même temps.

Glen lui enleva son haut et le jeta au sol avec le soutien-gorge. Il lui caressa le ventre, ses doigts s'attardant juste en dessous du nombril de Fia. Provocants.

Elle leva les bras, attrapa le tissu du tee-shirt au col en V de Glen, le fit passer par-dessus sa tête et le lança avec le reste sur la descente de lit crochetée réalisée par sa mère. Quand elle s'adossa de nouveau contre lui, le doux tapis de poils sombres entre ses pectoraux lui chatouilla la peau. Elle se frotta contre lui pour stimuler ses tétons.

Le râle de Glen résonna à son oreille. Le cœur de Fia se mit à battre encore plus vite. Elle attrapa la main de son amant et la fit glisser sur le tissu entre ses cuisses.

— Là ? chuchota-t-il.

— Juste là, répondit-elle, le souffle court.

Les bras toujours enroulés autour de la taille de Fia, il utilisa ses deux mains pour déboutonner son pantalon. Il descendit la fermeture Éclair en prenant son temps. Des doigts, il exerçait une légère pression sur sa peau, dont la sensibilité augmentait à chaque seconde.

Quand il glissa deux doigts sous son string, elle s'étrangla.

— Et là, qu'en dis-tu ?

— Là… (À présent, elle était hors d'haleine.) Là c'est bien aussi, murmura-t-elle.

Il l'embrassa sur la joue. Elle pouvait sentir son sourire.

Peut-être que tout irait bien. Ses pensées flottaient quelque part au-dessus d'elle. Peut-être que ça pouvait fonctionner entre eux. Il n'était pas en danger. En cet instant, elle ne songeait pas du tout à boire du sang. Elle ne voulait pas des orgasmes sauvages, violents, où ils s'arracheraient leurs vêtements. Elle voulait son étreinte. Elle voulait se sentir aimée.

Sans la lâcher, il se glissa à côté d'elle, puis s'agenouilla devant le lit.

Elle reposa ses mains sur les épaules de Glen, presque ivre de lui, de ses caresses. De sa chaleur. Les humains étaient toujours si chauds.

— Tu n'es pas obligé de…

À sa surprise, elle sentit ses joues s'empourprer.

— Je sais que je ne suis pas obligé. (Il tira sur le pantalon de Fia, enlevant le string au passage.) Détends-toi, chuchota-t-il.

Elle resserra les mains sur ses épaules pour le repousser. C'était… trop intime. Mais quand le souffle chaud de Glen effleura l'intérieur de ses cuisses, elle se sentit fondre. Même si elle avait voulu résister, elle n'aurait pas pu.

Les doigts enfouis dans sa chevelure dorée, Fia laissa sa tête partir en arrière, les yeux fermés. Tout s'effaça : le cliquetis du ventilateur, le bleu omniprésent de la chambre de l'Étoile de mer… même la *mallachd*, la malédiction qui la hantait.

Fia se pencha en arrière jusqu'à reposer sur le lit, les jambes sur le côté, Glen entre ses genoux. Les vagues de plaisir l'emportèrent, douces au commencement, puis de plus en plus fortes. La langue de Glen… ses doigts.

Fia gémit. Elle haleta.

— Laisse-toi aller, l'encouragea Glen. C'est bien.

— Non. Non, ça ne l'est pas.

Elle s'assit et ouvrit à demi les yeux. Ce soir, pour la première fois pendant qu'ils faisaient l'amour, elle voyait Glen et non Ian.

— J'ai besoin de toi, reconnut-elle. J'ai besoin de te sentir en moi.

Sans la lâcher du regard, il se redressa. Elle lui enleva sa ceinture et repoussa ses vêtements sur ses hanches fines. Toujours à moitié sur le lit et à moitié dans le vide, elle s'allongea à nouveau et écarta les jambes pour lui. Il lui saisit les mains et s'avança pour la prendre.

Le souffle coupé, Fia se souleva pour l'accueillir en elle. Pendant ce bref moment, elle voulait chaque parcelle de lui qu'elle pouvait obtenir.

— Fi..., chuchota-t-il.

Des larmes piquèrent les yeux de Fia. Il était si... adorable.

Elle tourna la tête de l'autre côté et ferma les yeux, utilisant ses jambes pour que Glen soit plus proche. Plus profond.

Le moment de tendresse passa, et Glen s'enfonça en elle.

Fia ne put pas se retenir plus longtemps. Glen jouit un moment plus tard.

Elle se souvenait vaguement qu'ils avaient rampé dans le lit et étaient tombés sur les oreillers, enlacés. Cela semblait si naturel de s'endormir ensemble, membres nus emmêlés.

Quand Fia se réveilla, la chambre était plongée dans le noir. Sur la table de nuit, le réveil projetait des chiffres rouges éblouissants dans sa direction : 1 h 17.

— Sainte Marie, mère de Dieu ! jura-t-elle, et elle se libéra de l'étreinte de Glen et se glissa hors du lit, le laissant dormir sur le ventre, les bras étendus de chaque côté de son corps.

Elle empoigna ses vêtements, franchit la porte en silence et marcha sur la pointe des pieds jusqu'à sa chambre pour se dépêcher de s'habiller.

Chapitre 22

La réunion du Conseil. Fia allait être en retard. Debout dans le noir de sa chambre, elle sautilla d'un pied sur l'autre pour enfiler un jean. Pas de soutien-gorge. Un tee-shirt et un sweat pour lutter contre le froid nocturne. Moins de cinq minutes plus tard, elle se hâtait sur le trottoir devant le *bed and breakfast*.

Dans la rue, elle eut un drôle de pressentiment et se retourna pour contempler la vaste demeure victorienne plongée dans les ténèbres. C'était une nuit sans lune, et de nombreux nuages obscurcissaient le ciel. À distance, elle humait l'odeur de la pluie.

Elle rejeta les épaules en arrière, essayant de chasser physiquement la sensation de chair de poule.

Aucune lumière ne brûlait aux fenêtres du grenier. Aucun rideau ne remuait. Personne n'était là, mais elle ne pouvait se débarrasser de l'idée que quelque chose n'allait pas.

Pas assez de sommeil. Trop de films d'Alfred Hitchcock, se dit-elle.

Elle se retourna et heurta quelque chose sur le trottoir, à hauteur de ses cuisses. La chose feula, et Fia faillit avoir une attaque cardiaque.

— Sainte Marie, mère de Dieu, Arlan ! Tu ne peux pas arrêter de faire ça ?

Elle fusilla du regard le tigre au poil brillant et aux moustaches frémissantes qui la fixait de ses immenses yeux jaunes.

— *Eh ben. Tu es tendue, ce soir*, lui adressa-t-il en pensée.

Elle contourna l'énorme félin.

— Tu le serais aussi, si tu avais en permanence un type qui s'approchait de toi sans bruit, comme un prédateur affamé.

— *C'est tout ce que je suis pour toi ?* (Il reprit forme humaine. Grand, séduisant, avec une barbe de trois jours.) Juste un *type* ?

— Je suis en retard pour le Conseil. Toi aussi.

Elle continua à marcher.

Il la suivit.

— Je n'y vais pas.

— Pourquoi ?

— Je suis chargé de la surveillance.

Elle lui jeta un coup d'œil impatient. Il portait une chemise de flanelle et une veste en duvet d'oie.

— Quelle *surveillance* ?

— La surveillance de l'humain.

Il inclina la tête en direction du *bed and breakfast*.

— Glen ? (Elle avançait à grandes enjambées, le pas lourd.) Je n'étais pas au courant.

Elle avait pensé que régler son problème avec Joseph lui permettrait de se sentir mieux, mais à présent elle devait affronter de nouveaux soucis. Ça la mettait vraiment en rogne, que le clan prenne des décisions sans elle. Après tout, elle siégeait non seulement au Conseil, mais aussi au Haut Conseil.

— Pourquoi tu surveilles Glen ?

Il se figea et jeta un coup d'œil à la maison obscure.

— Je devrais retourner à mon poste. On t'expliquera tout ce soir.

— Je ne veux pas qu'ils me l'expliquent. Je veux l'entendre de ta bouche, Arlan. Que se passe-t-il ?

Il soupira. Il évitait de croiser son regard.

— Certaines personnes se demandent s'il a quelque chose à voir avec les événements. Pourquoi il a débarqué alors que le sénateur avait déjà ordonné que tu t'occupes de l'enquête.

— C'est ridicule ! Bobby était déjà mort quand Glen a été appelé.

— Je sais, Fi. Ils parlent d'un complot. Ça n'a pas le moindre sens, mais ils ont peur. Surtout des humains. Même sans aller jusqu'à penser que Glen est dangereux, ils ont peur qu'à force de fourrer son nez partout, il finisse par apercevoir quelque chose qu'il ne devrait pas, et alors il faudra prendre des mesures.

Il faudra prendre des mesures. Au fil des siècles, le clan avait usé de différents moyens pour s'occuper des humains qui avaient découvert la vérité sur les Kahill, ou appris quelque chose qui risquait de conduire à cette découverte ; aucun d'entre eux n'était plaisant.

De nouveau, Fia se sentit mal à l'aise. Quelque chose dans l'air nocturne la rendait nerveuse.

— C'est absurde.

Elle leva la main et se frictionna l'arrière du crâne.

— Nous devons juste résoudre le problème. Pour l'heure, il n'y a aucun mal à le surveiller.

Elle soupira et regarda en arrière, vers la maison. Elle essaya de ne pas être trop furieuse.

— J'imagine.

— Mais ils veulent qu'il s'en aille. Ils sont plutôt catégoriques là-dessus. Ils vont en parler ce soir.

— Génial. Parfait, marmonna-t-elle avant de se détourner pour reprendre sa route.

— Hé, Fi !

— Quoi ?

Elle continua à marcher.

— Une dernière chose. Juste pour que tu le saches avant d'arriver.

Elle gémit et s'arrêta.

— Ouais ?

— Ils parlent de prendre des sanctions.

— Contre *moi* ? (Elle le regarda, une main sur la poitrine.) Pour quelle raison ? Je fais tout ce que je peux pour trouver ce tueur. Nous retournons demain dans la forêt. Je crois que nous tenons quelque chose.

— Il ne s'agit pas de l'enquête. C'est à propos de lui.

Arlan brandit le pouce en direction de la maison. À cette distance, Fia pouvait à peine en deviner la silhouette.

— Tu fraternises avec un humain.

— C'est un euphémisme pour « baiser » ? demanda-t-elle. Pourquoi moi ? Ne me dis pas que tu ne l'as pas fait. Ne me dis pas que tout le monde dans cette ville ne l'a pas fait à un moment ou à un autre.

Il se contenta de la regarder.

— Ah, soupira-t-elle sans essayer de dissimuler son amertume. C'est toujours à propos de Ian.

— Fi, tu ne peux pas leur reprocher de…

— Arlan, je t'en prie. (Elle leva une main.) Ne leur cherche pas d'excuses. (Elle s'éloigna.) Tu ferais mieux de retourner à ton poste. Tu ne voudrais pas que l'humain se montre plus malin que toi.

Fia sentit les yeux d'Arlan sur son dos tandis qu'elle descendait la rue, mais il ne la suivit pas. Finalement, elle l'entendit marcher vers le *bed and breakfast*, toujours sous sa forme humaine.

Au stop, elle tourna à gauche, pensant qu'elle couperait à travers un jardin. Alors qu'elle ouvrait un portillon, elle entendit une brindille craquer et regarda dans la direction d'où était venu le son.

De l'autre côté de la rue, une ombre se glissait dans le passage formé par deux antiques boules de buis afin de traverser discrètement une propriété privée. Fia reconnut la silhouette. Grande, mince. Un sweat rose dont la capuche baissée dissimulait en partie son visage parsemé d'acné.

Kaleigh ? Que faisait-elle dehors au milieu de la nuit ? Elle n'allait sûrement pas retrouver Derek. Ils avaient rompu.

À moins qu'ils ne se réconcilient ?

Une douleur douce-amère transperça Fia. Le premier amour. C'était si difficile. Plus encore pour un Kahill.

Indécise, elle s'immobilisa. En tant que membre du clan, était-ce son devoir d'empêcher Kaleigh de commettre cette erreur ? La relation n'avait pas le moindre avenir, bien sûr. Le simple fait de l'envisager était dangereux, non seulement pour l'adolescente, mais pour le clan tout entier.

Alors, en quoi était-ce différent des actions de Fia ? En quoi sa relation avec Glen était-elle moins risquée que celle de Kaleigh avec Derek ?

Kaleigh n'était encore qu'une enfant.

Contrairement à Kaleigh, Fia avait le bénéfice de l'expérience. Naturellement, on aurait pu lui rétorquer que sa maturité était une raison de plus pour qu'elle ne batifole *pas* avec Glen. Elle aurait dû le savoir mieux que quiconque.

À la surprise de Fia, des larmes lui piquèrent les yeux. Sa relation avec Glen était-elle vouée à l'échec ? Était-ce le cas de toutes ses relations ? Était-ce le cadeau d'adieu que Ian lui avait laissé ?

Fia vit Kaleigh s'arrêter, puis tourner. Deux autres silhouettes fluettes apparurent dans les ténèbres. Katy et Maria, sans aucun doute.

Eh bien, au moins Kaleigh ne sortait-elle pas seule dans les bois. Les adolescentes se déplaçaient en groupe. Plus elles étaient nombreuses, plus elles étaient en sécurité. L'union faisait la force.

« *L'union fait la force* », avait dit Derek.

En un instant, la peau de Fia se couvrit de chair de poule.

L'union fait la force.

Était-ce possible ?

Malgré elle, des souvenirs du passé défilèrent devant ses yeux. Des images gravées en noir et blanc dans sa mémoire explosèrent soudain en une multitude de couleurs. Les flammes. Les flaques de sang dans l'herbe. Dans son esprit, une bande sonore se superposa à la scène. Elle entendit les cris de ceux qu'elle aimait. Le fracas métallique des épées. Le sifflement, le bruit sourd… le son d'une tête qui roulait dans la rue.

Fia rouvrit des yeux pleins de larmes.

L'union fait la force.

Comment avait-elle pu passer à côté de ça ? Avec Glen, ils s'étaient arraché les cheveux à essayer de comprendre comment le tueur avait pu maîtriser ses victimes et les décapiter si proprement. Fia et les autres habitants de la ville avaient échoué à saisir comment un homme avait pu prendre l'ascendant sur un vampire, qui possédait une force extraordinaire. La réponse était qu'il y avait plus d'un tueur.

Et, à ce moment-là, Fia comprit qu'elle avait commis une terrible erreur un peu plus de douze heures plus tôt, quand elle avait décidé d'aller à Philadelphie pour rencontrer Joseph. Elle aurait dû s'occuper des interrogatoires. Les interrogatoires à propos desquels elle avait menti à Glen ce soir.

La culpabilité l'envahit. Écrasante. Immense.

Dans la rue, le petit groupe avançait dans un silence nerveux.

Fia savait où les filles se rendaient, et une partie d'elle-même avait envie de les appeler. De les mettre en garde. Ce serait mal de les laisser y aller. Et si son intuition était *juste* ?

Elle glissa la main sous son pull et détacha la courroie en cuir qui retenait son arme dans son étui. Elle avait peut-être tort.

Mais et si elle avait raison ?

Glen enfila son pantalon de toile beige froissé, et sa boucle de ceinture claqua si fort qu'il fut certain d'avoir réveillé toute la maison. Il se figea et attendit. Il n'entendit rien d'autre que les bruits nocturnes habituels du vieux *bed and breakfast*. Le cliquetis d'un ventilateur. Une branche qui frottait contre un mur extérieur.

Il jeta un coup d'œil par la fenêtre à côté de son lit, là où les rideaux étaient légèrement écartés. De là, il venait de voir Fia disparaître dans la rue. C'était une nuit sombre, sans lune, et un calme surnaturel régnait dehors. Même s'il avait entendu la branche et savait qu'une petite brise devait souffler, rien ne semblait remuer : ni les feuilles de l'érable argenté près de la fenêtre, ni le moindre brin d'herbe.

Glen n'était pas du genre mystique. Il ne s'appuyait pas sur des *sensations*. Des *intuitions*. Il n'avait aucune raison logique de penser que quelque chose clochait. Sauf qu'il pouvait le sentir dans ses tripes.

Le lampadaire projetait une faible lumière sur la pelouse de devant ainsi que sur une partie de l'allée. Là, entre l'obscurité et les ombres, Glen le vit. Il l'observa.

C'était le beau gosse, Arlan. Celui qui craquait pour Fia.

Manifestement, Fia avait chargé Arlan de garder un œil sur le *bed and breakfast* pendant qu'elle s'absentait.

Ça le mettait en rogne qu'elle soit encore sortie de la maison en douce. Qu'elle ait quitté son lit pour aller Dieu sait où. Voir Dieu sait qui. Faire Dieu sait quoi. Et cela l'inquiétait. Non, il était pire qu'inquiet. « Inquiet » n'était pas un mot assez fort pour exprimer la peur qui lui rongeait l'intérieur de la poitrine depuis plusieurs jours.

Toute la semaine, il s'était répété que le comportement étrange de Fia n'avait pas de rapport avec l'enquête. Qu'elle n'avait rien à voir avec les meurtres, et n'en savait pas plus que lui. Mais il s'était demandé si son attirance pour elle… son désir pour elle… l'aveuglait. Il connaissait Fia suffisamment bien pour comprendre qu'elle n'avait rien à voir avec les décès, mais et si elle protégeait quelqu'un de moins innocent ? Quiconque était capable de dépasser la bizarrerie de Clare Point pouvait se rendre compte d'à quel point ces familles étaient proches. Étaient loyales les unes envers les autres. Se soutenaient et s'entraidaient.

Observant toujours Arlan, il enfila un tee-shirt.

L'homme dont les yeux paraissaient briller dans la lumière étrange surveillait la maison. Mais il ne voyait pas Glen. Il ne savait pas que Glen était réveillé. Et que Glen épiait l'espion.

Ça allait sacrément lui faciliter l'évasion.

Toujours partagée quant à la conduite à tenir, Fia suivit les adolescentes dans les bois, à la limite de la réserve naturelle. Elle avait immédiatement élevé un mur mental pour éviter que Maria ou Katy ne captent certaines de ses pensées, ce qui aurait trahi sa présence. Mais elle comprit vite que les jeunes filles n'auraient pas remarqué une meute entière de panthères leur ayant emboîté le pas. Leur innocence les isolait complètement de tout ce qui les entourait. Aucune ne pensait à Mahon, qui avait été décapité sur le sentier qu'elles longeaient. Aucune ne s'inquiétait du fait qu'on avait probablement suivi Shannon dans cette même forêt. Seuls comptaient pour elles les garçons humains qu'elles s'apprêtaient à retrouver.

Tandis que Fia marchait derrière Kaleigh et ses amies, elle captait des bribes de leur conversation, mêlées d'images et de questionnements mentaux. Avec le mur qu'elle avait dressé pour se protéger, Fia n'arrivait pas à lire leurs pensées avec netteté. Malheureusement, l'*écran* de Fia fonctionnait dans les deux sens.

— Alors il t'a appelée ?

— Il t'a dit qu'il était désolé de s'être comporté comme un enfoiré ?

— Tu crois qu'il est vraiment prêt à attendre pour te sauter, ou il est encore en train de te baratiner ?

— On va juste parler. C'est pour ça que je voulais que vous veniez. Pour me soutenir.

— *Pourquoi au milieu de la nuit ? Pourquoi ici ?*

— Si nos parents découvrent qu'on est sorties avec ce cinglé qui se balade en coupant la tête aux gens, ils vont nous tuer.

— *Mon père m'a interdit de revoir John. Il a dit qu'il m'enfermerait dans ma chambre pendant un siècle, s'il m'attrapait encore à sortir en cachette.*

Les mots et les pensées étaient embrouillés. Les filles et leurs sentiments paraissaient si innocents. Leur monde était si plein de possibilités, dont elles comprendraient bien trop vite qu'elles n'étaient que des rêves. Pas des réalités. Bientôt, elles prendraient la mesure de la tyrannie de la *mallachd*. Maudites. Maudites pour l'éternité.

— Maintenant vous devez m'attendre ici. Il a précisé que je devais venir seule, chuchota Kaleigh.

Les filles s'immobilisèrent sur le sentier tracé par les cerfs, non loin de l'endroit où Fia, Shannon, Sorcha et Eva avaient trouvé le petit groupe autour du feu de camp la fois précédente.

Toujours un peu à l'écart du chemin, Fia s'arrêta derrière un pacanier rabougri. Un parfum de bois brûlé flottait dans l'air.

Ainsi, Derek avait préparé un confortable petit feu de camp en cette nuit frisquette. Comme c'était charmant. Peut-être que Fia se trompait. Peut-être qu'il s'agissait réellement d'un rendez-vous romantique clandestin entre ados.

Puis elle sentit une très légère odeur d'essence, et elle se raidit.

Qui allume un feu de camp avec de l'essence dans une réserve naturelle ? Un imbécile… ou quelqu'un qui compte brûler autre chose que des bûches.

Chapitre 23

Il fut plus facile de déjouer la surveillance d'Arlan que Glen ne l'avait pensé. Un saut par la fenêtre au-dessus de la machine à laver dans la buanderie à côté de la cuisine, un sprint pour sortir du jardin, un bond par-dessus la clôture blanche, et il fut dans la rue qui passait derrière le *bed and breakfast*. Il remonta deux pâtés de maisons, traversa une pelouse, puis partit dans la direction où Fia avait disparu.

La rue était étrangement calme. Aucun des sons qu'on associait habituellement à une petite ville au milieu de la nuit ne venait troubler le silence. Pas d'aboiements. Pas de chats qui rodaient et faisaient tomber les couvercles des poubelles. Pas de pompes à chaleur qui bourdonnaient. Pas la moindre voiture à l'horizon.

Le seul signe de vie que Glen apercevait était la faible lumière qui filtrait derrière les stores clos du petit musée minable de la ville, à présent fermé à l'issue de la saison touristique. On avait probablement laissé une lampe allumée pour des raisons de sécurité. Glen n'était pas allé admirer les vitrines, mais il supposa qu'il était important pour les habitants de Clare Point de protéger les morceaux de vaisselle cassée et les pointes de flèches ébréchées dont Fia lui avait parlé.

Mis à part la lueur visible aux fenêtres du musée, aucune maison n'était éclairée. Apparemment, pas une seule personne en ville n'était dans sa salle de bains ni ne regardait la télévision tard. Même pour ce patelin bizarre, c'était franchement insolite.

Glen continua à avancer, les mains dans les poches, son arme rangée dans le holster qu'il portait sous sa veste.

Il ne savait pas où Fia était allée, seulement la direction qu'elle avait prise, mais il décida de s'en remettre à son flair. Il accepta de suivre son instinct.

En marchant, il songea à son père. Il se demanda si c'était une nuit semblable à celle-ci, si c'était son instinct à lui qui l'avait conduit jusqu'à ce coin de rue où il s'était fait abattre.

Glen se demanda s'il commettait une erreur.

Mais quelque chose le poussait à continuer. Quelqu'un avait besoin de lui. Son instinct lui soufflait que c'était Fia. Ou que ça allait l'être.

Plus tard, quand Fia se remémorerait l'enchaînement d'événements qui suivit, il lui reviendrait dans les moindres détails, défilant au ralenti. Elle se souviendrait de l'odeur des vapeurs d'essence, du craquement des feuilles mortes et des cris étouffés de Kaleigh. Elle se rappellerait le raz-de-marée de culpabilité qui l'avait envahie alors qu'elle traversait la forêt à fond de train, les branches lui égratignant le visage et s'accrochant dans ses cheveux.

Mais, sur le moment, le temps parut s'accélérer, pratiquement au point de la laisser paralysée.

Fia suivit Kaleigh du regard quand celle-ci quitta le sentier et ses amies. Elle vit le jeune homme dégingandé qui attendait près du feu. Kaleigh se jeta dans les bras de Derek, se confondit en excuses, lui répéta combien elle l'adorait. Il l'enlaça et leurs bouches s'unirent, et Fia songea qu'ils semblaient peu expérimentés en amour.

Ce ne fut que lorsque les deux autres garçons se précipitèrent hors des ténèbres, dans le cercle de lumière projeté par le feu, que Fia et Kaleigh comprirent que quelque chose n'allait pas. C'était une minute trop tard pour toutes deux.

Dagues en main, les membres du Haut Conseil se tenaient en cercle autour de la table millénaire.

— Ce ne sont pas des circonstances habituelles, énonça Gair avec gravité. Ce n'est pas la procédure normale. J'hésite à ordonner une *aonta*.

— Nous ne pouvons pas attendre, insista un jeune mâle, le visage dissimulé par son capuchon.

— Mais Fia n'est pas là. Elle devrait être présente pour un tel…

— Elle savait que le Conseil se réunissait ce soir, l'interrompit le garçon. Elle sait que le Conseil peut à tout moment décider de convoquer une assemblée du Haut Conseil. Une fois de plus, elle s'égare. Une fois encore, elle n'est pas à sa place, parmi nous.

— Tu devrais ordonner un vote, approuva doucement une femme plus âgée. Il a raison. Fia a eu sa chance. Nous avons déjà été trop patients avec elle, si vous voulez mon avis.

Gair étudia les silhouettes encapuchonnées qui l'entouraient. Sa tâche sur cette terre était de les protéger, ainsi que tous ceux qui dormaient dans la ville. Il savait qu'il ne pouvait faire de favoritisme envers personne, pas même sa petite-fille chérie, qui avait toujours occupé une place à part dans son cœur. Il devait aussi écouter les souhaits de ceux qui dépendaient de lui.

— Vieil homme ! Pourquoi hésites-tu ? s'impatienta le jeune mâle. Ordonne l'*aonta*. Si cela ne doit pas arriver, les dagues ne tomberont pas.

— Si cela ne doit pas arriver, psalmodia une voix, cela n'arrivera pas.

— Nous devons frapper maintenant, avant qu'il ne soit trop tard. Tu as entendu notre rapport d'enquête. Il en sait plus qu'il ne le montre. Ce n'est pas sûr !

— Pas sûr, répétèrent les silhouettes. Pas sûr.

Leurs voix étaient emplies de terreur.

— Une *aonta* !

— Une *aonta*, réclamèrent les membres du Haut Conseil.

Gair baissa la tête. Peut-être qu'une fois encore, il se faisait trop vieux pour diriger le clan. Trop d'années. Trop de tristesse. Il était usé, affaibli.

— L'*aonta*, dit-il à voix basse.

Les dix membres du Haut Conseil présents levèrent leurs dagues, et dans l'entrée la cloche de bateau retentit furieusement alors que personne ne l'avait touchée. À cet instant, Gair sut qu'il avait commis une erreur. Il sut qu'il avait permis à l'inquiétude des siens de l'emporter dans une pièce où la logique et la justice avaient toujours prévalu. En ordonnant cette *aonta*, il avait perdu de vue l'objectif du clan, qui était de protéger des humains innocents.

Mais il était trop tard. Il ne pouvait empêcher les dagues de tomber. Et toutes ensemble, à l'unisson, elles s'enfoncèrent dans le bois marqué de la table, pointes vers le bas. Gair connut le résultat avant même de baisser les yeux.

Unanimité. L'humain devrait mourir.

Cela arrivait parfois. Pas souvent, mais parfois, c'était le seul moyen de protéger le clan. Au final, ils savaient que Dieu ferait les comptes, mais pour l'instant, pour ce soir, tel était le vote. La sentence serait exécutée.

— Maintenant, alors qu'il est parti seul dans les bois, cria Regan en rejetant sa capuche en arrière. (Il arracha sa dague de la table et découvrit ses canines.) Allons-y, mes amis ! Nous frappons maintenant !

— Stop ! FBI ! s'écria Fia en bondissant en avant.

Au même instant, Kaleigh comprit qu'elle était en danger et que Derek et ses amis n'étaient pas ceux qu'ils paraissaient être.

Quand les garçons saisirent Kaleigh par les épaules et la tirèrent en arrière avant de la projeter au sol, Maria et Katy hurlèrent.

— Courez ! leur cria Fia tandis qu'elle fonçait à travers le sous-bois en direction de la clairière.

Elle se trouvait probablement à moins de soixante mètres de Kaleigh et des adolescents, mais, alors qu'elle galopait vers eux, la distance s'étira en trois kilomètres. Fia sortit le Glock de son étui.

— Derek ! Qu'est-ce que tu fais ? piailla Kaleigh d'une voix emplie de terreur.

Fia dépassa les deux autres filles figées sur le sentier et les poussa.

— Courez ! répéta-t-elle. Ne restez pas là. Courez !

— Mais Kaleigh ! protesta Katy alors que Fia s'élançait dans les ténèbres.

— Je m'en charge ! répondit Fia par-dessus son épaule.

Quand elle se retourna, elle vit Derek lever un long bâton effilé et y mettre tout son poids alors qu'il bondissait en avant.

Incrédule, horrifiée, Fia vit le jeune homme enfoncer l'objet dans l'abdomen de Kaleigh, l'empalant au sol. Le hurlement de l'adolescente s'éleva et se répercuta entre les arbres tel le cri d'un animal blessé.

— Non ! Arrête ! vociféra Fia comme elle débouchait dans la clairière, bras tendus, son arme braquée sur le garçon.

Derek se tourna vers elle, les doigts toujours crispés sur le bâton. Une queue de billard. *C'était une queue de billard.*

— Reculez, ou je vais le faire. Je jure que je vais le faire.

Il lâcha son arme improvisée et sortit un objet de derrière son dos. La lueur du feu se refléta sur la mince lame métallique.

Une épée ? Putain, il avait une épée ?

— Je vais lui couper la tête. J'hésiterai pas, je le jure devant Dieu, menaça Derek. Posez votre arme ou je le fais. Vous savez que je déconne pas.

Les deux compagnons de Derek avaient relâché Kaleigh quand Fia avait fait irruption dans la clairière ; à présent, ils se tenaient debout, les bras ballants, les yeux écarquillés de peur.

— Posez votre arme, répéta Derek en levant l'épée au-dessus de sa tête.

— Fi ! cria faiblement Kaleigh. Fi, je t'en prie. Aide-moi.

Renoncer à son arme allait mettre Fia en position délicate, mais elle sut en une fraction de seconde qu'elle n'avait pas d'autre choix.

— Posez-la, ordonna de nouveau Derek. Les gars, allez chercher le flingue. On risque d'en avoir besoin.

Fia écarta les mains et lui montra le pistolet.

— Je pose mon arme.

Mais, au lieu de la laisser tomber à ses pieds, elle remit le cran de sûreté et la lança de toutes ses forces dans la forêt.

— Tu fais quoi, salope ! Espèce de tarée. Je t'ai dit que je voulais ce flingue, éructa Derek, qui en postillonnait de rage.

Les bras toujours ouverts, Fia se déplaça lentement vers les adolescents.

— Tu m'as dit de poser mon arme. Je l'ai posée. Tu ne crois tout de même pas que je vais te la donner pour que tu me tires dessus avec, si ? Je serais vraiment cinglée, si je faisais une chose pareille.

— La ferme ! Ferme-la ! ordonna Derek. Tu *es* tarée. Tous, vous êtes rien qu'une bande de monstres dégénérés.

Il tenait toujours l'épée levée au-dessus de sa tête, prêt à frapper Kaleigh.

À présent qu'elle s'était rapprochée, Fia parvenait à discerner les entrelacs compliqués dont l'arme était ornée. *Sainte Marie, mère de Dieu, c'est l'une de ces foutues abominations de reproductions destinées aux collectionneurs.* Mais elle était tranchante. Quelqu'un l'avait aiguisée. Fia pouvait le voir, même à plus de cinq mètres de distance.

— Maintenant, pose ça, Derek, demanda calmement Fia. Et écarte-toi. Jusqu'ici, il ne s'est rien passé d'irrémédiable. Pour l'instant, tu peux t'en sortir.

— Ouais, c'est ça. Genre, tu viendrais pas me choper au milieu de la nuit pour me sucer le sang. Ou… ou tu m'enverrais pas un des psychopathes de ta ville de cinglés ?

— Derek ? De quoi est-ce que tu parles ?

Fia abaissa lentement les mains.

— Fia..., gémit Kaleigh.

En une fraction de seconde, Fia prit sa décision. Si elle parvenait à arracher l'épée à Derek, elle serait en mesure d'affronter les trois garçons sans risquer la vie de Kaleigh...

Fia bondit. Au même instant, Derek fit volte-face. Fia n'aurait su dire s'il avait voulu la frapper ou s'il s'était simplement tourné parce qu'elle l'avait surpris. La pointe l'atteignit à l'épaule et déchira son pull ; la douleur explosa en elle tandis qu'elle se ramassait, tombait et roulait hors de portée de l'adolescent.

Kaleigh hurla de nouveau.

Alors que Fia, étendue dans les feuilles, tentait de trouver la meilleure position pour se remettre debout, elle entendit un bruit de course : les amis de Derek s'enfuyaient.

— Hé, les gars ! Arrêtez ! brailla Derek. Mike. John. Revenez ici. On va les terminer. On va tous les tuer !

— Fuyez, mes enfants ! Fuyez tant que vous pouvez, lança Fia, incapable de s'en empêcher.

— Ferme-la. Ferme-la, tu m'entends ?

Derek se retourna vers Fia, brandissant l'épée.

Du coin de l'œil, Fia vit Kaleigh essayer d'extraire la queue de billard de son ventre, mais la jeune fille était trop faible. La pointe était plantée trop profondément dans la terre, sous son corps.

— Kaleigh, ne bouge pas, lui cria Fia. Tu vas empirer l'hémorragie.

— Tu ferais mieux de la fermer et de commencer à t'inquiéter de ton propre sang, gronda Derek en avançant d'un pas.

Fia appuya une main contre sa blessure à l'épaule. Elle saignait abondamment. Son pull était trempé. La tête lui tournait. Elle était légèrement désorientée. *Réfléchis. Réfléchis*, se dit-elle.

Où étaient ses pouvoirs surnaturels, à présent ? C'était ridicule de s'être laissée battre par un gamin humain insolent avec une épée en toc.

— Derek… Derek, écoute-moi, plaida Fia. (*Négocier : la spécialité des agents du FBI.*) Nous devons parler de tout cela. De ce qui est en train de se passer ici.

— Y a rien à dire. J'ai attendu toute ma vie pour faire ça. Pour me venger.

— Te venger ? Te venger de quoi ? Derek, tu ne me connais pas.

— Pas juste toi. Vous tous. Vous tous, pour ce que vous avez fait à ma mère !

Il brandit l'épée d'une seule main tandis qu'il s'essuyait les yeux de l'autre.

L'inciter à parler… ça fonctionnait.

— Ta mère ? Qu'est-ce que j'ai… qu'est-ce que nous avons fait à ta mère ? Derek… Ta mère a mis fin à ses jours.

— C'est ce qu'ils ont dit, mais c'était pas vrai ! Ils ont tous menti !

Des larmes roulèrent le long de ses joues, mais il remit son autre main sur l'épée.

Tandis qu'elle parlait, Fia déplaçait ses mains derrière elle ; elle essayait de trouver un moyen de se relever tout en restant hors de portée de Derek. Si elle pouvait rejoindre Kaleigh et se saisir de la queue de billard, elle serait en mesure de les défendre toutes les deux.

— Qu'est-ce qui n'était pas vrai, Derek ? Elle ne s'est pas suicidée ?

— Non. Elle s'est pas suicidée, je le savais. Mon père. La police. Ils ont tous dit qu'elle s'était ouvert la gorge, mais c'était pas vrai. C'était un de vous. C'est un vampire qui l'a tuée. (Sa voix chevrota.) Ils l'ont attaquée et vidée de son sang. Ils ont juste fait de sorte que ça ressemble à un suicide. J'ai toujours su que c'étaient des vampires.

Fia regarda rapidement vers Kaleigh, mais les yeux de la jeune fille s'étaient fermés. Elle était en train de perdre connaissance.

— Kaleigh. Kaleigh, reste éveillée, mon cœur, l'appela Fia.

Le corps de Kaleigh eut un soubresaut. Elle ouvrit les yeux.

Fia se tourna de nouveau vers Derek.

— Derek. Derek, écoute ce que tu racontes. Les vampires n'existent pas.

— Menteuse ! Je sais que c'est vrai. J'ai toujours su que c'était un loup-garou ou un zombie ou un vampire qui l'avait tuée. Et puis j'ai rencontré Kaleigh, et elle m'a raconté que la ville voisine était un nid truffé de ces monstres. Alors j'ai su que c'était un vampire. Je savais que ma mère se serait pas suicidée. Qu'elle m'aurait pas abandonné comme ça. Laissé la trouver dans cet état.

Kaleigh poussa un gémissement.

Fia comprit que cela ne servait à rien de demander à la fille ce qu'elle lui avait dit. Ou de poser la question à Derek. Cela n'avait pas d'importance. L'important, c'est qu'il était clair que ce jeune homme était déséquilibré.

Rencontrer Kaleigh lui avait fait perdre complètement les pédales.

Quelles étaient les chances d'une coïncidence pareille ? Kaleigh était tombée sur le seul garçon qui croyait aux vampires dans tout l'État, et elle lui avait avoué qu'elle en était un. Cela aurait pu être drôle, si les circonstances n'avaient pas été aussi dramatiques.

Fia se concentra. D'accord, donc le gamin croyait aux vampires. Elle pouvait utiliser cela.

— Derek, réfléchis. Ça n'a pas de sens. Un vampire ne tuerait pas ta mère. Il… il ne laisserait pas son sang se perdre dans l'eau d'une baignoire, argumenta-t-elle avec douceur. Les vampires ne gaspillent jamais le sang humain.

— La ferme !

Derek se rapprocha encore d'un pas, et Fia dut se pencher en arrière quand il agita l'épée devant son nez, coupant l'air de grands moulinets sifflants.

— Je sais tout de vous. J'ai tout trouvé sur Internet. Tu crois que je suis stupide, mais c'est faux. Je suis malin. J'ai lu comment vous tuer. Y a plein d'articles sur Internet, tu sais. Faut juste chercher au bon endroit.

— Alors… tu as tué le receveur de la poste ?

Un sourire étrange se dessina sur la bouche du jeune homme.

— Ça a été trop facile de l'avoir, ce gros balourd. Il a rien vu venir. Le flic, il a été un peu plus dur. Il s'est battu, mais, à trois, on a réussi à le maîtriser. T'aurais dû voir sa tête quand j'ai sorti Excalibur Trois.

Il illustra son propos en coupant de nouveau l'air de la pointe de l'épée.

Fia rentra la tête. *Taré.* Putain, il était complètement taré.

— On a attendu la pute blonde, poursuivit Derek. Dans son appartement. On a mangé ses chips en attendant qu'elle arrive.

— Et... et vous avez choisi vos victimes... au hasard?

Le jeune homme haussa les épaules et retira sa capuche. Il suait à grosses gouttes. Ses mains tremblaient. Il avait peur. De plus en plus peur à chaque minute qui passait. Il devenait de plus en plus imprévisible.

— Le premier, ouais. Le flic, il fouinait un peu trop dans les bois. Il a trouvé l'endroit où on avait tué des lapins pour offrir leurs âmes au prince des ténèbres.

Fia cligna des yeux, tâchant d'assimiler ce que le gamin était en train de raconter. Elle comprit qu'il n'était sûrement pas un gamin, et que rien de ce qui allait sortir de sa bouche n'allait avoir le moindre sens.

— Derek...

— Ne prononce pas mon nom! T'as pas le droit de prononcer mon nom!

Derek essaya de frapper Fia à la tête. Elle esquiva le coup, le visage vers le sol, et poussa un grognement quand il lui donna un coup de pied dans les côtes. La douleur, vive, brûlante, se répandit comme une traînée de poudre dans son corps, et elle ne put retenir un spasme.

Elle tenta de continuer à rouler dans les feuilles, hors de portée du bras de Derek, mais le talon de la botte de celui-ci accrocha l'ourlet de son pull, et elle leva les yeux pour voir le jeune homme au regard fou lever l'épée au-dessus de sa tête.

Son cou était exposé. S'il visait juste, la tête de Fia serait séparée de son corps, et elle mourrait d'une mort de vampire. Elle serait perdue pour l'éternité dans le purgatoire. Morte, mais pas complètement morte. Vivante, mais pas complètement vivante.

Et elle ne recevrait jamais le pardon.

Chapitre 24

Glen entendit les éclats de voix au loin et il sortit son arme. Bon sang, il faisait tellement noir. Pourquoi n'avait-il pas pensé à emporter une lampe de poche ?

Parce qu'il ne soupçonnait pas que Fia se rendrait seule dans les bois. Il n'imaginait pas qu'elle serait stupide à ce point.

Quelqu'un traversait bruyamment le sous-bois dans sa direction.

— FBI, annonça-t-il en se figeant, et il leva son arme. Ne bougez plus !

— Ne tirez pas ! brailla une jeune femme alors que les branches d'un buisson s'écartaient.

Deux adolescentes le regardaient à travers l'arbre, mains en l'air, tremblantes comme des feuilles, leurs visages blêmes et striés de larmes.

— Ils les ont. Derek et les gars. Ils ont Kaleigh, hoqueta la brune. Et Fia.

Le cœur de Glen, qui battait à tout rompre dans sa poitrine depuis qu'il était entré dans la forêt, semblait à présent sur le point d'exploser. *Fia est en danger.* Glen dépassa les filles.

— Combien ?

— Trois. Derek, Mike et John. Ils ont fait du mal à Kaleigh. On l'a entendue hurler, réussit-elle à raconter entre deux sanglots.

Les garçons que Fia a interrogés cet après-midi.

Il serra les dents. Et merde ! Bon sang, pourquoi n'avait-elle pas eu assez confiance en lui pour lui expliquer qu'il se passait quelque chose ? Pourquoi aller les trouver toute seule dans les bois ? À quoi pensait-elle ?

— Je veux que vous retourniez en ville. Vous pouvez faire ça sans moi ? demanda Glen, qui partait déjà dans la direction de la voix de Fia.

Il l'entendait dialoguer. Même s'il ne pouvait distinguer ses paroles, il était évident qu'elle était en position délicate. Il le comprenait au ton grave de son discours, entrecoupé des vociférations saccadées d'un jeune homme.

— Allez au poste de police. Dites-leur d'envoyer des renforts. Et d'appeler une ambulance au cas où quelqu'un serait blessé. Vous pouvez faire ça, les filles ?

Il détestait les laisser partir ainsi dans les bois, mais il pensait qu'elles seraient plus en sécurité si elles filaient vers la ville que si elles l'attendaient dans le noir.

— La police. On va chercher la police.

— Bien. Courez, lança-t-il par-dessus son épaule.

Il les entendit détaler et reporta toute son attention sur le son de la voix de Fia. Tandis qu'il avançait dans les ténèbres, il saisit quelques bribes de la conversation. Fia semblait parlementer avec un garçon. Derek, devina-t-il. L'adolescent avait l'air hystérique. Psychotique.

Dans l'obscurité, Glen était presque aveugle. Il suivit les voix, mais resta sur le sentier ; c'était plus simple que de couper à travers bois comme les filles l'avaient fait. Finalement, il repéra la lueur vacillante des flammes et aperçut la clairière. Il entendit Fia, étendue sur le sol, pousser un cri et vit une silhouette, éclairée par le feu de camp, lever quelque chose au-dessus de sa tête.

Nom de Dieu. Il avait une épée.

Des images des victimes décapitées à travers la ville défilèrent dans la tête de Glen, telles des diapositives projetées sur grand écran. Mais, dans son esprit, les scènes d'horreur étaient peintes en couleurs vives et s'accompagnaient de l'odeur du sang fraîchement versé.

— Arrêtez. FBI ! aboya Glen.

Le jeune homme l'entendit, Glen le savait, mais il ne se retourna pas. À la place, il leva l'épée haut dans le ciel comme s'il s'apprêtait à frapper. Fia glapit et essaya de s'éloigner.

— Arrêtez ou je tire, l'avertit Glen avant de se mettre à courir. FBI !

Tout se passa si vite que Glen et Fia mirent des jours avant de pouvoir reconstituer la scène. Fia roula hors de portée de Derek et bondit avec une force surhumaine. Derek la rata et leva de nouveau son épée. Il frappa encore, et cette fois il toucha sa cible. Fia tomba. Elle s'écroula sans un bruit dans les feuilles mortes.

Glen réitéra son avertissement. En dix-huit ans de service, c'était la première fois qu'il devait décider s'il allait ou non appuyer sur la détente.

Sans l'écouter, le jeune homme leva de nouveau son épée au-dessus de Fia.

Presser la détente fut plus facile que Glen ne l'avait pensé. Pendant cette fraction de seconde avant que Derek ne s'écroule, il s'interrogea : si son père n'avait pas hésité, au coin de cette rue, serait-il encore parmi eux ?

Sous l'impact, Derek tomba en avant. Ses bras furent projetés en avant et l'épée lui échappa des mains. Le garçon s'effondra sur Fia, et Glen courut vers eux, prêt à tirer de nouveau si l'adolescent bougeait.

Le coup de feu résonna dans la tête de Kaleigh et elle sentit son corps se tordre. Était-elle en train de mourir ?

L'odeur sucrée et piquante de son sang frais lui faisait reprendre connaissance. La queue de billard la clouait toujours au sol, mais l'atroce douleur s'était atténuée. Kaleigh respirait le parfum de l'herbe. Du bois qui brûlait dans le feu. Elle avait l'impression d'être entourée par le clan. Des hommes et des femmes qui étaient des individus distincts, mais se déplaçaient pourtant comme une seule entité.

Était-ce à cela que ressemblait la mort d'un vampire ?

Mais Kaleigh savait qu'elle ne pouvait pas mourir. Elle ressentait la vie qui circulait en elle. Au niveau cellulaire, son corps se régénérait déjà.

Elle leva lentement une main pour toucher le côté de son ventre, à l'endroit où Derek avait enfoncé l'objet pour l'empaler. Des larmes lui envahirent les yeux et elle eut la gorge nouée. Comment avait-elle pu être aussi stupide ? Aussi aveugle ? Comment avait-elle pu risquer les vies de ceux qu'elle aimait dans cette ville pour un garçon comme Derek ?

— Y a quelqu'un ? chuchota-t-elle d'une voix étranglée par les pleurs.

Elle voulait juste rentrer chez elle. Être à la maison avec ses parents. Avec le clan. Avec ceux qui l'avaient chérie tous ces siècles.

Où étaient-ils ? Elle sentait toujours leur présence.

Ses yeux étaient ouverts, mais elle ne voyait personne. Quand elle tourna la tête, elle n'aperçut que l'agent Duncan, qui faisait rouler Derek sur le dos et tâtait sa gorge à la recherche de son pouls.

Derek était mort. Elle le savait. Elle ressentait dans l'air les doigts glacials et décharnés de la mort. Elle humait l'odeur du sang du garçon, répandu par terre sur les feuilles.

— *Attrapez-le.*

— *Capturez-le maintenant.*

Les pensées des membres du clan qui les entouraient dans les bois frappèrent Kaleigh de plein fouet. Ils étaient vraiment là. Sainte Marie, que se passait-il ? Elle voulait les appeler, mais l'humain était juste à côté.

Elle les sentait qui approchaient lentement, jusqu'à les cerner. Huit ou neuf personnes, dont les capes noires se confondaient avec les ténèbres.

Kaleigh ferma les yeux le plus fort possible et essaya d'écouter, comme Maria et Katy le lui avaient expliqué. Depuis plusieurs semaines, l'adolescente captait des bribes de pensées des membres du clan, mais elle avait tenté de résister. Elle n'était pas prête. Elle ne voulait pas du don qui, quelque part, lui apparaissait plus comme une malédiction. Du moins, jusqu'à cet instant.

Mais elle ne recevait rien ! Juste un mélange de mots et de pensées, et le sentiment écrasant que quelque chose de terrible, plus terrible encore que ce qui venait de se passer, était sur le point de se produire...

— *Tuez l'humain. Tuez l'agent du FBI.*

L'injonction lui parvint si clairement que les yeux de Kaleigh s'ouvrirent grands sous le choc.

— Non ! s'exclama-t-elle.

— Ne t'inquiète pas, Kaleigh, j'arrive, lui cria l'homme depuis l'autre côté de la clairière. Essaie juste de ne pas bouger. Reste calme.

Non, pensa Kaleigh. *Ils ne peuvent pas le tuer. Je ne peux pas les laisser faire.*

— Fia ! appela-t-elle à voix haute.

Fia réussirait à arrêter les membres du clan qui s'avançaient, leurs dagues étincelant dans l'obscurité.

— Kaleigh, lui lança l'humain. Fia n'est pas morte. Elle est blessée, mais je crois qu'elle va s'en sortir. Elle respire normalement. Elle est en train de reprendre connaissance. J'arrive. Tiens le coup !

— *Tuez-le. Tuez-le maintenant.*

— *Il en sait trop. Il causera notre perte à tous.*

Soudain, les voix furent si assourdissantes dans la tête de Kaleigh qu'elle ne put plus refuser de les entendre. Et il était impossible de se tromper sur les intentions des membres du clan.

— *Arrêtez*, les avertit-elle par télépathie. *Arrêtez tout de suite. Il nous a sauvées. Il a sauvé nos vies, la mienne et celle de Fia. C'était Derek. Derek les a tués. Ne faites pas de mal à l'humain.*

— *Kaleigh ?* (Une voix s'introduisit dans sa tête.) *C'est Mary. Tu vas bien ?*

— *Maintenant. Nous devons frapper maintenant*, insista un des hommes dans la forêt.

— *Arrête-les, Mary*, répondit Kaleigh. *Arrête-les. L'agent spécial Duncan a sauvé nos vies. Il ne sait rien sur nous. Ne les laisse pas faire ça.*

— *Arrêtez.*

— *Arrêtez.*

D'autres voix résonnèrent dans la tête de Kaleigh. C'était une sensation on ne peut plus étrange. Elle pouvait non seulement entendre les paroles des membres du clan dans sa tête, mais, étendue sur le sol glacé, elle pouvait aussi les *sentir*.

Tout le monde l'écoutait. Ils reconnaissaient sa voix dans leurs têtes. Un seul refusait de se soumettre.

—Non. Il doit mourir. C'est le seul moyen de protéger le clan.

C'était le frère de Fia, Regan.

À présent, Kaleigh se rappelait pourquoi elle ne l'avait jamais aimé dans ses vies précédentes. Elle se souvenait qu'elle n'avait jamais vraiment pu avoir confiance en lui.

—J'ai dit ARRÊTEZ TOUT DE SUITE. Arrête immédiatement, Regan Kahill, ou tu devras répondre de tes actes devant le Conseil !

—Kaleigh.

L'agent spécial Duncan courut jusqu'à elle. Il tomba à genoux devant elle et lui écarta les cheveux du front. Il paraissait inquiet. Il pensait qu'elle allait mourir.

Elle eut envie de rire.

—Tout va bien, chuchota-t-elle. Ce n'est pas aussi terrible que ça en a l'air.

Autour d'elle, Kaleigh pouvait sentir les membres du clan qui reculaient. Quelqu'un se disputait avec Regan, et l'entraînait de force. Les autres se retiraient en silence… ils disparaissaient dans les ténèbres.

—Les secours arrivent, lui assura l'agent du FBI en lui attrapant la main. Tiens bon.

—Kaleigh ? Kaleigh, ça va ?

Fia tituba jusqu'à la fille toujours allongée sur le sol. Toujours empalée. Fia était désorientée. Prise de vertige. Sa tête lui faisait un mal de chien.

Glen était agenouillé auprès de Kaleigh et lui parlait doucement en lui tenant la main. Lorsqu'il entendit Fia, il leva les yeux.

—Tu vas bien ?

Sa voix se brisait d'émotion. Il avait peur pour elle, pour Kaleigh, Dieu le bénisse.

Fia voyait qu'il voulait venir vers elle, qu'il se sentait déchiré entre Fia et l'adolescente.

— Oui, ça va.

Fia posa la main sur l'épaule de Glen et se laissa glisser au sol pour pouvoir regarder Kaleigh dans les yeux.

— J'ai eu peur que tu sois…, balbutia Kaleigh.

— Non, la rassura Fia. Derek ne savait pas ce qu'il faisait. Comment manier une épée.

— Mais j'ai vu…

— Il m'a allongé un bon coup. Mais avec le plat de l'épée, pas avec la lame. Il a tourné son poignet, expliqua Fia.

Alors qu'elle émergeait tout juste de son évanouissement, elle avait entendu les cris d'avertissement silencieux de Kaleigh. Elle n'avait pas compris ce qui s'était passé exactement, ni comment ils en étaient arrivés là, mais les membres du Haut Conseil s'étaient apprêtés à tuer Glen. Ils s'étaient trouvés là, dans les bois. Elle les avait sentis. Entendus.

— *Tu lui as sauvé la vie, Kaleigh*, pensa Fia en luttant pour retenir les larmes qui menaçaient de déborder et de la plonger dans l'embarras le plus total. *Merci. Merci.*

Kaleigh sourit à Fia, les paupières lourdes.

— *Je t'en prie*, répondit-elle.

Toujours terrorisée, Fia essaya d'assimiler tout ce qui venait de se produire. Une douleur lancinante lui martelait le crâne. Envahie par le soulagement, elle posa son front endolori sur l'épaule de Glen.

— Je suis désolée, murmura-t-elle. Merci d'être là. Merci d'avoir su que j'avais besoin de toi.

La semaine suivante, de retour à Philadelphie, Glen voulait emmener Fia dîner pour fêter la résolution des meurtres de Clare Point, mais elle avait plus en tête qu'un simple repas. Elle lui ouvrit la porte de son appartement habillée d'une de ses minijupes en cuir, d'un tee-shirt et de bas. Avec un peu de maquillage, les bleus causés par l'épée de Derek à sa tempe et sur sa pommette étaient à peine visibles. Glen l'enlaça, l'attira à lui et l'embrassa passionnément.

Fia renversa la tête en arrière, exposant sa gorge. Le contact des mains de Glen, ses baisers lui suffisaient. Elle n'avait pas besoin de son sang.

— Le dîner est presque prêt. Tu comptes entrer, ou alors on reste s'embrasser dans le couloir ? plaisanta-t-elle.

— J'ai apporté de la stout.

Il montra l'une des bouteilles sombres d'un litre que le *Tertre* utilisait pour sa production artisanale.

— Tu as rapporté de la stout de Clare Point ?

Elle rit et lui prit la bouteille des mains.

Il la suivit dans la cuisine.

— Je sais que tu ne bois pas de vin, et nous sommes censés célébrer la fin de l'enquête. Qu'est-ce que tu prépares ? Ça sent bon.

Debout dans l'entrée, il humait le parfum épicé du plat.

— L'une des seules choses que je *sais* faire. Des fettuccine aux palourdes. (Elle ouvrit le réfrigérateur et lança une laitue à Glen.) Corvée de salade. Les couteaux sont là, sur le comptoir. Tu peux utiliser cette planche à découper. (Elle attrapa une cuillère en bois pour remuer sa sauce marinara.) Alors, des nouvelles de l'avocat des garçons ?

Ce jour-là, Fia était sortie tôt du bureau pour se rendre à sa séance avec le docteur Kettleman. Joseph avait réellement quitté la ville, et Fia et la psychiatre avaient eu un entretien productif. Elles avaient parlé de tourner la page… et de gérer une relation avec un humain.

— Maintenant qu'ils ont commencé à vider leur sac, on ne les arrête plus. Apparemment, une fois qu'ils sont redescendus sur terre, une fois que leur avocat les a ramenés à la raison, ils se sont rétractés et sont revenus sur cette histoire de vampires. (Il arrachait des feuilles de laitue et les rinçait dans l'évier.) Ils affirment que Derek était le meneur et qu'ils n'ont jamais tué personne. Bien sûr, à présent, nous savons qu'il a eu des troubles mentaux depuis le suicide de sa mère quand il était enfant. Il semblerait que Derek ait forcé ses amis à participer aux meurtres de Clare Point. Il les a menacés, eux et leurs familles. Naturellement, c'est très pratique que Derek soit mort. Les deux autres peuvent raconter ce qu'ils veulent. Je ne sais pas si nous pourrons prouver le contraire.

— Ils ont expliqué pourquoi Derek avait coupé des parties du corps des victimes, ou ce qu'il en avait fait ?

— Les garçons disent qu'ils ne savent pas. L'un des deux pensait qu'il les voulait peut-être pour un genre de rite satanique, mais il affirme que Derek n'est jamais vraiment allé jusqu'au bout. Il pense que le gamin les a enterrées quelque part dans la forêt.

Fia détestait l'idée que des parties de Bobby, Mahon et Shannon ne seraient jamais réunies avec leurs corps, mais au moins elles étaient en terre.

Elle lécha la cuillère en bois du bout de la langue pour goûter la sauce.

Dès le matin suivant la mort de Derek, les garçons avaient eu un avocat de premier ordre prêt à les représenter, à titre gracieux, naturellement. Jeremy Procino, le fils de Mary Hill, se taillait déjà une solide réputation dans les journaux de Baltimore. Il s'assurerait que les droits des deux jeunes seraient au centre du procès, et non la petite ville de Clare Point. Pour l'heure, le clan Kahill était sauf.

— Tu as autre chose que cette laitue pour la salade ? (Glen lui caressa les fesses.) Mmmm, joli. (Fia rit. Elle le laissa la pousser contre le comptoir, et ils s'embrassèrent avec passion.) Hé, je ne sais pas trop si j'aime ces talons que tu portes, la taquina-t-il. Je crois que tu es plus grande que moi.

— Et ? (Elle lui mordilla le menton.) Ça vous pose un problème, agent spécial Duncan ?

Il passa le bras derrière elle et éteignit le feu sous la sauce.

— Aucun problème, agent spécial Kahill. Et vous ?

Il lui caressa la cuisse et glissa sa main jusque sous la jupe de Fia.

Celle-ci laissa ses yeux se fermer, et l'image qu'elle emporta avec elle était celle de Glen. Ian s'était envolé.

Fia ignorait combien de temps cette histoire durerait. Si elle pouvait durer. Mais ce jour-là, dans le cabinet du docteur Kettleman, elle avait décidé de tout faire pour que ce soit le cas. Elle ne savait pas si un humain et une immortelle pouvaient s'aimer, mais, au cours des derniers jours, elle avait compris qu'elle voulait découvrir la réponse à cette question.

De ses deux mains, Glen fit glisser la jupe vers le haut.

— Tu veux te replier vers la chambre ? susurra-t-il à son oreille. Ou tu es du genre à aimer ça sur la table de la cuisine ?

Il accompagna sa remarque d'une tape sur le comptoir.

— Je ne sais pas. (Elle l'embrassa fiévreusement.) Pourquoi pas les deux…

Une semaine et demie après la mort de Derek Neuman, Fia retourna à Clare Point au plus noir de la nuit. Derrière le petit musée, dans la rue paisible, elle se déshabilla et enfila sa cape noire. Sa dague à la main, elle suivit en silence les autres silhouettes dans l'obscurité de la grande salle, jusqu'à la table balafrée qui était devenue le symbole de leur mission sur terre.

Au-dessus d'eux, les bougies du lustre de chêne noir crépitèrent en lançant des étincelles, et la pièce s'éclaira brusquement.

— *Caraidean*, psalmodia Gair.

Au cours des jours suivants, le Conseil se réunirait pour débattre des événements qui avaient frappé Clare Point ces derniers mois. Pour analyser les erreurs commises et décider de la façon de les corriger. Mais ce soir… ce soir, il n'était pas question du clan. Pas même de leur survie. Ce soir, ils se concentreraient sur le monde qui les entourait, sur les humains de Dieu.

Le clan Kahill avait juré d'offrir aux humains un monde plus sûr, et ce soir, un autre nom serait prononcé à la table. Ils jugeraient le cas d'un pédophile. Ils voteraient.

Fia plia les doigts et les resserra sur la poignée de la dague qu'elle tenait à la main. Parfois, elle se demandait si elle était digne de cette tâche colossale. Si elle pourrait être à la hauteur des attentes de son clan. De l'humanité. De Dieu.

Mais ce soir… cette nuit, entre toutes les nuits, avec le goût de Glen encore sur ses lèvres, elle savait où était sa place et ce qu'elle avait à faire.

— *Un nom*, murmura-t-elle. *Soumets un nom.*

— *Un nom*, psalmodièrent ses compagnons.

Fia leva la tête pour contempler les silhouettes encapuchonnées aux canines découvertes, et elle sut qu'elle était l'un d'entre eux. Elle sut que, malgré tous ses défauts, on l'aimait.

Intérieurement, elle sourit. Qu'est-ce qu'un vampire pouvait bien vouloir de plus ?

EN AVANT-PREMIÈRE

Découvrez un extrait de la suite des aventures
du clan Kahill :

IMPITOYABLE
(version non corrigée)

Traduit de l'anglais (États-Unis) par Florence Cogne

Chapitre premier

À l'ombre de l'Acropole, sur la colline dominant la ville d'Athènes, il observait les derniers rayons de soleil disparaître derrière l'horizon. Alors que les ténèbres gagnaient du terrain, il sentait le mal de la nuit se répandre, à l'image de la proie qu'il guettait ce soir-là.

Tête baissée, Arlan traversa rapidement l'Agora, laissant derrière lui les touristes bruyants qui montaient dans leurs bus.

Deux semaines auparavant, à des milliers de kilomètres de là, dans la petite ville de Clare Point, aux États-Unis, le vote avait désigné un humain dénommé Robert Romano. Douze dagues plantées dans une antique table de chêne avaient scellé son destin. Depuis plus de dix ans, les forces de l'ordre poursuivaient ce pédophile, un monstre qui vendait clandestinement des enfants comme esclaves sexuels, sur plusieurs continents. Depuis qu'il avait enlevé un enfant de cinq ans dans une épicerie de la banlieue de Detroit, Robert Romano – connu sous de nombreux noms d'emprunt – figurait sur la liste des criminels les plus recherchés par le FBI. Mais les fédéraux ne savaient pas où il se trouvait actuellement. Romano était prudent, et intelligent.

Mais pas suffisamment.

Dans vingt minutes, cet homme de quarante-six ans attendrait à l'endroit convenu, à l'extrémité sud de l'Agora. Ce lieu s'animait, une fois la nuit tombée, des fantômes du passé et des esprits du présent. L'humain venait percevoir le paiement en liquide pour deux garçons de six et neuf ans, retenus dans un appartement situé deux rues plus loin. La livraison devait s'effectuer une fois que Romano aurait récupéré la somme en euros, et en petites coupures. L'acheteur malchanceux ne recevrait pas sa marchandise, car Arlan ferait le guet. Une équipe de nettoyage se chargerait de sauver les enfants et de faire arrêter l'acheteur par la police locale. Quant à Romano, les autorités n'auraient plus à s'en préoccuper.

Il faisait presque nuit à présent, et la douceur de l'air s'était emplie des sons et des senteurs de la cité antique. Curieusement, lorsqu'Arlan avait les yeux fermés, il émanait de toutes les villes les mêmes bruits et les mêmes odeurs. Il aurait pu s'agir de n'importe quelle rue, dans n'importe quelle ville au monde où il s'était rendu au cours du dernier millénaire.

Il prit une profonde inspiration et releva le menton, les narines dilatées. Dans un des restaurants voisins, on faisait griller de la viande pour les touristes… de l'agneau. Ailleurs, l'odeur des égouts l'emportait. Arlan marchait seul dans le crépuscule, pourtant il percevait le parfum bon marché d'une femme. L'air nocturne dégageait également l'effluve aigre des corps humains. L'odeur fétide de puces se régalant sur des rongeurs.

Plus loin, au-delà des ruines, Arlan entendit des portes s'ouvrir et se refermer. Des bruits de pas légers et d'autres, lourds, résonnèrent dans le brouillard qui se formait. Au fil du temps, les toussotements des moteurs avaient remplacé le rythme des roues en bois des charrettes et des voitures à cheval, mais pour lui, d'une certaine manière, c'était la même chose.

Il s'agissait des sons et des odeurs de l'humanité. Pour le meilleur et pour le pire. Malgré toute la laideur de ce monde, Arlan désirait ardemment en faire partie. Il enviait l'homme qui faisait griller la viande d'agneau pour les sandwichs grecs au coin de la rue, la femme qui claquait la fenêtre étouffant ainsi les paroles très dures lancées à son amant infidèle. Arlan ne connaîtrait jamais la vie banale d'un mortel.

Il se figea en entendant un rire strident. Malgré l'obscurité qui jouait en sa faveur, se trouver à découvert, en ce lieu et sous sa forme humaine, le rendait vulnérable. Il regarda intensément en direction de Plaka, à plusieurs rues de là. Quartier plus animé et plus bruyant où les touristes se pressaient pour goûter la moussaka et l'ouzo. Impatients d'acheter des babioles en souvenir de leur voyage, ils ne se doutaient absolument pas de la présence du mal tapi dans l'ombre ou des deux enfants sans défense qui seraient bientôt sauvés.

Arlan vérifia son téléphone portable et remarqua l'heure. Aucun appel, et Regan, son partenaire, avait vingt minutes de retard.

Arlan grinça des dents.

Selon le plan, Regan devait jouer le « client » et rejoindre Romano à l'Aréopage. Arlan tiendrait le rôle du guetteur. Regan était censé attirer Romano dans un endroit isolé au milieu des ruines, où l'exécution aurait lieu, conformément aux ordres du Haut Conseil. Arlan et Regan s'en chargeraient tous les deux, avec deux dagues. Comme l'exigeait la loi originelle du clan.

Mais Regan n'était pas là, et le temps pressait. Si Romano leur échappait, impossible de dire à quel moment les planètes et les lunes seraient de nouveau alignées. Il n'y avait aucun moyen de savoir quand l'occasion de le capturer se représenterait, ni combien d'autres enfants perdraient leur innocence entre-temps.

Le rire vulgaire s'amplifia et se rapprocha. Arlan distingua la voix d'une seconde femme. Elles discutaient en grec. Elles étaient ivres, ou droguées, ou les deux. Il aperçut des jupes courtes et de longues jambes nues. Des prostituées. À la tombée de la nuit, quand les musées fermaient et qu'on orientait les groupes de touristes vers les rues sûres du quartier de Plaka, la pègre d'Athènes reprenait ses droits ici. Depuis la sombre colline de l'Aréopage, sous les lumières de l'Acropole, on dominait toute la ville. Dans ce lieu, on pouvait acheter de la drogue, du sexe… et même des enfants.

Arlan prit sa décision. Il n'avait pas le temps d'appeler le Conseil, ni d'attendre d'autres consignes. Le clan surveillait ce salopard depuis dix-huit mois. Ses membres ne pouvaient pas se permettre de le laisser filer. Telle était la responsabilité des Kahill envers Dieu.

Arlan se transforma en un instant, passant d'un trentenaire en jean et veste de cuir noir à un canidé de quarante-cinq kilos au poil tacheté et miteux, et aux yeux jaunes. Se métamorphoser physiquement était pour lui aussi facile que d'enfiler un vêtement fait sur mesure.

Dès la transformation terminée, Arlan sentit le changement s'opérer dans son esprit. Sa lucidité diminuait. Dans ce corps animal, seul comptait le moment présent. Submergé par l'odeur du danger, il devait lutter pour que son cerveau d'homme conserve la maîtrise de la bête. Et il sentait qu'il était sur le point de perdre ce combat.

Il se dirigea furtivement derrière un rocher et traversa rapidement le sentier en suivant les prostituées, sa queue effleurant une jupe. Une des deux femmes l'insulta, d'abord en grec, puis en italien, mais elles ne s'arrêtèrent pas. Les habitants ne prêtaient aucune attention aux centaines de meutes de chiens sauvages qui erraient dans les rues d'Athènes. Arlan savait qu'il pouvait passer pour l'un d'entre eux.

Conscient qu'il disposait de quelques minutes avant l'arrivée de Romano, Arlan avait le temps de reconnaître le terrain et de décider comment accomplir seul sa mission. Il se demanda s'il serait plus sûr de se montrer sous sa forme humaine ou actuelle, un prédateur quadrupède. Il remonta d'un trot léger une petite pente rocheuse, évitant la lumière argentée projetée par l'Acropole, et se fondit dans les ombres des oliviers.

Il faisait entièrement noir à présent, et Arlan se signa mentalement, même s'il n'était pas superstitieux. La nuit, dans des lieux antiques comme celui-ci, les esprits apparaissaient. Hommes ou bêtes avaient beau tenter de ne pas en tenir compte, il était impossible de nier leur présence. Les poils jaunes et drus de son épine dorsale se hérissèrent, et il sentit l'odeur d'une chose qui n'était pas vivante, mais pas complètement morte. Du coin de l'œil, il aperçut une forme humaine brumeuse flotter juste au-dessus du sentier. Certains affirmaient que les fantômes ne possédaient pas de véritable présence et qu'ils n'étaient que des marques laissées par le passé. Arlan ne connaissait pas leur nature ; il savait seulement qu'il n'aimait pas cette sensation d'être observé. Au cours des derniers mois, il avait fait des rencontres de ce type dans plusieurs endroits : au Colisée de Rome, à Stonehenge en Angleterre, et sur le champ de bataille ensanglanté de Culloden, dans les Highlands, en Écosse.

Tête baissée et langue pendante, Arlan évita le frêle fantôme. Il balaya les alentours de ses yeux jaunes. Grâce à son long museau et à son odorat plus aiguisé, il scruta les environs comme seules les créatures de Dieu à quatre pattes en étaient capables.

Les pierres lui blessaient les coussinets tandis qu'il suivait un chemin très fréquenté de jour. L'Agora avait été la place du marché, un lieu public qui faisait partie intégrante de l'antique cité-état grecque. Elle avait non seulement servi de lieu de commerce, mais aussi de débat pour ses citoyens. Des hommes s'étaient autrefois rassemblés là pour acheter et vendre des marchandises ainsi que pour discuter de leurs affaires, de la politique et de l'actualité. C'était là que la démocratie grecque était née, ouvrant la voie à plusieurs grandes cités du monde antique.

À l'autre bout se trouvait la colline rocheuse surplombant l'Agora, où Arlan retrouverait Romano. La zone connue sous le nom d'Aréopage avait été le lieu de rencontre sacré du premier conseil grec, qui avait géré à la fois les questions judiciaires et législatives au cours des Vᵉ et VIᵉ siècles avant Jésus Christ. On racontait que bien plus tard, l'apôtre Paul s'était tenu sur cette même colline pour prêcher aux premiers chrétiens.

Un lieu saint. Un lieu hanté.

Arlan perçut l'odeur d'un autre chien dans l'air nocturne et leva le museau. Il remua sa truffe noire. Deux chiens. Trois. Plus. Une meute.

Arlan sentit les muscles de sa croupe se raidir à leur approche. Il pouvait se transformer en n'importe laquelle des créatures de Dieu, mais certaines formes lui convenaient davantage, et étaient beaucoup plus faciles à maîtriser que d'autres. Malgré son expérience, il éprouvait toujours un moment de panique quand il rencontrait un animal de l'espèce qu'il avait choisie. Il courait le risque d'être identifié comme l'imposteur qu'il était, et de subir une attaque. Ils ne parviendraient pas à le tuer, car pour cela il faudrait le décapiter, mais des morsures de chien pouvaient immobiliser un homme pendant des semaines.

Achevé d'imprimer en juin 2011
Par CPI Brodard & Taupin - La Flèche (France)
N° d'impression : 64133
Dépôt légal : juin 2011
Imprimé en France
81120542-1